李致文存
Lizhi Wencun

第四卷
我与川剧

四川人民出版社

图书在版编目（CIP）数据

李致文存：共5卷6册/李致著. — 成都：四川人民出版社，2019.6
ISBN 978-7-220-11344-4

Ⅰ.①李… Ⅱ.①李… Ⅲ.①散文集—中国—当代 Ⅳ.①I267

中国版本图书馆CIP数据核字（2019）第062006号

LIZHI WENCUN
李致文存

出 品 人	黄立新
项目统筹	谢 雪
责任编辑	谢 雪 张 丹 江 澄 董 玲
封面设计	张 妮
版式设计	戴雨虹
特约校对	蓝 海 袁晓红
责任印制	李 剑
出版发行	四川人民出版社（成都槐树街2号）
网 址	http://www.scpph.com
E-mail	scrmcbs@sina.com
新浪微博	@四川人民出版社
微信公众号	四川人民出版社
发行部业务电话	（028）86259624 86259453
防盗版举报电话	（028）86259624
照 排	四川胜翔数码印务设计有限公司
印 刷	成都东江印务有限公司
成品尺寸	160mm×238mm
印 张	172.75
字 数	2270千
版 次	2019年6月第1版
印 次	2019年6月第1次印刷
书 号	ISBN 978-7-220-11344-4
定 价	820.00元

■版权所有·侵权必究
本书若出现印装质量问题，请与我社发行部联系调换
电话：（028）86259453

李 致 文 存
我 与 川 剧

1997年，李致率川剧团出访日本

李 | 致 | 文 | 存
我 与 川 剧

·总序·

他用所有时光回答一个问题

廖全京

凝视着这五卷（六册）沉甸甸的文字，仿佛望见无数春花秋月在叠彩流光。面前这套《李致文存》，朴实而生动地记录了作者过往几十年生命中刻骨铭心的人和事。这是他灵魂的笔记。

这里面包含着他过去岁月的所有时光。

他用所有时光回答一个问题：如何做人？

中国古代的贤人或智者，无一不把如何做人视为人生第一要义甚至是唯一要义，由此而形成人文传统。钱穆关于读《论语》是学习"做人"的看法，则代表了近代以来的人文学者对这一传统的遵循。日积月累，潜移默化，这传统已经随同中国历代的主流思想意识即孔孟儒学浸入社会的每一个细胞，成为整个社会言行、公私生活以及精神领域的导向和规范。即使是经历了"五四"时期及其后几十年新思潮的反复冲击，中国传统的这种积淀仍旧保留着它的神髓，并有意识或无意识地通过人们的行为、思想、言语、活动不同程度地显露出来。自然，在漫长的传统浸润与新潮冲击的矛盾过程中，人们对于如何做人的理解和履践也不可避免地发生了变化，正所谓"曲翻古调填今事,义探新思改旧观",尤其是在主张冲破世俗的道德规范、抵御旧的社会道德戒律对个体的人的压制的一批政治家思想家陆续登上中国现代社会的政治舞台之后,这种变化尤其明显。在追求建构现代政治的民主体制和社会理想的强劲之风的推动下,对传统思想意识进行解构的呼声日益高涨,张扬现代革命伦理主义的具体行动日趋激烈。在相当长的一段历史时期内,通过对如何做人的各种回答呈现出来的新旧矛盾的冲撞和撕裂状况,一直是时代和民族的重要精神现象。

李致就是在这样一种大的精神背景下,踏上了自己的人生之路,开始了对如何做人的思考和探索。回头看去,这条路上重峦叠嶂,遍布荆棘。时或星汉灿烂、朝霞开曙;时或乱云飞渡、阴霾蔽日。但所有的历史波折,不仅没有从根本上改变李致自始至终对方向和道路的选择,反而更加激励了他一路之上的生命意志,坚定和饱满了他对于如何做人的信念和情绪。这些都可以从这几卷文字里窥见其大略。所以称大略者,是因为他一生的所有行为、行动,远远多于、大于他留在纸面上的这些文字。尽管如此,对于走近并理解李致来说,这些文字仍然有它不可取代的重要性。这重要性,首先的和根本的就在于这些有血有肉有情感的文字告诉我们,李致对于如何做人的认知与实践其精神趋向既是为传统道德观念所规范的,又是受现代革命伦理主义影响的,还是带有某些启蒙色彩与理想主义成分的。归根结底,李致的做人准则和为人行止,无论从个人修养还是从社会公德的角度来说,都符合一个由传统文化孕育出来的现代中国人的标准。

李致做人是从"爱人"出发,由"亲亲"做起的。十六岁那年,他将自己的生命交付给了进步学生运动,从此在"五四"新文学的影响下,学习做一个普通的、真正的中国人。在传统的氛围中高扬起反传统的旗帜,这是那一辈先知先觉者们的精神特质。这里面的深层原因,恐怕是在看似相互背反的传统与反传统之间,却有着对于人的相当接近的理解和尊重，虽然各自的理解和尊重的角度和程度不尽相同，马克思主义着眼于人的解放，人类的解放；孔子思想的核心是"仁"，而"仁"的核心是"爱人"。我们看到，二者在李致的一些言行中，奇妙而自然地结合乃至融合到了一起。当我们深入李致的心灵世界时，进一步发觉他的"爱人"是从对亲人的爱的基础上提升出来的。这又与所谓"仁者，人也，亲亲为大"（《礼记·中庸》）的精神暗合，而这种暗合，又被李致用行动赋予了新的含义。上述种种，都可以在这几卷文字中找到鲜活的例证。

我一直觉得，在李致的以《大妈，我的母亲》《终于理解父亲》《小屋的灯光》《我淋着雨，流着泪，离开上海》等为代表的一系列亲情散文中，能明晰地见到他的思想情感之流的源头及质地。更重要的是他对父亲、母亲、妻子、四爸巴金的思念和追怀已经不可以用简单的传统观念如孝道之类去把握，那是一种建立在理解基础之上的对传统道德中的愚、盲成分的批判和超越。我曾经这样写道："李致一直自觉地把理解别人，尤其是理解自己的亲人，作为通往人格理想的一条重要路径，努力想在理解别人的过程中获得内心的纯净、光明、温暖。"（《对李致散文的一种解读》）这种理解，源于在长期艰难曲折的社会实践活动中对人类现代文明思想和新的道德观念的吸纳和认知。

从对"爱人"的现代理解出发，李致在如何做人的漫漫长途上执着前行。从20世纪40年代中期至今，李致几乎将全部的精力和时间都献给了自己服膺的信仰、信念、事业。在那一辈先知先觉者心目中，一切为了他人，乃全部信仰、信念、事业的核心，他们甚至一度把"毫不利己、专门利人"这种燃烧着激情同时有些浪漫色彩的口号写满了江河大地。无论历史将如何评价，他们身上从内到外的那一个闪光的"诚"字已经为后人立下了精神的丰碑。李致作为那一辈先知先觉者们的追随者，他的言行，一直是符合"己所不欲，勿施于人"（《论语·卫灵公》）和"夫仁者，己欲立而立人，己欲达而达人"（《论语·雍也》）的传统伦理道德规范的。不同的是，他不是为立己而立人或达人，而是为了他心中神圣的信仰、事业而立人或达人，为了大多数人的利益而立人或达人。在某种程度上，这也是对传统伦理道德观念的一种批判和超越。

　　过去的半个多世纪里，李致先后在共青团部门、党政部门、新闻出版部门、文化艺术部门留下了精神足迹。他在所承担的每一项工作任务中，都特别注意把尊重人、理解人、关心人、支持人、爱护人放在重要以至首要的位置。无论对上级领导、下级同事，还是对编辑、记者、作家、艺术家，他都一视同仁，认真倾听他们的倾诉，尽力排解他们的烦难，畅快分享他们的喜悦，往往成为他们的朋友。在他看来，立人、达人的过程，其实是一个"亲亲"的过程。在与他人的交往中，他勉力地向古往今来那些"尊德性而道问学"的君子学习，待人接物一秉至诚：诚其心，诚其意，诚其言，诚其行，关键是一个"诚"——真实无妄。古人云："诚者，天之道也。诚之者，仁之道也。"（《礼记·中庸》）诚哉斯言！在四川文化界，李致有许多彼此知根知底相互推心置腹的朋友，比如马识途、王火、杨宇心、高缨、沈重，比如魏明伦、徐棻，又比如周企何、陈书舫、竞华、许倩云，等等。他们之间的友情，正是仁之道的生动体现。20世纪80年代，魏明伦在改革开放的春风中从自贡本土脱颖而出，以"一年一戏""一戏一招"轰动海内外，他的成长，得到过自贡、成都、北京的领导和朋友伯乐们的发现和扶持。魏明伦常常提起的浇灌他的五位园丁中，就有他尊称为"恩兄"的李致。时任中共四川省委宣传部副部长的李致，继承巴金遗风，爱才惜才，肝胆相照。在魏明伦遭受极左棍棒打压之时，是李致力排"左"议，抵制"左"风，支持和保护了魏明伦。我觉得，李致身上体现出来的这种诚，除了传统道德的影响之外，还含有现代文明中的人道主义思想的成分。这成分，表现为一种现代意味的爱。对此，我曾经写道:"爱是一个漫长的过程，一个需要不断学习、耐心修炼的过程。李致用笔墨记录下的所有感情，都是在学习和修炼过程中的感悟。陀思妥耶夫斯基在他的《卡拉玛佐夫兄弟》里借佐西马长老的嘴说过:'用爱去获得世界。'李致也许并不接受作为基督徒的这位俄国作家思想中的宗教情绪和神秘主义成分，但是，我相信，他对这位反对沙皇专制暴政的死牢囚徒关于人类爱的认识是完全同意的。"(《对李致散文的一种解读》)

说到李致对如何做人这一问题的回答，就不能不说到他的精神导师巴金。巴金的思想和作品，巴金的为人和一生，为李致树立了一个做人的榜样。在李致的生活中，四爸巴金是鲜活的灵魂的精神支撑和性格、情感的源头。巴金远走了，李致的许多亲人都远走了，但巴金及巴金的亲人们给李致留下了一笔宝贵而丰富的精神遗产。其中，巴金留给李致的四句话成为他一生的座右铭:"读书的时候用功读书，玩耍的时候放心玩耍，说话要说真话，做人得做好人。"这盏温暖心灵的灯火，至今仍是李致做人的标准。他在顺境中牢记这四句话，他在逆境中不忘这四句话。通过这四句话，他不仅为自己更为广大读者树起了一个清洁的精神的思想标杆。其实，归结起来，巴金留给李致的也是留给中国知识分子的遗产就是两句话:一句是"生命的意义在于奉献而不是索取"，还有一句是"人总得说真话"。关于巴金对李致的影响和李致对巴金的深情，那篇《我淋着雨，流着泪，离开上海》有极其感人的揭示。这里我只想说，巴金与李致之间深层的内在联系就是，巴金是一个中国的知识分子，在他的影响下，李致也努力使自己成为一个中国的知识分子。

追溯起来，李致心目中的精神导师还应当有鲁迅。他是读着鲁迅的作品在暗夜中走向破晓的，是鲁迅教他"横眉冷对千夫指，俯首甘为孺子牛"，他用这种精神指导自己去回答如何做人的问题。而巴金对鲁迅的崇敬和追随，无疑更加重了鲁迅在李致心目中的分量。曾经为巴金辩护从而保护了巴金的鲁迅说过:"巴金是一个有热情的有进步思想的作家,在屈指可数的好作家之列的作家。"(《答徐懋庸并关于抗日统一战线问题》)而在巴金那一代青年作家心目中,鲁迅是给他们温暖的太阳,也是为他们挡住风沙的大树。在所有进步作家的心目中,鲁迅先生的人格是比他的作品更伟大的。他的正义的呼声响彻了中国的暗夜,在荆棘遍地的荒野中,他执着思想的火把,引导着无数的青年向远远的一线光亮前进。这些青年中,应当也有李致,尽管当时他还只是一株幼嫩的秧苗。在"文革"被关"牛棚"的后期,李致靠"天天读"鲁迅的书获得精神支柱,度过他一生最困难的时候。

实践是检验真理的唯一标准,实践也是检验一个人的人生态度的唯一标准。无论是"俯首甘为孺子牛"的精神引领,还是"生命的意义在于奉献"的思想勉励,在李致身上都不同程度地默默化作了认真而坚实的实践。这些实践在他从事出版工作期间显得尤其突出。20世纪的最后二十年里,李致与出版结缘。他担任四川省出版工作的领导职务之初,中国正闹"书荒",读者求书若渴,彻夜排队买书,但在百废待兴的情况下,人们往往买不到需要的书籍。面对此情此景,李致难过、内疚、心急如焚。全身心投入出版工作的李致团结带领四川出版界同仁,在迅猛发展的改革开放形势推动下,解放思想,实事求是,首先从突破束缚地方出版社手脚的"三化"(地方化、群众化、通俗化)框框入手,实行"立足本省,面向全国"的方针,抓住机遇,深化改革,勇于实践,埋头实干,使四川出版在短时间内异军突起,以品种多、成系列、有重点的鲜明特色,在国内以至海外出版界产生很大影响,广大读者由此对四川出版赞誉有加,四川出版事业由此而出现了空前繁荣的局面。一时间,许多作家、诗人、翻译家大受鼓舞,一部部佳作纷纷投向四川的出版社,人们戏称"孔雀西南飞"。曾被鲁迅先生誉为"中国最为杰出的抒情诗人"的冯至对李致说:"你是出版家,不是出版商,也不是出版官。"李致将这些话理解为是对当时的四川人民出版社的整体评价,他向出版社全体职工传达说:"冯至同志说四川出版社是出版家,不是出版商,也不是出版官。"李致,这位四川出版事业的有功之臣,就是这样坚持把社会效益放在首位,同时注重经济效益,以改革的思路、开放的心态,将鲁迅、巴金关于如何做人的观念,落实到一步一个脚印的重大社会实践中。

李致的实践,往往渗透着感情。实践的过程,就是积累感情的过程,深化感情的过程。而这感情,则是他与事业的感情,与人的感情。从担任振兴川剧领导小组副组长到顾问,李致与川剧界结缘几十年,将自己的身心融入了川剧事业。当年他抓川剧抓得十分具体,从讨论规划、研究创作、筹措经费、安排会演到带队出国访问、亲临排练现场、关心演员生活、解决剧团困难,事无巨细、亲力亲为。更重要的是,他"踩深水"、边做边学;将演职人员视为知己,情同手足。川剧界对他的评价很高,他则甘心自始至终当川剧的"吼班儿"。由于他不仅懂川剧,而且懂演员,川剧界无不为他那颗热爱川剧、热爱川剧人的心所感动。"望着满头白发的李致,我感叹,川剧之幸!"川剧表演艺术家左清飞的这句话道出了川剧人的心声。

天地之间,做人不易,做知识分子更不易,做中国知识分子尤其不易。偶读陈寅恪先生著作,见他曾谈到古代文人的自律问题,那是他在研究唐史时因诗人李商隐在"牛李党争"中的遭遇而引发的感叹:"君子读史见玉溪生与其东川府主升沉荣悴之所由判,深有感于士之自处,虽外来之世变纵极纷歧,而内行之修谨益不可或缺也。"(《唐代政治制度史述论稿》中篇)字里行间,强调的是知识分子(士)的"自处"及"内行之修谨"。用今天的话说,知识分子首先要注重自我修养、自我提升、自我完善。只有自己有了良好的修养、坚定的信念,咬定青山不放松,才能不仅做到立人、达人,利国利民,而且做到宠辱不惊,进退从容,任尔东西南北风。这是如何做人的一条很重要的经验和原则。从这个角度看，《李致文存》透露出来的当代文人李致的所思所言所行，似可视为如何做人的一个鲜活个案；也可以说《李致文存》记载了作者对于如何做人问题的基本答案。

读读《李致文存》，会给我们在如何做人、如何自处自律等方面带来一些启示，这也许是《李致文存》出版的重要意义吧！

2018年6月10日

目 录

李 | 致 | 文 | 存
我 与 川 剧

2002年版前言 / 001
2012年版代序 / 002

话 说 振 兴

开创川剧事业的新局面 / 003

振兴川剧工作的六点意见 / 007

在演出和交流中学习提高 / 019

向新都县川剧团学习
　　——欢迎《芙蓉花仙》赴京拍片归来 / 023

支持大胆探索 / 026

知难而进 / 030

勿失良机 / 034

高高兴兴地回去 / 038

贵在坚持
　　——答《四川戏剧》记者杜建华问 / 041

振兴川剧五年谈
　　——答唐思敏问 / 046

坚持不懈地振兴川剧 / 050

提高质量　参与竞争

　　——答《四川戏剧》记者杜建华问 / 056

川剧要着重解决"曲低和寡"

　　——上海《文汇报》特约记者张利泉访谈 / 062

谈川剧音乐改革 / 064

路在脚下 / 067

希望与困难同在

　　——答《川剧与观众》报记者冷力问 / 070

致成都市川剧院三团的信 / 074

给省领导的一封信 / 075

我喜欢川剧丑角 / 077

关于坚持不懈地振兴川剧的建议信 / 078

门外戏谈

川剧功臣魏明伦 / 087

振兴川剧务求实效 / 091

缅怀的目的是继承 / 098

珍惜自己的优秀文化 / 102

我是来打气的 / 105

借东风 / 110

加强"抢救"的力度 / 112

"猛药"颂 / 116

我爱徐棻的剧作 / 119

贺《红梅记》首演 / 122

喜见川剧成果 / 124

门外戏谈（十一则）/ 129

附　传承川剧的经验之谈
　　　　——读李致先生的《门外戏谈》三题　刘双江 / 144
若要人迷戏，除非戏迷人 / 147
振兴川剧，关键是领导重视 / 149

铭 记 关 怀

难忘小平对川剧的关怀 / 157
　　附　空谷足音
　　　　——欢迎四川省振兴川剧汇报演出团　曹　禺 / 161
　　附　三观川剧话振兴　黄宗江 / 164
杨尚昆看《滚灯》 / 170
张爱萍对川剧艺术的深厚感情 / 171
周扬谈川剧的一句话 / 174
巴金偏爱川剧 / 176
　　附　巴金致成都市川剧院的一封信 / 180
谭启龙与振兴川剧 / 185
周巍峙、李致谈话录 / 188
怀念郝超 / 191

论 著 序 文

一项填补空白之作
　　——序邓运佳《川剧艺术概论》 / 197
改革没有现成的路
　　——序徐棻《探索集》 / 201
《芙蓉花仙》的启示
　　——序《好一朵芙蓉花》 / 203

光彩照人的艺术之笔
　　——序《张鸿奎戏剧人物画册》/ 206

发扬锲而不舍的精神
　　——序邓运佳《中国川剧通史》/ 209

川剧评论家大有可为
　　——序唐思敏《川剧艺术管窥》/ 212

理论研究需要持之以恒
　　——序《川剧文化丛书》/ 214

序陈国福《一世戏缘》/ 217

《名家论川剧》前言 / 219

《老一辈革命家与川剧》前言 / 221

序《中国川剧》/ 223

《川剧传统剧目集成》前言 / 227

序《说戏画戏》/ 231

《白塔秋枫——蓝光临艺术生涯》序 / 233

情深谊长

真想和他再"长话短叙"
　　——怀念周企何 / 239

名丑的"遗嘱"
　　——怀念周裕祥 / 242

小大姐，谁舍得你走
　　——怀念书舫 / 243

再说几句心里话
　　——怀念竞华 / 248

"有朝时运来，草履变钉鞋"
　　——写在曾荣华一百周年诞辰 / 251

一生献给川剧艺术
  ——贺许倩云舞台艺术六十五周年 / 253
长江后浪推前浪
  ——贺优秀青年川剧演员刘萍举办专场演出 / 256
领腔陈世芬 / 258
支持有成就的川剧人写书
  ——贺《清言戏语》首发 / 260
咬定青山不放松
  ——贺刘芸川剧艺术成就展 / 263

出访随笔

1985年四川省川剧院访欧演出日记 / 267
  附 文明之邦的友好使者
    ——记四川省川剧院赴欧洲演出 穆方顺 / 296
  附 欧洲及国内报刊评川剧出访 / 298
西柏林医生的救死扶伤 / 324
轰动日本的"川剧热" / 328
在日本各界欢迎宴会上的致词 / 335
在日本山梨县宴会上的致词 / 337
在日本东京国立剧场的一次交谈 / 339
缅怀山胁龟夫 / 342
"变脸"揭秘 / 348
1987年川剧《白蛇传》访日演出日记 / 352
1990年川剧《芙蓉花仙》访日演出日记 / 366
  附 川剧访日演出日记读后感言 / 381

他人评说

愿为川剧奋斗到最后一息
　　——记李致为振兴川剧所做的工作　朱丹枫 / 387
川剧艺苑好园丁
　　——李致同志抓川剧振兴掠影　唐思敏 / 402
振兴川剧走"头旗"　陈国福 / 408
几度风雨结戏缘　陈国福 / 414
李致与川剧　罗湘浦 / 422
李致二三事　徐棻 / 426
我心中的李致
　　——答黄光新问　魏明伦 / 431
李致——我的好师长、好朋友　张宁佳 / 436
又一个李部长　左清飞 / 440
珍贵的馈赠　杜建华 / 450
李致甘当川剧"吼班儿"　田海燕 / 452

2002年版《我与川剧》编后赘语 / 457
2012年版《李致与川剧》选编后记 / 461
后　记 / 463

2002年版前言[1]

中共四川省委、省政府1982年发出"振兴川剧"的号召，我直接参与振兴川剧工作有九年（1983—1991）时间。这期间我除了做一些实际工作外，免不了有讲话、答记者问和起草文件之类的事，也就留下了不少文字记录。

今年是振兴川剧二十周年，川剧界的一些朋友鼓励我将那九年间形成文字的东西进行整理，加上我离休后写的一些与川剧有关的散文随笔，配以照片出版。省川剧艺术研究院的领导同意把它列入"振兴川剧丛书"，省文化厅、省新闻出版局的领导又给予热情支持。于是，便有了这本由省川剧艺术研究院研究员杜建华做特邀编辑的《我与川剧》。

个人的经历毕竟有限，这本书，只算我祝贺振兴川剧二十周年的一点心意，供有兴趣的朋友翻阅。

我热爱川剧，希望川剧之花能永不凋谢。

2002年5月4日

---

[1] 此系《我与川剧》前言，2002年。

2012年版代序[①]

2002年，即振兴川剧二十周年之际，我出版了一本《我与川剧》。通过我这个侧面，反映川剧和振兴川剧工作的历史片段。今年是2012年，即振兴川剧三十周年，我把这十年所留下的一些文字，补充进去，成为增订本。

这十年中有一件事必须书写。在2006年，由廖伯康同志发起，邀约了杨超、何郝炬、杨析综、冯元蔚、廖伯康、聂荣贵、马识途、韩邦彦、徐世群、李永寿、章玉钧、李致共十二人，经过调查研究，交换意见，向省委和省政府的领导写了一份《关于坚持振兴川剧工作的建议》，全面地分析了川剧的现状，提出若干重要的建议。其中，我印象最深的有两点：一是针对川剧演员青黄不接和川剧学校招生困难，廖伯康同志提出，川剧招生应采取师范学校招生的办法，免收学杂费，不收伙食费，学习优秀的给奖学金，毕业后尽可能包分配；二是针对观众流失，何郝炬同志提出，送戏上门，政府买单。我认为，这是为振兴川剧下的"猛药"，应该实行，也会立竿见影的。我为此写文章和讲话呼应。这两方面，剧团和省川

[①] 此系四川文艺出版社2012年出版的《李致与川剧》代序，题为"我愿为振兴川剧当'吼班儿'"。

剧学校（现在叫四川艺术职业学院）都做了一些工作，但没完全落实。

我当年负责省振兴川剧领导小组的日常工作，离休后仍热爱川剧。我了解川剧的一些现状，经常听到川剧人讲他们的心愿。为了使川剧这个瑰宝不至于消失，我愿为之鼓与呼。我既非在职领导，又非专家学者，只能为振兴川剧当个"吼班儿"。我年过八十，四肢无力，但中气尚足。既如此，就这样"吼"下去吧！

2012年4月4日

李致文存·我与川剧

话说振兴

开创川剧事业的新局面[①]

四川省1983年川剧调演大会今天正式开幕了！

这次全省川剧调演，是在省委、省政府发出"振兴川剧"的号召后出现的大好形势下举行的。去年7月，省委批转了省文化局党组《关于振兴川剧的请示报告》，指出"振兴川剧是全省人民群众的愿望，对具有优秀传统的川剧艺术进行抢救、继承、改革、发展，是当前我省文艺战线的一项重要任务"，并成立了四川省振兴川剧领导小组，统筹和协调全省川剧工作，传达贯彻了省委、省政府关于"振兴川剧"的重要批示。在党的十二大精神指引下，各级党政领导部门把振兴川剧工作当作建设社会主义精神文明的一项战略任务来抓，许多市、地、州成立了相应的领导班子，部署振兴川剧的工作，并在人力、财力、物力等方面给予大力支持。各地宣传、文化部门积极采取措施，迅速贯彻落实，做了大量工作。省委的号召受到全体川剧工作者的热烈拥护，极大地调动了他们的积极性，大家认识到振兴川剧在"四化"建设新时期的重要意义和自己所肩负的重大责任，努力用马克思主义文艺理论和毛泽东文艺思想指导川剧艺术的"推陈出新"。许多老艺人听说振兴川剧，感动得热泪盈眶，他们兴高采烈，纷纷授徒传艺，培养新人。不少中年业务骨

[①] 本文系振兴川剧首届调演开幕词。

干，欢欣鼓舞，干劲倍增，勇于挑起承先启后、继往开来的重担。一大批青少年演员看到前途，增强信心，安下心来孜孜学艺，踏踏实实练好基本功。总之，振兴川剧已成为大家共同奋斗的目标。

为了积极参加这次调演，各地广泛动员编、导、演人员，紧张地投入创作、改编、整理和排练工作。地区和地区之间、剧团和剧团之间、领导和群众之间、老中青演员之间，都出现了互相支持、团结战斗的新气象。许多市、地、州文化部门的领导，深入到编、导、演职人员中间，和他们一道修改剧本，研究舞台艺术。重庆、成都等市调出一批艺术骨干支援友邻地区或所属县级剧团进行剧目的加工和准备工作，一些市、地、州举办了小型川剧调演或会演。由于各地都把这项工作抓得很紧，因而在短短的几个月中，涌现了一大批新戏。各市地和省直属单位推荐参加调演的剧目共四十七个，其中大戏三十九个，小戏八个。按类划分，计有近代和现代戏二十一个，占百分之四十四点七；新编历史戏二十个，占百分之四十二点五；整理传统戏六个，占百分之十二点八。

对各市、地、州推荐的剧目，省振兴川剧领导小组主要成员和调演办公室的同志，认真观看了部分剧目的演出和绝大部分剧目的录像。省委、省政府的负责同志也抽空观看了一部分推荐剧目的演出和录像，并提出了很多宝贵意见。本着"质量第一，择优选调，不讲平衡，不讲照顾"的原则，经过反复讨论、评议，从各地推荐的剧目中评选出近二十台戏参加调演。这些剧目，包括川剧的五种声腔，喜剧、正剧、悲剧、文戏、武戏俱备，体现了现代戏、新编历史戏、整理传统戏"三并举"的戏曲剧目方针，体现了题材、体裁、风格和形式的多样化。

这次推荐的剧目，好的和具有较好基础的较多，由于多种客观因素的限制，决定分两批调演。第一批调演于5月23日至6月12日举行，参加第一批调演的，计有大小剧目十六个，其中大戏十台，中小型戏两台。第二批调演将于国庆至明年元旦期间举行，剧目仍按

首届振兴川剧调演开幕式。右起：吴雪、聂荣贵、何郝炬、袁玉堃、杜天文、李致

艺术质量选调。当然无论第一批或是第二批参加调演的剧目，都需要广泛听取意见，继续加工，千锤百炼，不断提高质量。至于这次没有剧目参加调演的市、地、州，他们对支持这次调演，对振兴川剧也都做了大量工作。他们的成绩应该充分肯定，我们期待并相信他们能在不久的将来搞出优秀剧目。

调演不是目的，而是振兴川剧、繁荣创作、推动理论研究、活跃评论、造就人才的一种手段和措施。这次调演大会期间，将聘请到会的专家、学者、川剧名家讲课，同时开展戏剧评论工作，互相交流，共同切磋，以促进艺术水平的提高，把这次调演办成名副其实的学习会、训练班，我们希望省内的演出团队和观摩人员把精力放在学习、观摩、交流、提高上面。

我们还期望通过这次调演开创振兴川剧事业的新风气，宣扬建设社会主义精神文明的新风尚。我们全体川剧工作者，要向张海迪同志学习，注重艺术道德，端正思想作风，自觉按照《文艺工作者公约》规范自己的言行，集中精力把这次调演搞好。

省委、省政府振兴川剧的决策，得到中央有关部门的领导同志、文艺界、戏剧界的老前辈、专家、学者以及兄弟省市的关注和鼓励。调演前夕，以阳翰笙同志为团长的包括陈白尘等同志的中国文联赴川访问团，先后在成都和川南地区看了五场川剧，对振兴川剧给予了很大的支持。现在，以吴雪同志为首的文化部代表团和很多兄弟省市的同志，不远千里，不辞辛苦，前来指导工作，传经送宝。贵宾们的光临，为这次调演增添了光彩。在此，我代表四川省振兴川剧领导小组和全体川剧工作者，向他们表示诚挚的敬意和由衷的感谢。

振兴川剧是广大川剧工作者的光荣职责，是一项长期而艰巨的战略任务。这次调演是新中国成立以来我省川剧战线一次规模空前的盛会，也是省委、省政府发出"振兴川剧"的号召后第一次交流观摩学习艺术经验、检阅川剧创作成果的盛会。在我们这次调演大会开幕的时候，适逢毛泽东同志《在延安文艺座谈会上的讲话》发表四十一周年，这是很有意义的。我们希望通过这次调演，进一步振奋精神，加强团结，鼓足干劲，努力实践，不断提高剧目的思想艺术水平，为开创川剧艺术事业的新局面迈出新的步伐！

1983年5月23日

振兴川剧工作的六点意见[①]

会议安排我讲有关文艺工作的几个问题。之所以叫几个问题，就是说不全面讲。为什么不全面讲？一是中宣部可能在10月份召开文艺工作会议，到时候我们还要贯彻会议精神；二是我们对全省文艺状况（特别是文艺思想）了解不多。这次会议在文艺方面主要是学习中央领导同志的报告中有关的部分，学习和讨论中宣部文艺局的"征求意见稿"；围绕这个目的，我们特地请马识途同志作了报告。现在由于时间关系，与其泛泛地讲几个问题，不如集中就振兴川剧作一个发言。整个文艺工作的回顾和安排，部里文艺处有一个书面发言，可供同志们参阅，我不在这里重复讲了。

川剧是我国文化遗产中的一份宝贵财富，在四川和西南一些地区有广泛深厚的群众基础。新中国成立后西南局的领导，特别是小平同志、贺龙同志，对川剧十分重视。据白戈同志、艾芜同志回忆，当时经常举行川剧晚会，规定有关的领导同志都要看。外来的同志不习惯看川剧，就锁着门不许中途溜走。有的同志听了沙哑的男声帮腔发笑，贺龙还站起来制止。这些做法初听起来可能让人觉得"武断"，但认真一想才懂得这是小平同志、贺龙同志的群众观点。川剧既为四川人民喜闻乐见，外来干部应该尊重和理解四川人

[①] 本文系在四川省市、地、州委宣传部长会议上的发言。

民的喜爱，取得共同的语言。同时，还要运用川剧这个群众喜闻乐见的形式，对群众进行教育。由于老西南局的重视，在新中国成立前夕面临绝境的川剧得到新生，以后川剧多次进京、出国和到全国各地演出，都受到热烈的赞扬。许多老艺人回忆说：50年代是川剧的"黄金时代"。

"十年动乱"期间，川剧遭受一场空前浩劫。全省一百多个专业川剧团，或被勒令解散，或被迫改为文宣队，甚至改唱京剧"样板戏"。有位"宣传大臣"居然要川剧说普通话，真是荒唐之极。许多编导演人员被打成"牛鬼蛇神"。川剧艺术遭受这样的摧残，使人非常痛心。马识途同志关在"牛棚"里所写的"满园落红救不得，空言赤诚护花人"，充分反映了人们的心情。粉碎"四人帮"以后，在党的十一届三中全会指引下，特别是小平同志来川视察工作时对川剧的关心，川剧很快得到复苏和发展。这几年，全省恢复和重建了一百三十四个川剧团，有一万七千多人从事川剧艺术工作，出了一些好戏，在改革上也做了一些探索，成绩是主要的。但与此同时，也逐渐暴露出了一些长年积累的问题和新出现的种种矛盾。如老一辈川剧艺术家的宝贵经验没有及时总结，一些传统表演技巧和绝招、特技未能很好继承，致使有的已经失传。青年一代演员功底差，文化素养不高，有不少人缺乏事业心。不少优秀传统剧目，还没有用历史唯物主义的观点再整理和加工，上演的一些戏推陈出新不够，并普遍存在剧本长、内容重复、节奏慢的问题。川剧研究工作没有很好开展，改革的步子跨得不大。总之，观众减少，年轻人不愿意看，剧场门庭冷落的现象比较普遍，川剧不景气已属客观存在。尽管别的一些传统剧种也有类似问题，但川剧似乎更突出一点。别的剧种，很注意学川剧的表演艺术。川剧的一些剧目，被人家看中了，拿去移植上演或改拍电影，引起轰动，而我们自己却放过了。有同志说：川剧成了各剧种的剧目资料室。川剧艺术的这种状况，与人民群众日益增长的文化生活需要、与党中央提出的

1983年第一届振兴川剧晋京演出时贺敬之、阳友鹤、李致、袁玉堃（从左到右）在剧场休息室

建设社会主义精神文明的要求，严重地不相适应。

　　值得庆幸的是，省委继承了老西南局的传统，十分重视川剧艺术事业在新时期的繁荣和发展，在去年7月召开的常委会议上研究和部署振兴川剧的工作，并在批复省文化局的文件中指出："振兴川剧是全省人民的愿望，对具有优秀传统的川剧艺术进行抢救、继承、改革、发展，是当前我省文化战线的一项重要任务。"号召"各级党委对振兴川剧的事业予以重视和支持，督促宣传文化部门采取积极措施，贯彻落实"。与此同时，省委、省政府批准成立四川省振兴川剧领导小组，确定其主要任务是"在省委领导下，统筹全省川剧事业的全局，促进川剧的繁荣发展"。由省委常委讨论和部署川剧艺术工作，这在新中国成立以来还是第一次。大家决心遵照省委、省政府的指示，尽心竭力搞好川剧振兴工作。各级党委都立即行动，把这一工作列入议事日程。省委宣传部在部署宣传工作时，把振兴川剧列为今后的重要任务之一。省文化厅党组多次召开会议，学习这一文件，制定贯彻省委、省政府指示的具体措施。各市、地、州、县党委和人民政府，也给予高度的重视，很多地区的主要领导同志亲自布置或过问这项工作。由此,一个上下一致、团结战斗、振奋精神的振兴川剧的热潮,在全川范围内逐渐形成。

省振兴川剧领导小组成立后,立即开展了工作。首先,召集了成、渝两地及省川剧院等重点演出单位学习文件,统一认识;又在去年9月初,召开全省川剧工作座谈会,全面部署振兴川剧工作。第二,认真抓了剧团的调整、整顿和改革工作。要振兴川剧,必须改变现有剧团设置过多、队伍臃肿的状况,对现有川剧队伍进行调整和精简。省文化厅在今年春节后召开一次剧团体制改革座谈会,交流了各地的经验,推广了一些好的典型。第三,针对川剧创作、表、导演薄弱的问题,省文化厅还抓了编导人员的培训,并结合为川剧调演做准备,认真抓了重点剧目。此外,文化厅还成立了录像室,翻录了部分著名老艺人的拿手戏和技艺的录像资料,有关单位在搜集、整理、出版川剧艺术资料方面,做了大量的工作。

为了推动振兴川剧的工作,今年五六月,举行了川剧调演。这次调演有广泛的群众基础,在短短的几个月中,涌现了一大批新戏,有一百二十多个。各市、地和省直属单位向省上推荐的剧目共四十七个。本着质量第一、择优选调的原则,评选出十二台(十五个剧目)参加第一批调演。参加调演的剧目都经过反复加工,"三上三下"。第一批调演历时二十一天,参加演出人员有八百九十一人,省内观摩人员五百六十四人,来自二十二个兄弟省、市、自治区的戏剧、文艺界同志六百三十三人,共计二千零八十八人。如此盛大和隆重的川剧调演,在新中国成立以来是第一次。这次调演的剧目坚持了文艺为人民服务为社会主义服务的方向,贯彻了"百花齐放,推陈出新""古为今用,洋为中用"的方针和"三并举"的戏曲剧目政策,内容健康,不少剧目具有较高的思想性和一定的艺术质量,塑造了较为鲜明的舞台形象,表现了启迪人心的积极主题。自贡市川剧团创作演出的近代戏《巴山秀才》,达到较高的水平,受到观众和专家的一致赞扬。《丑公公见俏媳妇》《思亲送柴》《人与人不同》《燕儿窝之夜》《镜水桥》等现代戏的演出，表明川剧反映现实生活的道路宽广；《绣襦记》《禹门关》《鞭督邮》《芙蓉花仙》等传统剧目，经过整理，又一次证明川剧具有悠久的传统，推陈出新大有可为；《王熙凤》《阚泽荐陆》《轵侯剑》等新编历史（故事）剧的出现，说明川剧可以运用我国丰富的历史和文学遗产，从中创作出更多更好的袍带戏、生旦戏；《李冰》《草莽英雄》取材于四川，歌颂了巴蜀历史上的英雄人物，使人倍感亲切。这次川剧调演，不仅出了一批新戏，还涌现了一批新人，包括编剧、导演、演员、音乐、舞美人员。不少编导人员努力学习，深入生活，发挥聪明才智，为编演新的剧目进行了创造性的劳动。中青年演员勤学苦练，积极进取，创造的舞台艺术形象受到广大观众的赞许。音乐、舞美工作者在继承传统的基础上锐意革新，使之更符合当代观众的欣赏要求。

　　调演期间，还特别倡导和发扬了两个方面的新风，取得了显著的效果。一是坚持在马克思主义文艺理论和毛泽东文艺思想指导下，在学术上、艺术上实行民主的自由讨论的好学风；大家反映，有了这种学风，就能进一步促进创作的繁荣和演出的活跃。二是加强思想政治工作，提倡"五讲四美"，树立讲求职业道德、反对行帮习气等文明新风。各代表队涌现了大量好人好事。在整个调演期间，近两千名演出、观摩人员，没有发生过争吵、闹不团结和违反纪律的事件，这在以往是少见的。大家自觉认识到，作为一名光荣的文艺工作者，不仅要以编演内容健康的文艺节目为建设社会主义精神文明做出贡献，而且自己首先应当成为树文明新风的表率。因此，领导上归纳这次调演大会的最大特点是有"三新"，即新戏、新人、新风。

　　省委、省政府领导对这次调演大会十分重视，自始至终给予大力关怀和支持。省、市，成都军区、省军区主要领导同志分别出席了大会的开、闭幕式，杨汝岱、聂荣贵同志还代表省委、省政府先后讲了话。谭启龙同志为大会作了"振兴川剧,务求实效,千锤百炼,精益求精"的题词。正在成都视察工作的国务委员兼国防部部长张爱萍同志观看了部分调演剧目,并在闭幕式上以川剧老观众的身份,作了十分亲切的讲话,对振兴川剧工作提出了许多重要意见。他还兴奋地为大会题词:"乡音喜闻乐见,古曲今开新面。群星汇蓉城,百花齐放艺湛。堪羡,堪羡,天府新秀千万。"文化部派出以吴雪同志为首的代表团,观看了全部调演剧目。吴雪同志作了两次热情洋溢的讲话,他指出:四川首先以省委名义向各市、地、州、县委发布文件,直接指导全省振兴川剧的工作,这是全国首创的。省委、省政府把振兴、改革川剧事业当作一项战略任务,由省委常委亲自负责,在各级党委领导下成立了振兴川剧领导小组,受到了文化部、全国各地文化部门的极大关注,应在川剧史上大书一笔,这是发展川剧艺术事业的一个新的里程碑。许多外省的同志对我们说,四川省委领导亲自抓戏,提出"振兴川剧"的口号,加上你们卓有成效的工作,振奋了全国的戏剧工作者。四川发出的"振兴川剧"的号召,必将对全国戏剧事业的发展起到推动作用。有的同志还说,四川的川剧调演,实际上是一次不是文化部安排的全国性戏剧工作经验交流会议;是你们"振兴川剧"的号召,把全国大多数省份召唤来了,共同来做好振兴地方戏剧事业的工作。省内的许多名老艺人参加开幕式时激动得热泪盈眶,衷心感激党和政府对川剧事业的关怀,感到深受教育和鼓舞。各演出观摩队的领队同志反映,这次调演是历次会演中最隆重和最认真的一次,大家情绪高,纪律好,收获大。许多业余爱好者也说,能看到川剧调演剧目,很是高兴;认为能多演出像《巴山秀才》这样的好戏,振兴川剧必定前途辉煌。

为了赢得青年观众,并听取他们的意见,调演期间,我们组织了三百多名大学生观看《巴山秀才》。这三百多名大学生中,只有少数人对川剧有点兴趣,绝大多数是没有看过或不愿看的,但戏一开始就把他们吸引住了,使他们兴致勃勃地看到底。在第二天的座谈会上,他们纷纷表示,希望把川剧送到学校演出,并提出了不少好的意见。吴雪同志在闭幕式上的讲话中很赞赏这种做法,他说:"在重视培养川剧工作者的同时,重视培养川剧的青年观众,通过优秀剧目吸引青年观众,这是振兴川剧不可忽视的、互为因果的两个方面。振兴川剧领导小组这一做法,是有远见、有深远意义的。"

文化部十分重视振兴川剧所取得的初步成果,要求组织统一的振兴川剧代表团赴京汇报演出。现已决定带《巴山秀才》《绣襦记》及《丑公公见俏媳妇》《禹门关》四出戏(共三台演出),从9月25日到10月28日在北京演出。目前正紧张地进行各项准备工作。

同志们都很关心振兴川剧的工作下一步怎么做。大家一致的意见是,要进一步认识振兴川剧的意义。正如杨汝岱同志所说:"振兴川剧的目的是为了让四川人民所喜闻乐见的川剧艺术在两个文明建设中,更好地为人民服务,为社会主义服务。各级党委一定要从建设社会主义精神文明的高度来认识抓好川剧振兴工作的重要性,继续加强和改善党对川剧工作以及所有文化艺术工作的领导。"

当前,应该注意抓好以下工作:

第一,要继续把振兴川剧工作提上议事日程,认真研究好振兴川剧工作中的重大问题。不要认为调演完了就了事,这是我们在相当长时期内的重要任务。在当前的机构改革中,要认真按照"四化"的要求,配备热心于川剧事业的同志担任振兴川剧的领导工作和川剧团的领导。无数事实证明,那些振兴川剧工作搞得好的地方,总是有那么几个热心分子。聂荣贵同志说:"为了振兴川剧的工作,各级领导要抽时间多看川戏。"多看,既可培养兴趣,又能了解情况,取得发言权。宣传、文化部门的同志要和川剧界的同志交朋友,听取他们的意见,同时给他们做工作。过去,李亚群、李宗林同志在这方面做得很好,川剧界至今怀念他们。

第二，努力提高川剧剧目的艺术质量，不断积累和丰富川剧保留节目。阳翰笙同志希望川剧要在几年内搞一批传统保留剧目。马识途同志建议，从那"唐三千，宋八百，演不完的三列国"的众多传统剧目中，认真选出一批好戏来。比如先选出五十出好戏来，分头交给省、市和各地区川剧团认真打磨，推陈出新，经过大家审定后，作为第一批保留传统剧目。这些意见非常好，我们要逐步实现。今后要求每个市、地力争每年能出一个达到省里调演水平的剧目；省川剧院和成都、重庆、自贡等创作力量较雄厚的单位，每年要力争出一台重点戏；在此基础上，全省力争每一至二年能创作和演出一个接近或达到全国水平的重点剧目。当前要抓好两件事：一是参加调演的十二台戏都要本着"千锤百炼，精益求精"的精神，进一步加工修改，广泛地进行演出或巡回演出，以扩大调演的成果。二是抓参加第二批调演的剧目。第二批调演剧目的调演时间要推迟到明年一季度，其目的也是为了拿出高质量的剧目。许川同志说，与其现在喝十几杯白开水，不如明年多喝几杯浓茶。我很赞成这个意见。

在抓剧目的时候，既要注意继承，又要注意改革，不要把两者对立起来。聂帅最近说，不要把川剧的特色改掉了，不要把帮腔改掉了。杨汝岱同志也说，要研究一下川剧必须保留哪些特点，在保留基本特点的基础上积极进行改革。杨析综同志说，川剧节奏慢的问题一定要改革。聂荣贵同志说，如何改革，要在实践中摸索路子，允许各地进行试验和大胆创新，先搞起来再看。我们认为，只要内容健康，有艺术魅力，无非是特点多一点、少一点的问题。特点少了可以增加，真正不合适的地方可以再改。不要轻易责备人家"乱改"，也不要听不得意见，反过来给对方扣上"保守"的帽子。杨汝岱同志说，鼓励一切继承传统基础上的试验、探索、改革、创新，造成一个更加生动活泼的艺术局面。

第三，继续加强川剧艺术队伍的建设。目前，我们全省有川剧老艺人一百六十四人,这是很大一笔财富。老艺人热爱川剧事业,许多剧本在他们肚子里,许多精湛的技艺在他们身上,必须把他们记得的剧目用文字记下来,把他们精湛的技艺录音或录像留下来,派有出息的中青年演员向他们学习,整理和出版他们的舞台生活和舞台艺术成果等,以继承和发展川剧艺术,切不要忽视抢救工作,弄得到时人亡艺亡。"面娃娃"彭海清就是一个例子。目前老艺人比较分散,有些担任行政领导,并未发挥他们的特长;有的未被重视,没事干,他们的意见较多;有的参加演出,中青年演员又觉得把他们压住了,矛盾不少。吴雪同志和聂荣贵同志提出,把一些著名的老艺人集中到川剧艺术研究院,让他们研究、示范,同时记录、整理他们的艺术成果。振兴川剧领导小组很赞同这个意见,准备采取措施逐步实现,请有关地区(主要是成、渝两市)加以支持。

我们要重视中青年的工作,努力办好川剧学校和各种专业训练班,认真培养和造就一批各专业、各行当的优秀艺术人才。对有突出成就的中青年演员、编剧、导演,要敢于宣传,把他们介绍给广大观众。最近北京有关单位推荐成都优秀小生晓艇,在中青年演员中引起了很好的反应。他们说这不仅是对晓艇的重视,而是对中青年演员的重视。他们还说,陈书舫、袁玉堃50年代在北京演出,引起轰动,陈书舫二十八岁,袁玉堃也不过三十多岁。如果不注意这个问题,许多人风华正茂的年龄很快就要过了。当然,也有这种情况,只要一宣传某个人,接着这个人的问题就来了,告状信就到了。这就需要我们一要把人看准,二是看准了就不要顾虑过多,否则将会寸步难行。

无论对老艺人或中青年演员、编导等,都要继续贯彻落实党的知识分子政策。川剧艺术团体知识分子比较集中,要从政治上重视他们,关心他们的进步要求,从生活上照顾他们,从艺术上支持、提高他们。魏明伦同志连中"三元"(继《易胆大》《四姑娘》之后又出了《巴山秀才》），这是与自贡市对他的关怀、支持和帮助分不开的。我们应该重视自贡市的经验。

与此密切相关的，是要办好川剧艺术研究院，加强川剧艺术的评论、研究和资料搜集、整理工作。重庆、成都、自贡等也要设立和加强研究机构。吴雪同志这次来四川，也在这方面给我们提了许多建议，希望我们改变研究工作落后的状况。

第四，加强政治思想工作，帮助川剧工作者进一步振奋精神，增强团结，调动所有的川剧工作者为振兴川剧出力，不断把振兴川剧的工作引向深入。通过组织学习《邓小平文选》和《政府工作报告》，进一步明确和坚持"二为"方向，把提高川剧质量作为全体川剧工作者的奋斗目标，把风气搞正。

这半年我参与振兴川剧的工作，深深感到不团结问题的普遍性和严重性。这次张爱萍同志来，不少人向他反映情况，甚至哭诉，张老在这方面做了许多工作。他说："要创造新的艺术，首先要有新的思想、新的风尚。各剧团之间、演员之间，要团结友爱，互相学习，互相支持，共同提高，要坚决克服文人相轻、同行相斥的陋习。"他给省川剧院演员左清飞、张巧凤各写了一张内容相同的单条——"双凤齐飞"，鼓励她们团结起来在艺术上搞出新的成就，不要抵消力量。省委、省政府这样重视振兴川剧，如果我们川剧界和有关部门不团结一致，做出成绩，是对不起党和全川人民的。特别是各级领导机关和领导同志要以身作则，不利于团结的话不说，不利于团结的事不做。要形成一个舆论，把不讲团结看成是不光彩的事情。

对所有的川剧工作者，特别是人数众多的青年，要教育和帮助他们热爱川剧事业，刻苦学习和练功，立志攀登川剧艺术的高峰。我们省有一位取得一定成就的青年演员，当北京一位记者采访她，问她为什么要献身于川剧事业时，她回答说主要是不想下乡当知青。我相信她说的是真话，但经过这么多年，还停留在这个阶段，

李致与"双凤齐飞"的张巧凤（右）、左清飞（左）

就不合适了。

第五，继续搞好剧团的调整、整顿和经营管理体制改革试点工作，加强各方面的工作责任制，调动广大川剧工作者的积极性。

按"一县一团"的原则，除民族地区外，一般不新建川剧团了。现有的川剧团，队伍要精干，县剧团一般控制在五十人左右。多出的人与不适合在剧团工作的人，要请地、县党委和政府妥善安置。

体制改革，实际上是经营管理上的改革，上半年省和市、地做了一些试点工作。由于当时把改革的目的和原则讲得比较清楚，强调要出戏出人，保护演员的身体健康，不要只追求经济收入，加上省文化厅给下面的经费一个钱没有减少，所以总的情况比较好。最近，乔木同志讲，承包以后，积极性的提高是显著的。现在应该及早制定几条出来，哪些可以承包，哪些不可以承包；承包后，哪些可以做，哪些不可以做。我们应该认真调查研究，总结前一段的经验。

第六，动员各方面的力量，自觉地为振兴川剧做出贡献。谭启龙同志提出：要加强对川剧的宣传。这就需要报纸、刊物、出版社、广播电台、电视台宣传川剧，介绍和播放优秀剧目，加强评论，帮助川剧赢得更多的观众。峨影厂已决定拍摄《巴山秀才》，而且表示今后要定期拍摄川剧影片。我们很高兴地看到这些单位响应省委号召，支持振兴川剧的工作。

  以上这些意见中，我引用了不少省委负责同志的话，其目的是用事实证明省委、省政府对振兴川剧的重视和关心。过去我们说，不能让川剧这朵花，在我们这一代枯萎了，否则我们将受到历史的谴责。这样说当然对，但似乎消极了一点。现在应该说，要使川剧在建设社会主义精神文明的事业中焕发出新的异彩，我们还要通过振兴川剧取得经验，把我们省的话剧、京剧、曲艺、杂技等各种艺术事业振兴起来！

  我们坚信川剧一定能振兴！

1983年9月1日

在演出和交流中学习提高[1]

省委、省政府发出"振兴川剧"的号召刚好两年多时间。在省委、省政府和各级党委、政府的直接领导下,经过全体川剧工作者的努力,振兴川剧的工作,取得了可喜的成绩。

李致致开幕词

---

[1] 本文系振兴川剧第二届会演开幕词。

振兴川剧要求出戏、出人、赢得广大观众（特别是青年观众）。两年多来，全省创作和整理加工了二百多个新剧目。绝大多数剧目内容健康，具有一定的思想和艺术水平，其中《巴山秀才》在全国获优秀剧本奖。在老艺人精心指导下，大批中青年演员正在健康成长。成都市中年演员晓艇获得了《中国戏剧》评选主办的梅花奖，川剧事业后继有人。曾经出现过的剧场门庭冷落的现象有较明显的改变。组织大学生看川剧和普及川剧的基本知识，收到了良好效果。现在，川剧观众已不限于"胡子老头尖尖脚"，开始包括"年轻小伙花花裙"了，《芙蓉花仙》上演了近千场，是一个明显的例证。与此同时，抢救老艺人表演艺术的工作也有进展。为他们的拿手戏录音、录像，整理出版了一些他们的艺术生活和舞台经验的书籍。过去是薄弱环节的川剧基础理论研究工作也有加强，成立了省川剧艺术研究院，并举行了川剧基础理论学术讨论会。川剧团的体制改革工作，各地都在进行探索和实践，有的已取得明显的效果。

在去年会演的基础上，我们组织了"振兴川剧"赴京汇报演出团，到北京向中央领导和首都观众汇报演出。共演出二十六场，历时一个月，有同志称为过了一个川剧艺术节。加上成都市川剧院赴京演出和《芙蓉花仙》在京演出，一年多时间内川剧已三上北京。川剧在京演出，受到中央领导同志、中宣部、文化部、戏剧界、文学界和首都观众热情的支持和肯定。各方面都称赞省委、省政府提出"振兴川剧"的口号，并认为振兴川剧使川剧在北京恢复了50年代的声誉。文化部表彰了"出人、出戏、走正路"的自贡市川剧团。朱穆之同志去年11月在全国文化厅（局）长会议的报告中说，应该特别提出的是四川省委、省政府去年发出了"振兴川剧"的号召，采取了许多具体的切实的措施，出了一批好戏。最近，文化部给近几年连续创作演出了《易胆大》《四姑娘》《巴山秀才》等几出好戏的自贡市川剧团颁发了奖状和奖金。不少剧种非常关心振兴川剧的情况，这些对我们都是极大的鼓励。此外，振兴川剧在国外也有影响。泰国报纸发表过评论，将在明年举行的西柏林艺术节的主持人曾两次来川看戏，邀请川剧参加他们的艺术节。

正如省委常委会讨论川剧时所指出的：振兴川剧取得的这些成绩，仅仅是一个良好的开端，与我们振兴川剧的要求还有很大距离。我们要根据省委、省政府提出的"抢救、继承、改革、发展"八字方针和启龙同志提出的"振兴川剧，务求实效，千锤百炼，精益求精"的精神，踏踏实实地干它五到十年。为了贯彻省委、省政府指示的精神，我们举行了"振兴川剧"第二届会演。这次会演，凡有川剧团的市、地、州都认真做了准备，有不少地、市举行了艺术节或调演，向省里推荐了大戏四十一个、小戏三十九个。我们在看戏的过程中，深深感到各地贯彻了省委提出的"要提倡现代戏，并先从小戏、喜剧入手"的精神，热情歌颂了三中全会以来我们国家的巨大变化和建设"四化"的先进人物，乡土题材的剧目显著增多，在继承传统的基础上，对表演、音乐、舞美各方面都进行了一些探索性的改革。本着质量第一、择优选调的原则，经过省川剧领导小组和会演办公室反复研究，选出了一十六台戏共二十七个剧目，分两轮参加这次会演。参加会演的人数达一千二百余人。其中，现代戏十六个，占百分之五十九多。我们多次强调，会演不是目的，而是振兴川剧、繁荣创作、造就人才、推动理论研究、活跃评论工作的手段和措施。我们期望演出团队和观摩人员要把精力放在演出、学习、观摩、交流、提高上面，并像去年的调演那样，通过会演继续开创振兴川剧事业的新局面。

"振兴川剧"第二届会演适逢中华人民共和国成立三十五周年，我们川剧工作者，对中国共产党领导的社会主义新中国，有无限深厚的感情。正是新中国的成立，挽救了在新中国成立前夕面临绝境的川剧艺术，并使川剧艺术得到巨大的发展，许多在旧社会备受压迫和凌辱的川剧艺人得到新生，受到党和人民的尊重。党中央和我们的周恩来、朱德、陈毅等许多领导同志,对川剧关怀备至。邓小平同志、贺龙同志在主持西南局工作时对川剧的重视,至今成为佳话,广为流传。经过"十年动乱",省委、省政府又发出了"振兴川剧"的号召,使我们看到光辉的前程。我们全体川剧工作者对党和国家的关怀爱护,刻骨铭心,永世难忘。这次会演,是我们对中华人民共和国成立三十五周年的汇报、献礼,请省委、省政府和全川人民检阅我们的成绩,指出我们的不足,我们一定不辜负党、国家和人民的期望,一定要把川剧振兴起来,为实现党十二大制定的总目标、总任务,做出自己应有的努力和贡献。

1984年9月23日

向新都县川剧团学习
——欢迎《芙蓉花仙》赴京拍片归来

对新都县川剧团的《芙蓉花仙》，我是到处宣传、到处表扬。

今年两次到内江去。第一次去，内江地委宣传部副部长何其愚同志提出了一个问题。他说，振兴川剧，怎样才能把县川剧团发动起来呢？这个问题提得好。省委、省政府发出"振兴川剧"的号召已经两年，取得了明显的成绩。但有的同志总有一种错觉，认为振兴川剧是省上的事情，主要是成都、重庆、自贡这些川剧团的事情；县川剧团大多数是集体所有制，基础差，行当不全，要不断地演出，没有时间搞重点戏，谈不上参加省上的调演。这个问题引起我的思考。几天前，省政府派人第二次到内江，去看他们的调演。在闭幕式上，我试图回答这个问题。我说：县川剧团在学习自贡市川剧团"出人、出戏、走正路"的经验的同时，还要向新都县川剧团学习。

为什么呢？我谈了三条理由。

现在，县川剧团有两种搞法：一种是东拼西凑，疲于奔命。他们的条件差，不能演50年代整理过的那些剧目，没有那个水平，也没有力量创作新的剧目。但天天又要与观众见面，怎么办呢？有的只好上演那些没有整理过的陈旧剧目。有的便出高价到省外去买剧本，拿回来就匆匆忙忙地移植成川剧（当然，我不是反对移植）。

还有的就搞连台戏，十本、十几本，甚至干脆就是"条纲戏"。这个搞法，就谈不上"出戏、出人"了。这些剧团大多收入不好，工资不高，生活艰苦，住的条件也差。长期下去，恶性循环，难于提高。另一种就是新都县川剧团的搞法，有他们自己的拿手好戏，一出《芙蓉花仙》就演了九百多场，观众近百万人次。这在川剧史上恐怕是史无前例的。他们的观众面很广，不仅长期在农村、工矿演出，还到北京演出；不仅在舞台上演出，还拍成了电影。通过这出戏，锻炼了一批年轻演员，能唱、能表演，又会跳舞，又会武打。张宁佳就是一个突出的代表。经济状况也大有好转。据我了解，他们的工资待遇比别的集体所有制剧团要好一些，不仅修了房子，还有八万元的存款。这两种搞法究竟采取哪一种呢？当然是新都县川剧团的搞法。如果全省一百多个县川剧团都这样搞，哪怕在三年，甚至五年内，有五六十个县川剧团，一个团搞出一台类似《芙蓉花仙》的戏，我们的川剧舞台，一定会非常活跃。这样，"振兴川剧"的目标就容易达到了。这是第一条理由。

第二条理由，《芙蓉花仙》贯彻了"抢救、继承、改革、发展"这八字方针。新都县川剧团在这方面作了很大的努力，取得了可喜的成绩。这个剧本是根据传统戏《花仙剑》改编的，这就是继承嘛。在继承的基础上，它的步子迈得比较大，在许多方面大胆地做了一些改革，吸引了许多的观众，特别是青年观众，这是很难得的。我很赞成李累同志的意见：振兴川剧，不能赢得80年代的青年观众那是不行的。有的同志讲，川剧"动不得"。我想，如果一点不动，像日本皇宫里养起来的歌舞伎那样也可以，省上个把剧团可以这么办，但几千万观众要看戏，一百多个川剧团要吃饭，就不行啰！当然，在改革过程中会出现某些问题，会听到各种不同的意见，这是很自然的。有的说改得好，有的说还有不足之处，也有的说改得不好，等等。我看这没关系，让观众来检验嘛！只要内容健康、群众欢迎就可以上演，川剧特点少了加强嘛。事实上，《芙蓉花仙》剧组的同志从开始演出到现在，不断听取各方面的意见，不断地在修改。开始时问题多一点。去年我陪张爱萍同志看《芙蓉花仙》，感到大有改进，但有些帮腔像大合唱，不大像川戏。这次拍电影回来，这方面有很大的进步。那天我去看戏，一群"花仙"问我，她们的化装是否比以前好，我说，如果说过去有点土里土气的话，经过拍电影的锻炼，现在漂亮多了。她们听了也很高兴。今天下午，省委、省政府要给新都县川剧团颁发奖状。即使如此，还是应该欢迎不同意见，以便继续改进，"千锤百炼，精益求精"。在表扬《芙蓉花仙》的时候，我希望新都县川剧团的同志以及原来支持这个戏的同志，胸怀要宽广，要更好地听取不同意见，这样，才能形成我们川剧界的大团结，形成"百家争鸣"的局面。

第三条理由，我们振兴川剧，目的要明确。历来搞调演，各地区都很重视，地委书记送行，县委书记督战，好几个地区都这样。但如果戏没选上，情绪一下就低落了，有的甚至哭鼻子。去年我就讲过，这点要向《芙蓉花仙》学习。他们坚信自己，有股顽强劲，管你承认不承认，只要内容健康、群众欢迎，就是要演！振兴川剧是为了满足群众的需要，不是仅仅为了参加调演。有了好戏就要广泛上演，不能演几场就放在那儿。新都县川剧团所以有这样一股劲，就是因为他们目的明确。

我代表省振兴川剧领导小组，代表省委宣传部，对《芙蓉花仙》剧组、对新都县川剧团所取得的成绩，表示最衷心的祝贺和感谢！

1985年

支持大胆探索

三年前，在一次音乐晚会上听到女高音歌唱家李存琏唱川剧《秋江》，引起了我的兴趣。以后，只要看到李存琏，我总要鼓动她，请她多选一些川剧唱段演唱，以便引起青年人对川剧的兴趣，也可能有助于川剧音乐的改革。

李存琏的努力得到川剧界一些老前辈的支持，得到她所在的省歌舞剧院的支持，还得到"太空音响中心"的支持。今天终于听到她的演唱了。对音乐，我是外行，我只能说好听，有川剧唱腔味儿。不过，器乐声太满了。要多有一些无伴奏的徒歌，就更好听了。

有同志说："搞是搞出来了，恐怕要挨骂。"我问为什么，他说"怕人家说不像川剧"。联想到去年，成都一位川剧作家对我说，"搞剧改没有好下场"。似乎都有一点怕。我看这种担心不必要。

人们说，美国是移民者的国度。四川人也多是外省来的。从这个意义上讲，四川与美国有相似之处。朱老总是四川人，但他的祖籍是广东。郭沫若是四川人，他的祖籍是福建。前年，《文学报》登了一条消息，说巴金的祖籍是浙江。历史上，秦朝就开始向四川移民。明末清初移民更多，与兵燹有关。近五十年又有三次大的"移民"。一次是抗日战争，许多外省人到四川，被统称为"下江人"；一次是解放大西南，从晋绥、山东和其他地方也来了很多同志；一次是三线建设，又从外地来了不少同志支援四川。郭沫若早就说过，四川人排外性不强。我认为这是四川人的优点，也可以说是优势。

由于排外性不强，四川人善于吸收外来的东西。为四川人喜爱的川剧，包括昆、高、胡、弹、灯五种声腔。昆，是受苏昆的影响；高腔，来自江西弋阳；胡琴戏，脱胎于徽调和汉调；弹戏，也来自北方的梆子；只有灯戏是土特产，但也有同志说受湖南花鼓戏的影响。当然，这些都经过四川人的消化和融汇，最后形成有自己特色的川剧，而不是简单地拼凑了事。不过，既然川剧本身是吸收外来的唱腔而形成的，现在我们要振兴川剧，对川剧的唱腔进行改革，何必怕吸收其他剧种（甚至包括国外的剧种）的长处呢？我们应该有鲁迅说过的"拿来主义"的"魄力"和"自信心"。

随着时代的发展，艺术也要发展，不能对艺术采取保守主义的态度。一点不改也可以，那只能像日本的某些歌舞伎那样保存下来。当然改革、发展要以传统为基础。现在对振兴川剧提出了"抢救、继承、改革、发展"八字方针，不要把继承和改革对立起来，丢掉继承，改革的愿望可能落空。或者，"即使创造一种好剧，那也是一种新剧，是在百花园中又添一花，而不是川剧"。也不可能要求把所有传统都继承完了再改革。川剧的传统很丰富，不是说"唐三千，宋八百，演不完的三列国"吗？要继承完了再改革，这等于不改革。要在继承中改革，改革中继承。关键是指导思想要清楚。不知我这个看法对不对。如何改，谁也事先拿不出一套完美无缺的办法。要允许各地大胆试验，通过实践总结经验，不断修改加工，最终要广大观众承认和批准。

前一段时间，对《红梅赠君家》《芙蓉花仙》有过争论。最近，又在争论《潘金莲》。该怎样看待这些试验和争论呢？《红梅赠君家》是一次有意义的探索，这是粉碎"四人帮"以后川剧界的第一次大胆的试验，有不同看法是正常的。问题是争论中动了一点气。这也没有什么了不起，注意一下就行了，不要再纠缠在这个问题上，要向前看。今年4月我去上海，到沙梅同志家去看望他，请他回四川来，继续关心和帮助川剧改革。沙梅同志也很高兴。

新都县川剧团的《芙蓉花仙》，改革的步子迈得比较大，有的地方很合适，有的地方过了一些，当然会有不同看法。报上就有一篇署名文章，提出过某些不同看法。新都县川剧团认真听取意见，贯彻八字方针，不断加工。现已演出一千二百多场，创最高纪录，还拍了电影。省振兴川剧领导小组对《芙蓉花仙》是支持的。在1983年第一次川剧调演时，给予了肯定的评价，也提出过一些加工修改的建议。后来，文化部和文化厅都表彰了新都县川剧团。有人说省上不让张爱萍同志看《芙蓉花仙》，张老只好悄悄到郊区一个厂去看演出。哪有这回事嘛？是我们请张老去工厂看演出的，因为金牛坝的舞台太小。陪张老去的有启龙、许川同志。把这些情况说明一下有好处。

对《潘金莲》的争论比较大，但省振兴川剧领导小组和文化厅把它调到成都演出，其目的一是支持自贡市川剧团的探索和试验精神，二是活跃川剧舞台。当时川剧舞台相当不景气。有不同的意见可以讨论，但要允许探索和试验。

我们一贯认为，无论什么剧目，只要内容健康、群众欢迎，就可以广泛上演。内容一定要健康，不搞格调低下的东西。至于川味不足的问题，可以心平气和地讨论。这既不涉及死人，又不影响社会治安，用不着动气。如果没有川剧特点，或川味不足，大家可以提意见、出主意，让作者、导演自己不断加工。提不同意见是好事，但不要随便给别人扣帽子。听意见要冷静，不随便说人家"保守""反对改革"。繁荣社会主义文艺需要有一个和谐的环境，需要有一个相互信任、相互理解、相互支持、同心同德的气氛。

我们支持大胆试验，绝不是说任何一种新的试验都是改革的方向或"样板"，更不会强行推广，各地非照办不可。前几天，我听了成都市文化局和川剧三团主办的唱腔艺术演唱。这也是一种试验，我们支持，但也无意说它是改革的方向或"样板"。李存琏同志的演唱，必然有助于川剧音乐的改革，但我们也不会把它当成模式来推广。对李存琏同志来说，我还希望她试验一下用川剧传统乐器为主伴奏，再演唱一些唱段。如果有人说不好，也没关系。请您来演唱，只要您有特点，照样可以录音。李存琏同志的演唱，是音乐工作者的一种试验，欢迎有更多的音乐工作者来试验。我们的川剧工作者、川剧界的老前辈、中青年演员，特别是川剧音乐工作者，更有责任进行试验。白戈同志多次强调要整理川剧曲牌，这既是为了继承，也是为了改革。我们对此要充分重视。

川剧是我们国家优秀的地方剧种之一。它不仅与四川和邻近省份的人民群众有广泛的联系，而且在北京、上海等地也有观众。去年川剧赴欧洲演出，许多报纸称赞川剧，说它是"跨国界的艺术"。西柏林和法兰克福的报纸都说出现了"川剧热"。谢幕不是以多少次计算，而是以多少分钟统计。例如在法兰克福，谢幕时间，竟长达二十多分钟。我们介绍这些情况，不是要大家"陶醉在掌声之中"，而是希望对我们的传统戏曲增强信心。

川剧演出不景气，青年人一般不喜欢看，这固然与中小学重视美育不够、青年人对我们国家的传统文化了解不多有关，同时也说明了川剧自身的问题。例如，演出的传统戏出新不够，思想内容引不起青年人的兴趣。这似乎是古典戏剧共同的问题。节奏慢，是另一个共同的问题。这个问题川剧注意得比较早，有所改进。川剧还有一个问题，就是音乐，主要是高腔。尽管老观众喜欢，但外省的观众、年轻人，或不习惯，或无兴趣。哪像"树上的鸟儿成双对，绿水青山带笑颜"一样，能在群众中流行？

李存琏是歌唱家。她作为音乐工作者来关心川剧改革，是件好事。省歌舞剧院的领导支持李存琏同志的试验，这么多乐队为她伴奏，也是很好的事。振兴川剧是一项长期的任务，只要我们团结一致、坚持不懈地努力，是大有希望的。

1986年5月18日

知难而进①

四川省川剧青少年比赛演出，经过广泛动员、认真选拔，现在隆重开幕了。这是继1956年四川省青少年会演后的全省性规模的川剧大型比赛，也是继第一、二届"振兴川剧"会演后的第三届会演。我代表四川省振兴川剧领导小组、省文化厅，向前来参加这次比赛演出的演员、指导教师、观摩代表致以亲切的问候，向各位来宾、专家、领导表示热烈的欢迎！

自1982年7月省委、省政府发出"振兴川剧"的号召以来，经过川剧界和各级文化、宣传部门的努力，早已取得了显著的成效，这充分体现在前两届的会演成果上。这两届会演涌现了大量创作剧目，为川剧的改革和发展做出了应有的贡献。而这次比赛则以展现川剧青少年新生力量为重点，目的在于检阅振兴川剧以来涌现出的大批新人新秀。通过这次二十台戏、一千二百余名演职人员参赛的宏大规模演出，同志们将会看到雏凤展翅、凌空腾飞的喜人景象。前些年川剧后继乏人、青黄不接的局面已经得到改观。为此，我省的京剧等剧种也狠抓了新演员的培训工作。这次邀请了几位京剧新角参加比赛，以促进川剧与其他剧种的交流，求得共同提高和繁荣。

---

① 本文系在川剧青少年比赛演出开幕式上的讲话。

从第二届会演后的最近两年里，振兴川剧的工作是经历了一些曲折的。由于电视等多种娱乐方式吸引了群众，包括戏剧在内的传统文化一时不能适应人们的审美需求，川剧青年观众便有锐减之势；一些艺术质量不高的剧团难以为继，因而川剧不景气的状况不仅未能根本好转，有些地方甚至比前几年还突出。这时有的同志感到灰心丧气，认为前途未可乐观。但更多的川剧团、川剧工作者，逐步正视现实，面对困境，知难而进，发奋工作。以"出人、出戏、走正路"受到文化部表扬的自贡市川剧团，坚持创作演出新戏，继《岁岁重阳》之后，一出《潘金莲》以其大胆的探索精神，引起了全国范围内的强烈反响。成都市川剧院一团采取各种措施多编多演，为坚守川剧阵地做出了可贵的努力。重庆、成都、乐山等大力扶植创作，积极培养青少年演员，连年举办艺术节或比赛，为川剧赢得了声誉。达县地区川剧团赴京汇报演出《史外英烈》，获得了文艺界的好评。渡口市委领导十分重视川剧，对年轻的演员们关怀备至，使这簇艺术新苗茁壮成长。以《芙蓉花仙》演出逾千场闻名的新都县川剧团，在经历"凤凰换毛"之后，数十名生龙活虎的少年演员脱颖而出。省川剧院参加西柏林"地平线艺术节"和赴欧演出，轰动了荷兰、德意志联邦、瑞士、意大利等国，从另一侧面增强了我们振兴川剧的信心。我们这次大会开幕式在省川剧学校举行，这是我们振兴川剧的基地之一，也是我们川剧青少年演员的摇篮，这次参赛的许多年轻演员是从这里走向舞台的。这些演出团体和全省川剧同行一道，不退缩，不气馁，脚踏实地，埋头苦干，孜孜不倦地为川剧艺术事业竭尽自己的力量。此外，有的主动到学校、工厂、农村做辅导普及工作，扩大了川剧的影响。成都市川剧院二团帮助川大中文系学生学演《逼侄赴科》，便是其中突出的例子。抢救继承名老艺人的资料搜集、录音录像工作，在有限的条件下取得了可喜的成绩。川剧评论、理论研究、史志撰写也有较大的进展。所有这些，都是全体川剧工作者坚韧奋斗的结果。这使我们从所谓戏剧危机中看到了新的转机。这次青少年比赛演出，将是转机生动有力的证明。

当然，振兴川剧并不是一蹴而就、轻而易举的事，而是一个长期的任务。传统川剧艺术应当随着时代的发展而改革创新，因而振兴川剧绝不是弹指可待的。为此，我们全体川剧工作者要进一步振奋精神，正确分析形势，理直气壮地迎接各种挑战，克服这样那样的困难，把振兴川剧的工作引向深入。要全面贯彻省委、省政府制定的振兴川剧的"抢救、继承、改革、发展"的八字方针，实行"三并举"的剧目政策，走"百花齐放，百家争鸣"之路；创作现代戏、新编历史故事戏、老戏老演、旧戏翻新、洋戏中演等，路子要愈走愈宽。要鼓励大胆探索，允许进行多种试验。有不同的意见是正常的，对不同的意见只能进行民主的、平等的讨论。领导支持某种试验，并不意味着树立"样板"，指令推广。要鼓励竞赛冒尖，我们需要一大批名演员和第一流的音乐、舞美、字幕工作者。比赛（或叫会演、艺术节）是不可缺少的重要手段，举办这次比赛演出，正是为了达到促进人才成长、川剧艺术兴盛的目的。好戏要广泛上演，并在争取观众（特别是青年观众）上多下功夫，以满足人民群众的文化生活需要。如果没有获奖就泄气，或得奖以后便万事大吉，把好戏束之高阁，都不符合我们振兴川剧的目的。

现在文化战线的形势是新中国成立以来最好的，可以说目前已进入了发展文艺、繁荣戏剧的良机。这次比赛，各地教学与选拔节目中出现的新老合作、老中青团结互爱的许多事迹，使我们深感党中央倡导的"团结、民主、信任、理解"的环境气氛正在我省文艺界逐步形成。党的十二届六中全会即将作出关于精神文明建设的重要决议，我们近百个川剧表演团体和七千多名川剧艺术工作者，都要认识到自己肩上的重任，立志为社会主义精神文明提供高质量的精神产品，做出更多的奉献。这是我们振兴川剧的根本目标。为此，我们一方面要搞好剧团体制改革，下决心精简一些布局不合理、水平很低的剧团，并充实加强艺术表演团体，以适应整个社会政治经济改革的要求；另一方面坚持出人才、出作品，以尖子演员和"拳头产品"著称中国，走向世界，攀登上艺术高峰。

　　最后，祝全省川剧青少年比赛演出获得圆满成功！

1986年9月24日

勿失良机[①]

振兴川剧，需要培养众多的青少年演员，要出人才，出名角。怎样才能做到这一点呢？关键是要有名师指点。名师指点的方式很多：川剧学校正规的教学培养；招收随团培养的尖子进修，学两年发中专文凭；以行当或剧目为主，招收各地学生，请名师指教，短期集训；等等。拜有造诣的表演艺术家为师，也是一种行之有效的方式。"条条道路通罗马"，我们要把各种方式运用起来。竞华同志是川剧表演艺术家，无论唱腔和表演都有很多独到之处。有她这样的教师，还有陈书舫、袁玉堃、周企何诸位名家，不仅可以培养出名角，还可以发展川剧艺术的各种流派。当然，从事川剧事业的青少年很多，遍布全省，而名师毕竟有限，所以还要向一切有经验的老师学习。

这两年，川剧再一次出现了不景气，有人称为"危机"。虽然不能"一刀切"，但在全国范围内有它的共通性。话剧、歌舞和其他兄弟剧种，都有类似的问题。经过大家共同奋斗，现在有了明显的转机。这次的川剧青少年演出，便是一个有力的例证。许倩云天天看演出，兴奋得很，说："每天都要吃安定片才睡得着。"陈书舫说："我过去担心川剧后继无人，死了闭不上眼睛。现在看见人才

---

① 本文系在著名川剧表演艺术家竞华收徒仪式上的发言。

辈出，去见马克思也安心了。"现在，中央号召加强社会主义精神文明建设，这是发展文艺事业（包括川剧）的良机，我们要认清形势，加倍努力，千万不要错失良机。

青少年演员，要热爱川剧事业，认真刻苦向名师学习，攀登川剧艺术高峰。无论哪一种行当的演员，都要趁我们的老艺人还健在，向他们学习。不少中青年演员已有成就，首先是继承过来，还要力争发展。《花田写扇》要超过陈书舫老师，《踏纱帽》要超过袁玉堃老师，《迎贤店》要超过周企何老师，《思凡》要超过竞华老师，《逼侄赴科》要超过晓艇老师。大家都称赞渡口市（今攀枝花市）赵安平演的《拦马》。赵安平敢不敢立志学习和超过各个剧种的《拦马》？学生们要刻苦学习，可以超过老师。青出于蓝而胜于蓝嘛！我们这些名师，看见学生超过自己，会衷心感到高兴。

前一段时间，有些青年演员看不见前途，不练功，不演出，相当松散。我最近和省川剧院的青年演员交谈，大声疾呼：睡懒觉、不练功的状况应该结束了！不学习、搞赌博的状况应该结束了！弃文经商或去伴舞、伴唱的状况应该结束了！振兴川剧是长期的任务，这个重任，既在老艺人肩上，更在中青年人的肩上。

不少中年演员看了青少年比赛演出，感到对自己是个挑战。我们许多中年演员各有成就，但是否也有同志受"不景气"的影响，放松对艺术更高的要求呢？我看有。其实，中年演员的底子较厚，又有舞台经验，只要努力，攀登川剧艺术高峰，有利条件比青少年演员多。就怕找各种借口，放松努力。我想举自贡市川剧团的余丛厚为例，她演《巴山秀才》中的霓裳，尽管不错，但功夫还不到家，体形也胖了些。拍电影换了一个演员演霓裳。她不仅没有泄气，而且加紧努力。我们有的演员如果被换下来，不是把领导"骂死"，就是自己"气死"——我是极而言之。余丛厚同志没闹情绪，经过刻苦努力，再加席明真同志指点，在《潘金莲》的演出中，技艺大有提高，受到专家和群众称赞。我希望中年演员，把压

余丛厚到省委宣传部时的合影。右起：严福昌、余丛厚、李致、张仲炎、朱丹枫

力变动力，找到自己的突破口，使自己的技艺有一个大的提高。

我知道几个有名气的演员，因为对领导有意见，长期不演戏。我很关心这些同志，告诉他们巴金同志的态度。巴老一贯主张，作家的名字要与作品联在一起才有意义。如果不出作品，只上主席台，当什么委员，即使天天上报，也没有意义。以此类推，我认为演员的名字也要与舞台联在一起，与观众见面，才有意义。如果赌气躺下来，长期不演戏，这是浪费自己的艺术青春，让观众遗忘你。我很高兴，有的同志同意这个看法，并已有明显的变化。

我们要坚决贯彻"百花齐放，百家争鸣"的方针。一定要坚持四项基本原则，不要格调低下的东西。各种流派可以百花竞艳，各种探索可以大胆进行，各种不同意见可以进行民主、平等的讨论。与此同时，在川剧艺术界，要坚持执行"大团结"的方针。不团结的现象在我们川剧界还普遍存在，这种内耗严重地影响了川剧事业的发展。不团结的因素很多，其中一条是把名利看得过重，往往因争名利而伤害感情。有些同志连当一次配角都不愿意,以致影响团结,削弱演出效果。人生中,哪能事事当主角?你可在某些戏中当主角,别人给你配戏。别人当主角,你也可以当配角嘛。你们演戏,我连当配角都没资格,只配当后勤。只要我们把事业的大局放在首位,团结奋斗,振兴川剧是大有希望的。

我再说一遍:奋发努力,勿失良机!

1986年10月10日

高高兴兴地回去①

这次川剧青少年比赛演出，已经胜利闭幕了。省委和有关领导、各方面专家、广大观众，一致认为这样抓培养接班人的工作很好，对振兴川剧是一次有力的促进。

这次评奖工作也做得好。振兴川剧领导小组、省文化厅聘请了二十位专家组成评委会，这些评委又都是我们川剧界所熟悉的。评委会成立以后，制定出评奖条例。他们工作认真，看完一场演出，马上打分；这些打分的表格一律存档，可按规定查阅。有几天，评委上午和晚上看戏，下午还要开会，的确很辛苦，特别是对年迈的同志。在这里，我们对评委会全体成员表示衷心的感谢和敬意。

从总体上讲，这次评奖结果，大家都感到满意。特别是一等奖的获得者，几乎是公认的。正像任何一次评奖一样，也有一些不同意见，主要是认为有的演员该获奖而未获，或虽获奖但等级低了。表演艺术不是物质产品，能够用科学方法检验质量；也不像某些体育比赛，一眼可以看清。一折戏的演员，无论观众或评委中，都会有不同的看法。我的估计获奖演员和等级，也有少数几个与评奖的结果不一致。要完全一致是不可能的。在这种情况下，我

---

① 本文系在川剧青少年比赛演出闭幕式上的讲话。

们应该尊重具有权威的评委会的评定。据我所知，评委会是公正的。他们经常为好的表演所激动，表现出艺不昧心的高尚品德，没有偏袒。退一步讲，即使个别人有偏袒，也起不了决定性的作用。这不仅因为评委会委员一共有二十位，而且计算平均分数时要扣除最高分和最低分。也有同志怀疑是否有人接受"手榴弹"，我们振兴川剧领导小组和文化厅可以拍胸膛给同志们讲：没有这种现象。同时也要说明：这是一个严肃的问题，不能随口乱说。

这次参赛的同志（包括在市、地、州、县参赛的同志），无论是否获奖或对获奖等级是否满意，都应该有一个正确的态度。参赛和评奖只是加强培养青少年演员的一个措施，而不是目的。我们的目的是振兴川剧，为精神文明建设服务。

获奖的同志，特别是获一等奖的同志，感到高兴，这是很自然的。我们对所有获奖的同志表示祝贺！但我们同时要提醒获奖的同志，你们尽管已取得这样的好成绩，但这次比赛的范围仅限于青少年。与川剧表演艺术家和有成就的中年演员相比，差距就大了。我们要用高标准要求自己，刻苦学习，才能攀登高峰。要看清目前竞争的形势：不努力当然不行，努力不够也不行。因为广大青少年演员都在发愤图强。我就知道有些未获奖的同志要"卧薪尝胆"。大家都知道"龟兔赛跑"的故事，已获奖的同志，我相信你们不愿扮演兔子这个角色。

没有获奖（或不满获奖等级）的同志，你这次没有达到预期效果，一个可能是自己的技艺差一些，一个可能是临场紧张，发挥不好。如果是这样，自己要请教老师，听取观众反映，认真总结经验教训。年轻人可能要怄几天气，还可能掉几滴眼泪，但要想开一点。一次小挫折算得什么？本科未中，来科再试嘛！吕蒙正在处于困境时，说过"安知我蒙正今日贫穷，来日不富"的话。这不是阿Q精神，这是说事物可以发生变化，关键是要努力。古人说"失败乃成功之母"，是千真万确的真理。世界上哪有笔直的道路？人生哪有不遇到任何坎坷的？新年团拜时，常常有人祝贺大家"一帆风顺，万事如意"，实际上这是不可能的。我希望大家正确对待"不如意"的事，战胜这样或那样可能出现的困难。这才是好样的！即使有一点委屈，也没有什么。不要在乎一城一地的得失，把眼光放长一点，把比赛（论高低）的时间放长一点！

指导老师在传授技艺上起了很大的作用，我们对这些园丁表示感谢。我们看到不少的老师，不仅传艺，而且育人，教育学生要心怀宽广、顾全大局，具有艺术家的高尚品德。比赛可能失败，但风格一点不丢。我们相信有更多老师会这样去做。

我们的青少年演员，一定要认清大的形势，振奋精神，刻苦学习，把老一辈川剧艺术家的本事学到手。振兴川剧的重任和希望，在你们身上。

大家高高兴兴地来参赛，也要高高兴兴地回去。《逼侄赴科》的道姑去欢送潘必正时，唱了一句："去了还要来！"这话很有道理。我们下次比赛再见！

1986年10月16日

贵在坚持
——答《四川戏剧》记者杜建华问

问：振兴川剧工作搞了五年，今后怎么办？是否还要继续深入下去？这些问题在许多人思想上是存在疑问的，也是广大川剧工作者及爱好者很关心的，希望能听到您的意见。

答：这个问题提得好。川剧还要不要继续振兴？前段时间，我们邀请了川剧理论工作者、演员、领导干部等，分别召开了七次工作座谈会，了解到许多情况，也明确了一些问题。振兴川剧不是三五年可以完成的工程，而是一项长期的任务。说是长期任务，又不能放松，更不能搞"水"，每个阶段都应该有明确的任务和具体措施。到会的同志都希望各级党委和政府加强领导，千万不要"闪火"。

问：我们《四川戏剧》这样的刊物是振兴川剧的舆论阵地，理应对振兴川剧进行宣传，但也涉及一个问题，就是目前是在一个什么样的基础上继续深入振兴的问题。因此，我们想知道您对振兴川剧五年来的工作是如何评价的。

答：大家一致的看法是：取得了显著的成绩。事实也是如此。首先，"振兴川剧"的口号是正确的，它极大地调动了川剧界的积极性。全国不少剧种特别是大剧种相继提出了振兴的口号。黄宗江同志在1983年写文章，说：振兴川剧是振兴中华的一个组成部分。

第二，"抢救、继承、改革、发展"的八字方针，在这几年的实践中越来越显示出它的重要性。已故川剧表演艺术家周企何说"我们遇上了好'八字'"。这个方针，各个单位、各个时期可以根据不同情况有所侧重。振兴川剧当然要改革发展，但必须在抢救继承的基础上。有人说：川剧传统的东西多得很，要抢救继承完了再来改革发展。"唐三千，宋八百，演不完的三列国"，还有五种声腔，川剧丰富得很，怎么能抢救完了再改革发展呢？所以说，要在抢救继承的基础上改革发展，在改革发展的过程中抢救继承。第三，我们的要求是出人出戏赢得观众。这个要求是站得住脚的。几次调演和青少年比赛演出，涌现出不少青年演员。我们的《白蛇传》到上海演出，多数是青年演员，年轻漂亮，观众一看就欢迎。今年省川剧学校采取了一些措施，招收了一批优秀青年演员集中学习。几年来确实出了不少戏，总有两百多台吧。而且出现了一些优秀的剧作家，像魏明伦、徐棻、倪国桢等，可以对他们进行研究。一个戏上演后，抓住不放，不断加工提高，多演出，就会有观众。问题是，有些基础较好的剧本没有抓住不放，使其成为保留剧目，有的好戏没有广泛上演。搞剧团要有那种真正潜心于川剧事业的人，像自贡的王德文、新都的彭代秀。一个县剧团的《芙蓉花仙》可以演将近一千五百场，可以拍电影，进中南海，还可以拿到香港去演出，这是很不容易的。

问：最近文化部又提出剧团今后要实行"双轨制"，目前的职称评定问题，对剧团的影响也很大，从业人员有些动荡不安。在这种改革开放的新形势下，您对川剧发展的趋势是否做过预测？

答：我是不相信戏曲会消亡的，尤其不相信川剧会消亡。现在川剧观众减少，青年人不大爱看，一个重要的原因，是社会发展很快，文化生活领域扩大，观众的选择余地大大增加。振兴川剧，是不是要振兴到50年代那么多观众呢？看来是办不到的。另外一个原因是现在看戏困难：交通不便，看完戏后，搭不到公共汽车；剧场没有空调，冬天夏天都难受。还有一点，是"曲低和寡"。在这样一个文化生活很丰富、选择性很大的背景下，你是积极地提高质量去赢得观众呢，还是"哎哟不行啰"退却？在新形势下，敢不敢于去竞争，拿不拿得出高质量的东西，现在看来不解决这个质量问题，光去怪电视、迪斯科是不行的。我发现相当一部分剧团团长或院长，不把自己的主要精力放在这上边，不抓演出质量。现在的文化生活起了这么大的变化，看不清这个形势，不付出艰苦的劳动去搞戏曲，是不行的。

问：您认为川剧目前面临的主要问题是什么？

答：我觉得就是我们川剧界的许多同志既没看到形势发生了那么大的变化，又没看到川剧自身存在的价值，因此，就没振奋起精神去干这项工作。

如何使传统优秀的文化为当代青年所吸收，这是世界各国共同存在的一个问题。川剧要发展，需要有多种多样的演出形式，正规的舞台演出可以演大幕戏，也可以演折子戏。还可以搞一些比折子戏还短的精彩段子。老观众看得懂，很高兴。年轻人不了解来龙去脉，可以有个报幕的人出来介绍剧情。介绍得好，也能引起兴趣。我觉得去年那个《情探》研究演出，还可以多演几场。同一个戏可以有几种不同的流派、几种演法，要打开思路。粉碎"四人帮"后，我们出了许多大戏，像《巴山秀才》《王熙凤》《火红的云霞》等，既可全本演出，也可以搞折子戏演出。第二，要更多地依靠电视、广播等大众传播工具。具体讲，要与电视台多合作。我们首先要感谢电视台每周都播放川剧，去年搞了川剧的专题节目，最近又搞了个《界树下的奇案》。文化部门和剧团要支持电视台、广播电台的工作，给他们多提供优秀剧目和演出，收费也要适当。第三，现在各地都搞大型的经济文化交流，川剧要积极参加。绵阳是个例子。大家说："白天谈生意，晚上看川剧。"据看了戏的同志回来说，绵阳拿出了不少新戏，观众反应比较强烈。今后那些大型群众活动和节日活动，像春节、人代会、政协会议等，我们都要主动去推荐一些川戏演出。总之要增加演出，要有多种类型的演出组合形式，时间上还要方便群众。

问：1988年振兴川剧领导小组将重点抓好哪些方面的工作？

答：由于人员的工作变动，领导小组本身还需要调整充实。初步考虑今年要办这样几件事：一是要对振兴川剧五年来的工作进行回顾与总结。通过回顾与总结，明确振兴川剧是长期的任务，我们的口号、方针和要求是对的，要振奋精神、提高质量、参与竞争。第二就是搞一次全省性的川剧中、青年演员电视大奖赛。现在有的地区已经拉开了帷幕，先在地区预赛，选拔出来的演员再请名师指点，加工几台戏（主要是成渝两地以外的）。如自贡的《夕照祁山》、新都的《芙蓉花仙》、内江的《张大千》及川北的灯戏等。另外川剧学校的正规教育、川剧理论研究包括川剧的宣传，这些工作都要抓好。

问：您对川剧理论界有没有新要求？

答：在加强基础研究的同时，还要多结合川剧实际做研究。比如说《芙蓉花仙》为什么能演到近一千五百场，就很值得研究。理论要更好地为振兴川剧服务。

问：您出任省政协秘书长职务后，川剧界的同志们都很关心您是否继续担任振兴川剧领导小组的工作，希望您能通过公开的渠道给大家谈一谈。

答：我今天能以振兴川剧领导小组副组长的身份，在宣传部的会议室与大家摆谈，说明我现在仍然还在做这个工作。我是热爱川剧的，套用《夜半歌声》中的一句歌词，"只要一息尚存"，无论在台上或台下，都要为振兴川剧贡献自己的力量。

问： 谢谢！

答： 不用谢，空了多来摆谈一下，我也要通过你们了解情况，听取你们对许多问题的看法，向你们学习。

1988年3月10日

振兴川剧五年谈
——答唐思敏①问

取得了显著的成绩

问：振兴川剧已经五年多了，您对这段时间的工作如何评价？

答：前不久，我们连续召开了七次小型"对话会"，大家对振兴川剧五年来的成绩估价是一致的：取得了显著的成绩。这主要是川剧界同心协力努力奋斗的结果。

在全国三百多个地方戏剧种中，我们最先提出"振兴川剧"这个口号。以后，其他剧种，特别是全国的大剧种，都相继提出了振兴的口号。中央领导同志和中宣部、文化部都给予肯定。戏剧评论家黄宗江说，振兴川剧是振兴中华的一个组成部分。"振兴川剧"这个口号，极大地调动了川剧界同志们的积极性和创造性。经过各种实践，越来越显示出这个口号的生命力。

振兴川剧，省委、省政府提出了"抢救、继承、改革、发展"的八字方针。周企何同志生前不止一次地讲："这是一个好'八字'！"这个方针，有过争论，也有过不全面的理解。这个方针，前四个字和后四个字不能分割，更不能把它们对立起来。但是，某个时期、某个地区，可以有所侧重。川剧当然要改革、发展，但

---

① 唐思敏：成都市川剧研究院研究员。

必须在抢救、继承的基础上进行；川剧艺术非常丰富，又不能说抢救、继承完了再来搞改革、发展。要在抢救、继承的基础上改革、发展，在改革、发展的过程中来抢救、继承。现在回过头来看，振兴川剧的口号、方针是正确的，站得住脚的。现在不是对川剧提出什么新的口号、方针，而是在充分肯定成绩、总结经验的基础上，全面、认真贯彻"振兴川剧"的口号和"抢救、继承、改革、发展"的方针。

拿"出人"来讲，两次会演，加上前年的全省川剧青少年比赛，都涌现了不少的优秀演员，出了不少在演出中挑大梁的演员。去年，省川剧学校办了"成人班"，使青少年中涌现出来的部分演员继续学习，不断提高。省川剧学校今年将在新都、宜宾、内江办分校。各剧团也注意了对青少年演员的培养。这些都是好的措施，出了人，大家是一致肯定的。

戏，也出了不少。各地出的戏，包括有剧本未上演的，两三百个总有吧？在剧本创作中，涌现了一批优秀的剧作者，代表人物可以推魏明伦、徐棻。问题是有些基础较好的剧本没有抓住不放，使其成为保留剧目，有的戏没有广泛上演。

振兴川剧要有各方面的人。同样是川剧团为什么有的搞得很好，有的就很一般。要搞好川剧团的工作，需要有一批献身于川剧事业的组织者、管理者。自贡有个魏明伦，但没有王德文行吗？王德文是个好的文化局长。《芙蓉花仙》能演近一千五百多场，原因很多，其中有一个很重要的原因，是他们有个好团长彭代秀。川剧界的同志们应下决心，从自身的不同岗位上努力工作，把川剧搞好。这当中自然包括研究工作者。在川剧评论界，文章写得很多，有的文章写得很活，很有味儿。总之，川剧工作者应该热爱事业，搞好事业，在新的基础上更好地工作。

川剧要积极参与竞争

问：面临现在改革、开放、搞活的新形势，您对川剧发展形势作何估计？如何预测？

答：我不相信戏曲会消亡，尤其不相信川剧会消亡。现在川剧观众不多，特别是青年人不喜欢看，形成这种状况的原因很多、很复杂，我们要具体地分析。现在文化生活很丰富，群众的选择性很大。这是正常的。我们不应该回复到50年代那样，文化生活单调，没有太多的选择余地。在这种情况下，我们川剧是积极提高质量、参与竞争、赢得观众，还是不注重质量、消极埋怨、失去观众？难道能不让别人去看电视？难道能不准观众去听流行歌曲或跳迪斯科？我们应拿出高质量的作品出来。我们剧团的负责人，应该把主要精力放在保证演出质量上。以前任白戈同志说过，哪里有好演员，在哪里必然找得到好师傅。我补充一句，哪里有好的演出，在哪里一定找得到事业心很强的剧团负责人。

现在的主要问题在于，我们是否看清了目前文化艺术发展的形势，在竞争中出优秀人才，出高质量作品，有好的演出质量。我们应提高认识，看到川剧艺术的特点和存在的价值，看到川剧的优势和它的不可取代性。我们应该振奋精神，在新的形势下付出艰苦的劳动和勇于参与竞争。川剧这朵花不能在我们这一代枯萎，不然，历史要谴责我们。

要有多种多样的演出

问：在对川剧的认识更深入的前提下，做法上可否更多样一些？

答：在新的形势下，川剧艺术要得到生存，得到发展，应采取多种多样的做法。正规的舞台演出可以演大幕戏，也可以演折子戏，还可以搞折子戏片段演出，搞某个行当、某个剧目的专场演出。折子戏片段演出是一种很好的形式，但要用一种形式介绍一下剧情，使新观众也能看得懂。各地举办经济交流、文化交流，我们川剧应去积极参加。绵阳搞得很好，在大型经济活动中演了不少新戏，人们说："白天谈生意，晚上看川剧。"大的节日活动和群众性的活动，川剧也应去参加。还应充分运用大众传播工具，特别是发挥电视的作用。我们演出要方便群众，现在演午场效果就很好。

理论研究与振兴川剧结合起来

问：您对川剧理论界有什么希望？

答：要认真加强基础理论的研究，不然一些根本性的问题，例如什么是川剧的特点就老讲不清楚。同时还要紧密结合振兴川剧的实际，多对振兴川剧的现实加以研究。川剧理论研究有好的成果，可以推荐给川剧艺术实践者参考，有利于他们更好地工作。川剧工作中有很多很迫切的问题，要引起我们川剧理论工作者的注意和研究兴趣。例如川剧音乐改革怎样进行？川剧如何赢得观众？川剧文化表现在什么地方？川剧的舞台美术如何搞？《芙蓉花仙》为什么能演近一千五百场？这些问题，都可以研究一番。文章不拘长短，只要提出了问题，有看法、有见解，都行。

坚持不懈地振兴川剧[①]

省委、省政府发出"振兴川剧"的号召,到现在已经六年了,它极大地调动了川剧工作者的积极性,引起了各级党委和政府以及社会各方面对川剧事业的重视和关注。中央领导同志、中宣部、文化部给予了充分肯定。在我省提出"振兴川剧"的口号之后,全国其他主要的戏曲剧种,也相继提出了振兴的口号。全国剧协主席曹禺认为振兴川剧"敲响了振兴戏曲的第一钟",戏剧评论家黄宗江认为"振兴川剧是振兴中华的一个组成部分"。

六年来的实践证明,省委、省政府为振兴川剧制定的"抢救、继承、改革、发展"的方针,"出人、出戏、赢得观众"的宗旨,以及"树立长期任务的观点与制定近期奋斗目标相结合"的指导思想,是正确的、切实可行的。

一、六年来振兴川剧已经取得了明显的成绩

在抢救、继承遗产方面,已为六十六位老艺人录制了一百一十六出戏的音像资料。袁玉堃、陈全波、阳友鹤、周企

---

① 本文系李致和袁玉堃、徐棻在政协四川省全委会上的发言,由李致起草。后被中共四川省委宣传部采纳,修改后作为振兴川剧领导小组的文件下发。

袁玉堃（右二）、许倩云（左二）到省委宣传部时的合影。左一为邢秀田、右一为张仲炎

何、周裕祥等川剧表演艺术家的著述，先后出版或即将出版。许多川剧名家招收了一批有前途的学生。一些市、地举办了川剧培训班，由老艺人传艺。

全省先后四次举办大型调演，演了百出以上好的和比较好的剧目。省和市、地、县先后组织了十二次进京演出和多次到省外巡回演出，受到好评。省川剧院的《白蛇传》到西柏林参加"地平线艺术节"和到西欧四国及日本演出，引起轰动，获得很大成功。新都县川剧团参加了香港举办的"中国地方戏曲展"。

涌现出一批好的和比较好的剧目。其中在全国获奖的有《四姑娘》《易胆大》《巴山秀才》《点状元》《田姐与庄周》《白蛇传》。一些好的剧目已广泛上演，最突出的是新都县川剧团的《芙蓉花仙》，演出近一千五百场，川剧作家魏明伦、徐棻成为全国瞩目的剧作家。

川剧事业后继有人，中年演员的技艺日臻成熟。晓艇、刘芸、古小琴、沈铁梅先后荣获了中国戏剧梅花奖。青少年演员迅速成长，全省川剧青少年调演和电视大选赛中有一百五十四名新秀受到奖励。

注意依靠大众传播工具。成都市太空音像中心近年来录制的川剧盒式录音带有一百五十个品种，销售量近三百万盘。四川电视台、四川人民广播电台几年来积极播放川剧节目，其中戏曲电视连续剧《王熙凤》，单本剧《界树下的奇案》《四川好人》《乔老爷奇遇》，广播剧《火红的云霞》在全国获奖。峨眉电影制片厂摄制了《四姑娘》《巴山奇冤》，新闻电影制片厂拍摄了《芙蓉花仙》等艺术片，去年又举办了电视大选赛。

川剧普及工作有新的进展。许多地方举行川剧唱腔音乐欣赏会、川剧折子戏片段演出，吸引了新的观众。成都市和其他一些地方成立了川剧玩友协会，围鼓坐唱在全省城乡普遍开展。四川大学中文系师生在成都市川剧院三团的帮助下，成立了戏曲爱好者协会。

川剧理论研究出了一批新成果。出版了《川剧词典》《川剧音乐概述》《张德成表演论文选》《川剧群星》等专著。《戏曲志集成·川剧卷》即将完成。省和成都市成立了川剧理论研究会，扩大了研究队伍。《川剧艺术》（现改名《四川戏剧》）办成了全国有影响的戏曲刊物。

尽管振兴川剧取得了以上成绩，但从总体上讲，川剧仍然没有摆脱困境。目前，群众文化生活较之以往大为丰富，可供选择的余地很大，不可能再出现50年代川剧舞台的盛况。这是正常的现象，不能作不切实际的要求。问题在于川剧演出缺乏足够的竞争能力，剧团数量仍然过多，人员臃肿，经费困难，难以维持正常的艺术生产。多数演员的生活待遇偏低，演出川剧与表演流行歌舞的收入差距太大。这不仅影响了中年演员从事川剧艺术的积极性，而且使一些有条件的青年演员纷纷流失，剧团缺乏凝聚力。凡此种种因素，造成许多剧团行当不齐、演员年龄老化、艺术水平低、演出剧目陈旧,不能吸引更多的观众特别是青年观众,不少演员说:"不演戏,心已散;演了戏,心更乱。"

振兴川剧面临的现实说明,一方面是成绩显著,确有希望;另一方面是困难重重,举步维艰。振兴川剧是一项长期的任务,需要几代人的努力,不能一蹴而就。当然,作为长期任务,每个阶段必须有它的奋斗目标和具体措施。各级党委和政府以及社会各方面的继续支持是必需的,决不能让川剧这朵鲜花在我们这一代人手中枯萎,否则会受到历史的谴责。但川剧界一定要坚持四项基本原则,坚持改革开放,奋发图强,不能坐等黄金时代的到来,不能幻想有起死回生的灵丹妙药。只有靠川剧界团结一致、坚持不懈地努力,才能自己救自己。

二、振兴川剧需要做许多工作

(一)提高思想认识,认真总结经验教训。振兴川剧是建设社会主义精神文明的一个重要方面,是保护优秀民族文化传统的一个重要措施。各级党委、政府、文化主管部门和川剧工作者,在思想上必须高度重视。当前着重制定下一步振兴川剧的总体要求和规划。通过总结工作,使川剧界的同志认识文化市场面临的竞争形势,继续坚持"抢救、继承、改革、发展"的方针,拿出高质量的剧目,是完全可以跟上时代的步伐、赢得青年观众的。制定规划的重点,要摆在各川剧院团、科研和教育单位,以及两三年内剧目创作、艺术生产、科研和人才培养的具体规划上。省文化厅和各级文化部门既要帮助各种剧院团、科研和教学单位实现他们的规划,又要举办有影响的活动和采取得力的措施。演出的形式要多种多样,特别要进一步依靠大众传播工具,促进全省和各地区川剧事业的发展。

(二)深化剧团的体制改革,增强川剧表演团体的活力。各级政府要认真贯彻省政府《关于深化我省艺术表演团体体制改革的通知》（川府发〔1988〕64号），做好剧团体改的工作。特别要认真抓好重点剧团的建设。重点剧团要配备热爱川剧艺术、有开拓精神的领导班子，建设一支行当齐全的艺术骨干队伍，打破大锅饭，引进竞争机制和经营机制，务必做出成绩，促进川剧艺术的繁荣。继续做好剧团调整精简工作，鼓励一些剧团走社会办团、集体办团、个人办团的道路，逐步实行"双轨制"。对改革中做出贡献的团体，要认真总结经验加以推广。当前，要积极宣传学习自贡市川剧团"出人、出戏、走正路"的经验，宣传学习新都县川剧团勇于改革、抓重点保留剧目和好戏广泛上演的经验，宣传学习锦江剧场"以文促文"的经验。

（三）加强川剧理论队伍的建设。在加强基础理论研究的同时，要把更多的力量投入川剧现状研究和工作决策的研究中。例如魏明伦、徐棻的川剧创作为什么能够引起广泛的影响，《芙蓉花仙》为什么能够演出近一千五百场，川剧音乐如何改革，怎样赢得青少年观众等，都需要进行认真研究。切实改变川剧理论研究中某些忽视研究现状的情况。

（四）加强川剧艺术的对外交流。川剧出国商业性演出好处很多，可以把川剧艺术介绍到国外去，增进国外对中国人民的了解和友谊；可以促使演员练功、扩大演员眼界，增强他们对川剧事业的热爱；可以创汇，用以改善设备，弥补经费不足。川剧要能出国进行商业性演出，关键在于要有高质量的剧目。同时，要开辟多种渠道，除向中国对外演出公司推荐外，还要依靠省（市）外办、省（市）友协，以及民间的各种渠道，力争实现省委领导同志提出的"川剧最好争取每年出去一次进行商业性演出"的希望。

（五）筹建振兴川剧基金委员会。基金拟筹集百万元。除请省财政厅一次性拨款垫底外，主要向社会筹集。基金的利息主要用于奖励优秀川剧人才，扶持重点剧目和重要研究成果以及其他必须资助的活动。基金章程另定。振兴川剧日常工作和有关活动的经费，仍由文化主管部门负责。

（六）因原领导小组成员大多离开现岗位，所以需调整和健全省振兴川剧领导小组，建议由许川同志任组长。领导小组成员除宣传、文化部门的负责同志外，要吸收省剧协和新闻等单位的领导同志参加。省委办公厅川委办〔1982〕53号文件中指出：领导小组"在省委领导下，统筹全省川剧事业的全局，促进川剧的繁荣发展"。振兴川剧的日常工作由文化厅负责。

省政协委员一贯关心振兴川剧事业。川剧是古老的传统艺术，年轻人接受它有一个过程，多数的知音是中老年、有文化修养的同志。政协副主席李培根同志多次建议，要在省政协成立川剧室（全国政协有京昆室），政协委员活动日要经常安排川剧演出。培根同志的建议得到很多委员的支持，我们期望能早日实现。在整个振兴川剧的工作中，我们恳切地期望各位委员多为振兴川剧出谋划策，多提建议和批评。

1989年1月20日

提高质量　参与竞争

——答《四川戏剧》记者杜建华问

问：您对1988年振兴川剧工作的评价如何？

答：我想先谈一下对振兴川剧工作总的评价。去年我曾经说过，振兴川剧可以用两句话来概括：一是成绩显著、确有希望；一是困难重重、举步维艰。两句话要说全。不能只说成绩显著，而不承认川剧所面临的困难，但也不能悲观失望，看不到成绩。

1988年的工作，至少有以下几件可以记载下来：

第一，年初，我们召开了七次振兴川剧座谈会，对振兴川剧的工作及其前景进行了广泛的讨论。座谈中，大家认为具有优秀传统的川剧艺术不会消亡，贵在坚持不懈地工作。振兴川剧是一项长期的任务，需要几代人的努力，不能一蹴而就。原来以为振兴川剧已经告一段落的同志，改变了看法，精神为之一振。

第二，去年9月举办了全省川剧中青年演员电视大选赛，涌现出一大批优秀的中青年演员，特别是青年演员。这次大选赛反应很好，川剧艺术依靠现代化传播工具——电视，其影响大大超过舞台演出。

第三，又出现了一批好戏。有代表性的是魏明伦的《夕照祁山》、绵阳市川剧团的《华清池》，这两出戏为去年下半年省文化厅举办的全省小型戏剧观摩演出增色不少。《夕照祁山》值得一看，魏明伦一戏一招，这个戏有它独特的地方。《华清池》在川剧不景气的状况下，能赢得青年观众也是可取的。这两个戏，作者还在不断修改。

第四，川剧参加全国剧协举办的首届中国戏剧节，获得好评。古小琴、沈铁梅获得梅花奖。新都县川剧团的《芙蓉花仙》到香港演出，赢得了香港的青年观众，载誉归来，受到嘉奖。

第五，全省群众性川剧活动非常广泛。成都、重庆、德阳等地相继成立了玩友协会，玩友活动频繁，竞相自己出钱参加演出。这种自娱性的活动，是川剧繁荣的群众基础。

问：听说您与魏明伦交谈过振兴川剧的要求，也可以说是对振兴川剧的内涵怎么理解，争取达到的目标是什么。请就这个问题谈一谈您的意见。

答：过去，似乎有这么一种要求：振兴川剧要把所有的县川剧团保留和振兴起来，所有剧团都要经常演出，观众人次起码要恢复到50年代的水平，诸如此类。这种要求显然是脱离实际的。50年代初期，偌大的一个成都市，电影院不到十家，当时还谈不上电视，自娱性的场所和活动很少。在这种情况下，川剧的观众当然很多。现在，电影院增加很多，电视基本普及，舞会、音乐茶座、各种游乐场所、电子游戏到处可见，通俗歌曲和现代舞盛行，你能让观众天天晚上去看川剧吗？显然不能。如果用这种要求来衡量振兴川剧的成果，必然大失所望，以致灰心丧气。正因为这样，最近我、仲炎和川剧界一些同志，包括魏明伦、徐棻同志，讨论过这个问题。我们过去提出的振兴川剧的要求是"出人、出戏、赢得观众"，这是对的。但这并不是说，出戏必须所有剧团天天晚上演出，赢得观众必须恢复到50年代的观众人次。振兴川剧的内涵究竟是什么？是不是可以这样理解：川剧，这个优秀的地方剧种，是百花园中的一朵花，一朵鲜艳的花，尽管目前遇到了很多困难，处境不佳，我们不仅不能让它在我们这一代枯萎、消亡，而且要精心浇灌，让它能在艺术的百花园中盛开，演出质量必须超过50年代。不仅在省内、国内有它自己的观众，而且还要把它介绍到国外去。

问：您曾两次带领川剧团出国演出，请您谈谈川剧艺术在对外文化交流中的作用及商业性演出的可行性。

答：川剧两次出国演出，效果很好。1985年赴西欧演出时，西柏林和法兰克福的报纸都宣称出现了"川剧热"；1987年去日本演出，场场爆满，轰动扶桑。这两次演出的剧目都是《白蛇传》。演出的成功，为川剧艺术出国演出创造了很好的条件。省委书记杨汝岱同志很重视这两次出访的成果，他认为川剧出国商业性演出有三大好处："第一，进行文化交流，把川剧介绍到国外去；第二，通过国外演出，使演员练功，还可以扩大演员的眼界，增加他们对川剧事业的热爱；第三，赚取一笔外汇，用以改善设备，贴补国内演出亏损，以便多为四川人民演出。"汝岱同志还希望川剧能每年争取出国一次进行商业性演出，我们已经广泛地传达了汝岱同志的意见，并且积极努力争取。

关于商业性演出的可行性问题，目前渠道已经打开，不是没有国外的演出公司来挑选戏，主要是拿不出质量高的戏。尽管许多剧团都想出国进行商业性演出，但外商来挑选节目时，拿出的戏质量又不高，选不上。一旦别的剧团被选上了，还不高兴，说人家的怪话。如果真正想出国进行商业性演出，关键是要拿出高质量的戏，包括好的宣传材料，如图片、文字资料、录像等。

问：最近您多次谈到要增强竞争意识，这的确是一个很重要的问题。请您再就这个问题谈点意见。

答：刚才已经讲了，现在群众的文化生活较之以往大为丰富，可供选择的余地很大。川剧要在艺术的百花园中保持一席之地，唯一的办法是拿出好的剧目和演出来,吸引观众,赢得观众。

目前,川剧观众不多,究竟是曲高和寡还是"曲低和寡"?我看是"曲低和寡",而不是曲高和寡。我和文艺处的同志看川剧的时候比较多,总的印象是:好的剧本不多,演出质量不高,宣传工作很差,剧场环境恶劣。好的剧本不是没有,但不多,有些好戏没有广泛上演。演员的基本功差,连我这个四川人都常常听不清演员说的是什么,唱的是什么。相当多的演员"四功五法"不过硬,即使做了、唱了、打了,但没有进入角色,"戏"出不来,没有感染力。有些群角很马虎,动作不规范,有时或东张西望,或呆若木鸡。宣传工作差是极普遍的现象。《白蛇传》到日本演出,半年以前就开始宣传和售票,剧团还没有到日本,报纸和电视已经出现了演员和剧情介绍。有人说日本的条件好,不能和他们比,但你总得要有一些宣传手段嘛!新中国成立前,成都放映《出水芙蓉》,还要拿着剧目牌上街游行,打洋鼓,吹洋号,吸引人们的注意。现在,自由市场上,卖耗子药的都晓得在旁边放个录音机,招徕顾客。演川戏,什么都不宣传,到时候只贴张剧目表出来,能吸引多少观众?我看这是"官办剧团"的一种表现。剧场环境很差也是个大问题,没有空调,严冬酷暑,谁愿意到剧场?坐在家里看电视舒服得多。有人说这个要求太高,洋的不行来土的嘛!内江有个剧场,搞地下抽风,演出时在门外贴着四个大字"内有冷气",有很大的吸引力。夏天厕所臭,有些外宾用手绢捂着鼻子看戏。很多剧场脏得一塌糊涂。请问,这样怎么能够去竞争?又怎么能赢得观众?

有不少的院(团)长,不认真抓艺术生产,不参与确定演出剧目,不了解排练情况,正式演出时往往不在场。团长、副团长不看演出,不了解演员的竞技情况,不了解观众的胃口,你怎么抓得住问题去提高演出质量?前不久看美国40年代的影片《魂断蓝桥》,那个老院长,也就是那个老太婆,每场演出结束时,总要拿根小棍子，指出芭蕾舞演员动作哪些地方不对。我看这一点是值得学习的。现在演出时，往往音响不好，帮腔出不来，我们的团长、副团长事前为什么不检查一下？即使事先检查了，演出中出现的这种或那种问题，也需要得到及时解决。我们的团长、副团长不关心这些情况，是对川剧艺术丧失信心，是不懂如何领导艺术生产，或是醉心于多种经营做生意去了。

问：1988年开展职称评定工作以来，给剧团造成大的波动，主要是一些顶梁柱的演员职称较低，您怎么看这个问题？

答：这是一个政策性很强的问题。评定职称有很多政策性的规定，是合乎实际的。现在大多数剧团靠中青年演员，他们是剧团的顶梁柱。如果把他们的职称问题解决好，把他们的积极性充分地调动起来，会促进川剧事业的发展。上海解决青年演员的职称有成功的经验，《文汇报》已作了报道，可供参考。

问：现在许多市、县级剧团，仅留一块招牌，实际工作是经商。对此，我们想听听您的看法。

答：从川剧的实际情况来看，我们的剧团是多了而不是少了。有一些剧团很有活力。新都县川剧团的《芙蓉花仙》，演出取得成功。成都市川剧院三团的《四川好人》不断加工修改，最近拍成电视连续剧，今年还可能去西欧演出。这都是他们自己奋斗所取得的成绩。相反，有一些剧团行当不齐、演出质量低，不能赢得观众，观众也不欢迎他们。他们长期不演戏，有剧团之名，无剧团之实。这些剧团的成员如果要经商，也是一条出路，可以顺其自然。至于是否保留剧团建制，那需要文化部门来确定。如果撤销建制，一定要把业务骨干留下来，以充实其他保留剧团。

问： 近年来有一些剧团、一些群众性的学术及艺术团体，比如川剧理论研究会、成都玩友协会等已经做了大量工作。对此，领导小组有无更进一步的鼓励性措施？

答： 振兴川剧领导小组不是一个实体，它只起一个统筹、协调的作用。我初步的想法是，搞一个振兴川剧基金会，用于扶植好的创作，培养优秀演员，奖励较好的评论和鼓励群众性的川剧活动，以推动川剧事业的发展。

问： 您还有其他什么想说的吗？

答： 省委、省政府提出"振兴川剧"口号已经六年多了。六年来的实践证明，省委、省政府为振兴川剧制定的"抢救、继承、改革、发展"的方针，"出人、出戏、赢得观众"的宗旨，以及"树立长期任务的观点与制定近期奋斗目标相结合"的指导思想，是正确的、切实可行的。各级党委和政府以及社会各方面继续支持川剧是必需的。但我们川剧界不能坐等黄金时代或第二个春天的到来，不要幻想起死回生的灵丹妙药，不要乞求神仙皇帝来解救。只有团结一致、坚持不懈地努力，才能自己救自己。我们需要有一大批献身于川剧艺术的演职员，需要有一批既懂艺术、又懂经营的院（团）长，要敢于竞争、善于竞争，必须振奋精神，坚持不懈地振兴川剧。

1989年春

川剧要着重解决"曲低和寡"
——上海《文汇报》特约记者张利泉访谈

围绕着如何振兴川剧的一些问题,记者最近走访了四川省振兴川剧领导小组副组长、省委宣传部副部长李致,和他作了一番交谈。

李致介绍说,在坚持改革开放的同时,四川一直把振兴川剧放在弘扬民族文化的高度来看待。早在1982年,省委、省政府即提出"振兴川剧"的战略性口号,制定了"抢救、继承、改革、发展"的方针和"出人、出戏、赢得观众"的宗旨,成立了以省委常委、宣传部长和副省长为首的振兴川剧领导小组,经过八年努力已取得显著成绩,出现了魏明伦、徐棻等一批在国内有影响的川剧作家,创作编写出《四姑娘》《巴山秀才》《田姐与庄周》《夕照祁山》等一大批创新好剧,还培养了一批中青年川剧演员,其中晓艇、刘芸、古小琴、沈铁梅等,都荣获了梅花奖。

可以这么概括:川剧的现状,一方面是成绩显著,确有希望;另一方面却还是困难重重,举步维艰。困难的直接表现是,观众特别是青年观众比过去少了,因而大多数川剧团的演出场次减少,经济效益大减,有些剧团也就难于维持下去,不得不进行整顿或停业。

对于川剧面临的困难怎么看？应该采取什么对策？

李致说，川剧的观众不如五六十年代多，其原因是多方面的。根本的一点，是文化市场结构发生了很大变化，形成了强烈的竞争状态。在这种情况下，要强调振兴戏曲，把传统川剧艺术保留下来，有所发展，使其在文艺百花园中占据应有的一席之地，但也不可能要求像过去那样"天天演，场场满"，那是办不到的。

李致指出，川剧传统精彩剧目很多，也很受欢迎，但总不能只演那些老剧目。但目前，新创作的好剧目不是很多，演员的基本功差，演出质量不高，缺少强烈的艺术感染力。要特别重视解决"曲低和寡"的问题。任何剧团都应有自己的保留剧目，还要有一批优秀的新剧目。要做到这点，当然各级领导还要从思想上、组织上、财力上和演职员的待遇等方面做许多工作。

李致副部长特别提及了培养观众的问题。他提出，应从小学教育开始，对民族文化艺术知识作必要的传授，使青少年从小就养成喜爱民族文化艺术的习惯。1987年，省川剧院赴日本东京演出《白蛇传》，日方组织了一万五千名中学生去看演出，把这作为上"世界优秀文化课"来接受。我们也应采取一些必要的措施，来培养广大青少年对川剧的爱好兴趣。

1990年5月1日

谈川剧音乐改革[①]

在我国戏曲界，是我们省首先提出"振兴川剧"的口号，而且一直坚持不懈地努力工作。刚提出"振兴川剧"口号的时候，认识并不完全一致。这是正常的，无可非议的。经过近十年的实践，大家对为什么要振兴川剧，振兴川剧的方针、要求这些主要问题，应该说认识基本一致了。这是一个有利的条件。当然，也还有人说——这是我在几次会上听到的——"振兴川剧把一些县剧团'整垮'了"。这显然是把振兴川剧和调整剧团布局、精简过多的剧团混为一谈了。目前，全省保留的川剧团有八十八个，一些剧团虽然保留了牌子，但很少演戏，或根本不演戏，也可以说等于是垮了。但这是振兴川剧把他们"整"垮的呢，还是他们在文化市场激烈的竞争中失败了呢？我看是后者。今年是振兴川剧十周年，要开展一系列活动，展示十年来的成绩，进一步引起有关部门以及社会各界对川剧艺术的重视。既要逐步解决外部环境存在的困难，又要深化剧团改革，增强竞争意识和力量。

这次由文化厅主办、省川剧艺术研究院承办的"川剧音乐改革研讨会"，对振兴川剧来说，是一次很重要的会议。我们可以在这次会上发表意见，交流经验。当然，不可能在一次会上把所有的问

---

① 本文系在"川剧音乐改革研讨会"开幕式上的讲话。

题都解决。学术上的问题请大家各抒己见,我想就川剧音乐改革应该遵循些什么原则(或指导思想)说几点看法,以供参考。

(一)振兴川剧要遵循"抢救、继承、改革、发展"的方针,川剧音乐改革同样应当遵循这个八字方针。经过十年实践,这个八字方针是站得住脚的。周企何老先生作过总结,说我们振兴川剧遇上了"好八字"。前四个字"抢救、继承",就是要保持川剧特色;后四个字"改革、发展",就是要体现时代精神。前四个字和后四个字是对立的统一。我们可以在不同的时期针对不同的问题,强调前者或后者,但绝不可以把两者完全对立,甚至割裂开来。

(二)川剧音乐改革,我们要提倡和鼓励大胆探索。目前,没有也不可能有川剧音乐改革的模式和样板,这就需要提倡和鼓励各式各样的探索,付诸实践,并在实践中来总结哪些是成功的,哪些是不成功的。凡是受到群众欢迎的、成功的经验,我们就要坚持下去,并不断发展。如果有的尝试不成功,群众不欢迎,那也没有什么了不起,只要我们及时察觉,总结经验教训,另作实践就行了,用不着给别人上纲上线。无论是哪一种改革的初期,谁知道它就一定会成功,或一定要失败?过去有这种情况,当领导支持某种探索的时候,往往有人说,难道这就是模式,这就是样板?如果都这样改,川剧会成为一个什么样子?我们说,支持某种探索,绝不是把它树为样板,更不会用强迫的办法要所有的剧团都这样做。这一点讲清楚了,有利于解放领导的思想,使他们敢于支持各种探索。

(三)川剧音乐改革中,既要注意基础理论的研究,又不要脱离演出中的实际问题。有些剧团在演出中不注意音乐问题:有不少演员吐词不清,发音不准,黄腔走调,难以听懂;帮腔本来是川剧的特点,但往往被忽视,或领腔水平不高,或帮唱人员过少;乐器陈旧,演出前不校音,伴奏压唱腔的情况经常出现等,这些问题影响了演出质量。我希望在进行川剧音乐改革的理论研讨时,有关主管部门和领导,要切实解决这些问题。我希望不要把这些实际问题所造成的后果，算在川剧音乐需要改革的"账"上。

（四）为了搞好川剧音乐改革，我们要有一个宽宏大量、求同存异的态度。对川剧音乐改革的看法和态度，不用说观众和川剧界是不可能完全一致的，就是我们参加会议的这几十个人也不可能是完全一致的。正确的办法是心平气和，各抒己见，宽宏大量，求同存异。千万不要互相指责或攻击。过去，我们在这方面是有教训的。有的改革的步子稍大一点，或自己看不惯，就说人家无川味不姓"川"，把传统都丢掉了。反过来，有的一听见别人有意见，不认真思考别人的意见有无合理的地方，就说人家保守僵化，弄得冤冤不解。姓"川"不姓"川"，的确是一个要注意的问题。川味少了怎么办？想办法增加一点就是了，又不死人，又不妨害治安，不值得大惊小怪。对有些坚持传统唱法的演员，只要他们有自己的风格，群众欢迎，不仅要允许他们存在，还要充分尊重他们，千万不要说他们保守，给他们造成压力。过去我们说过，只要不违背宪法，不搞格调低下的东西，都可以大胆探索，现在我们仍是这种看法。意见不同并没有什么关系，求同存异嘛！这是一个大问题：团结存，川剧兴；内耗多，川剧衰。

以上纯属个人意见，不妥之处请批评。

1992年1月10日

路在脚下[1]

这次"川剧音乐改革研讨会",是纪念振兴川剧十周年的第一个活动,正如大家所说,这第一炮打响了。刚才周正举同志作了总结,有些地方讲得很精彩,大家鼓了掌,他的讲话促使我想讲几点意见。

第一,如何估计现状。振兴川剧已经十年,我们如何来估计当前的情况呢?省委批转《坚持不懈地振兴川剧》的文件中说了两句话:一句话是成绩显著,确有希望;另一句话是困难重重,举步维艰。我很赞成这两句话。问题是我们讲的时候要把话讲全。讲第一句话,这是我们的实际情况,很多同志辛辛苦苦地干了十年,取得了显著的成绩,不能抹杀,而且的确也充满希望,看不到这一点就是看不到前途。如果只讲前一句话,那也是脱离实际的。绝不能满足于调演、出国等这些看得见的成绩。剧团存在的问题和困难多得很,有的演员连病都看不起,有的剧团连工资都发不出。文化厅组织力量进行了认真的调查,这件事干得很好。周正举同志刚才为剧团存在的问题大声疾呼,拨动了我们的心弦。很明显,只有把两句话讲全,才合乎我们的实际情况。

第二,川剧团当前存在的困难和问题,分两个方面:一是外

---

[1] 本文系在"川剧音乐改革研讨会"闭幕式上的讲话。

部环境所存在的困难；二是剧团自身所存在的问题。外部环境所存在的困难，刚才周正举同志讲得很多，应该大声疾呼，向党和政府反映情况，争取给一些政策，逐步改善川剧团的外部环境。与此同时，我们要认真解决川剧团内部存在的问题。内部存在的问题很多，可以列几十个。但最主要的是我们川剧界的朋友，特别是剧团的领导，要振奋精神。过去我们多次强调，要唱《国际歌》，自己救自己。我们要认清文化市场激烈的竞争形势，积极参与竞争，用高质量的演出去赢得观众，抓住这个中心环节去带动解决其他一系列问题。成都市的几个团都不错，敢于竞争，他们不仅没有垮，反而生机勃勃，干得很起劲。我不是说他们就没有困难了，但主流的确是好的。在这里，我还想强调一下，没有钱是没法振兴川剧的，但有了钱并不等于就能把川剧振兴起来。有的地方党和政府很重视川剧工作，给了不少钱，但我们并没有看见什么明显转机。所以在解决困难的时候，内外两方面都不可偏废。

李致（前排右三）到乐山看望乐山川剧团成员

第三，要认真推广那些有活力和竞争意识的剧团的经验。周正举同志表扬了芙蓉花川剧团，我很赞成。学习他们的经验，我们已经讲了七八年。我认为他们最主要的经验是敢于改革，敢于竞争。不过我们不要把他们的改革同八字方针对立起来，无数的事实说明，他们是在抢救、继承的基础上进行的改革，同时，在改革的过程中又不断抢救、继承。我与他们的接触比较多，对整个过程基本是了解的。除了学芙蓉花川剧团的经验外，成都市川剧三团、联合团的经验也值得学习。有一些剧团长期坚持在农村演出，他们的"爬地草精神"也值得推广和学习。我希望通过纪念振兴川剧十周年的活动，认真介绍一批好的剧团、好的剧作家、好的导演、好的演员、好的音乐和舞美设计、好的管理工作人员，活生生的榜样能鼓励和带动我们前进。有的同志担心振兴川剧的路怎么走，我看"敢问路在何方？路在脚下"。

1992年1月14日

希望与困难同在
——答《川剧与观众》报记者冷力问

在毛泽东同志《在延安文艺座谈会上的讲话》发表五十周年以及振兴川剧十周年到来之际，本报记者就有关问题走访了省振兴川剧领导小组组长李致同志。现将走访的有关内容记录整理如下：

问：李致同志，请您谈谈振兴川剧十年来取得了哪些主要的成绩？

答：最近，省里将在纪念毛泽东同志《在延安文艺座谈会上的讲话》发表五十周年的时候，同时开展纪念振兴川剧十周年的系列活动。我以为这个活动是很有意义的。因为，十年前是四川省委、省政府首先提出了"振兴川剧"。当时在全国引起了较大反响，曹禺同志曾经将其誉为"空谷足音"。振兴十年之所以值得纪念，不仅仅是因为我们提出较早，更可贵的是坚持了十年，这一点就很了不起。回顾十年来走过的道路还是比较曲折的。说到成绩，你们都很熟悉，不必一一列举了。比如，十年里川剧曾经多次上京演出，并出访过欧洲和日本等国及我国香港地区，在国内外产生了较大影响。出了一批剧目和人才，目前川剧演员获得中国戏剧梅花奖的已有八人。还有更多的专县剧团发扬"爬地草精神"，长年深入基层，深入农村，坚持演出，取得很多可喜的成绩，为振兴川剧做出了很大贡献。尤其重要的是，省委、省政府提出的"振兴川剧"口号，制定的"抢救、继承、改革、发展"八字方针，"出人、出戏、赢得观众"的宗旨以及"振兴川剧，务求实效，千锤百炼，精益求精"的要求等，经过十年的实践检验，这一系列方针、政策在大的方面和原则上都是正确的，这跟中央提出的弘扬民族优秀文化精神也是一致的。如果说在振兴川剧的初期，人们还有一些不同的认识，还有种种疑虑、议论——这也是正常的，无可非议的——现在，在大的问题上认识基本一致了，这应该说是最主要的收获和成绩。有人说振兴川剧把一些剧团"整垮"了，这是把振兴川剧与调整剧团布局、精简过多的剧团混为一谈了。振兴川剧十周年纪念活动，一方面是展示成绩，另一方面是要进一步引起有关部门以及社会各界对振兴川剧工作的重视。

问：振兴川剧十年中存在哪些不足？

答：在振兴川剧初期过于乐观，有过"一年初见成效，三年大见成效"这样一些提法，现在看来是不妥当的，这是由于当时把困难估计过低，对振兴川剧的艰苦性估计不足。以后对这个问题有了进一步认识，1989年又提出"坚持不懈地振兴川剧"的要求。但由于经济上确实存在困难，主要是财力不足，比如设置振兴川剧的基金迟迟没有能实现，使得一些应该办的事难以着手。对于现状的估计，还是那两句话："成绩显著，确有希望；困难重重，举步维艰。"这两方面都要说全。

问：对当前存在的困难应该怎样解决？

答：对当前存在的困难，一方面要解决外部环境问题。这一点文化厅已派出调查组遍访全省各剧团，以便向上级领导反映问题，争取给些政策，逐步改善剧团的外部环境。另一方面是改善内部环境。最主要的是剧团要认清当前文化市场激烈的竞争形势，要加强竞争意识，积极地参与竞争，用高质量的演出去赢得观众，要抵制低劣的演出。总之，要解决困难就要把内外环境问题解决好。

问：川剧今后应该怎样发展？

答：随着时代的变化，川剧要适合时代发展的要求，川剧不改革是不能适合时代发展的。音乐改革是川剧改革的重要环节，要做到使观众喜欢听，也要易于上口，易于流传。改革争论的核心是姓不姓"川"，有无"川"味？川剧当然要姓"川"，至于川味够不够？是浓，还是淡？改多了，还是改少了？这都不要紧。要大胆去改革，这个不死人，不妨碍治安，百花齐放，百家争鸣嘛。只要不违背宪法，不搞格调低下的东西，就是要大胆探索。总的还是要鼓励探索，还要增强团结，可以这样说：团结存，川剧兴；内耗多，川剧衰。

问：最近川剧理论研究会收到数十篇以"川剧与观众"为论题的论文，其中有人提出"若要人迷戏，除非戏迷人"这样的观点，是不是与您强调的川剧艺术要加快改革、加强竞争的意思是一致的？

答：我赞成这个说法，很生动。川剧要赢得观众，必须要有好的剧本、好的演出，还要有好的宣传、好的场所、好的服务。使观众感到看川剧很舒服，是一种享受，这才能"迷人"。

问：谢谢！

答：最后，请你们通过《川剧与观众》报代我向十年来为振兴川剧做出辛勤劳动的广大川剧工作者和关心支持振兴川剧的社会各界朋友表示衷心的敬意和谢意！

1992年2月

附 记

该采访是唯一一次在公共媒体上称我为"省振兴川剧领导小组组长"的,为说明原委,特附上当年致四川省文化厅副厅长严福昌、张仲炎及中共四川省委宣传部副部长朱丹枫的一封信。

福昌、仲炎、丹枫同志:

1991年,许川[①]同志逝世,白在林同志接任部长,我年满退职。为此,副书记聂荣贵同志来部调整分工。他说:"至于振兴川剧是省委定的,不是宣传部就能搞起来的,李致同志作为文联主席,继续当组长,由你全权负责。"我表示组长要一位常委担任,没有贯彻执行。这类事件无密可保。有同志知道,对我用过组长称谓,仅一次;有同志不知道,表示过质疑。现附上会议记录,请阅。

此件抄录一份送杜建华同志。

此致

敬礼!

李致
2012年8月28日

[①] 许川:曾任中共四川省委常委、省委宣传部长。

致成都市川剧院三团的信

晓艇并成都市川剧院三团：

你们在法国演出成功，我早从报纸上得知，感到十分高兴。明天你们举行汇报会，我不能参加，请你们原谅。这些年来，在文化市场激烈的竞争中，市三团艰苦奋斗，不怨天尤人，积极参与竞争，以质量取胜。既面向省内观众，又走向世界，这是很可喜的。我向你们祝贺！我的心永远和你们连在一起。

李致
1993年春

给省领导的一封信

义方、世群并玉琴同志：

今年年初，川剧表演艺术家陈书舫突然逝世，是我省文艺界和川剧界的重大损失。事后，川剧界许多人反映，书舫同志七十二岁，患肺心病，冬天最难过。但如果每年到时住一段医院，可望多活若干年。即使不进医院，家里有一般的取暖器，多一个氧气袋，情况也会好一些。但剧院经费困难，有时连医药费都暂时不能报。书舫同志自己和家人也缺乏保健和急救经验，这样突然逝世，令人遗憾。一些有影响的中青年川剧演员说："陈院长历任全国人大代表，是川剧界的代表人物，对振兴川剧做出了很大贡献。但就这样走了，不能不让我们感到，她的今天就是我们的明天。"

老一辈川剧表演艺术家是振兴川剧的巨大财富，他们是否健在直接影响振兴川剧的工作。鉴于书舫同志逝世的教训，建议省和各市、地（特别是成都、重庆、自贡、乐山、绵阳、南充等）的宣传和文化主管部门，把新中国成立前和新中国成立初期即在川剧界有影响的老一辈川剧艺术家的身体情况了解一下，在医疗上给予照顾（如体检、住院、治疗以及经费），以利于他们的健康和振兴川剧工作。这些人为数不多，且分散各地，解决起来不太困难。

以上当否，请批示。

1996年8月28日

附 记

此信上报以后，时任中共四川省委副书记、省振兴川剧领导小组组长秦玉琴于8月30日作了批示："李致同志的建议很好。请宣传部、文化厅会同卫生厅就有影响的艺术家、作家等在医疗上予以照顾提出意见。"时任省委宣传部长、省振兴川剧领导小组副组长席义方也于9月16日作了批示："请将玉琴同志批示此件与我昨天批给干部处的意见一并传阅。"可惜有关部门没有执行，我的建议落空。

我喜欢川剧丑角[①]

我喜欢川剧丑角。它贴近人民生活，语言生动幽默，老少咸宜，雅俗共赏。某些滑稽戏或个别笑星，靠一些脱离生活的语言或动作去引人发笑，观众笑过就算了，留不下别的东西，甚至使人起"鸡皮子"。有的演员，用周企何老师的话来说，就差用手去"哈"观众的胳肢窝了。川剧丑角属于高品位的艺术。观众笑了，既得到美的享受，又引人深思，分清善和恶、美和丑。周老师演的《画梅》，黄天鉴替人作恶，出尽洋相，大哭一场，被小姐赶出，恍然大悟，总结出一条宝贵经验："难怪读书人把眼泪叫作泪珠，这东西用到恰当的时候，硬是比珍珠还值钱！"还有《打神》的牌子和皂隶，被焦桂英打倒，竟站起来唱："初二、十六打牙祭，哪个见过你的刀头鸡？王魁高中不认你，你怪吾神也无益。"这种戏例多得不胜枚举。据我所知，不少观众（特别是青年观众）对川剧发生兴趣，是从看丑角戏开始的。为振兴川剧，赢得青年观众，我感谢川剧的丑角，并预祝丑角展览演出和研讨会成功。

1998年12月26日

[①] 本文系致"川剧丑角艺术展演"的祝词。

关于坚持不懈地振兴川剧的建议信

学忠、中伟、玉琴、武先同志并省委：

最近，国务院下发了《关于加强文化遗产保护工作的通知》，将每年6月第二个周六定为我国文化遗产日。川剧既列入了去年文化部公布的"首批国家级非物质文化遗产名录"，又是2001年、2003年我国申报世界非物质文化遗产的备选项目。川剧获得的这份殊荣，既让人感到振奋，同时也想到四川理应承担的责任。

戏曲是中华民族的瑰宝。川剧是具有独特魅力、对中国戏剧发展有历史贡献的大剧种，在国内外的影响远远超过一般的地方剧种。1950年邓小平、贺龙同志主持西南局工作时，为了密切联系群众，曾"强迫"外来干部看川剧。粉碎"四人帮"后，复出的小平同志路过成都，指名看了十三出川剧折子戏，这一"破冰"之举，使被禁锢十年的各剧种传统戏曲喜获解放。1982年四川省委、省政府发出"振兴川剧"的号召，主管部门和有关单位都为振兴川剧做了大量工作，取得了显著的成效。1983年秋，四川省组织振兴川剧汇报演出团晋京，小平同志亲自观看演出，接见全体演职人员。振兴川剧的壮举，得到中宣部、文化部的表扬，曹禺先生赞为"空谷足音"。以此为发端，京剧和全国多种戏曲都掀起了振兴行动。二十多年来，川剧推出了一大批有影响的优秀剧目，《四姑娘》《巴山秀才》《死水微澜》《中国公主杜兰朵》《山杠爷》《文成公主》等在全国获大奖,《金子》《变脸》进入国家精品工程剧目;涌现了近二十位梅花奖演员;录制出版了一批表演艺术家的代表剧目。国有剧院、地方剧团和民间职业剧团在整合中顽强发展,坚持演出。对外商业演出势头良好,80年代中期《白蛇传》参演西柏林"地平线艺术节"并到西欧四国和日本等地演出,在国际剧坛引起轰动。去年川剧优秀剧目进入清华、北大、南开、川大等著名高校演出,受到青年学生的高度赞扬。四川新闻网开通川剧频道一年多来,每天点击率超过一万人次。这些都是振兴川剧可圈可点的成就。

省委领导重视和关爱川剧。今年全国"两会"前,学忠、中伟、少雄同志在成都观看了省川剧院演出的《易胆大》,学忠同志倡导川剧要创新,川剧要走向全国。学忠、中伟、玉琴同志还为川剧院题词,给了川剧界、文艺界以很大鼓舞。"两会"期间,在首都举办"中国川剧周"暨"川剧进高校"活动,产生了很好的影响。有关方面提出,期望在明年"两会"期间扩大为"中国川剧月",以满足广大观众的要求。

二十多年来,由于省委领导的重视,在撤销非常设机构时,仍将振兴川剧领导小组保留下来,这是很有远见的决定。2002年5月,举行了纪念振兴川剧二十周年座谈会,明确把川剧作为巴蜀优秀文化的代表,强调要坚持不懈地振兴川剧。的确,振兴川剧是持久而艰苦的系统工程,既有风风光光的成就,也面临着不少困难和危机,形势不容乐观。省委、省政府的工作报告中,已有多年未再提振兴川剧;振兴川剧领导小组虽然机构还在,但名不副实,形同虚设,没有充分发挥统一部署、协调、领导的作用。如优秀传统剧目的抢救继承,川剧后继人才的培养,民间职业剧团的发展,对外商业演出渠道的开辟等工作,大都成为有关单位或民间的自发行为。近年来四川省委、省政府提出了建设西部文化强省的目标,但最具巴蜀文化特色的川剧,在信息时代文化娱乐形式多样化和外来强势文化的冲击下，其影响却逐渐式微，台上、台下接班人堪忧，川剧学校招生困难，剧团缺乏演出场所，日常演出稀少，越演越赔，从业人员数量剧减，优秀演员流失，剧作家屈指可数。而这些都同对公益性川剧文化扶持力度不足，文化经济政策落实不够有关。无论是川剧的抢救、保护、继承，还是川剧的改革、发展、创新，都亟须党委和政府更大力度地支持、扶植、培育、引导。振兴川剧的旗帜不但不能丢，而且要举得更高。振兴川剧领导小组要加强工作，统筹、协调、督促、服务，形成整体优势。要落实有关文化经济政策，加大资金投入，川剧事业才能持续健康发展。

我们十几个人，都有个爱四川、爱川剧的情结，有些还是当年振兴川剧的参与者，因此相约为继续振兴川剧作些调研、提点建议，也算是发挥余热、做社会公益事业的志愿者吧！于是，商量写了这封信，并先后邀请川剧界代表人士、宣传文化部门负责人和民俗文化专家开了四次座谈会，到会同志争先发言，恳切陈辞，提了许多有针对性和可操作性的建议，现在把整理出的十六条意见附在后面，供省委及有关领导部门决策时参考。

建议人：

杨　超　何郝炬　杨析综　冯元蔚　廖伯康　聂荣贵
马识途　韩邦彦　徐世群　李永寿　章玉钧　李　致

2006年4月29日

附　供省委及有关领导部门参考的意见

1. 继续高举振兴川剧的旗帜。振兴川剧在全国文化艺术界影响深远，已成为四川文化的一个品牌。要把坚持不懈地振兴川剧作为建设西部文化强省的重要切入点，真抓实干，发扬光大。建议把振兴川剧写入下届省党代会、人代会报告。

2. 充实加强振兴川剧领导小组，使之名实相符，定期研究部署、统筹协调，把振兴川剧的工作落到实处。领导小组下设运转有力的办公室和进行艺术指导咨询并负责重大演出事宜的艺术委员会。

3. 建立振兴川剧专项资金。其来源一是每年从财政随娱乐业、广告业营业税一并征收的文化事业建设费中划拨百分之十；二是省财政给予专项拨款；三是企业捐赠。此项资金由振兴川剧领导小组管理使用，要制订资金使用范围和实施办法的细则，接受人大、政协和审计部门的监督。认真落实省政府有关文件精神，鼓励企业投资、赞助、捐赠川剧及民族文化艺术事业，对赞助者实行税收优惠，并给予社会荣誉。

4. 加强振兴川剧的基地——三院一校，即四川省川剧院、成都市川剧院、省川剧艺术研究院、省川剧学校的建设，以促进川剧的改革创新、人才培养、文化积累、保护发展的工作。省川剧院、成都市川剧院要在多出精品、传承经典、坚持演出、培养人才上起示范带动作用。将省川剧院新剧场建设成我省的文化标志性建筑。妥善解决省川剧研究院面临的拆迁建设问题。

5. 对保留下来、有演出能力的川剧院、团定为公益性事业单位，从业人员工资由各级财政全额拨款，并逐步提高其待遇；地级市原则上要保留一个川剧团，并在各地振兴川剧、服务基层、送戏下乡等方面发挥带头作用。继续推进国有剧团体制改革，增强剧团自身活力。推广地方川剧团与省川剧院、成都市川剧院联姻，"借壳上市"的经验，鼓励所有剧团进入市场竞争。

6. 川剧院、团及相关机构的剧场、办公设施是川剧生存的基础，属于公共文化设施，同样列入保护范围，不得随意拆除、调拨或改变用途。如需拆迁，应坚持谁拆谁建、先建后拆，新建不得小于原有规模的原则。几年内做到保留下来的每个剧团都有一个剧场，以保障剧团艺术生产及开展相关经营活动，增强剧团活力；要为市、县级剧团配备或提供车辆，以便剧团送戏下乡、进校园、进企业。

7. 鉴于川剧人才培养具有特殊性，对川剧学校学生实行地方推荐、择优录取、公费培养、奖励优秀、解决就业的方式，以保证川剧优秀后备人才不断成长；鼓励名师带徒，多渠道培养人才。建立川剧优秀人才名录，对著名优秀演员、突出人才实行终身聘任制度，退休须经文化厅批准、振兴川剧领导小组备案。有些老艺人虽已退休，仍可聘其参加某些演出。

8. 省、市新闻媒体要更多地关注和支持川剧振兴，促进川剧的传播、宣传和普及。充分运用传媒优势举行有利于川剧普及、繁荣的活动；各地电视、广播、网络开辟川剧（含地方戏曲、曲艺等民族民间文艺）频道或时段，播放优秀剧目，传播川剧知识，扩大川剧影响；在报纸杂志开辟专栏，出版图书音像制品，运用多种方式宣传川剧。各地文化馆、站要开展多种形式的城乡群众性川剧活动，以丰富基层群众文化生活，保持川剧的民间传承。

9. 制定优惠政策，促进民间职业剧团的发展；鼓励企业兴办川剧团或剧团与企业联姻；对年演出三百场以上的民间职业剧团给予奖励。

10. 三年举办一次川剧节，为川剧提供交流竞技的艺术平台。举办多种形式的川剧演出活动，设想在最近三年搞三次展演，一是举行川剧调演，为下届省人代会、政协会演出；二是梅花奖演员精品剧目展演，为下届省党代会演出；三是民间职业剧团展演。通过这些活动，展示成果，扩大振兴川剧在广大干部群众中的影响。

11. 认真落实川剧保护措施，加强川剧遗产的抢救、积累、研究工作，有计划、分步骤地整理出版川剧优秀传统剧目、文献典籍，省、市相关部门应协调配合，组织人员承担川剧传统剧目的整理出版工作，每年整理出版传统剧目十个，恢复上演传统剧目十个（含折子戏）；尽快抢救新中国成立初期川剧推陈出新的优秀代表剧目，如川剧"四大记"以及《拉郎配》《鸳鸯谱》等经典喜剧剧目，为中国戏剧积累传承优秀文化；分期分批录制川剧中老年表演艺术家的优秀代表剧目、经典唱段以及川剧高腔曲牌、锣鼓牌子、服装穿戴程序、脸谱勾画技艺等濒于失传的川剧传统技艺，同时制作出版发行。

12. 各级川剧院、团要承担起传承优秀剧目的职责，逐步做到一级剧院恢复上演、保留传统经典剧目一百个；市、县剧团要重点保留各地有代表性的传统优秀剧目；文化主管部门要定期检查考核，确保川剧优秀剧目的传承发展。作为公益性事业单位的川剧院、团应承担公益性演出，省川剧院要坚持送戏到大专院校，各地川剧院、团也应承担到大、中、小学中普及、教习川剧的职责。

13. 加强川剧这门艺术学科的建设。办好川剧宣传阵地《四川戏剧》杂志、《川剧与观众》报，鼓励群众性川剧学术团体开展多种形式的活动，主管部门要提供必要条件。

14. 发扬文人雅士写川剧的优良传统，采取有效措施，动员、吸引有影响的文艺家、作家、学者名流参与川剧的写作，提高川剧的社会影响力。

15. 在振兴川剧领导小组的指导下，由文化部门和省民俗学会在今年内主办一次川剧文化研讨会，进一步研讨振兴川剧有关的实际问题和理论问题。

16. 省委宣传部杜江同志所作的关于振兴川剧的汇报很好，建议以它为基础，吸取各方面提出的有益建议，形成正式文件下发。

门外戏谈

李致文存·我与川剧

川剧功臣魏明伦[1]

振兴川剧有二十年，魏明伦在振兴川剧中立了大功。

二十年来，他一共写了《易胆大》《四姑娘》《巴山秀才》《岁岁重阳》《潘金莲》《夕照祁山》《变脸》《中国公主杜兰朵》《好女人·坏女人》九个大戏，其中两戏与人合写。他的戏受到观众热烈欢迎，在省内外乃至海外引起很大反响，获全国优秀剧本奖四个。魏明伦现任中国戏剧家协会副主席、省川剧艺术研究院顾问。

人称魏明伦为"奇才""怪才""鬼才"之类，不一而足。不论称什么，魏明伦的确很有才华。我亲耳听见过巴金、曹禺、阳翰笙、贺敬之、周巍峙、陈白尘、吴祖光、任白戈、沙汀、艾芜、马识途等许多前辈作家和戏剧家这样称赞他。难能可贵的是，不仅老观众喜欢他的戏，青年观众也如此。我曾和大学生一起看《巴山秀才》，大学生的反应非常锐敏。他的戏上座踊跃，一开演则鸦雀无声。观众随剧情发展，或放声大笑，或突发惊叹，或伤心流泪。戏剧欣赏水平较高的上海观众，谢幕很难收场。我也是他最忠实的观众和读者之一。

魏明伦从小热爱川剧，自学成才，文学和戏曲功底深厚。他的创作思想超前，与现实紧密结合，观众既能得到艺术享受，又能

---

[1] 本文系在魏明伦戏剧作品研讨会上的发言。

魏明伦（前右一）和巴金（前右二）一起看戏

受到思想启迪。记得周扬在看完《巴山秀才》后，拉着魏明伦的手说："戏写得很好，特别是孟登科死前说'醒时死，死时醒'，我感受太深！"故事情节都是在情理之中，意料之外，大悲大喜，跌宕起伏，观众不愿漏掉任何一个细节。剧中人物个性鲜明，看后历历在目，叫人难以忘却。唱词和台词，或引经据典，或用民间俚语，或采现代流行词汇，把它们巧妙地结合在一起。特别是他敢于创新，作了各种探索，真正做到"一戏一招"。他用曲高和众赢得观众，不媚俗，不搞品位低的东西。谁说我们的观众不能鉴别，没有水平？我十分赞同我省一位川剧评论家说的："若要人迷戏，除非戏迷人。"比如恋爱，如你人品不好、面目可憎，一定要对方爱你，办得到吗？不管你打造什么平台，营造何种氛围，进行什么勾兑和磨合，碰得头破血流，也不会撞出所谓的爱情火花（这几句是当今时尚语言）。魏明伦的《中国公主杜兰朵》中的无名氏，看柳儿带给他的杜兰朵的画像，第一眼心驰神往，第二眼走火入魔，第三眼坠入爱河。魏明伦能使他的戏迷人，迷到这样"一见钟情"的程度。当然比喻常是从某一点来说的，不能求全，不带深究。

　　魏明伦能做到这一点，正如马识途老所说，是"他更有智慧、更有非凡的创造力"，同时也与他的敬业精神分不开。他刻苦努力，广泛听取意见，一个本子往往修改多次，多至十几次，才能定稿。他的创新，例如用过电影手法、京官说京腔、无锣鼓戏等，都曾受到一些非难。无锣鼓戏《岁岁重阳》刚上演，有人就说："难道以后川剧都不要锣鼓了？"其实，并没有人把它定为样板，而魏明伦痴心不改，一往直前，又另有新招了。受非难最多的是《潘金莲》。为此，德高望重、文武双全的张爱萍将军多次肯定魏明伦所写的潘金莲这个人物的转化，并非一开始就是淫妇，也写出了她的堕落和犯罪的过程。当然这并不是说再不能争论如何写潘金莲这个人物了。魏明伦还受到一些攻击（这不是指学术讨论），他有委屈，不过是对朋友们讲讲而已，一般不回击，更不影响自己写作。

　　马识途老人，作为省作协主席，非常关心和爱护魏明伦。马老多次与我交谈过魏明伦的情况和对他的看法。去年在省委宣传部表彰阿来、魏明伦的大会上，马老充分肯定魏明伦的戏剧创作成绩和才华，说魏明伦"至少是个奇才，正在向天才的剧作家的路上走去，如果他愿意走下去的话"。马老把魏明伦与莎士比亚的处境和经历相比，说了许多勉励魏明伦的话，魏明伦受到很大鼓舞。全国文艺界对马老的讲话也很重视，上海《文学报》转载，《作家文摘》刊登。马老的讲话反映了众多人士的期望。

　　正如魏明伦自己所说，他是改革开放新时期的产物，没有新时期他不可能作这么多的探索。魏明伦是在川剧处于低谷之时出现的，他的出现从剧本（剧本是一剧之本）上极大地振兴了川剧。加上徐棻等剧作家的创作，就可以回答川剧是振兴了，还是"振朽儿"了。魏明伦是当前全国最出众的剧作家之一，也是川剧剧种的代表人物。过去我任职时，在省委和许川同志的领导下，与魏明伦打过不少交道，为他做了些后勤工作。对他的创作也有一些建议和提醒，他总是择其善者而从之。我现已散淡多年，成为戏曲中头戴东坡巾方形帽的老"员外"，只能"君子动口不动手"，在外当"帮腔"或当"吼班儿"了。在振兴川剧二十周年之际，作为一个振兴川剧的积极分子，我向魏明伦表示祝贺和感谢，期盼他万变不离其宗，为振兴川剧做出更大贡献，不负大家的期望。并借此对全省川剧人和支持振兴川剧的各界人士表示衷心的感谢，人们不会忘记你们在困难之时，努力地浇灌了川剧这朵花。让我们与时俱进，坚持不懈地为振兴川剧做出自己的贡献。

2002年5月15日

振兴川剧务求实效①

振兴川剧经历了二十年,这是一件值得庆幸的事。

刚入会场,看见许多热心于振兴川剧的老朋友,包括北京来的客人,感到十分亲切和兴奋。同时也想起已逝世的黄启璪、许川(先后任领导小组组长)、伍陵(领导小组副组长、文化局副局长)、席明真(领导小组艺术指导)、郝超(领导小组成员、文化厅副厅长)、阳友鹤和陈书舫(领导小组成员、表演艺术家),他们都对振兴川剧做出过不同的贡献,令人怀念。

我谈三点想法。

一、党和政府的重视,是振兴川剧的重中之重

老西南局的小平、贺龙对川剧极为重视,"强迫"外来干部看川剧,早已成为佳话。周总理、朱老总、陈毅以及杨尚昆、张爱萍等党和国家领导人,先后对川剧付出过心血。特别是川剧长期被林彪、江青禁锢后,小平同志在1978年春看川剧传统折子戏,像一声春雷响遍大地,使全国戏曲获得新生。中共四川省委、四川省政府及时提出"振兴川剧",是小平同志重视优秀民族文化理论的

---

① 本文系在振兴川剧二十周年座谈会上的发言。

1983年，李致与黄启璪在北京

体现，是戏曲新生后的必然产物和延伸。正如曹禺所说，振兴川剧像"空谷足音"，在全国产生了巨大的影响。二十年来，随着干部的年轻化，也出现了一个新情况。长江后浪推前浪，年轻的领导干部有许多优势，甚至超过前辈，但他们中的一些同志，或从外地调来，或忙于经济建设，或本人就不喜欢川剧，因而谈不上去振兴川剧。戏曲是我国传统文化的瑰宝，川剧在国内外远远超过一个地方剧种的影响。我们各级领导，无论你个人是否喜爱川剧，也不论你是否是四川人，都要关心或参与振兴川剧的工作，不能让川剧这朵奇葩在我们这一代枯萎。1983年，我初到省委宣传部工作时，许多老同志这样再三对我嘱咐。我热切期望省委重视这方面的工作，加强和发扬党的优良传统，继续振兴川剧；宣传、文化部门，则要精选优秀的川剧推荐给有关领导观看，引起他们对川剧的兴趣和重视，并定期向领导汇报振兴川剧的情况，解决在前进中出现的问题。这样才能更好地开拓振兴川剧的新局面。

席明真（右一）与《芙蓉花仙》的两位主演陈智林（右二）、喻海燕（左二）合影

二、继续高举振兴川剧的旗帜

经过二十年的实践检验，省委、省政府为振兴川剧所提出的"抢救、继承、改革、发展"的方针，"出人、出戏、赢得观众"的要求，树立"务求实效，精益求精"的指导思想，以及"确立长期任务的观点与制定近期奋斗的目标相结合"的做法是正确的。尽管有过不同看法，但大家在工作中不断统一思想，加深认识。初期，对振兴川剧这个任务的长期性估计不足，以为"两三年可大见成效"，但很快就认识到这是一个长期的任务，要若干代人努力，不能一蹴即成。继之，又进一步探讨振兴川剧的要求，明确了时代在发生变化，群众文化生活选择面大，不可能要求恢复到"县县有团，天天演戏，人人爱看"的局面，关键是要提高川剧艺术的质量，保持它在百花园地中的一席之地。接着，由于有些县川剧团在竞争中被淘汰，引起了"川剧是振兴了，还是'振朽儿'了"的议

论，最后统一于不能把没有竞争力的县川剧团的失败原因归咎于振兴川剧。在举步维艰的形势面前，一些人消极失望，怨天尤人，坐等"第二个春天"，有识之士则强调认清形势，振奋精神，努力提高川剧艺术的质量，以质量参加竞争，以质量赢得观众，以质量求生存。至于川剧是否振兴，现在还有不同看法，正各抒己见。多数认为，舞台上，无论剧本和演出质量都超过50年代，应该是振兴了；舞台下，观众仍然不多。主客观原因都有，与我们处在电视、电脑、网络时代更密切相关。我属于持这类看法的人之一。如何争取观众，仍是一个大问题。随着形势的发展，把"抢救、继承、改革、发展"的八字方针改为"保护、继承、改革、创新"。强调创新，我很赞成。但"保护"中仍有"抢救"。不要把"抢救"仅看成给老艺人录像，范围很宽。"川昆"快要消失，需要抢救。要花力气整理和恢复好的传统剧目，仍要实行戏曲上"三并举"的方针。目前有些青年演员，只能演几出传统折子戏。说宽一点，及时把现有的优秀剧目制成光碟，也是一种"抢救"。不要使风华正茂的获梅花奖的演员等到"天命之年"再去"抢救"。川剧第一个获梅花奖的晓艇，已年过花甲。记得当年为周企何录像时，周企何老人家身体不好，经常累得上气不接下气，录像室既要抢救艺术，又得抢救人。当时是没有办法的办法，而今何至于如此？我注意到，有好几年全省的工作计划没有提振兴川剧。今后我们要继续高举振兴川剧这面旗帜，这面旗帜不能丢。这次纪念活动抓得好，但愿它是一个新的起点。

三、真抓实干，必有成效

振兴川剧不要停于一般号召，要坚持不懈，认认真真地工作。今后三五年的工作要有点具体要求，否则容易落空。例如，争取把中国川剧节定为两年或三年一次。省上和成都市，一年要有一台新戏和一台整理加工（即创新）的传统戏。每周或半月要有一次演出，不要让观众看不到川剧。群众既然喜欢川剧光碟，我们就增加制作川剧光碟的品种和数量。电视和广播（包括地方上的）要坚持播放川剧。认真培养新人：省川剧学校仍要有计划地招收学生，办短期学习班提高中青年演员的水平；名师带徒的办法仍可采用。受观众欢迎的老艺人，下来后可以返聘，或演出，或带学生，不要"一刀切"，否则下一个老艺人就带走几出戏。老医生还可看专家门诊嘛，老艺人也可发挥作用。继续做一些行之有效的普及工作，到学校（特别是大学）去演出，培养青少年观众。在保证质量的前提下，争取出国进行商业演出的次数。报纸要宣传好的川剧，介绍优秀的作家和演职员。鼓励和加强川剧评论。财政增加必要的投入，并争取成立盼望已久的振兴川剧基金会。各项工作由主管部门制订计划，振兴川剧领导小组协调和督促执行。不说空话，真抓实干，必有成效。

我是川剧艺术的痴迷者。表演艺术家许倩云有句名言："哪个爱川剧，我就爱他！"我过去、现在和将来，都是被倩云热爱的。不过，我已逾古稀之年，成为戏曲中的老"员外"的时间太久，长期脱离实际，以上想法，姑妄言之。不妥之处，请予指正。

2002年5月23日

附　记

说起振兴川剧工作，我经常会提到黄启璪、严永洁和席明真三位同志。

黄启璪（1933—2000），1983年任中共四川省委常委、四川省振兴川剧领导小组组长。她担任组长的时间不长，但她热爱川剧事

严永洁(前排右四)1984年初在乐山地区指导工作

业,真抓实干,在川剧界广交朋友,对振兴川剧做出了贡献。以后她任省委秘书长和全国妇联副主席、书记处第一书记时对川剧事业也极为关心和支持。

严永洁(1918—2013),曾任中共四川省委宣传部副部长,分管文艺工作。省委、省政府提出"振兴川剧"的号召后,1982年成立了振兴川剧领导小组,她任副组长,换届后任顾问。她在艺术上造诣很高,要求严格,一丝不苟,精益求精。当年,自贡市川剧团排演《四姑娘》时,她深入剧团,对编剧、导演、表演、舞美等各方面都给予了很多指导,该剧后获文化部优秀剧本奖,并拍摄成电影。川剧晋京演出,她名为顾问,实际统领整个工作。

席明真(1914—1998),党内戏剧专家。1939年在江安从事地下工作时,与国立剧专的师生有广泛的接触。20世纪50年代初即参加川剧改革,曾改编郭沫若的《孔雀胆》为川剧,受到广大观众欢迎。振兴川剧以来,他任领导小组成员兼艺术指导,不顾当时已七十高龄,长年深入省、市、地剧团,许多重点剧目都与他的具体指导分不开。他把一生献给川剧事业,为振兴川剧做出了巨大的、无可替代的贡献!

              2018年11月12日

缅怀的目的是继承[1]

值此小平同志百年诞辰之际，众人缅怀小平同志的丰功伟绩。今天座谈会的定位明确：小平与川剧。我直奔主题，开门见山。

大家谈了许多小平同志对川剧的重视和关怀，十分感人。1997年，小平同志逝世，我也写过一篇《难忘小平对川剧的关怀》。这些关怀，将永远铭记在我们心里。

我小时跟大人看川剧，主要看武打。20世纪50年代初，川剧盛极一时。正如许多人说，看了《柳荫记》，从此爱川剧。这证实了"若要人迷戏，除非戏迷人"这个论断的正确。我被川剧迷住了。1982年底，我调到省委宣传部，参与了振兴川剧的工作。

我很早就听说，50年代初，身为西南局书记的小平同志十分重视川剧。为了让南下干部喜欢川剧，定期举办川剧晚会。凡看者：第一，不许笑。这当然不是不准为喜剧而笑，而是专指有些南下干部不习惯听帮腔而发笑。第二，不许中途退场，时为重庆市文化局局长艾芜说还要锁门。第三，演出完毕要鼓掌。有些同志不理解为什么要这样"强制性"地规定。小平同志说过，外来干部要接近四川群众，必须了解民风民俗，知道老百姓的喜闻乐见，学说四川话，看川剧。贺龙同志说，四川人民喜欢川剧，我们就应该喜

---

[1] 本文系在四川省"小平同志与川剧"座谈会上的发言。

欢，这是群众路线问题。"十年浩劫"，那场摧毁文化的"文代大革命"，使川剧和其他戏剧被打倒。粉碎"四人帮"以后，又是小平，在1978年到四川时指定看川剧折子戏，指定受迫害的老艺人演出，解放了被禁锢十年以上的川剧，并广及其他剧种。真是功大于天，功不可没。1983年，振兴川剧晋京演出，全国戏剧家协会召开座谈会，曹禺称赞振兴川剧是"空谷足音"，"预示着一个新的信息，一个新的行动即将来临"。当前，时过境迁，不存在50年代初期的问题，也不存在"文革"期间的问题，但我们要发展先进文化，不能割断历史，不能抛弃具有优秀传统的民族文化瑰宝。如果让川剧枯萎衰亡，会受到历史的谴责。由于群众的文化生活内容丰富，特别是电视、电脑普及，加上大打麻将，川剧和所有舞台演出都受到冲击。对振兴川剧的要求不能过高，脱离实际。目前正大抓旅游产业，许多到四川旅游的人，要看川剧、吃川菜、喝川酒。对外交流也如此，老部长明朗在50年代带川剧团访问欧洲，我在80年代几次带团出国演出，感受很深。这是有利的一面。如能抓住时机，坚持振兴川剧，并充分运用电视传媒，是能有所作为的。

小平的确爱看川剧。1983年，振兴川剧晋京演出，小平因耳不适，怕锣鼓声，不准备来看戏。卓琳同志来看了每一场，回家一讲，小平又忍不住了，终于看了折子戏片断演出，并分别与十三位老艺术家、全体演职人员、机关工作人员合影。这可能是小平最后一次看川剧。但不能把他对川剧的态度，简单看成是他个人的喜爱。小平是从抓精神文明建设、从发扬优秀民族传统文化、从尊重群众喜闻乐见，也就是从政治的高度来看待川剧事业的。正是这样，省委、省政府在1982年发出"振兴川剧"的号召。我所接触到的当时的省领导，谭启龙、杨汝岱、聂荣贵、杜心源、杨析综、何郝炬、马识途、黄启璪、许川、韩邦彦，老领导任白戈以及90年代的席义方等同志，都很重视振兴川剧的工作。二十二年来，振兴川剧取得巨大的成绩，与他们的关心支持分不开。今天到会的聂荣贵，当时分管文化工作，经常对振兴川剧予以指导，看川剧有请必到并至今如此。郝炬当时是常务副省长，也是看戏有请必到，他管财政也是有求必应。我不是当面吹捧他们。我早已离休，七十有五，任何官职皆与我无缘；生活水平超过小康，知足常乐，别无奢望。我只是这一段历史的一个见证人。当然，振兴川剧存在很多困难，举步维艰。这些，正需要我们发扬成绩，克服困难，解决问题。小平关心川剧是无微不至的，包括剧目、字幕和人才。这些精神，我们都需要认真学习。

不知什么原因，省里有关的工作计划，多年不提振兴川剧了，振兴川剧领导小组在一段时间里名存实亡。偶有好戏，请领导人看也如李白当年的"蜀道难"。有的领导同志忙于经济建设、会见企业家，这无可非议。问题是，关心文化工作少，与文艺家（包括川剧艺术家）接触更少。小平提倡"两手抓""两手都要硬"，需要学习这种精神。前年，纪念振兴川剧二十周年的活动搞得很好，这应是一个新的起点，而不是终点。

据说，有些领导不是四川人，所以不喜欢川剧。贺龙不是四川人，谭启龙也不是四川人，杜心源也不是四川人。他们为什么重视川剧？主要是他们能从政治的高度来看待川剧，又具有相应的文化素养。所以，不是四川人就可以不关心川剧的观点，是站不住脚的。

长江后浪推前浪，领导干部年轻化是大好事。但有些年轻领导，因为自己不喜欢川剧，不看川剧，不抓川剧。我在宣传部工作时，有一次请一位高层领导看川剧，他一边说"饶了我"，一边给我作揖，使我啼笑皆非。希望有关领导同志要有责任感，即使不喜欢，看一看也可能改变观念。许川在担任宣传部长前，也没看过川剧，以后看几次就有兴趣了。万一改变不了，也要把振兴川剧当成一项任务，千万不要说泄气话。川剧界的朋友常说，要给补药，不要给泻药。

好些年来，中央电视台在元旦或春节都要举行京剧晚会。中央领导同志在前面坐一排，这是一种巨大的号召力。许多川剧人十分羡慕，希望类似这种现象能在四川出现。

我在纪念振兴川剧二十周年座谈会上有一个发言，谈了坚持振兴川剧这面旗帜不能丢，领导的重视是重中之重；川剧人要振奋精神，坚守阵地；振兴川剧要按"八字方针"，突出创新，真抓实干，必有成效；新闻媒体要为振兴川剧鼓与呼，不做泄气之事。这些就不再重复了。

缅怀小平同志，一定要学习小平同志。

缅怀的目的是继承。刚才听了副省长柯尊平的讲话，我很高兴，期待能见行动。

今天很热，但大家的心情更热。我热爱川剧之心，众人可知。发言内容如有不妥，请不吝指正。

2004年7月7日

珍惜自己的优秀文化[①]

刚到会场，就看见陈列在外的省委书记张学忠、省长张中伟、政协主席秦玉琴的题词。作为省文联和省剧协，理应积极响应和支持。

座谈会要讨论《易胆大》。这是魏明伦的八个大戏的第一个。我与全国剧协和省剧协接触二十多年，讨论戏和演出，是一项很有意义的活动。1983年秋，振兴川剧第一次晋京演出。全国剧协主席曹禺主持欢迎会，听我们汇报工作，赞扬振兴川剧是"空谷足音"。为在京演出的三场戏，分别开了三个座谈会，对我们很有启发。我至今记得，在讨论《绣襦记》的现实意义时，著名表演艺术家黄宗江说　应该告诉结婚时要"几转几响"的某些青年，他们的祖奶奶、高祖奶奶李亚仙对爱情的态度，比他们要高尚得多。黄宗江称他在北京过了一个"川剧艺术节"，我俩至今还保持联系。我也参加过省剧协主办的讨论《芙蓉花仙》的座谈会。当时，意见颇为分歧，讨论对改好这个戏起了积极的作用。《易胆大》的剧本经得起时间的考验，可称精品。这次演出，主要演员突出，所有演员阵容整齐。进京前，胡继先厅长征求我的意见，我说喜剧成分差一

[①] 本文系在"振兴川剧暨《易胆大》汇报演出座谈会"的讲话。

点，入戏慢了一些，高腔的音乐伴奏可少一些。外行谈戏，只供参考。

回过头再说振兴川剧。1982年，省委、省政府发出"振兴川剧"的号召，在全国引起巨大反响。五年后，发了第二个文件，叫《坚持不懈地振兴川剧》。振兴川剧是一项长期的任务，前进中有曲折有困难，所以要坚持不懈。

第二个文件，对振兴川剧有个估计：成绩显著，前途光明；困难重重，举步维艰。听了陈智林刚才的发言，我感到省川剧院符合第一句话，即成绩显著，前途光明。他们这个团队，带头人好，大家有敬业精神。能坚持演出，敢于走进北大、清华、南开等最高学府，赢得众多大学生观众。1983年振兴川剧第一次会演时，我们曾与高教局配合，组织了五百名大学生看川剧《巴山秀才》。时任文化部艺委会主任的吴雪称赞这是"有远见的做法"，现在你们做得很好。在上海、北京的商业演出，不但收支平衡，尚略有盈利。成绩这样的显著，是很难得的。

当然，你们也有困难。陈智林说，希望有一个公平竞争的平台，特别提到媒体的态度。目前，一些媒体的记者年轻，自己就不喜欢戏曲。他们的兴趣在港台演员，即使涉及大陆的影星和歌星，也多系报道私生活或绯闻。记者的素质尚待提高。有一次我谈到周扬说"川剧在国内外远远超过一个地方剧种的影响"，记者不知周扬是谁，竟误以为是周企何。只责备他们也不行，最好的办法是请他们看戏，用好戏来吸引他们。只请记者还不够，还要请他们的老总看戏。爱国都可以不分先后，爱川戏更该不分先后。

联合国在审批世界非物质文化遗产，昆曲已被列入。我们国家也在审批非物质文化遗产，川剧和灯戏已被列入。看一个国家或民族，不能只看它的物质文明，还得看精神文明，有无自己的文化特色。如果只喜欢看美国大片，玩迪士尼，吃麦当劳和肯德基，穿牛仔服，把头发染成黄色，过情人节、愚人节和圣诞节，忘了自己的传统优秀文化,从某种意义上说,这个国家和民族也就没有特色了。我不是说不能吸取国外的对我们有益或有用的东西,鲁迅早就主张"拿来主义"。我上过教会学校,到过十几个国家,也喜欢芭蕾舞和交响乐,并不保守。迪士尼去过三次,兴趣不大。因为弄不清"情人"的定义,不敢苟同情人节——这是题外之话。我只不赞成忘了自己的传统优秀文化。作为四川人,当然不能不振兴川剧。

目前,大形势较好。书记、省长又题词号召振兴川剧。这是一股东风。我们省文联、省剧协和川剧人,理应唱一出《借东风》,以推动振兴川剧的工作。

2006年3月30日

我是来打气的[1]

祝贺省戏剧艺术家第六次代表大会开幕。

我是受五四新文艺的影响成长的。除了文学外，戏剧对我的影响最大。抗日战争时期，全国著名的话剧演员曾云集成渝两地，我几乎看了以中华剧艺社为代表的所有话剧的演出。当时是穷学生，买张最低价格的票，站在舞台旁看。1950年初，地下党领导分配工作，我表示愿当演员，组织上没同意，要我去共青团工作。没当成演员，却常在梦中演戏，又老忘了台词，十分着急。在共青团工作十七年，"文革"时变成"修正主义"的"苗子"才离开。从小大人带我看川戏，只爱看打仗。20世纪50年代初看了《柳荫记》，从此爱上川剧。

粉碎"四人帮"时，我在四川人民出版社工作。我们出版了很多传统川剧剧本和新编历史剧，魏明伦的三个得奖剧也是四川最先出的。话剧剧本也出版过不少，包括《郭沫若选集》（戏剧卷）、《曹禺戏剧集》《陈白尘选集》《大风歌》、老舍的《茶馆》、四川方言剧《抓壮丁》单行本。

1982年7月，省委和省政府发出"振兴川剧"的号召。我在年底调省委宣传部分管文艺工作，是振兴川剧的积极分子。也有人

---

[1] 根据2005年9月14日在省剧协第六次会员代表大会上的发言整理，略有增删。

说我只振兴川剧，这不合事实。我们对省人民艺术剧院也非常关心，每一个戏都去看（当时叫审查），提建议，不用行政命令指挥。何郝炬同志是一个非常关心文艺事业的好领导，他离任之前把我叫去，问我文艺方面有哪些必须办的事，他可以批一点钱。我一贯不漫天叫价，说"郭沫若文学奖"要三十万，他同意了。问还有什么。我想了半天（因为要钱的地方太多了），最后说给五万元振兴话剧吧，他也同意了。那时，我的工资才一百元出头，五万元是大数。现在，我都拿得出五万元（笑声），但此一时非彼一时也。我大小是个知识分子，知识虽不多，面皮却很薄，很不好意思开口要钱，更怕碰钉子。有一两次碰钉子，弄得我很尴尬。郝炬同志这种态度，我很受感动，终生不忘。可惜我毕竟是书生，缺乏经济头脑，这五万元，"戴帽"拨给文化厅，用于话剧大概只有一万元（在场的严福昌、文辛同志可以作证），其余四万被主管部门"共"了"产"（笑声）。我也爱好京剧，前不久与席义方同志闲聊，我们都认为偌大一个四川省，没有一个京剧团说不过去（有同志插话：还有个新声剧场）。你不要相信，这是空的，不演京剧（笑声）。至于振兴川剧，我花的力气是多一点，这是执行省委、省政府的号召，是我的职责，也出于我对川剧的爱好；振兴川剧不是我提出的，川剧团更不是我个人的企业。

我完全同意福昌的开幕词和全京同志的工作报告，不再重复谈已取得的成绩。但是，无论川剧或话剧，现在都有很大的困难（老同志粟茂章插话：话剧和舞蹈是最有战斗力的，现在已经活不下去了）。我要谈这个问题，的确困难很大。

为了鼓劲，我爱宣传大好形势，不过我了解的情况不多，挂一漏万。今年，这几件事就令人鼓舞：

在清理非常设机构时，宣传部力争保留了振兴川剧领导小组。这也不容易，二十多年中这个小组曾被撤掉两次。去年，宣传部拨专款给剧协，录制以获梅花奖为主的优秀青年的折子戏，现在大概完成一半。今年，文化厅也拨专款给四川音像出版社，录制表演艺术家的折子戏，可惜还没动手。

川剧演出，有几件事值得一提。

一是省川剧院拿精品《巴山秀才》《变脸》到大学演出，先在北京，后在成都。反应极好，获得双效益，已有不少报道。1983年，我们就组织了几百大学生看《巴山秀才》。这是非常好的"举措"（讲话也"与时俱进"，过去叫办法，以后叫措施，现在叫举措）（笑声）。文化部前副部长吴雪同志，曾称赞这种做法"有远见，有深远意义"。当然，要送好戏去，导演、演员、音乐、舞美各方面都要"强强组合"，不要败胃口。

二是新都芙蓉花川剧团的对外商业演出。团长苏明德说，他们与日本签了十年合同，收入可观。川剧在国外很受欢迎，我、严厅长和徐棻都随团出去过，深有感受。1985年，《白蛇传》饮誉欧洲，引发"川剧热"。在联邦德国法兰克福的演出，谢幕长达二十分钟。1987年，《白蛇传》去日本演出，《朝日新闻》用大半版报纸宣传，刊了四川省的地图，许多地方可见白蛇扮演者古小琴的巨幅照片。我省任何官员去访问，都没受到过这种待遇。1990年，《芙蓉花仙》在日本演出，唐家璇同志（时任驻日公使）称赞说，川剧起到了很多工作起不到的作用。对外商业演出，交流文化，有经济效益，又锻炼队伍，何乐而不为？

三是玩友和民间剧团有较大发展。德阳的金桥川剧团已演出一千二百多场，观众约四十万人次。还有不少"火把"剧团。可见老百姓仍然喜欢川剧。最近，我想到一个问题：艺术门类，是有不同年龄层次的。摇滚乐，青年人喜欢，老年人的感官就受不了，震耳欲聋；《同一首歌》，青年人又叫又不断挥手，我就不能这样挥手，关节不灵活。老年人阅历多一些，历史知识和文化知识也多一些，反应慢一点，相对来说能接受戏曲。不能说只有老年人喜欢，并以这一点来否定戏曲。

李致与古小琴（马识途摄）

当然，戏曲应争取青年观众。魏明伦、徐棻、谭愫等人的戏以及《芙蓉花仙》就得到年轻人的喜爱。

话剧《雷雨》在成都的演出令人振奋。

《雷雨》是曹禺的精品，演员是明星潘虹、濮存昕、雷恪生等，所以分外吸引观众。票太贵，是个缺点。我的票，是濮存昕掏钱买来送的。演出很精彩，观众反应极为热烈。我从20世纪40年代起就看《雷雨》，次数不少，故事情节全知道，还能背诵一些台词，这次演出也使我动情。说动情还不够，应说激动不已。谢幕后主动到后台祝贺。这些年，电视普及，坐在家里看，省事舒服，也习惯了。这次看《雷雨》的舞台演出，使我感到舞台演出有它极大的优越性。观众直接全方位看见舞台，没有经过第三者剪裁，感染力强。特别是演员与观众的感情交流（新名词是"互动"），是电影电视代替不了的。如要真正看《雷雨》，非要看舞台演出不可。从这个意义上讲，舞台演出（不论话剧、川剧和其他），是绝不会消失的！（粟茂章同志热烈鼓掌，李致开玩笑说"孤掌难鸣"，全场热烈鼓掌）这一点，过去讲得不够。

我强调这一点，绝不是忽视运用先进传媒工具。君不见，周企何、陈书舫、袁玉堃、许倩云等许多表演艺术家的光碟十分畅销，并出现不少盗版，这就是证明。中央台戏曲频道有很多好京剧，黄梅戏播得也不少。川剧得再下功夫，争取多点阵地。听说省里将设川剧网站开川剧频道，这很好。

川剧、话剧等舞台演出困难很大，需要领导关心支持。振兴川剧领导小组保留下来，这很好。现在不必像上世纪80年代那样大的工作量，每年开一两次会，了解一下各有关部门的计划，协调支持督促，促进媒体多关心，表扬优秀的团体和个人，并不费事。至于我们的演出团体，一定要在提高质量上下功夫。我很赞成李瑞环同志十几年前讲的，现在不是曲高和寡，而是曲低和寡。川剧界有人说，若要人迷戏，除非戏迷人。这句讲到点子上了。如果本子不好，导演不力，演员一般，音响忽高忽低，字幕与唱词不一，等等，谁爱看你的演出？不如坐在家里看电视。必须以质量参与竞争，以质量吸引观众，以质量求得生存。

我们是戏剧艺术家，必须坚守阵地，奋斗不息。气可鼓而不可泄。革命尚未成功，同志仍须努力！我是来为大家鼓气的。（热烈鼓掌）

借东风①

"文革"中有人要把我打成"死不悔改的'走资派'",没有得逞。对振兴川剧,我倒成了"死不悔改的"振兴派了。

省委、省政府在1982年发出"振兴川剧"的号召,五年后又发第二个文件,叫《坚持不懈地振兴川剧》。振兴川剧不可能一蹴而成,它是一项长期的任务,所以要坚持不懈。

第二个文件,对振兴川剧有个估计:成绩显著,前途光明;困难重重,举步维艰。这个估计是符合实际的。看不见前一句话,会丧失信心。看不见后一句话,会被困难吓倒。刚才大家谈的情况证实了这一点。

我经常发表对振兴川剧的意见,不在这里重复。只想强调一点:领导的重视是振兴川剧的重中之重。

小平同志重视川剧,早已成为佳话。省委、省政府继承这个传统,号召"振兴川剧"。由于任重道远,免不了有曲折。很多年来,省的工作计划不提振兴川剧,振兴川剧领导小组一度形同虚设。有关部门各自为政,缺乏统筹协调,不少问题得不到解决,削弱了竞争力。如果主要领导不重视,在座的人对讲如何重视川剧,只能是或自我安慰,或埋怨指责,意义不大。有些领导不熟悉

---

① 本文系在四川省文化厅振兴川剧座谈会上的发言。

川剧，要多请他们看，看了就会有兴趣。最近，省委领导同志几看川剧，又为振兴川剧题词，无疑会对振兴川剧起到鼓舞的作用。

振兴川剧，宣传、文化部门负有主要责任，但不能单靠宣传、文化部门，希望振兴川剧领导小组发挥统筹、协调、督促的作用，希望财政部门加大投入。1985年，我在联邦德国巴伐利亚州参观歌舞剧院。该院有三个剧场，两千多人，每年演出三百多场，卖票的收入仅占支出的三分之一，三分之二由州政府补助。资本主义国家尚能如此，我们理应比他们更好。毫无疑问，川剧演出要开拓和发展市场，但不能以门票收入来衡量川剧的成果。希望媒体多加支持。我记得《成都日报》前总编辑凯兵说过，不能只宣传港台明星，要多宣传川剧的作者、导演、演员和有关工作者。凯兵是好样的！

我们国家正在申报联合国非物质文化遗产。川剧目前已被列入我国的非物质文化遗产之一。我们既感到振奋，也想到自己应该承担的责任。在此之际，书记、省长及时为振兴川剧题词，鼓舞士气。一批老同志，坐在我旁边的聂荣贵、廖伯康等老领导，也准备为此呼吁。这个大形势对振兴川剧是有利的。

至于主管部门和川剧人，需要借这股东风，振奋精神，坚守阵地，切实工作，为振兴川剧做出自己的贡献。

2006年3月28日

加强"抢救"的力度[1]

振兴川剧是件大事。宣传部把振兴川剧领导小组保留下来,功不可没。今天召开扩大会更令人高兴。

我就抢救问题谈点意见和建议。

大家公认,振兴川剧取得了很大的成绩,但同时面临断代的危机。这可能是戏曲共同的问题。国务院的文件说,对非物质文化,保护为主,抢救第一。我的理解,没有抢救,谈不上保护,更谈不上振兴。戏曲是中国的瑰宝,不愧立于世界艺术之林。据不完全统计,我国的戏曲有三百六十六种。也就是说,一天看一种,一年三百六十五天还看不完。当然,有的剧种影响大,有的剧种影响小,有的剧种已消失或正在消失。川剧是大剧种。周扬曾说:"川剧在国内外远远超过一个地方剧种的影响。"川剧能成为这样有影响的剧种,一个重要的因素,是川剧有一批在全国有影响力的经典和独创的剧目。川剧剧本文学性强,有四川人独具的智慧和幽默,剧情跌宕起伏,大悲大喜,为群众喜闻乐见。川剧中好的悲剧不亚于英国的莎士比亚的作品,好的喜剧可与法国的莫里哀的作品媲美,这与不少文人学士参与写作或修改有密切的关系。我们要珍惜自己的财富。

---

[1] 本文系在四川省振兴川剧领导小组(扩大)会上的发言。

川剧的传统剧目十分丰富，姑不说"唐三千，宋八百，演不完的三列国"，因为一些主要剧种都有这个说法，但小平同志特别提出过川剧要演"三国"戏，"三国"戏的剧目在川剧已成系列，绵阳市最近曾整理印出。据《川剧剧目辞典》统计，川剧有三千多个传统剧目，现在有本可查的传统剧目有两千多个。可惜近年来在全川（不是指某个剧团）能上演的仅有一两百个。任白戈同志多次提出，要有计划地分期分批，按照"推陈出新"的方针整理川剧剧目。这是一个长期的工程，但不可不做。整理剧目也是培养剧作家的一种途径。新中国成立后，曾整理了三百多个传统剧目，这是一个很好的基础。

整理剧目是为了能上演。新中国成立后在推陈出新上广受好评的"四大记"，即《柳荫记》《焚香记》《彩楼记》《玉簪记》，现在没有一个剧团能演出。20世纪50年代，很多观众说，看了《柳荫记》，从此爱川剧，我个人也如此。但现在看不见《柳荫记》了。川剧的喜剧在全国很受欢迎，如《鸳鸯谱》《拉郎配》《乔老爷奇遇》《御河桥》《谭记儿》等，也无法上演。许多受人欢迎的折子戏，如《迎贤店》《评雪辨踪》《做文章》《花子骂相》《柜中缘》《秋江》《逼侄赴科》《花田写扇》《情探》《思凡》《嫁妈》等，现在有的能上演，有的不能上演，即使能上演，水平也无法与当年相比。80年代，我曾建议川剧学校除办正规的学习班外，趁阳友鹤、周企何、陈书舫、袁玉堃、曾荣华、许倩云等一批老人健在，可按经典剧目组织各地演员来学习。可惜这个建议未被接受，悔之晚矣。

目前，获梅花奖的人多，能演戏的很少，晓艇、刘芸等少数人例外。演员断代，是一大危机。趁现在省、市一批老艺人（也是表演艺术家）健在，特别是六十岁以上的，需要尽快把他们的代表剧目录下来。有些唱得好的（包括"川剧第一领腔"自贡的陈世芬），可专门录音。否则，走一个人就带走若干戏。各市、地的一些优秀剧目，如《张大千》等，也可重排并录像。这都是抢救。有了录像录音，既可以在电视和电台上播放，又可以制成VCD或CD光盘出售，满足群众需要，更重要的是可以用于教学。一举几得，何乐不为？

振兴京剧做了一件很有意义的工程，录制了一百个音配像的剧目。许多京剧表演艺术家已经仙逝，但留有唱片。有的虽健在，但毕竟老迈年高。京剧采取由年轻的优秀演员演出，配上表演艺术家的唱腔，很受欢迎。这种做法把抢救和继承完美地融合在一起，值得大书特书。

就是获梅花奖的演员，也要趁他们风华正茂，用川剧的话来说，就是在"泡酥酥、水灵灵"之时，把其代表作录下，不要等二三十年以后，他们或人老珠黄，或体态臃肿、腰围二尺八九以上再去抢救。80年代，周企何老先生身体不好，为他录像经常累得他上气不接下气，为他录像，既要抢救戏，又要抢救人。这个教训值得吸取。杨昌林意识到这一点，自筹资金（文化厅也给了资助），拍了"三国戏"《火烧濮阳》。公办，民办，民办公助，把大家的积极性调动起来，几条腿走路，加强抢救的力度。

为赢得观众，可以特别注意喜剧。川剧的喜剧，特别是丑角，贴近人民生活，语言生动幽默，雅俗共赏。某些滑稽戏或笑星，靠一些脱离生活的语言或媚俗的动作去引人发笑，个别的甚至使人看了起"鸡皮子"，用周企何老师的话来说，就差用手去"哈"观众的胳肢窝了。川剧的喜剧和丑角属于高品位的艺术。观众笑了，既得到美的享受，又引人深思，分清善和恶、美和丑。周老师演的《画梅》，黄天鉴替人作恶，出尽洋相，大哭一场，被小姐赶出，恍然大悟，总结出一条宝贵经验："难怪读书人把眼泪叫作泪珠，这东西用到恰当的时候硬是比珍珠还值钱！"这种幽默非常高雅。还有《打神》中两个泥塑的牌子和皂隶，被焦桂英打倒，竟站起唱："初二、十六打牙祭，哪见过你的刀头鸡？王魁高中不认你，你怪吾神也无益。"现在有些老百姓办不成事,也可能是某些官员在"初二、十六打牙祭"时,"哪见过你的刀头鸡"。这种戏例多得不胜枚举。据我所知,不少观众(特别是青年观众)对川剧发生兴趣,是从看喜剧和丑角戏开始的。

常有人说,川剧只适宜老年人看。似乎六十岁以上的老人驾鹤西去,就没有看川戏的了。殊不知原来四十岁的人又六十岁了,这是自然规律。我认为,艺术门类的观众是有不同年龄层次的。摇滚乐,青年人喜欢,老年人的感官就受不了,震耳欲聋;如唱《同一首歌》,青年人又叫又不断挥手,我就做不到,关节不灵活。老年人阅历多一些,历史知识和文化知识也多一些,反应慢一点,相对来说能接受戏曲。不能说只有老年人喜欢,并以这一点来否定戏曲。何况我们国家已步入老龄社会,一亿多老龄人口不容忽视。当然,戏曲应争取青年观众。魏明伦、徐棻、谭愫等人的戏以及《白蛇传》《芙蓉花仙》等剧目就得到众多年轻人的喜爱。

抢救的任务多且重,由于时间关系,我没有说完。例如,川昆几乎消失,传统的高腔曲牌需要录制,等等。我希望:重视和加强抢救工作,不要认为抢救的任务已经完成。

振兴川剧以来,魏明伦、徐棻等杰出的剧作家,创作了一批观众公认、经得起时间考验的优秀剧目,有的已入围国家精品。我们尊重这些作家,要给予应有的关照和回报。今天,我重点讲抢救,不展开谈他们的成就。剧本乃一剧之本。我们感谢所有的川剧作家,期待他们不断有新的贡献。

祝扩大会成功,成为振兴川剧的又一新起点。

2006年5月16日

"猛药"颂

在省振兴川剧领导小组（扩大）会议上，针对众多青年不看川剧的现状，省老领导何郝炬同志提出要下"猛药"来解决这个问题。郝炬同志的建议，得到与会人的支持。

何谓"猛药"？答：送戏上门，政府买单。

戏曲是我国的文化瑰宝。川剧有两百多年的历史。它以贴近人民、贴近生活，剧本文学性强，表演手法细腻，具有川人独特的智慧和幽默等特点，受到国内外广大观众的欢迎。川剧已列入我国受保护的非物质文化遗产，是建设文化强省的品牌。可是近年来，由于群众文化生活的多元化，特别是电视、电脑的普及，川剧观众急剧萎缩。

20世纪50年代，大批外来干部进入四川。西南局的邓小平和贺龙同志，为了让外来干部了解四川的风俗习惯和四川人的喜闻乐见，包括学说四川话，曾在举行川剧晚会时把门锁上，不许外出，"强制"外来的领导干部看川剧。80年代初，全国剧协主席曹禺同志曾说，他刚听到这个措施时，感到似乎有点"武断"，仔细一想，才悟出这是最大的群众路线，让外来干部与本地人尽快融为一体。廖伯康同志说，这是邓小平文艺思想的一个创新。

由于党和政府的重视，20世纪五六十年代是川剧的黄金时代，以《柳荫记》《拉郎配》等为代表的一批剧目广受赞誉。许多人认为，川剧中好的悲剧不亚于英国莎士比亚的作品，好的喜剧可与法国莫里哀的作品媲美。可惜"文革"摧毁了一切文化，戏曲被诬蔑为"封、资、修"的"封"。封者，封建主义也。后期，也只准上演移植的"样板戏"，一位宣传"大臣"甚至还要川剧演员在台上说普通话，令人哭笑不得。

"文革"结束后，复出的小平同志路过成都，专门点看了川剧老艺人演出的传统折子戏。新华社为此发了消息，被禁锢十年的川剧和戏曲终于解冻了。小平同志总是在关键的时刻作出有极大影响的果断之举。当然，要消除"文革"的影响得有一个过程，十年不演川剧，演员把戏丢生了，年轻人更不知川剧是何物。

省委、省政府充分领会了小平同志的意图，于1982年发出"振兴川剧"的号召。这个号召调动了川剧人的积极性，并带动了其他许多剧种共举振兴。二十多年来，川剧振兴取得了很大的成绩。出现了以魏明伦、徐棻、谭愫为代表的一批剧作家。近二十位优秀青年演员获梅花奖，对外文化交流和商演取得双效益，精品剧目和演出受到北大、清华、南开、川大等高校师生的欢迎。

看到成绩，得同时看到问题。

问题很多。其中一大问题是观众流失。原因是多方面的，前面已提到由于群众文化生活的多元化，特别是电视、电脑的普及，川剧观众急剧萎缩。年轻人一般不看川剧。川剧真不好看吗？当然不是。许多人只要进了剧场，看了好戏，很容易产生兴趣。关键是怎样把年轻人引入剧场。

时代不同了。不能强迫年轻人进剧场，也不能进了剧场不让他们出去。从川剧进高校演出的经验来看，送戏上门是个好办法。既能送戏到高校，也应能送戏到工厂、农村和中小学。魏明伦的剧作《变脸》，有一场戏编入中学教材，在成都就印了二十八万册，让众多中学生知道了川剧。送戏上门，票价不能高，几十、几百元，谁愿意买？不如在家看电视或玩电子游戏。票价要低，甚至免费。

这就是政府买单。

文化事业分两种：一是公益性的，一是经营性的。凡经政府定为公益性的川剧院团，应当采取这个办法来争取观众。观众需要培养。我小时候，大人带我看川剧，我只喜欢看打仗，没有耐心看（也看不懂）文戏，趁机吃大人给的点心。50年代，看了《柳荫记》，从此爱川戏。许川同志是江苏人，过去不看川剧。当了宣传部长，因工作关系才开始看，一看就感兴趣，还带他夫人和女儿来看，引起全家的兴趣。著名的戏剧家黄宗江，最近同女儿来成都，他的小女儿在香港教书，原不喜欢戏曲，多次与父亲争论。这次看了《欲海狂潮》，也表示愿意再看川剧。这种事例很多。

当然，采用这服"猛药"，政府要加大投入（有些地方政府对"三下乡"给补助，就类似这种做法）。否则，是纸上谈兵，空对空。川剧人要振奋精神，选好剧目，用心演出。"若要人迷戏，除非戏迷人"，这个论断十分正确，不然要败胃口。在下"猛药"的同时，公益性的剧院团，仍要加强自身机制的改革，在进入市场上多下功夫。省川剧院在这方面已取得一些经验，值得学习。民营剧团条件不同，不能"一刀切"，但可以秉持这个精神，多争取观众。

下"猛药"是在特定时期的好主张，我衷心颂扬这个主张。愿它为振兴川剧注入兴奋剂，为川剧赢得更多的观众。感谢一贯关心文艺事业并主张下"猛药"的郝炬同志。

为此，特作《"猛药"颂》。

2006年5月20日

我爱徐棻的剧作[①]

我闹的一个笑话

粉碎"四人帮"后,我在出版社工作。出版社积极出版川剧著作。在一次座谈会上,我和徐棻谈起川剧。我对她说,1964年在简阳搞"四清"运动时,县委书记董启勋请我去看县川剧团演出的《秀才外传》。这个戏刻画了一个又迂腐、又可爱的秀才,有些情节、细节,很能表现四川人的幽默和风趣。这位秀才蒙冤被关,他的妻子

李致和徐棻(左)

[①] 本文系在徐棻剧作研讨会上的讲话。

在前一天刚为他申冤，第二天他的好友（绿林好汉）劫狱把他强救出来。因官兵追赶，好汉只得放下秀才，约定见面地点，分头逃走。秀才怕牵连他的妻子，自己又回到监狱，还提醒牢头把门锁好。牢头说，你跑了还晓得回来，我何必给你锁门！我很喜欢这个戏。那时候，县剧团演戏没有宣传广告，也没有说明书，我不知这个戏是谁写的。徐棻听了笑起来说："这个戏是我跟羽军合写的。"

用徐棻的作品去"启发"徐棻，这是我闹的笑话。它足以说明我青年时期就成了徐棻的粉丝和徐棻的剧本留给我的深刻印象。

巴老称赞徐棻的剧作

巴金老人偏爱川剧。原因之一，是川剧剧本的文学性强。巴老在《谈我的短篇小说》一文中说："我喜欢的倒是一些地方戏的折子戏。我觉得它们都是很好的短篇小说。随便举一个例子，川戏的《周仁耍路》就跟我写的那些短篇相似，却比我写得好。"

1963年5月13日，成都市川剧院在上海演出《燕燕》。巴老看了戏后，在当天的日记上写有："六时三刻我和小林乘三轮车去大众剧场看川剧《燕燕》。剧本改编得好。"[①]后又对著名记者谷苇说："川剧《燕燕》改编得很好。请你把这句话转达给作者。"谷苇把这件事写进他送我的书里面，我看见后把这事写入我2005年3月21日的日记中，并告诉了徐棻。据我所知，巴老夸奖人一般只说"不错"。他能说"好"或"很好"是很不容易的，很珍贵的。

这就是说，巴老在四十七年前就称赞徐棻的作品了。

---

① 见《巴金全集》第二十五卷，人民文学出版社1986年版，第242页。

向坚守戏剧岗位的徐棻致敬

徐棻从十六岁开始，坚守戏剧岗位，直到现在七十六岁，直到戏剧已如此不景气、如此艰难的时候，她还是一如既往，不离不弃。羽军是徐棻的先生、合作者。套用一句歌词：军功章上有徐棻的一半，也有羽军的一半。这种精神是值得赞扬的，我由衷地向徐棻表示敬意。

2010年1月14日

贺《红梅记》首演

刚看完戏,很高兴。观众反应强烈,充分说明它是上乘之作,是一出好戏。

振兴川剧近三十年来,川剧的"四大记"(或称"五大记")一直没有恢复上演。许多川剧人和川剧迷都惦记着这件事。现在,徐棻把《红梅记》改编出来,你们又演出了,是一个很好的事。徐棻在改编传统戏上,既有继承,又有创新。20世纪60年代,徐棻改编的《燕燕》在上海演出,巴金就称赞剧本改编得好。

几位主要演员,特别是陈巧茹,唱得很好。高腔的特点是徒歌,帮打唱融为一体。这很考演员的水平。我不简单地反对少量加点伴奏,特别是在演唱的间隔之间,但我偏爱听无伴奏的徒歌。今天的领腔也唱得不错,请代我向她致意。

今天的舞台布景属于写意性的表演空间,我认为很好。戏曲与话剧不同,话剧布景比较实。戏曲的布景如太实,会影响演员表演。道理很简单,如上下楼、划船等,戏曲并不真需要楼梯和船。这涉及导演。这些年,川剧请过一些对川剧有些心得的话剧导演,对川剧演出的整体,起了一定的促进的作用,这一点必须肯定。但必须注意,一定要充分发挥戏曲的特点,能用表演体现的,就要靠演员表演,包括运用传统程式。

我只看了一次，谈不出较深的见解。上台来，主要是祝贺。几点感想，一家之言，仅供参考。

2007年9月22日

喜见川剧成果[①]

四川省委、省政府发出"振兴川剧"的号召,已经二十五周年。

记得五年前,由时任省委副书记席义方同志策划,也是在这里举行了振兴川剧二十周年座谈会。那次会开得很好,单录制的川剧光盘就不少。

这五年,各主管部门和有关团体又做了不少工作。今天,为纪念振兴川剧二十五周年,举办了川剧出版成果发布暨展示会。会场展出不少图书和光盘,令人看了感到高兴。

出版这些画册,说明有关单位和川剧艺术研究院是努力工作的。四川出版集团和有关出版社,功不可没。放在前面的两本书,《老一辈革命家与川剧》《名家论川剧》,光书名就吸引读者,装帧设计也漂亮大方。大家都知道,张爱萍将军和夫人李又兰大姐一贯关心振兴川剧的工作。张老虽已仙逝,大姐仍十分关心。我寄了《老一辈革命家与川剧》《名家论川剧》两本样书给又兰大姐,前天她为此从北京打电话给我,认为这两本书对宣传川剧和振兴川剧的工作,很有意义。

在编辑《老一辈革命家与川剧》的过程中,我为老一辈革命家

---

① 本文系在"川剧出版成果发布暨展示会"上的讲话。

对川剧的关心深深感动。小平和贺龙同志关心川剧的佳话,很多人知道,不再重复。1959年,川剧第一次出国到东欧国家演出,周恩来总理、朱德总司令和陈毅副总理,从总体策划、选剧目和演员、改进帮腔和服饰,几乎参与了整个过程。周总理甚至亲自修改剧本,是改《芙奴传》吧?(参加过这次出国演出的老表演艺术家许倩云答:是。)我们真应该学习老一辈革命家的精神。

如何认识川剧?光我们讲,别人可能说是"王婆卖瓜,自卖自夸"。听听名家的看法和议论,大有好处。今年2月出版的《名家论川剧》,许多人读后都觉得很有收益。遗憾的是篇幅有限,一些很有名的专家,如王朝闻、黄裳研究评论川剧的文章很多,各单出一本也行,所以只能选其代表作。可惜漏选个别名家(如刘厚生),责任该我负,以后设法增补。

其他新书尚没翻阅,说不出意见。

振兴川剧,需要出版的书很多。如剧目。川剧传统剧目是珍贵的文化遗产,卷帙浩繁,亟待整理,推陈出新。十七年经过整理的剧目可重印。魏明伦、徐棻等人的可出个人戏剧集。振兴川剧以来的好戏,如内江的《张大千》、乐山的《郑姑姑》《桃村新歌》等,均可加工出版。

戏剧画家张鸿奎,为川剧画了很多很美的插图,艺术水平高。余小武为川剧拍照二十多年,既有史料价值,又是艺术水平高的作品(日本印的《白蛇传》和《芙蓉花仙》的说明书中的照片,多数是他摄的)。他们默默无闻对振兴川剧做出贡献,不应被遗忘,要支持他们出版这些艺术作品。

这次展出的许多川剧光盘,有梅花奖得主的代表作,有川北灯戏的代表戏。我连看了八九盘,颇有价值。我多次建议,这些梅花奖得主的戏,趁他们风华正茂之时录像最好,何必要等到人老珠黄再来"抢救"?其实,现在为梅花奖得主的代表作录像也是一种抢救。前年,听说文化厅拨了三十万元为省川剧院的张巧凤、左清

李致与阳友鹤

飞、杨昌林、徐寿年等一批老艺术家的代表作录像,可惜没落实。我一直为当年没有为左清飞的《绣襦记》拍电影感到遗憾,幸好她现在仍然漂亮,声音也好。他们大多六十以上了,获第一朵梅花奖的晓艇"哥"(许多人这样叫他)年近七十。当年抢救阳友鹤、陈书舫、周裕祥、周企何、袁玉堃、许倩云等人的戏,他们也是这个年龄。文化厅录像室所摄的阳友鹤、陈书舫等表演艺术家的戏,前几年制成光盘上市发行,很受欢迎,百看不厌,甚至多次被盗版。

如果把所有光盘充分运用起来,既可教学,又可丰富大众文化生活。记得五年前,义方同志就提出,各级电视台每天拿出一定时间,反复播放这些好戏。(省人大常委会副主任席义方同志插话:要拿黄金时段播放川剧。河南电视台办的"梨园春"专播豫剧,很受欢迎。我也爱看中央台戏曲频道播放的"空中剧场"的京戏。通过电视可做普及工作。)黄金时段当然更好,现在听说连"一般时段"也没有。有没有?(几位川剧人答:没有。)希望能安排。四川的电视台看不到川戏,这是不可思议的事情。这次,四川电视台、四川戏剧家协会、四川文艺音像出版社、峨眉电影厂音像出版社为录这些光盘做出贡献，值得感谢。我看的光盘，质量上（如颜色深浅、声音大小、拍摄角度）有些问题，期待能改进。

通过这一次展示，再一次说明，振兴川剧，领导的重视是重中之重。（马识途插话：我同意李致同志的观点，振兴川剧的关键在于领导的重视。成绩要充分肯定，但从总体上看，川剧是在前进，还是在衰退？值得认真思考。对存在的问题，有无硬措施？是否认真在抓？过去老的领导不仅重视川剧，而且热爱川剧，这和只重视但不热爱大不一样，有差距。要了解一下，有多少剧作家在写？一年出多少戏？有多少人在看？没有硬措施不行！我有信心：只要有四川人，川剧绝不会消灭！）（听众对马老报以热烈掌声）义方、马老的意见很好，欢迎在座的老同志都插话。去年，十二位老同志关心川剧，提出一些"硬措施"的建议。如针对观众流失，老领导何郝炬同志建议下"猛药"，即送戏上门，政府买单。送戏上门，从小学中学到大学，从小开始培养。刚才，徐世群同志还对我说，他是从小开始接触川剧的。针对川剧学校招生困难的问题，老领导廖伯康同志建议，川剧学校学生不交学杂费，供伙食，拔尖的适度补助。今年全国招师范生已采取这种办法，值得学习。不久前，省委、省政府办公厅转发了《关于进一步振兴川剧的意见》，这是二十五年来，省委、省政府办公厅转发的第三个文件，是一个新的起点。当然，许多措施有待认真落实。

不少新闻界的朋友参与今天的会议，请你们响应省委、省政府号召，从建设精神文明、建设文化强省、重视非物质文化遗产的政治高度，大力支持振兴川剧的工作。我在宣传部工作过八年，我和许川同志有个共识：凡看准的好事物，要敢于大胆宣传，不要等中央和外地宣传了，我们才动手。宣传要有气势。我想起1955年去共青团中央参加全国第三次少年儿童工作会，胡耀邦同志说，这次会很重要，要大规模宣传。耀邦讲话很生动，他打了两个比喻：一是要像农村杀肥猪、过大年一样，给人留个深刻的印象；另一个是要像西伯利亚的寒流来了，刮他个六七级大风，引起震动。当年，刚提出"振兴川剧"的口号，曹禺就称赞为"空谷足音"。现在，我们要用行动证明我们在进一步振兴川剧！

我们川剧人，责无旁贷，更要坚守阵地，奋斗到底！

2007年6月25日

门外戏谈（十一则）

按 《川剧与观众》这张报纸，篇幅不多，却深受喜爱川剧的人和川剧迷的欢迎，我也是其中之一。为了表示对报纸的支持，我把自己对振兴川剧的一些观点，以千字文的形式，在《门外戏谈》的小专栏上发表，历时一年，共十二篇。用"门外"二字，表示我并非专家或学者，仅是以川剧爱好者的身份谈些意见而已。其中祝贺许倩云从艺六十五年一篇，抽出列在本书写川剧人一组内，因而这里只有十一篇。

之一：调演和川剧节

振兴川剧已经二十五年。

在开初几年，曾经大规模地举行过振兴川剧会演。这些会演在出戏、出人才上都起过积极作用，这是主流。但也出现了一些问题。有些地区为演出而演出，花钱排了戏，会演之后便束之高阁。为避免形式主义，以后把会演改成调演，即把已出现的好戏调到省上演出。对各地起到了一些推动作用。如魏明伦的《潘金莲》，当时争论很大，调来演出，一是活跃川剧舞台，一是支持在川剧创新上的探索，反应很好。川剧是大剧种，除四川、重庆外，贵州的一些市县州也有川剧团。为促进省市间川剧的交流与发展，后来又举办过中国川剧节。

川剧是我国优秀传统文化，国家级非物质文化遗产。国有川剧院团属于公益文化事业单位。政府当然要给予必要扶持，但同时国有川剧院团也应有自己的演出任务。为检阅川剧的成果和推进川剧的发展，定期举办调演或川剧节是必要和有益的措施。

正如要推动体育事业，各地各体育类别，乃至全国及全世界都要举办各种比赛。国际奥林匹克赛就是全世界人民都关注的一项体育赛事。其他艺术门类，如美术、书法、摄影、民间工艺品等，也要定期举办展览，并通过评比推动其发展。图书发行搞书市，连产桃子、葡萄的地方都可以举办桃花节、葡萄节之类，以推广其产品，川剧当然可定期举办调演和川剧节了。

当然，举办调演或川剧节不是目的，目的是出戏出人，赢得观众。参加调演或川剧节的剧目应该是好剧目，此前就演出过若干场次，受到观众的认可；参加调演或川剧节以后要多演出，不要束之高阁。组织调演得十分认真，不能草率，千万不能倒观众的胃口。

以上，似乎主要是对宣传和文化部门的建议。

《川剧与观众》2008年第1期

之二：以戏迷人才能赢得观众

要赢得观众，无论老观众或新观众，都要以戏迷人。

川剧观众减少，撇开客观原因，主要是本身的质量问题。李瑞环曾说，戏曲的问题，不是曲高和寡，而是曲低和寡。实践证明了这一点：以魏明伦、徐棻为代表的川剧作家写的戏，受到广大观众的欢迎。质量不高的戏，观众的兴趣不但不大，甚至败胃口。

不能责备观众不喜欢看质量不高的戏。

合川县川剧团刘俊明在川剧理论研究会上提出："若要人迷

戏，除非戏迷人。"他深刻而又通俗地说明了戏曲与观众的关系。好像讲恋爱，你人品不好，又不漂亮，却非要对方爱你，这办得到么？提高川剧质量，以戏迷人，才能真正赢得观众。

以戏迷人，这话说起来容易，做起来难度很大。剧本乃一剧之本，演好一出戏，先得选好剧本。即使是好剧本，也要听取专家和观众的意见，不断打磨。要有好导演。这几年引入话剧导演，是好事，提高了演出质量。话剧导演则要注意戏曲以表演为主的特点，布景不宜过实，要给演员留足表演的空间。演员，要提高文化素质和苦练基本功。音乐改革，要区别对待各种声腔。音响要弄好，演出前演员和乐队一定得试音。舞台美术也不宜太实，同样要给演员留足表演的空间。院长或团长得抓好每一场演出，以保证质量。

有的川剧人埋怨或责备观众不喜欢川剧，这是不对的。拿出能迷人的好戏试试。爱国都不分先后，爱川剧更应不分先后。如能有迷人的好戏，使观众一见钟情，如醉如痴，那才是川剧人的本事和胜利。

《川剧与观众》2008年第2期

之三：逐步恢复好的传统戏

新中国成立以来，习惯上将戏曲上演剧目分为三大类，即传统戏、新编历史戏和现代戏。实践证明，在剧目上实行"三并举"的方针是正确的。

振兴川剧二十五年，出现了不少的优秀剧目，最有代表性的优秀剧作家是魏明伦、徐棻、隆学义。一些剧目经过二三十年的考验，深受观众喜爱，称得上是精品。至今，已有《变脸》《易胆大》《金子》入选国家舞台艺术精品工程。今后，我们仍需要充分发挥剧作家的作用。

传统戏，如大戏《白蛇传》《绣襦记》等，折子戏如《迎贤店》《花田写扇》等，经过推陈出新后，也深受观众欢迎。但相对来说，恢复传统戏的工作我们还做得很不够。川剧的一些以"记"命名的传统名剧，如《柳荫记》《玉簪记》《焚香记》《彩楼记》《荆钗记》《幽闺记》《琵琶记》《绣襦记》《红梅记》等，在20世纪50年代曾经大放异彩，为川剧赢得很多观众，却至今没有恢复上演。前不久，看见徐棻新改编的《红梅记》，我非常高兴，这是一个很好的开始。

传统戏的剧目很多，在50年代的"戏改"和剧目鉴定工作的基础上，四川人民出版社出版了《川剧传统剧本汇编》三十三集，加上成渝两地各种川剧剧本选集，出版约三百多个传统剧目。从何抓起？可以从这些经过初步"戏改"，受到群众欢迎的剧目开始。除了上述的那几大"记"外，五六十年代受欢迎的《鸳鸯谱》《御河桥》《乔老爷奇遇》《拉郎配》以及李明璋创作改编的古装戏《谭记儿》《望娘滩》等，都可逐步排入议事日程。前不久，中央电视台十一频道播放京剧的《柳荫记》《谭记儿》，这两个剧目都是从川剧移植过去的，为什么京戏能恢复上演，川剧反而不能呢？建议振兴川剧领导小组邀请专家开出一些可恢复的传统戏剧目供各剧团参考，并在一年内重点抓一两个戏，再次推陈出新，认真抓好。

川剧有大量的经典传统折子戏，如《柴市节》《迎贤店》《花田写扇》《评雪辨踪》《情探》《秋江》《拷红》《射雕》《柜中缘》《踏纱帽》《杨广逼宫》《跪门吃草》《逼侄赴科》《五台会兄》等，无法一一列举。这些折子戏，不但老观众喜欢，也是吸引新观众的好戏。1985年，邓小平在北京看川戏，一次就点了十三个折子戏。因为演出时间只有两小时，只好请他看折子戏片段。有段时间，因为新戏不多，有人曾讽刺说："川剧是开不完的'店'，写不完的'扇'，过不完的'江'，关不完的'柜'……"这固然是个问题，但切不可丢掉这些折子戏。关键是要有好演员。一批老艺术家仙逝，新演员功夫不到位，即使是好折子戏，观众也难有兴趣。

《川剧与观众》2008年第3期

之四：认真做好川剧光盘

这是一项很有意义的工作。

优秀的川剧剧目，上演到一定程度，需要及时把它保留下来。1982年，省委、省政府号召"振兴川剧"，文化厅所属录像室，作为抢救，录下一批表演艺术家的剧目。二十多年过去，这批表演艺术家大多仙逝，但现代科学技术把他们的精湛表演艺术保留下来，既可观看享受精湛的表演，又可作为教学的资料，何乐不为？

表演艺术，不像物质生产，可以科学配方，统一规格。同一个剧目，尽管剧本一样，不同的演员表演，差别很大。如周企何的《迎贤店》、陈书舫的《花田写扇》和竞华的《思凡》等，至今没看见谁能达到他们的演出水平和效果。正因为这样，四川文艺音像出版社所出老艺人的光盘十分畅销，甚至多次出现盗版。这是当年抢救的成果。

当年的一大批中年演员现在也六七十岁了。他们都各有一些受观众欢迎的拿手戏，需要抢拍下来。否则，如果走一个人就将带走一批戏。我多次强调，绝不能认为振兴川剧"抢救"的任务已经完成，全省要有一个计划，由省市分工负责完成。

一些优秀青年演员的代表作也需要录制。川剧最杰出的娃娃丑唐云峰有很多出色的演出，可惜当年没有录下来。现在，唐云峰高寿八十，难以再有年轻时的表演，这是一个损失。好在省剧协已开始为梅花奖得主拍他们的代表作。

现代传媒是争取观众的重要手段。拍好川剧光盘，可以供电视台选用。目前，省电视台尚无固定时段播放川剧，这是一个遗憾。我相信他们终归会加以补救。中央电视台十一频道，即戏曲频道，除播放京剧和昆曲外，播了不少黄梅戏和越剧。多一些好的川剧光盘，戏曲频道必会多播放一些川剧。

录制光盘，贵在质量。"若要人迷戏，除非戏迷人"。要选择好剧目、好演员、好导演，音乐、舞美、摄像技术均须上乘。马马虎虎，倒胃口之事，千万做不得。

《川剧与观众》2008年第4期

之五：赢得观众的途径

振兴川剧，必须出人出戏，赢得观众。尽管在出人出戏上取得显著成绩，但在赢得观众上仍需做很大的努力。

年轻人一般不看川剧。川剧真不好看吗？当然不是。许多人只要进了剧场，看了好戏，很容易产生兴趣。关键是怎样把年轻人引入剧场。省委老领导何郝炬为使川剧赢得观众，开了一服猛药：送戏上门，政府买单。

观众的方面很多，可以先从学校做起。1983年，文化部前副部长吴雪对组织大学生看川剧给予了很高的评价。这几年，魏明伦和徐棻的戏先后到北大、清华、南开、川大等高等院校演出，受到大学生的热情欢迎，就是很好的证明。与此同时，剧团要有计划地到中小学演出，由政府买单。只要选择好适合中小学生看的剧目，认真演出，同样会受到欢迎。在中小学音乐课中增加川剧唱段，也需与教育部门配合，先进行试点。

用电视传媒播放川剧，是赢得观众的一个重要途径。四川新闻网的中国川剧网站每天被点击上万次，可惜四川电视台不重视这个工作。中央电视台的戏曲频道很受欢迎，川剧应向戏曲频道进军，向戏曲频道提供好剧目。在这一点上，应向京剧、黄梅戏学习。要做到这一点，除了有好戏，还必须制作出有质量的光盘。

川剧还有不少老观众。若干民营剧团一年要演出几百场戏。川剧座唱也不少。对民营剧团和座唱要给予关心和扶持，这是川剧不可忽视的群众基础。

以上谈的是途径。赢得观众，最关键的仍是"若要人迷戏，除非戏迷人"。没有这个前提，一切都是奢谈。期望宣传、文化部门和川剧人共同努力。

《川剧与观众》2008年第7期

之六：进一步把省川剧学校办好

振兴川剧必须后继有人。

省川剧学校是振兴川剧的重要基地。川校成立以来，培养了大批人才，有的已成为表演艺术家，为振兴川剧立了大功。由于戏曲面临衰退的现状，川校也出现招生不足的情况，需要认真地加以解决。

招生不足的一个重要原因，是对戏曲的认识问题。宣传、文化主管部门和川剧人，要理直气壮地宣传保留非物质文化的重要意义。一个国家、一个地方或一个民族，如果没有自己的文化，必将失去特色。目前，川剧被列入我国的非物质文化遗产，这是很有利的条件。加上旅游事业的发展，各地要体现本地的特色，有关领导也会改变过去对川剧的某些认识，开始或进一步重视川剧。大力讲清振兴川剧的重要意义，有利于开展招生工作。

为了满足和扩大招生的数量，需要对川校学生采取一些优惠政策。免学费，供伙食费，发奖学金，像师范学生一样。其实，这些办法早实行过，只是后来变了。前两年，有的家长带子女来报名，听说入学就要交六千元，转身就把子女牵走了。这种状况给我们敲了警钟，必须改变。学生毕业以后，文化主管部门和学校要统一考虑，帮助他们就业。

川校要进一步充实和改进教学，提高教学质量。学专业和学文化要并重，专业以川剧为主，兼学音乐和舞蹈。增加师资力量。对教师要尊重，提高他们的地位，评定应有的职称，并为他们创造进修的条件。根据需要聘请名家上课或讲学。已退休的川剧表演艺术家要像名老医生看病一样，充分发挥他们的作用，通过教学把艺技传授给学生。

期望宣传、文化、教育部门更加重视省川剧学校的工作。

《川剧与观众》2008年第7期

之七：多做工作让领导重视川剧

振兴川剧需要得到领导的重视。

由于干部的年轻化，有些领导从来没有看过或不喜欢看川剧。最好的办法，是挑一些好戏请他们看。过去的事实证明，由于川剧的魅力，不少的领导看了川剧就开始有兴趣了。也就是说，用戏来迷人是最好的办法。

如果有的领导不愿看川剧呢？这就需要耐心地争取。榜样的作用是巨大的。邓小平和贺龙，周恩来和陈毅，杨尚昆和张爱萍，谭启龙和杜心源，对川剧的重视和热爱，留下了许多感人的佳话。只要把这些佳话介绍给年轻的领导，很可能会感染和打动他们。四川人民出版社2007年出版的《老一辈革命家与川剧》一书记载了许多佳话，应当广为宣传。

川剧有什么特色，好在哪里？只靠川剧人自己讲，可能有"王婆卖瓜"的嫌疑。听听全国名家的评论和感受吧。四川省川剧艺术研究院编选、四川人民出版社出版的《名家论川剧》，提供了许多名家的文章、诗词、题赞等，可供参考。川剧人和从事川剧工作的领导，既需要用名家言论武装自己，也需要向党政领导介绍名家的言论。

群众是否喜欢川剧？从表面上看，城市的观众的确冷落。但在广大县城、农村并非如此，不少民营川剧团长期坚持在城镇、农村演出，不但有观众，还有不少热心观众为之宣传、筹款，非常感人。并不是没有人看川剧，而是没有地方看川剧。也许有人认为，只有农民喜欢川剧，其实不然。从1983年振兴川剧领导小组、宣传部、文化厅组织大学生看《巴山秀才》，到近些年把魏明伦、徐棻的几个大戏送到北京大学、清华大学、南开大学以及四川的七八所大学演出，大学生欢迎和喜爱川剧的热情，大大出人意料。西南交大的几位同学看了《易胆大》后，十分兴奋，一位川籍同学说：以前觉得川剧总是啰唆地唱个没完，这个戏情节发展很快，我以为又要唱个没完的时候却点到为止，非常好。一位北方籍同学说：我原来以为戏曲都和京剧一样，现在才发现川剧原来这么幽默，唱词写得好，看起来特别轻松。还有一位喜欢武打片的同学说：演员的功夫过硬，跟电视上的特技不一样，太过瘾了！在大城市中，玩友和座唱也不少，现在成都市新落成的文化宫，每周都有川剧和京剧的演出，观众十分踊跃。需要把这些情况及时向领导汇报。

目前，一个有利的条件是非物质文化遗产受到联合国和我国政府的重视，川剧首批进入我国非物质文化遗产名录，我们自己更该重视。加上旅游事业的蓬勃发展，川剧已成为重要品牌之一，这些都有助于引起领导对川剧的重视。事物的发展往往有一个过程，过去有的川剧人见个别领导不重视川剧，有埋怨情绪。我开玩笑地说过：爱国都允许不分先后，爱川剧也应允许不分先后。

重要的是川剧人和宣传、文化部门多做工作。

之八：充分发挥出川剧老艺人的作用

在振兴川剧中，老艺人是一笔巨大的财富。

过去的川剧演员，经过许多磨炼，一个有成就的老艺人能演许多戏，而且有很高造诣。比如已仙逝的表演艺术家阳友鹤，一生演过一百多个大戏；现还健在的名丑李笑非，演出过的大小剧目竟有二百五十个，其中丑角的重头戏就有一百一十个。一些戏成为他们的代表剧目，在唱腔、表演或剧本上进行了新的创造，达到了新的艺术高度，并得到观众和同行的普遍认可。1982年四川省委、省政府提出"振兴川剧"的号召时，阳友鹤、陈书舫、周裕祥、周企何、袁玉堃、竞华、曾荣华、许倩云等一大批表演艺术家就是践行这一号召的代表。他们的演出质量高，真正做到了"以戏迷人"，从而赢得了广大观众。至今，他们的录像带或光碟还能在市场畅销（甚至有盗版），便是其艺术魅力的一个很好的证明。当年的文化厅录像室做了"抢救"工作，这是立了一功。

随着时间的流逝，老一代表演艺术家绝大多数已经驾鹤西去。好在还有一批当年的优秀中年演员，他们经过正规训练，功底较厚，演出的剧目多，身体也较好。到现在，他们也是老艺人和表演艺术家了。如果不充分发挥他们的作用，将会是巨大的损失。

剧团领导人的年轻化是必要的，大量的行政和组织工作需要他们来做。舞台上也需要年轻靓丽的演员，但这与充分发挥老艺人的作用并不矛盾。目前，年轻演员能演的戏不多，水平也不够高，需要老艺人指导。到了年龄，老艺人从领导岗位上退下来了，但可以教学生。正如退下来的医生，只要有本事，身体许可，可以看专家门诊或名医门诊，很受病人欢迎。川剧界的老艺人，最大的作用就是教学生。否则，"走"一个老艺人就带走一些戏，他们演出的造诣也保留不下来，实在可惜。至于少数尚能演出的老艺人和表演艺术家，只要他们身体情况好，群众欢迎，就不要让他"下课"。

例如任庭芳担任《变脸》的主角，参加中国艺术节的演出，上电视十一频道就继续请他演出。这能为川剧争光，赢得观众。艺术成就高的表演艺术家还应帮助他们撰写回忆录，总结他们的经验，以利后学。比如年逾八旬的李笑非，退休之后，在一些同志的帮助下，出版了两本书，很有价值。听说现在还在撰写一本关于川剧导演的著述，令人钦佩。省和各市，要有计划、有选择地为这些老艺人录像，作为资料，制成光盘，既可以教学，也能丰富群众的文化生活。

老艺人和表演艺术家也要发挥主动性，不要丧失信心，只打麻将。魏明伦、徐棻仍在写戏，谢平安、任庭芳还在导戏，晓艇、徐寿年、杨昌林、刘芸都在教学生，杨昌林曾自筹资金拍传统戏光碟，这些都值得鼓励和支持。许倩云把一生奉献给川剧事业的精神，更值得学习。

《川剧与观众》2008年第10期

之九：加强剧团建设

剧团是川剧的载体，观众通过演出看川剧。振兴川剧，必须加强剧团建设。演出得有剧本。川剧界有句俗语叫"唐三千，宋八百，演不完的三列国"，是说川剧的家底厚。但时代在发展，要不断有新剧目去充实。振兴川剧以来，新编的剧目不少，魏明伦、徐棻的创作在全国都有影响。魏明伦的荒诞川剧《潘金莲》曾被许多剧种移植演出。剧本靠剧作家创作，剧团应该有编剧，这原本是不需要讨论的问题，但是有些地方的剧团在体制改革中，将编剧当作富余人员精减掉了。甚至有的管理部门也认为，剧本可以全国去找，剧团用不着养一个编剧。魏明伦原为自贡市川剧团的编剧，徐棻原为成都市川剧院的编剧，自贡和成都市的川剧院团正因为有了他们才蜚声全国。凡有条件的川剧院团都应有编剧，剧团的编剧不该精减。不可能要求所有编剧都能达到魏明伦、徐棻的水平，但不能不培养。随团的编剧不脱离实际，有责任感和紧迫感，水平是在实践中提高的。目前，川剧作家面临没有接班人的困境，剧团设编剧也是培养剧作家的正确途径。

剧本靠演员演出。有关调动演员的积极性，认真办好省川剧学校，充分发挥老表演艺术家的作用，我在前几节《门外戏谈》中已提出过一些建议，这里不再重复。在岗的演员要热爱川剧事业，坚持练功，精益求精，努力扩大自己的知识面，提高文化艺术素养和思想境界，力争德艺双馨。如果演出任务不多，正好用来学习，千万不要浪费大好时光。天天打麻将绝不是好事。

川剧演出，过去没有导演。新中国成立后，出现了夏阳、熊正堃等许多优秀导演，导演过不少的好戏、名剧。改革开放以来，川剧的谢平安等成为全国知名导演，为振兴川剧做出了贡献。近年来，川剧新戏排演引进不少话剧导演，有利于提高川剧的演出质量，赢得更多观众。不过，川剧和戏曲有自己的特点，舞台布景和装置不能太实，要为演员多留表演空间。

无论省、市剧团，都需有好的领导班子。剧团的领导很不好当，既要懂艺术，又要会管理，首先要以搞好艺术生产为中心，从多方面提高演出质量。好戏应该广泛演出。除了公益性的演出之外，还要想方设法进入市场，求得艺术和经济双丰收。近些年四川省川剧院在开拓国际市场方面打开了渠道，大竹县川剧团长期坚持在基层演出，这些经验都值得总结。班子要团结，还要促进全团人员的团结。无数事实证明：团结存，川剧兴；内耗多，川剧衰。目前，川剧面临困境，川剧院团领导班子临危受命，责任重大。观众不会忘记你们和所有川剧人的辛劳。

以上建议，主要是针对国有剧团。民营剧团情况不一，仅供参考。

之十：川剧音乐改革之我见

川剧音乐需要改革和创新。

四川是个移民者的省份。反映在川剧上，它有来自各地的声腔，即昆、高、胡、弹、灯。各种声腔都有它的特色，在音乐上都需要改革和创新。

多年来，以原成都市副市长、著名作家李劼人为代表的一些人认为高腔最有川剧特色，专家们在讨论川剧音乐改革和创新时，似乎也把重点放在高腔上。

高腔的特色是徒歌，没有弦乐伴奏。这正是不少人喜欢高腔的原因。但如果把音乐改革放在高腔加伴奏上，我认为可能是一个"误区"。如果一定要这样探索，也不是不可以；如果成功，可能成为第六种声腔。

高腔不是不能改革创新，可以在以下三方面着手：

第一，要提高演员的声乐素质。竞华、陈书舫、杨昌林、徐寿年、晓艇、张巧凤、左清飞、沈铁梅、张宁佳等众多演员的演唱，字正腔圆，十分悦耳，实在是艺术享受，何必去加伴奏？加伴奏反而会使演员受束缚。唱得差的演员，需要提高声乐素质，而不是用伴奏去"遮丑"。

第二，加强帮腔，真正做到帮、打、唱融为一体。目前的问题是对"帮"注意不够。经常是随意找一两个人去"帮"，声音不好，与演员的唱腔和剧情的要求都有距离。要选唱得好的去帮腔。上世纪50年代，著名表演艺术家许倩云就为《柳荫记》担任帮腔，效果极好。80年代，川剧《白蛇传》去日本演出，以徐寿年为首的几个男声帮腔（他们戏称为"将军合唱团"）震动东瀛。自贡的帮腔陈世芬，声音非常好，又与剧情发展和人物性格融合得天衣无缝，可称为"川剧第一帮腔"。目前，王玉梅和简小丽的帮腔也受观众欢迎。除领腔外，还得注意合腔，否则渲染情绪和烘托气氛的作用将大为减弱。

第三，改进和新创高腔曲牌。老的高腔曲牌不要轻举妄动，有的需要改进。振兴川剧以来，新设计的高腔曲牌，好的可以保留。音乐工作者在这里有广阔天地，大有可为。在唱演间歇之处，稍加伴奏也可尝试。

无论哪种声腔的乐器，最好用民族民间的。西洋乐器也可尝试。交响乐也不是不能用，只是难以推广。

以上，纯系外行的一家之言，专家姑妄听之。

《川剧与观众》2008年第12期

之十一：切实加强川剧作家的工作

为川剧作家李明璋诞生八十周年举行的纪念座谈会，是一件很有意义的事，既是对李明璋的尊重，也是对所有川剧作家的尊重。

尽管大家都知道，"剧本是一剧之本"，"剧团剧团，有剧（本）才能把人团得拢来"，我还是想再强调剧本的重要性。剧本靠谁写？剧作家。老祖宗给我们留下了"唐三千，宋八百，演不完的三列国"。新中国成立后，经过"剧改"，推陈出新，我们有一批受到国内外欢迎的好剧本。振兴川剧以来，以魏明伦、徐棻为代表的剧作家，创作出不少的好剧本，其中包括被文化部确定的精品。当前的问题是剧作家后继无人，这是川剧面临的危机之一。魏明伦、徐棻均在六十五岁以上，我们既要继续发挥魏明伦和徐棻的作用，又必须立即着手培养新的川剧作家。否则，将会是一个很大的失误。

上世纪80年代初期，全省有两百多个川剧团。二十五年来，由于多种原因，川剧团减缩为四十余个。即使保留下的剧团，编剧也大为减少，有的根本没有。这就是危机。所以，我借这个机会呼吁：凡保留下来的剧团都应有编剧。编剧的成长必然有一个过程，不能要求他们一下都达到魏明伦和徐棻的水平。可以先从整理（即推陈出新）川剧传统剧目，或移植别的剧种的优秀剧目入手，再创作新的剧作。整理传统是新人学习和实践的重要一课。刚才，我见到成都市川剧院新引进的编剧张勇，对她表示欢迎。成都市川剧院有个好条件，剧作家谭愫也很有成就，张勇可以拜他为师。

编剧，不要脱离或游离于剧团。在剧团，编剧与演职员经常接触，参与各种演出活动，了解观众的喜闻乐见，懂得川剧的特色所在，大有利于创作。同时，人在剧团就有任务，可以增强责任感。

从清代赵熙起，历来有不少文人学士钟爱川剧，他们修改或写作川剧剧本。这是一支不可忽视的力量，对提高川剧的文学性起了很好的作用。川剧人要多和作家交朋友，求得他们的援助。希望当代作家能像巴金、沙汀、艾芜、王朝闻、吴雪、马识途等老人一样，关心和帮助川剧。

文化主管部门和剧团以及媒体要关心和支持编剧和剧作家的工作和权益，凡演出剧目一定要标明剧作家。要像对待演职员一样，按演出场次给予报酬，有成就的剧作家要给予奖励。

推而广之，川剧是一个整体事业。凡对川剧事业做出贡献而又持之以恒的，都应该得到尊重，包括剧作家，导演，演员（含帮腔），职员（含音乐、舞美、化装、字幕等），研究和评论工作者，以及长期为川剧摄影的余小武，为川剧画画的张鸿奎。我希望并相信省剧协、川剧艺术研究院、川剧理论研究会能做到这一点。

《川剧与观众》2009年第1期

| 附 |

传承川剧的经验之谈
——读李致先生的《门外戏谈》三题

◎ 刘双江

我省宣传文化部门的老领导李致先生，自谓"振兴川剧的积极分子"。他不遗余力地为川剧艺术的继承发展鼓与呼，一向令业内同仁感动与尊敬。2008年，他在《川剧与观众》报开了一个专栏《门外戏谈》，系列文章的每一篇，言简意赅，点到为止，都是他工作实践、见闻所及的切身感受。以目前川剧的状况，我以为做好传承川剧的工作是最为关键的，此所谓"留得青山在，不怕没柴烧"。从传承川剧艺术的角度，我谈三点阅读《门外戏谈》的心得体会。

一、若要人迷戏，除非戏迷人

这话出自合江县川剧人刘俊明同志在川剧理论研究会一次年会上的发言。李致先生多年来出席川剧活动的大会小会上，都要引用这句"名言"，在《门外戏谈》中三四次提到它。这句平凡而朴实的话，表达的是具有普适性的真知灼见，值得川剧人认真思索。

李致先生在《赢得观众的途径》一文中明确地说："赢得观众，最关键的仍是'若要人迷戏，除非戏迷人'。没有这个前提，一切都是奢谈。"事情真是这样，无论当今群众文化生活的选择是多么多种多样，无论川剧的生存发展是多么艰难不易，但要川剧为群众所接受、所欢迎、所喜爱，没有什么妙计，只能是：能够迷人的好戏。除此之外，"一切都是奢谈"。

李致先生又在《多做工作让领导重视川剧》一文中，谈到如何争取领导支持时再次强调："最好的办法，是挑一些好戏请他们看……用戏来迷人是最好的办法。"我们固然深深怀念小平同志主政西南大区工作时，号召南下干部看川剧就是走群众路线的讲话，以及繁荣川剧艺术的切实措施，但真正令南下干部、外省人、国内文化名流、专家学者喜欢川剧的原因，仍然是能够迷人的好戏。李致先生以自己的亲身体验，常常说："看了《柳荫记》，从此爱川剧。"

二、老艺人是一笔巨大的财富

在《充分发挥出川剧老艺人的作用》一文中，李致先生称川剧"老艺人是一笔巨大的财富。"回顾一下大家对川剧曾经的赞美：历史悠久、传统深厚；唐三千，宋八百，演不完的三列国；表演精湛，特技精彩；声腔、锣鼓、服饰、脸谱……独具一格。这些无不体现在一代又一代老艺人身上。川剧在它最为兴旺的20世纪五六十年代，创造了不少堪称经典、杰出的好戏，这与其时为川剧掌舵、把脉的三位老人家李宗林、任白戈、李亚群尊重艺术规律、知人善任有关。凡在整理改编、创作、排练中要出新意、换新貌时，无不请老艺人参与其事、亲临现场，充分发挥他们的技艺、经验和聪明才智，把继承传统与改革创新结合得相当好，表现得相当完美。反观后来某些轰动一时的试验改革，和自以为是具有现代性的剧目，虽然进行了"新的创造"（自有其自身的艺术价值，以及实践探索的不确定性），但却未能达到"新的艺术高度，并得到观众和同行的普遍认可"。我以为：原因之一就是缺少川剧老艺人的出谋划策和积极参与。

李致先生这些话，对于现在的文化部门和剧院团干部是一个积极的、诚恳的提醒。

川剧已经进入国家级非物质文化遗产名录。设立专门的川剧传承人，是因为川剧的技艺、诀窍和很宝贵的经验，很具体的手法，是要口传心授才能达到的。除了书本、课堂、各种形式的培训之外，老艺人手把手地教学是必不可少的。因此之故，李致先生说："川剧界的老艺人，最大的作用就是教学生。"我以为：很内行，不是"门外戏谈"。

三、抢救继承，任重道远

在林林总总的报刊中，广东的《南方周末》具有很大的社会影响，它在《时局》专刊中特设一个专栏《不是官话》。摘录各级官员实事求是的谈话。我读了李致先生的系列文章，拈出几段，可以进入"不是官话"之列。

他在《认真做好川剧光碟》和《赢得观众的途径》中说："目前，省电视台尚无固定时段播放川剧，这是一个遗憾。我相信他们终归会加以补救。""用电视传媒播放川剧，是赢得观众的一个重要途径……可惜四川电视台不重视这个工作。"相比之下，陕西卫视、山西卫视、河南卫视、安徽卫视竭尽所能地宣传、推广秦腔、晋剧、蒲州梆子、豫剧、黄梅戏等，四川电视台实在是无所作为。

李致先生曾说："我多次强调，决不能认为振兴川剧'抢救'的任务已经完成。全省要有一个计划，由省市分工负责完成。"在《逐步恢复好的传统戏》中，他在肯定了《变脸》《金子》《易胆大》入选国家舞台艺术精品工程之后，坦言"相对来说，恢复传统戏的工作，我们还做得很不够。川剧的几大'记'即《柳荫记》《玉簪记》《焚香记》《彩楼记》，在20世纪50年代曾经大放异彩，为川剧赢得观众，却至今没有恢复上演。"以上几段话，我以为不是官话，是真话。

若要人迷戏，除非戏迷人

川剧界有句名言：若要人迷戏，除非戏迷人！

名言不一定是名人讲的，但它说出了一个规律，为众人所接受，广为流传，就成了名言。

四川有个川剧理论研究会，汇聚了众多人才，每年开一次年会，对指引振兴川剧，起了很好的作用。1992年的年会在彭县举行，会议主题是"川剧与观众"。时任合江县川剧团的编剧刘俊明，在发言时明确提出：若要人迷戏，除非戏迷人！

那年我年满六十一岁，已从宣传部领导岗位上退下来，正在美国探亲，没有参加年会。这句名言是时任川剧理论研究会副会长的王诚德事后告诉我的。刘俊明在讲话时还说："当前缺少的正是戏。只要有认真的演出，常演戏，演好戏，戏好定招观众来；观众是常看戏，看好戏，久而久之迷川剧。"王诚德和我共同认为"若要人迷戏，除非戏迷人"这句话是基层剧团的同志长期实践的经验之谈，悟道之谈，点明了川剧与观众的关系，弥足珍贵，值得所有川剧人深思和推广，努力拿出能迷人的戏来。

川剧缺少观众的原因很多。当前文娱生活丰富，群众的选择面广，特别是电影、电视和电脑普及；加以城市面积增大，交通不便；剧团经费短缺，演出困难；等等。这些都是客观事实，不容否认。但川剧自身的原因呢？如果只强调客观原因，不找自身的问题，川剧是难以振兴、赢得观众的。

自从我知道"若要人迷戏，除非戏迷人"这句话以后，无论讲话或著文，时常引用它。2005年7月7日，在省剧协第六次代表大会上，我曾说："我很赞成李瑞环同志十几年前讲的，现在不是曲高和寡，而是曲低和寡。川剧界有人说，若要人迷戏，除非戏迷人。这句讲到点子上了。如果剧本不好，导演不力，演员一般，音响忽高忽低，字幕与唱词不一，等等，谁爱看你的演出？必须拿出迷人的戏，以质量参与竞争，以质量吸引观众，以质量求得生存。"推而广之，在谈到文学作品和讲话时，我强调了如要人愿读作品和爱听讲话，除非作品和讲话能"迷人"。我开玩笑诠释"若要人迷戏，除非戏迷人"这两句话说，比如讲恋爱，你人品不好，素质很低，又不漂亮，强迫对方爱你，办得到吗？

由于我爱引用"若要人迷戏，除非戏迷人"这句名言，有些朋友和领导，误以为是我说的。前不久，曾任四川省川剧院院长的张开国逝世。张开国为振兴川剧做过很多贡献，值得尊敬。他也强调"若要人迷戏，除非戏迷人"。这说明"若要人迷戏，除非戏迷人"得到众多川剧人的认同。《华西都市报》在报道张开国逝世的消息上，把这句名言误以为是张开国说的。

正因如此，我必须说明：这句名言是刘俊明讲的。王诚德、张开国和我，以及很多川剧人，是这句话的赞同者，不能掠人之美。

2016年7月24日

振兴川剧，关键是领导重视[1]

最近两三年，习近平总书记有很多讲话，中央有一系列传承发展戏曲、复兴传统文化等文件，形势大好。我们需要抓住机遇，落实措施，把振兴川剧向前推进。

三十五年前，1982年，省委、省政府提出"振兴川剧"的号召，并认真落实为行动。这个号召，得到小平同志的鼓励，中宣部、文化部的表扬。曹禺说：这对戏剧界是"空谷足音"。

振兴川剧，关键是领导重视。

20世纪50年代，小平同志、贺龙同志，"强迫"干部看川戏。所谓"强迫"，是锁住门让外来干部看川剧，不许擅自离开。曹禺称赞，让外来干部熟悉老百姓喜爱的传统艺术，是最大的群众路线。"文革"中，原有戏曲一律成为"封资修"的"封"，全被扼杀。1978年，小平在成都看川剧，新华社发消息，使全国所有剧种得以新生。正是在这种条件下，谭启龙任省委书记时，省委、省政府在1982年提出了"振兴川剧"的号召。谭启龙曾题词："振兴川剧，务求实效，千锤百炼，精益求精。"我理解，务求实效，是不搞形式主义；精益求精，是不轻言精品。当年的领导，杨汝岱、何郝炬、聂荣贵很重视振兴川剧，每请必到。谭启龙、任白戈、杜心

---

[1] 本文系在振兴川剧三十五周年座谈会上的发言。

李致与陈智林（左）、沈铁梅（右）

源等老同志，多次说："如果川剧在我们这一代枯萎，上对不起祖宗，下有愧于子孙。"当然也有例外，有一位省长很不重视振兴川剧，我请他看戏，他向我作揖，要我"饶"了他。以后，席义方同志很重视振兴川剧。总的来说，振兴川剧取得了很大的成绩。以魏明伦、徐棻为代表的剧作家写了很多好戏，属全国一流。共有二十三位艺术家和优秀演员获梅花奖。晓艇第一个获梅花奖、沈铁梅获大奖、刘芸、陈智林、田曼莎、陈巧茹获二度梅。《易胆大》《变脸》《金子》等戏，进入国家舞台艺术精品工程。《死水微澜》《变脸》《金子》等得过大奖。四川省川剧艺术研究院长期做了很多工作，仅《川剧传统剧目集成》已出三十卷。川剧理论研究会坚持活动，自1984年以来，举办了三十届年会；《川剧与观众》报出版了三百期，做出了自己的贡献。可是，以后若干年，领导不如以前重视川剧，省委、省政府的文件没有再提"振兴川剧"的号召。当年，省振兴川剧领导小组，总是以省委一位常委或副书记任组长。这个非常设机构，位于部厅局之上，这样才可能动员和协调各方面的力量。现在领导小组位于文化厅之下，力量有限。川剧界反映，副厅长窦维平对振兴川剧很积极，抓工作实在，这很好；但文化厅的职责有限，管不到广播、电视、出版，管不到报刊。领导小组要认真抓工作，不要形同虚设。

我这样说，是我见证了这一段历史。

习近平总书记强调坚持"四个自信"，中国特色社会主义道路自信、理论自信、制度自信、文化自信。专家表示，将"文化自信"与前三个"自信"并列，扩展成为"四个自信"，是一项深谋远虑之举，具有十分重要的指导意义。鲁迅早就说过，只有民族的，才是世界的。我在20世纪80年代，曾与省川剧院去西柏林参加过"地平线艺术节"，继去荷兰、瑞士、联邦德国和意大利，耳闻目睹川剧受到欧洲观众的热烈欢迎。意大利报刊对川剧作出很高的评价。他们认为，西方的歌剧、舞蹈、话剧和杂技演员，只要熟悉和精通本行就行了，中国的戏曲演员则各行兼备，很了不起。以后，我又两次随川剧团去日本演出。单在东京，《白蛇传》演出十八场，《芙蓉花仙》七天也连续演出十四场，都是售票演出，这很不容易。

我们恳切期望，有关领导重视振兴川剧。首先要看川剧，看了川剧才了解川剧，了解了川剧，才会重视振兴川剧。川剧是我国的一个大剧种。它的文学性强，唱腔丰富，表演细腻多彩，极富幽默感，老少咸宜。周扬曾对我说："川剧在国内外，远远超过一个地方剧种的影响。"李长春同志以前只看过变脸，没看过川剧，看了《巴山秀才》以后，大为赞赏。马识途老人多次说，不仅要重视川剧，还要热爱川剧。希望宣传部和文化厅的领导和有关工作人员，要经常看川剧，和川剧人交朋友，帮助他们解决困难。

目前，川剧观众不多。魏明伦曾说，台上振兴了，台下没有振兴。同时，剧作家、导演、演员各方面都出现青黄不接的现象。怎么办？

何郝炬同志在2006年提出要下"猛药"：送戏上门，政府买单！上什么门？学校，从学生娃娃抓起。

这里涉及三个问题：

一、必须要有政府支持。听说四川省大约有五千多所中小学。川剧即使一年进一次学校，有那么多川剧团来送戏上门吗？目前，全省建制较为齐全的公有制川剧团大约十个，民营剧团成规模的不多，民间班社不少。我看见一份材料：越剧、黄梅戏、豫剧的专业剧团都有一百多个，民间戏班数量更多。因此，这些剧种在当代的影响远盛于川剧。川剧的传承、振兴要靠剧团。如何保住现有的川剧团，对那些招牌还在，但是人员严重不足的剧团给以重点扶助，包括对民间草根剧团进行专项扶贫（九十高龄的王诚德同志对此经常呼吁），是需要认真注意和解决的问题。如何合理使用有限的经费是一个问题，更不要把川剧的经费、人员编制移作他用。1985年，在联邦德国巴伐利亚州，我参观了该州歌剧院。卖票收入仅占剧院整个费用的三分之一，三分之二由州政府补贴。我这话的意思，是戏曲要力争进入市场，但不能全靠市场，政府得扶持。当然，剧团申请经费要实事求是，量力而行，主管单位经过调查研究，可适当宽松。我听说，四川省抓音乐产业，投入的经费远远超过对川剧的投入。

二、剧团必须有演员。现在省内还有十来个所谓的"挂牌"剧团，基本队伍是不到退休年龄的演职人员，年龄都在五十岁左右，等待退休。据说政策是"退一减一"，不再增加人员。如果不采取措施，这些挂牌剧团不久也会消失。培养川剧人才，是迫在眉睫的重要工作。

省老领导廖伯康同志，也在2006年提出，川剧学校学生应享受师范生同等待遇。不交学费、伙食费，成绩优秀的给奖励。这有利于培养川剧演员。这件事，重庆、成都两市解决得较好，省上迟一点，但已解决。四川省川剧学校被合并为艺术职业学院，设立了戏剧系，含话剧、川剧和其他。有同志建议专设川剧系。陈智林任学院院长，有利于解决。与此有关，对非物质文化代表性传承人，要给他们创造工作条件。鉴于剧作家青黄不接，剧团要力争设编剧，有编剧的要以写川剧为主。

三、演出质量。还是老话：若要人迷戏，除非戏迷人。这话是刘俊明提出的。如果质量不好，会倒观众的胃口。不能让学生只看变脸、滚灯。要说的话很多，但不能多占时间。我说过，我既不是现职领导，也不是专家学者，连帮腔也学不会，只能为振兴川剧当个"吼班儿"。以上所"吼"，只供参考。

最后一句话：向所有为振兴川剧做出贡献的同志致敬！

2017年6月1日

李致文存·我与川剧

铭记关怀

难忘小平对川剧的关怀

我在1982年底调到省委宣传部，主要分管文艺工作，着重抓振兴川剧。省委重视振兴川剧，是与邓小平同志重视川剧一脉相承的。新中国成立初期，小平同志任西南局第一书记，他与贺龙同志一起，在定期举办晚会时经常安排演出川剧。据一些同志回忆，有一次演出川剧时，有些外省来的同志看不起兴趣，中途退场，有的一听帮腔就发笑。贺龙同志便站起来制止，不让笑！还叫人把剧场大门锁起来。以后，小平同志提出，外来干部一律要学四川话，晚会如演川剧必须看完，不得中途退场。贺龙同志说，四川人民喜欢川剧，我们就应该喜欢，这是群众路线问题。

在党和政府的关怀和川剧界同志的努力下，川剧得到很大的发展。50年代被誉为川剧的"黄金时代"。可惜"文化大革命"开始后，川剧和别的戏曲一样，被扣上"只演帝王将相和才子佳人，是封建主义产物"的帽子，一律被打倒，一些道具、行头也在破"四旧"时被砸了。后来只准演移植的"样板戏"，四川省革委会的一位"宣传大臣"甚至提出川剧演员要说普通话，真令人哭笑不得。

经历"十年浩劫"以后，一切都有待拨乱反正。川剧怎么办？天赐良机，1978年春，小平同志因外事任务到了成都。一到成都，他就提出要看川剧传统戏，点了长期被禁演的优秀剧目，而且请遭受迫害的老艺人演出。当时，马识途同志主管文艺工作，他和

1983年10月，李致率四川省振兴川剧晋京汇报演出团在京演出，邓小平等中央领导人观看演出后与演职人员合影（局部）

省市文化部门一起，组织老艺人，从1月31日—2月2日一连为小平同志演出三场，共演出了十三个折子戏。老艺人阳友鹤、周企何、周裕祥、陈书舫、戴雪如、竞华、杨淑英、许倩云、刘金龙、唐云峰、蓝光临、晓舫等参加了演出。开初杨淑英因病没有去，小平同志问："是真病，还是被打倒了？"得知是真病，立即派人把她接来，请医生给她看病。小平同志看完演出高兴地说：这么好的戏，可以对观众演出嘛。这些年，他们都没有看过。趁老艺人还在，可以拍些资料片，准备一两台戏到北京演出。小平同志在成都看川剧传统戏的消息很快传到全国戏剧界，其他剧种也纷纷上演传统戏。被林彪、江青等禁锢了十几年的传统戏曲，被小平同志解放了。

同年12月，一个阵容庞大的川剧团晋京演出，受到中央领导和观众的欢迎。据带队演出的省文化局局长邓自力同志回忆，小平同志曾说，川剧是一个大剧种，可以多演"三国戏"，从桃园结义到三国统一，把它演完。小平同志还嘱咐剧团，演出时一定要把字幕写好，字迹不要潦草。

在小平同志的关怀下，省委、省政府于1982年成立了"振兴川剧"领导小组。国务院副总理张爱萍同志每次来川，都要看川剧，与演员谈心，提出了很多适应时代发展、加强改革（如加快戏剧节奏）的意见。省委书记谭启龙同志提出："振兴川剧，务求实效，千锤百炼，精益求精。"经过一年多准备，在1983年9月下旬到北京汇报演出，先后演出了《巴山秀才》《绣襦记》和《丑公公见俏媳妇》《禹门关》四出戏(三台)，还演出了一场折子戏。小平同志的夫人卓琳同志到住地看望大家，认为那里条件较差。张爱萍同志很快把十三位老艺人请到远望楼宾馆去住。卓琳同志兴致勃勃地看了每一台戏，主动告诉我们：小平同志的听力不好，不来看戏，由她来看望大家。

  所有演职人员都因小平同志不能来看戏而感到失望，但都不愿勉强他老人家。谁知在我们意料之外，奇迹出现了：我们得到小平同志要来看戏的通知，一下子热气腾腾，兴奋之情难以言表。可是出现了一个难题：小平同志点了七个折子戏（陈书舫的《花田写扇》，杨淑英的《营门斩子》，竞华的《思凡》，周裕祥的《花子骂相》，周企何的《请医》，曾荣华和许倩云的《祭灶》，陈全波的《做文章》），演出时间必须在两小时之内。演出团的顾问严永洁同志和艺术指导席明真同志与大家一起商量：鉴于小平同志对川剧十分熟悉，完全可以删掉一些过场和压缩某些情节。老艺人自报压缩时间，席公统一安排，终于做好准备。后来称这种做法叫"川剧折子戏片段演出"。

  演出地点在人民大会堂的小礼堂。小平同志邀请了原在四川工作过的几位同志来看戏，正在北京参加会议的谭启龙等同志前来作陪。开演前，我和演出团副团长郝超同志在小礼堂门前恭候，小平同志按时前来。一见他身体健康，步履稳健，神采奕奕，我们感到既高兴又亲切。我主动上前握手，自报家门，又介绍郝超同志。演出开始，为了保护小平同志的听力，压低了锣鼓声的音量。我选择了一个从旁可以看见小平同志的座位。在整个演出过程中小平同志的兴致很高，不时露出笑容。老艺人的表演十分精湛，舞台上没有任何差错，圆满地完成了任务。演出结束，小平同志主动上台祝贺，与演员握手。他先和全体演职人员合影，又与十三位老艺人合影，再和工作人员合影。管理小礼堂的负责人见此盛况，羡慕地说："只有你们川剧才办得到啊！"

  我与小平同志握手时，新华社记者抢拍了照片，可惜没有得到，好在我参与的两张合影一直保存到现在。我把小平同志与全体人员的合影上了塑料硬膜，放在书柜里。只要一看到它，我就想起小平同志对川剧的关怀，重温他看演出时的全过程，感受到他温暖有力的握手。

1997年2月22日

| 附 |

空谷足音
——欢迎四川省振兴川剧汇报演出团

◎ 曹 禺

四川省委、省政府在戏曲改革方面提出了一个振奋人心的口号,叫作"振兴川剧"。多么响亮的口号!有如空谷足音,预示着一个新的信息,一个新的行动即将来临。

解放以来,党的百花齐放、百家争鸣、推陈出新、古为今用、洋为中用的文艺方针,一向指导着戏曲事业不断前进。但也曾受过"左"和右的干扰,几度偏离轨道。"四人帮"的文化专制主义就不必说了,那是毁灭艺术,即使粉碎"四人帮"以后的几年来,在戏曲事业的恢复工作中,也还有缺点和不足。例如某些人过分地迷恋戏曲的艺术形式,甚至连封建糟粕也一起接受下来,未能正确认识继承和改革的辩证关系,推陈而不出新。更有某些剧团领导和演员,一味向钱看,致使目前各地戏曲演出剧目陈旧、贫乏,甚至于良莠不分,糟粕和精华并存。正如贺敬之同志在文化部第四届戏曲演员讲习会上的讲话中所说的:"这主要表现在戏曲工作的某些领域,艺术革新的步子不是越迈越坚定,而是裹足不前,甚至于倒退了,有一些本来已经作了改革,现在竟然又改回去了。"

上述现象的产生,不能只怪广大戏曲演员和戏曲工作者,主要责任应该领导来负。某些剧团领导干部,长期不钻业务,不学习党的戏曲政策,遇到问题拖拉推诿不置可否;或者指手画脚,以个人爱好代替政策;或者故意挑剔,关卡重重,自命不凡,致使专业人员惶惑不解,无所适从,这不能不为戏曲工作带来不必要的混乱。四川省委、省政府领导同志，面对现实不仅提出了"振兴川剧"的口号，而且成立了领导班子。由一位省委常委亲自挂帅，吸收各地区文化行政领导、专家、老艺人参加。他们不是徒有其名，而是一竿子插到底，抓得准，抓得狠，抓得细。用他们自己的话说："即使演出字幕也要求写得工整，不出现一个错别字。"于是成绩显著，立竿见影。这次来京汇报演出的新编历史故事剧《巴山秀才》、现代戏《丑公公》、整理传统戏《禹门关》和《绣襦记》就是一年多以来振兴川剧的初步成果。

这使我联想到其他各地方剧种。难道京剧不要振兴？评剧不要振兴？梆子不要振兴？豫剧、汉剧、沪剧、黄梅戏就没有个振兴问题？"风乍起，吹皱一池春水"。预计"振兴川剧"这股东风，终将使各地戏曲工作者，闻风而动，有所作为。

我预祝这来自远方的"空谷足音"，不久将变得喧嚣杂沓，进而节拍和谐，威武雄壮，形成了全国戏曲队伍前进的新步伐，昂首前进。

向登高一呼的四川省领导同志及广大川剧工作者致敬！

附 记

振兴川剧晋京演出，受到中国戏剧家协会极大的重视。时任全国剧协主席曹禺之前就曾在给我的信中说："致兄：信早拜读。我万分欢迎，你领振兴川剧代表团来首都公演，我与玉茹将多多学习，多观摩，一定要写篇学习心得，表示感谢。玉茹将由沪特为看川剧代表团来京学习（她读我信告，将专程来学，并想托你转恳川剧大师教她一二出川戏，尤其是《打神告庙》，她耳闻我多次宣扬，更想学会，学明白，以广学识）。"

演出后，曹禺主持召开座谈会，对振兴川剧作了很高的评价，继又写了《空谷足音》一文。

|附|

三观川剧话振兴

◎ 黄宗江

去岁秋冬,"四川省振兴川剧赴京汇报演出团"莅首都,我辈川剧迷大为兴奋,看了多场,参加了三次座谈,邀写文章则自愧终属外行乃婉辞。日前忽得蜀中小友来函谓"兄在川剧座谈会上的发言录音,引起此间川剧界人士重视,《川剧艺术》嘱约稿"云云,不觉顿生天外青睐、受宠若惊之感,仍苦于"做文章"有如川剧折子戏,幸得剧协巢顺宝同志留有座谈录音,念及古人虽无座谈会,却存顾曲艺说种种,今人先进何以病懒,乃不避烦琐,捕追片言只字于纸上,寥存其真,唯当时出自口语,又难如其实。昔聆阳友鹤呼唤梅兰芳"梅老师……"宛如川剧声腔,音犹绕梁,却难绘其声于纸上,追慕不已。斯亦程公砚秋诗境:"人寿比花多几日,输他犹有卖花声"也。

一观《巴山秀才》

我作为一个中国人,一个中国戏剧工作者,我爱中国所有的戏曲,尤爱、酷爱、偏爱川剧。用一个偏字是客气,是替我自己客气,也替川剧客气。其实,不用客气,就是爱啊!川剧风格是什么?巴山蜀水,天府之国,壮丽奇瑰……一语以蔽之,它是一种乐观的悲剧,含泪的喜剧。川剧敢于大悲大喜,小悲小喜,大喊大叫,轻言絮语,人间万种情怀,熔于一炉。观罢《巴山秀才》,我和老伴在归家路上,无话,叹观止矣乎哉哟!统治阶级害怕秀才造反,所以非下毒手不可。秀才之死是大悲剧,川剧有这个本事，大喜可以化做大悲，可以慷慨陈词大控诉，还可以更有力量。秀才及娘子遭迫害致死，使我联想到遭受"四人帮"迫害的翦伯赞夫妇、傅雷夫妇，都是这个死了，那个也就活不成了。如说是借古喻今，也是正当的，好就好在动人地唱出了："哪一天，灾荒无情国有情！"

前两年也来了些川剧团，有个朋友感慨系之地引起了一句旧诗："伊人娟好似旧时。"这话讲得我同意，意不尽然。这是一句多情的话，碰见一个旧日情人是会有这种感情的。伊人娟好似旧时，然而，到底不是旧时了，伊人憔悴，不复当年，这种感觉也还是有的。遥想当年，吴郎年少，吴郎者，吴老雪也，在青艺的小舞台上，吴雪同志亲手拉来了多少台川戏，刘成基、阳友鹤、陈书舫……都来了……有一次，我跟梅兰芳院长进了后台，但听得梅院长连声夸奖："啊呀，这几位真有功夫，真有功夫！"说得真诚恳极了。阳友鹤一声一个："梅老师，梅老师！……"音犹在耳，对梅老师尊敬极了，梅对大家也尊敬极了。我一直想为此写篇文章，写不出，因为阳友鹤的"梅老师！"翻成京白就没味儿了。遥想当年，我们这种老观众会有这种感触，容颜不复当年啊！嘿！可是这振兴，振兴得真好：振兴川剧提得有气魄，大家都会联想得很多，联想到京剧和其他剧种，咱们是得想想办法。当然也不必纷纷都提出相同的口号，但是这一精神，我们是要向川剧看齐的。

我最近奉剧协命去了一趟美国，在哥伦比亚大学居然讲学半日，从张生、莺莺到曹禺、老舍，无所不包地讲了一下，当然谈到戏曲。我谈到年轻观众不多，但是戏曲死不了。正讲到这儿，一位美国女学生举手，指着我女儿（她在哥伦比亚大学读书）说："你女儿告诉我，她就不看京剧，她说京剧一定要死。"我成为对立面。这父女二人在"番邦"争鸣一番，很有戏剧效果，只有川剧能表现。我们"一家"争鸣，取胜者是我，不是因为我是她老子，我是有根据地谈到戏曲改革的问题。戏剧戏曲到底不是人，年老了必死，她是香烟永继的。"抢救、继承、改革、发展"，川剧是做得好的。抢救为了继承，继承为了改革，改革为了发展。如果不发展，就无以谈抢救，抢救出来为什么？继承为了什么？继承了必须改革，改革才能发展。中文的语法也是如此。你们发展了,发展得好!你们给中国剧坛带来了文艺复兴的信息。我们大家要向你们看齐。

二观《绣襦记》

这些日子对北京的戏迷来说是好日子,看了《巴山秀才》又看《绣襦记》,昨天还看了老先生老太太们——四川人尊称老太婆的折子戏。美哉,太婆!观众对一个剧种,甚至一出戏,都是很多情的。有旧情,有新情,然而有时也很薄情,也很容易淡忘,譬如说这《绣襦记》,昆曲、京剧、梨园、高甲,乃至川剧,我似乎都见过,只记得起一点音容笑貌。最近一看,又勾起了我的旧情新情。这次川剧《绣襦记》来了,就想好好看一下,看了之后很感动,无论形式多么美,首先使我感动的还是内容。我想告诉我的孙子们,你们的高祖奶奶对爱情的境界多么高啊!她们并不追求三十二条腿的家具,连自己的眼睛都不要了,还有什么说的?我们的历史可爱,祖国可爱,祖先也大有可爱处。田汉老有一句诗我是很赞同的:"不薄今人爱古人!"

我看戏时常常是叹观止矣,无懈可击,一觉醒来,又觉得有话可说。首先,川剧对这一传统剧目整理得非常好,剧本、导演、表演、舞美各方面都为了今天的观众作了现代的处理。从剧本讲,古人也完成了古人的任务:从唐白行简,元高文秀,明周宪王以至薛近衮,他们也都了不起,能将妓女和花郎抬到这样高的位置,在他们的局限中做了最不局限的文章。无论内容还是形式,我们当然都不能照搬。现在的演出要在两个半小时最多三小时以内演完。《绣襦记》一般都本于薛近衮,四十一出,现在的剧本是七场,合于薛著六分之一,可称精练。

我是抗战中期和黄裳一起入川,才初见川剧。首先震惊的还不是喜剧或什么,而是川剧有群戏,如《三尽忠》陆秀夫殉国,那个气氛,天也黑了,地也暗了!多少百姓追随,男女老少群众都有戏。戏曲中很少群戏,《绣襦记》中莲花落一场的街头群戏就极为精彩。

现在有一种把古老剧种剧目放进博物馆之说，听说还是出于爱护，是想保存下来，但未免过于悲观；即使退若干步讲，就把它们放在博物馆，也要有陈列的方法，使人能好好观赏。川剧《绣襦记》和昆曲《牡丹亭》《长生殿》等一起，给我们又提供了榜样，古老的剧种剧目还可以发展，生命绵长。

三观《禹门关》并《丑公公》[①]

在座的"家"很多，我是一个观众家，可以自我表扬，我是一个好观众，有请客看戏的嗜好，带全家看戏的嗜好，可惜现在首先孩子们就不看。这次我带了一个美国朋友看川剧，他很年轻，比我的小女儿还小，才二十三四岁，在美国学的中文，他听不懂四川话，看了《绣襦记》又看《禹门关》，可惜未看成折子戏。散戏后，他很诚恳地说：你们当然非搞现代化不可，不搞不行，可是你们的文化传统要保留啊！都一样了还有什么意思呢？此话很中肯。还有一句话就不怎么公平了，他说川剧比京剧好。这次这位年轻的美国朋友观赏了川剧，认为音乐美极了，服装、表演都美极了，大可出国，我记得"文革"前《绣襦记》曾出过国，现在再加强是可以出去的。

这次看了三台川剧，各有特色。《巴山秀才》是充满时代精神的新编历史剧，《绣襦记》富有南戏传统，《禹门关》则民间风格甚浓，老底子厚，整理得很见功夫，但是否土的东西还未挖够，这种直感是有的。如果用"天下没有不是的父母"，摆在哪个剧种都可以；《禹门关》这一句："只要你老人家不怄气，我们这当儿的怄得来啥子气哟！"一下子就生活化了，人物出来了，充满了民间色彩。这样的语言还可能找回来一些。

同台演出的《丑公公》又是一出民间气息很浓的现代戏。现代戏演农村小戏是非常重要的。1964年是了不起的一年，京剧大演现代戏，几

[①] 又名《丑公公见俏媳妇》。

李致与黄宗江（右）

乎让人感到京剧是无所不能的，当时三十几台戏各显神通。川剧更是接近泥土的，将来还可以再来个川剧现代戏会演，当然要条件成熟，倒了胃口也麻烦。现代戏要攻大戏，也得攻小戏，这不是聊备一格，而是应备、必备，这是大方向。无论如何还得搞现代戏，这次带来一出，将来会带来多少出。

　　这几个星期，对北京的戏迷来说，像过节一样，但天下无不散的筵席，现在又要惜别了。我周末也要到意大利去参加一个国际戏剧会议，英文《中国日报》的记者来访，想从我的近况来结束他的文章。我说你这是给洋人看的，最后得有点民族特点，你就写我正忙于看川剧，参加川剧座谈会，这是很重要的事，振兴川剧是振兴中华的一个组成部分。再见吧，亲爱的川剧！下次再见到你们，你们的川剧一定是越发的美丽，越发的光彩动人！"伊人娟好似旧时"啊！

附 记

  振兴川剧晋京的三台戏演出结束后,剧协专门就每台戏召开会议进行讨论。黄宗江在三次会上都作了很精彩的发言。

  以后知道,黄宗江早年就读于天津南开中学,是我三爸李尧林的学生。黄宗江和我也建立了深厚的友谊。2006年4月,宗江来四川,我接待了他。他看川剧,向记者谈对川剧的喜爱。

2018年8月31日

杨尚昆看《滚灯》

尚昆同志和张爱萍同志都关心振兴川剧。无论身处何地，尚昆同志和张爱萍同志都爱看川剧。

1985年，川剧晋京演出，尚昆同志和张爱萍同志看了《巴山秀才》《绣襦记》以及《丑公公》和《八郎回营》三场演出。在一次会见十三位川剧老艺人时，尚昆同志问川剧名丑陈全波："你还演《滚灯》吗？"陈全波答："年纪大了，体力不行。"尚昆同志说："可以教学生嘛！"

"文化大革命"期间，所有戏曲的传统剧目都作为"封"（即封建主义）被禁演。粉碎"四人帮"以后，1978年，小平同志在成都看了川剧的传统折子戏，新华社向全国发了消息，这才解冻。但思想解放有个过程，有时仍心有余悸。

文化部门有同志问："有人担心这个戏的内容……"尚昆同志笑了，他说："旧社会的公子哥儿，吃喝嫖赌的不少。老婆反对，给予处罚，有什么不可以？"

这以后，《滚灯》广泛上演，在国内外大受欢迎。

张爱萍对川剧艺术的深厚感情

我在1982年底调到省委宣传部，参与了振兴川剧的工作。

张爱萍是四川人，时为国务院副总理（后为国务委员）兼国防部部长，对川剧艺术有极其深厚的感情。他每次到四川视察工作，只要有空就看川剧。不仅看省、市川剧院演出，还要看区、县剧团的演出。看了老艺人的表演，又看中青年演员的表演，还看娃娃班的表演。除了在正规剧场看，也爱听演员即兴清唱。不仅在四川看，川剧上北京演出时也有请必到。张老的夫人李又兰大姐不是四川人，但文化修养高，对川剧同样有浓厚的兴趣。

1983年第一次振兴川剧会演，正值张老来成都视察工作。他兴致勃勃地填词一首，送给大会：

乡音喜闻乐见，古曲今开新面。群星汇蓉城，百花齐放艺湛。堪羡，堪羡，天府新秀千万。

张老非常关心振兴川剧。他赞同"抢救、继承、改革、发展"的方针，强调这八个字是统一的整体。张老早在80年代初期，就主张戏曲要加快节奏，减少不必要的过场，一般不宜唱了又帮（腔），帮了又唱。张老支持在创新上多作探索。《芙蓉花仙》初演，受到青年观众欢迎，但也受到批评。张老看后基本肯定，并要他们在大胆改革的

张爱萍（前排右四）会见四川省部分川剧人

同时，注意川剧的特点，万变不离其宗。魏明伦笔下的潘金莲，曾受到一些非议。张老则认为魏明伦写出了潘金莲的变化过程，应加以肯定。张老还十分关心现代戏的创作。

张老在川剧界广交朋友，对老的表演艺术家非常尊重。1983年秋振兴川剧晋京演出，张老一听说居住条件不够好，立即给阳友鹤、陈书舫等十三位老艺人安排了较为舒适的住处。川剧界常出现一些不必要的矛盾，张老多次强调团结的重要性。他说，要改变旧的行会气息，变文人相轻为文人相亲。张老为省川剧院两位著名旦角张巧凤与左清飞分别书写了"双凤齐飞"四字，对她们起了很好的作用。川剧界的朋友有问题也乐于向张老反映。有一次笑非患脑溢血，影响到腿发麻。笑非的两个儿子写信给张老反映情况，张老立即批给省委宣传部部长许川和我，要我们关心。幸好我们早去看过笑非，建议他做脑部CT，并帮助他转到省医院治疗。张老对广大川剧工作者既有言教，又有身教。无论剧作家、导演、老中青三代

张爱萍（前排中）会见成都市部分川剧人

演员，都乐意与张老接触，听取张老的教诲，为张老演出或清唱，从张老身上汲取营养。

  1987年金秋十月，张老来成都视察工作，住在金牛宾馆。我去看望张老和又兰大姐，向他们报告巴老也住在这里。张老和又兰大姐听了很高兴，在第二天上午去看望巴老。张老邀巴老同看川剧，巴老欣然应邀。第一次联欢会开始前，我讲了几句话，我说张老是国防部部长，巴老是全国作协主席，一文一武均为川人，真是天府之国，人杰地灵。今晚，国防部部长邀全国作协主席同看川剧，是川剧界的盛事。大家报以热烈的掌声。几天内，张老和巴老连续三次看了川剧和曲艺。张老怕巴老坐得太久，多次请巴老根据身体情况灵活自便。巴老喜爱乡音，认为机会难得，坚持看到底。张老同巴老一起三看川剧，一时成为佳话，在文艺界流传。

周扬谈川剧的一句话

1983年10月，振兴川剧晋京演出，轰动了首都文艺界。

一天晚场演出折子戏，来了许多文艺界的领导和知名人士。我在剧场门口迎接。先发现曹禺，继而发现周扬。曹禺是我的长辈和朋友，十分亲切；周扬不认识我，我对他却有一种特殊的感情。

早在学生时代，我就读过周扬的翻译作品。新中国成立后，周扬一直领导文艺工作。我听过他的报告，可惜口音难懂。"文革"中周扬受迫害。看见造反派编的《周扬黑话》，里面所刊周扬称赞康熙晚年大宴功臣的一段话，我认为很有道理。第四次文代会和第三次作代会，周扬诚挚地检查自己的错误，并对他过去伤害过的同志赔礼道歉，泪流满面，许多人受到感动。可是，这之前不久，周扬的一个理论报告却受到批判，令人难解。

我立即把周扬请进贵宾休息室。为了缩短我和他的距离，我主动提到巴金和他一起访日的情况，这是巴老前不久告诉我的，但周扬基本上没说话。从我保留的一张照片上，看得出当时的情况。

好在演出很快开始。我记不全当晚演出的剧目了，只记得有陈书舫的《花田写扇》、周企何的《投庄遇美》、王世泽和田卉文的《放裴》，可能还有曾荣华的《凤仪亭》、杨淑英和许倩云的《双拜月》。演出十分精彩，观众掌声不断，连声喊好，气氛热烈。休息十分钟时，在贵宾休息室里大家抢着发表高见，赞扬川剧。

李致与周扬（右）在剧场休息室

　　周扬没有参与议论，但表情有了很大变化，显然被川剧艺术所吸引。我仍坐在他身边。他主动对我说："川剧在国内外，远远超过一个地方剧种的影响。"我听了很高兴，牢牢地记在心里，事后又转告川剧界的朋友，引用在我的文章里。

　　不久，周扬病了。有一次我去上海，巴老告诉我，周扬成了"植物人"，我们都很难过。第四次作代会时，一些作家写了一封致周扬的慰问信，许多作家签名，我也签上了自己的名字。

2000年5月3日

巴金偏爱川剧

新发现一封巴金谈川剧的信，使我惊喜不已。

一月前，省川剧艺术研究院副院长杜建华打电话告诉我，原成都市川剧研究所副所长戴德源，在1961年市川剧院编印的内部资料中，发现巴金致成都市川剧院的一封信。此信是为祝贺成都市川剧院成立一周年而写的，表达了他对川剧的深情，并提出发展川剧事业的建议。原信在"文革"中丢失。后经林捷（时任该院党支部副书记兼第二团团长）证实了此事。信中许多情况和意见，我都听巴老讲述过。在巴老百岁之际，发现了这封未收入《巴金全集》的信，实在令人高兴。

我知道巴老喜欢川剧。上世纪60年代初，巴老回成都写作，我与巴老第一次见面的地点，巴老就约在川剧场。巴老与酷爱川剧的成都市市长李宗林是朋友。不少川剧演员也十分尊重巴老，与巴老交往甚密。巴老的《成都日记》中的第一天日记，就记有著名川剧表演艺术家陈书舫、戴雪如去看望他。巴老这次在成都住了四个多月，看川剧达三十多场。1961年1月24日，巴老在给萧珊的信上说："上星期六我请川剧二团演了一次《生死牌》，不单是我看得流泪，沙汀也揩了几次眼睛，张老的太太一直在用手帕。川剧有些改动，但仍然激动人心。"

这以前，早在1952年，川剧参加全国会演，以《柳荫记》等剧

1987年10月11日，巴金与川剧表演艺术家陈书舫（右一）、左清飞（中）

目轰动文艺界。川剧团到上海巡回演出时，巴老不仅自己看，而且买票请朋友看。以后，川剧每次去上海演出，巴老不仅全家去看，买票请朋友去看，还委托胞弟李济生代他请演员吃饭。

巴老称赞川剧剧本的文学性强。在《谈我的短篇小说》一文中，巴老说："我喜欢的倒是一些地方戏的折子戏。我觉得它们都是很好的短篇小说。随便举一个例子，川戏的《周仁耍路》就跟我写的那些短篇相似，却比我写得好。一个人的短短的自述把故事交代得很清楚，写内心的斗争和思想的反复变化相当深刻，突出了人物的性格，有感情，能打动人心，颇像西洋的优秀的短篇作品，其实完全是中国人的东西。可见我们的传统深厚。我们拥有取之不尽的宝山，只等我们虚心地去开发。每一下锄头或者电镐都可以给我们带来丰富的收获。"这个观点，巴老也对我说过。

巴老尊重德艺双馨的艺术家。川剧表演艺术家廖静秋患癌症，为保留她的艺术精品《杜十娘》，在全国人民代表大会上，巴老与作家李劼人、沙汀等，联名提案把《杜十娘》赶快拍成电影。巴老说："现代科学固然不能挽救她的生命、减轻她的痛苦，但可以保留她的艺术。"廖静秋拍完电影《杜十娘》后不久逝世，巴老为此写了散文《廖静秋同志》，称赞廖静秋"不愿意白活"，"不愿意把她有的那一点发光的东西带进坟墓里，即使花了那么多痛苦的代价，她也要多留一点东西给中国人民"。

巴老喜欢川剧的喜剧，认为《评雪辨踪》《拉郎配》等，应当列入世界喜剧名作之林。

"文化大革命"摧毁了文化，摧毁了戏曲，也摧毁了川剧。粉碎"四人帮"以后，邓小平在1978年看了川剧，冲破"四人帮"的禁锢，让川剧和传统戏曲获得新生。四川及时地提出"振兴川剧"的口号，在全国戏曲界产生了巨大的影响。巴老很赞成振兴川剧。

我在省委宣传部工作期间，积极参与了振兴川剧的工作。1987年，我随川剧团到上海演出。当时，巴老因身体欠佳，已不再去剧场看戏。川剧界的朋友无不为此感到遗憾。周企何和陈书舫提出：巴老不能来剧场看川剧，我们就该去看望巴老。经我与巴老商定，在一天下午，由我陪同部分演员去巴老家。除陈书舫和周企何外，还有张巧凤、左清飞、王起久、王世泽、田卉文、古小琴等优秀演员。巴老在客厅会见了他们，气氛热烈。几乎每一个演员都为巴老清唱了一段。巴老既高兴又感动。为保证巴老的健康，我们把时间控制在半小时内。最后，大家请巴老讲话。巴老说："我小时候，父亲就常带我看川剧。1940年我第一次回四川，途经泸县，在街上听见放《情探》的唱片，感到十分亲切，我站着把它听完。乡音难得！多谢大家来看望我，为我演唱。"巴老开玩笑说："我不会讲话，李致会讲话，让他讲。"这种"金蝉脱壳"之计，引起哄堂大笑。巴老与大家合影后，亲自送出大门，挥手与大家告别。

我在上世纪80年代曾随川剧团去西柏林、联邦德国、荷兰、瑞士、意大利和日本演出。巴老很关心这几次出访演出，在给我的信上说："知道你们访日演出成功，也替你们高兴。"

川剧表演艺术家竞华，唱做俱佳，有很高的声誉。她的演唱自成一派，人称"竞派"。巴老喜欢看竞华的戏，特别爱听她的唱。

在病中也听竞华的川剧音带，如《三祭江》。巴老赞美竞华的唱腔是第一流的。

1987年秋巴老回乡，应张爱萍将军之邀，三次看了川剧艺术家的表演，每次都在一个半小时左右。张老建议巴老随意，时间可长可短，巴老却因"乡音难得"，坚持看到底。

巴老这次回川期间，会见了许多川剧界的朋友。周企何和舒元卉还到巴老住地聊天，并共进午餐。周企何是川剧四大名丑之一，有相当高的文化素养，40年代就与吴先忧有很多交往。吴先忧是巴老青年时期的朋友，巴老称他为自己的"第三个先生"。巴老和周企何是通过吴先忧相识的。舒元卉在50年代就是优秀的青年演员，萧珊当年很喜欢看她演的戏。

1988年1月14日，周企何不幸仙逝。巴老在给我的信上说："请代我在他灵前献个花圈。生命虽短，艺术永在。他会活在观众的心中。我还保留着去年10月在成都和他喝酒谈笑的照片。那情景如在眼前。"

巴老1987年回四川，还去了自贡市。巴老在上海就看过剧作家魏明伦的《易胆大》《巴山秀才》两个戏的录像，对我称赞魏明伦很有才华。这次去自贡，在魏明伦的陪同下，看了《易胆大》《四姑娘》《潘金莲》《巴山秀才》中的四个折子戏。魏明伦不时向巴老解说，巴老常常露出笑容。演出结束后，巴老因腿疾不便上台祝贺，全体演职人员下台来看巴老。巴老被感动了，一再向大家表示谢意。

有人给巴老开玩笑，说巴老突破了不去剧场看戏的"宣言"。巴老答："回家乡是特殊情况。"

巴老对川剧的热爱，饱含着对故乡的深情。

巴老偏爱川剧，川剧界的朋友敬爱巴老。

2003年8月16日

|附|

巴金致成都市川剧院的一封信

按 半月前,省川剧艺术研究院副院长杜建华打电话告诉我,原成都市川剧研究所副所长戴德源在1961年市川剧院编印的内部资料中,发现巴金致成都市川剧院的一封信。此信是为祝贺成都市川剧院成立一周年而写的,表达了他对川剧的深情,并提出发展川剧事业的建议。原信在"文革"中丢失。后经林捷(时任市川剧院党支部副书记兼第二团团长)证实了此事。信中许多情况和意见,我都听巴老讲述过。在巴老百岁之际,发现了这封未收入《巴金全集》的信,实在令人高兴。

2003年8月8日

成都市川剧院:

今天是成都市川剧院建院一周年的节日,市川剧院的同志们知道我喜欢看川戏,来信要我对川剧的演出提一点意见。我拿起笔,却不知道写什么好。说实话,我只是一个普通的观众。我自小就爱看戏。我生在成都,到十九岁才离开四川,不消说,看川戏的机会很多。在四川的时候,我并不觉得自己对川戏有特殊爱好。可是1936年,我在上海重看川戏就有一种旧友重逢的感情。1940年年底[①],我第一次回到四川后,由重庆坐船到江安去看朋友[②],船在泸县停了大半天,我上岸去随便走走,忽然听见有人

---

① 1940年年底:此应指农历,巴金第一次回到四川是1941年。
② 朋友:指剧作家曹禺。

在唱《情探》，我居然站在一家商店门前听完了半张唱片，我觉得多么亲切、多么高兴。喜欢听乡音，这是人之常情。我对川戏的偏爱，也是可以理解的。

然而说到偏爱，也并非盲目崇拜，不辨好歹。有一个时期（1944年下半年到1946年上半年），我住在重庆民国路，附近就有川剧院，我记不起是"一川"或"二川"①了，总之，买票方便。但是我去看过三次或四次，就不想再去了。和尚与西装少年同台，演员在台上随便开玩笑。那些做黄白生意发财的观众最欣赏的是色情的东西。每次我都等不到戏终场就走了。我有几个爱好川剧的外省朋友，抗战期间他们也曾在重庆住过几年，但那个时候他们是不看川戏的。他们爱上川戏，还是解放以后的事。川戏在上海演出，得到很高的评价，也是解放以后的事。1936年川戏班在上海演出《评雪辨踪》，观众寥寥无几。1954年曾荣华和许倩云两位同志在上海演《彩楼记》就受到观众们的热烈的欢迎。观众变了，剧本也改得好了，演员的表演也进步了。要是我再拿抗战后期在重庆看过的川戏跟最近几年先后在上海看到的几个川剧团的演出比一下，真可以说是有天渊之隔。

从1954年起我在上海看过四次川剧的演出。在剧场里也常常遇见外省的朋友。大家谈起来，对川剧的喜爱都是相同的，意见也差不多。都说川剧剧目多而好，表演有独特的风格，台词精练而又风趣，生活味道很浓；有人甚至说川剧从剧本到表演都够得上三个字的评语，那就是"精""深""美"。自然这是指好戏说的。我过去也看过一些坏戏。川剧团在上海演出的剧目中也有坏戏，也有还不曾整理好的戏，至于好戏像《柳荫记》《翠香记》《评雪辨踪》《拉郎配》等等都是经过了多次修改和加工。去年9月我看过青年演出团的《拉郎配》，加了一场新的《武拉》，而且，改得的确比1957年在这里演出的更好了。我最近无意间读到

---

① "一川"或"二川"：应为"一川"，即重庆的"一川大剧院"，为京剧厉家班的演出基地。似无"二川"之称。

原来的《鸳鸯绦》，才懂得所谓"化腐朽为神奇"的意义。几个主要人物的外表，似乎没有什么差异，可是精神面貌不同了。人物的性格鲜明了，主题也突出了。本来是歌颂封建统治者的戏现在变成了揭露封建统治者罪恶的讽刺喜剧。原来那个做替死鬼的大头、小吹董大也变成了观众最喜爱的有血有肉的董代了。《拉郎配》的确是一个最受外省朋友欢迎的好戏。去年我在北京遇见一位向来不看戏的朋友，他忽然拉住我说："想不到川戏的喜剧那样好。"他指的就是这个戏，从这里也可以看出解放十年来戏改工作的巨大成绩。

我常常听见人们谈到川剧中的喜剧，都说它好，川剧团在各地演出的喜剧也比较多些。不过我觉得有些戏似乎还需要更好的加工，要是都能够整理到《拉郎配》那样完整就更好了。《乔老爷上轿》也是近几年中整理出来的很好的喜剧，倘使再花一点点功夫也就可以跟《拉郎配》媲美了。像这样的戏都是应当列入世界喜剧名作之林的。

其实川剧的剧目那么丰富，称得上好戏的岂止喜剧而已！像去年9月青年演出团在上海演过的《治中山》就是一本激动人心的好戏，虽然还不够完整，但是在现有的基础上加工也并不困难。这个戏在上海只演了一场，可是好些看过戏的人都赞不绝口。《焚香记》也是感染力很强的好戏，听说出国演出团在柏林演完这个戏，谢幕多到二十二次。两个多月前陕西省戏曲演出团的秦腔古典剧《赵氏孤儿》轰动了上海文艺界。我曾经这样想：为什么川剧团不把这个戏带出来呢？1956年年底，我在成都陪西德①剧作家魏森堡（《十五贯》的德文译者）看过这个戏的一段，觉得很不错。有些外省朋友说，川剧表演以"三小"②见长。我不大同意这种说法。所以我倒希望今后川剧团出川巡回演出，在喜剧之外，也带些正戏和悲剧出来。培养演员也一定能做到全面发展，不会只限于"三小"的。

最近几年来，川剧在党的领导下对于新生力量的培养做了很多的工

---

① 西德：指联邦德国。
② "三小"：指小生、小旦和小丑。

巴金与川剧大师阳友鹤

作,也有了不小的成绩。许多人谈到这一点,都表示钦佩,我也听见一些同志在公开的会上称赞川剧青年演员成长的迅速。据我这个外行看来,就数量和普遍说,恐怕没有一种剧种在这方面比得上川剧。但是在去年到上海来的青年演出团中我还没有见到一位像姚璇秋同志(潮剧演员)那样成熟的演员,姚同志是在1953年才开始学戏的。我对去年看到的《白蛇传》感到美中不足的地方,就是我看见的,还只是演员,不是民间传说中的白蛇和许仙。为了表演身段和功夫,忽略了人物,也可以说是"得不偿失"罢。好的演员便不是这样。例如阳友鹤同志,这里好些文艺界的朋友特别欣赏他的演技。一位有名的剧作家①说,看阳友鹤同志的戏就像看齐白石的画一样,淡淡的几笔就把人物勾出来了。

我说这些话绝非故意挑剔。我不过提醒同志们:在社会主义的大竞赛中不能有片刻的松懈;别人跑到前面去了,就应当迎头赶上。这种道理同

---

① 有名的剧作家:估计是指曹禺。因为曹禺对李致讲过同样的话。

志们一定比我更清楚，用不着我饶舌了。作为爱好川剧的观众，我愿意在这个喜庆的日子里，代表我全家（连我的九岁的男孩也喜欢川剧！）向川剧院的同志们表示祝贺与感谢。川剧院的同志们在1959年已经打了很漂亮的胜仗。在这个伟大的60年代中，川剧的前途是无限美好的，川剧院的同志们一定会取得更大的胜利，演出更多更好的戏为我们伟大的时代和英勇的人民服务。

巴金
1960年1月9日

谭启龙与振兴川剧

1982年7月,中共四川省委、四川省政府提出"振兴川剧"的号召,在全国戏曲界引起很大的反响。当时的省委书记是谭启龙同志。我在这年底调省委宣传部分管文艺工作,那时启龙同志带头退居二线,后任省顾委主任。据我和启龙同志接触,深感他很重视振兴川剧的工作。

启龙同志多次对许川同志和我说,戏曲是我们国家的瑰宝,川剧是我们省的瑰宝。我们一定要振兴川剧,否则既对不起前人,也

在参加振兴川剧第一、第二届调演剧目颁奖会后,谭启龙(右一)与曹禺握手

对不起后人。要认真抓到底。

1983年夏,启龙同志为振兴川剧题词,写了十六个字:"振兴川剧,务求实效,千锤百炼,精益求精。"这十六个字对我们的启发很大。"务求实效",是说不图热闹,不搞表面上的轰轰烈烈,不要为会演而会演,而当时已出现类似的苗头。"千锤百炼,精益求精",是讲戏的质量。没有质量就无法竞争,无法赢得观众。这是关系到川剧生死存亡的大问题。所谓精品意识,我认为启龙同志提得最早,也提得很确切。

那几年,川剧的演出比现在多。如有演出,只要宣传部去请,启龙同志一定到场。要是张爱萍同志来成都,启龙同志一定要陪同张老来看。看完以后,启龙同志从剧本到表演,总要提出一些建议。对好的戏他给予鼓励,例如《巴山秀才》《绣襦记》。

有一次,在川剧学校看一个新戏,开演后秩序不好,我很着急,但一下想不出办法。只见启龙同志站起来,大声对观众说:请大家安静,好好看戏。观众果然安静下来。

1984年,中共四川省委领导谭启龙、杨汝岱给自贡市川剧团颁奖

振兴川剧晋京演出，启龙同志也很关心。当时他正在北京参加会议。他陪同小平同志在人民大会堂的小剧场看了川剧折子戏片段演出，还陪同小平同志与演员、工作人员分别合影。

启龙同志十分尊重老艺术家。根据他的意见，振兴川剧晋京演出，邀请了十三位老艺术家随行，担任艺术指导并在北京作观摩演出，产生很好的影响。平常看完演出上台祝贺，启龙同志一定让阳友鹤同志走在他前面。阳友鹤同志生病，省委常委会作出决定：住干部病房。这与启龙同志的关心分不开。这个头开得很好。以后，表演艺术家周裕祥、竞华、张光茹等同志生病，也按此办理。

以上是我印象最深、至今还记得的。

1999年2月22日

周巍峙、李致谈话录[①]

周巍峙：振兴戏曲，我感觉是一个系统工程，培养演员当然很重要，但没有剧本，演员也发展不了。现在京剧的比赛，唱、做都很好；还有戏歌比赛、很多晚会的京剧演出，技术、表演都不错。但从基础上讲，还得有剧本，争取观众。振兴昆曲，有人不理解，我原打算搞十个昆曲，有人不重视，后来我一生气就不搞了。罗怀臻搞的昆曲《班昭》，从少女演到七十岁，班昭在像与不像之间，正好是革新。音乐上有的段子非常好听，也有的还不成熟。这个题材还是可以的，我认为是振兴昆曲的代表之作，雅俗共赏、大胆革新，既是昆曲又不是老昆曲，音乐、舞美都有革新，从少女到老年，这个人物就规定了要革新，仅一个闺门旦是不够的。

我对魏明伦很欣赏，他写了十个戏，编剧要有才气，有才的人有人看不惯，你是在保护人才。潘金莲从来都有争论，田汉写的也有争论。淮剧《金龙与蜉蝣》我推荐给朱镕基看。罗怀臻还写了越剧《李清照》。培养一个作家太难了，鬼点子就是闪光的地方。《巴山秀才》也是一个历史悲剧。

[①] 本文系2002年6月27日下午周巍峙、李致在成都市金牛宾馆9号楼的一次交谈，杜建华记录。周巍峙（1916—2014）：音乐家，时任全国文联主席。

李　致：周扬看过《巴山秀才》说"生时梦，死时醒"写得非常好！

周巍峙：魏明伦写的《四姑娘》很好，他有些事找我，我很支持他，也跟他说要加强修养。振兴戏曲是一个系统工程，要不断有新本子，新演员，音调要发展。川剧音乐上太保守，过去争论大；昆曲改革难，川剧应该容易一点，川剧现在将昆、高、胡、弹分得太清，可以相互吸收。湖南的花鼓戏有几十种，过去戏不出县，老百姓一辈子看一个剧团，应该相互吸收。戏曲发掘整理有很大成就，但革新不够，什么"京剧姓京"，妨碍兼收并蓄，发展到一定阶段矛盾就出来了。过去唱革命歌曲，流行歌曲出来以后，可以唱出个人的感情，所以大家都去唱。戏曲要与时俱进，老听一个调子不行。我让我的外孙听川剧，有的东西他可以接受，有的不行。我小时候看京剧觉得慢，时间太长，心情上耐不住，现在的戏两个小时大家都可以看。戏曲与时代生活的关系，要不断追索，改革。

李　致：日本的歌舞伎看得想睡觉。

周巍峙：日本的能乐与中国的傩戏有关系。

李　致：我们对魏明伦、徐棻都给予了很大的保护。

周巍峙：对昆曲古典代表剧目不要动，其他的都可以动，改得不好可以再改过来。其他什么地方都可以交学费，文艺上也可以。有时候领导对文艺热心过度。过去陈老总说：有时要有为而治，有时要无为而治。曹禺写《王昭君》，周总理让我去看他，叫我不要催，只问身体怎么样，不给作家施加压力，有关写作进展情况，你不问他自己也会说。这是懂得艺术规律。"文艺十条"讲不要给作家压力，这是信任艺术家的表现。我讲三十二个字："文学艺术，质量第一；重在建设，贵在积累；切忌浮躁，更忌浮夸；种豆得豆，种瓜得瓜。"文学史就是作品史。有人说我不合时宜，但我认为该讲。现在是以奖为纲，不是为人民服务为纲。过去搞调演、会演先要搞调查研究，地方剧团到北京演戏我们要出面组织观众。现在观众少，部长、宣传部领导不到场不开幕。中国知识分子叫"士为知己者死"，领导要考虑这个问题。

共产党员必须讲原则，更必须讲感情，战争年代我们共产党人与人民生死与共，情同骨肉，如果只有工作关系，没有感情，是打不败敌人的。现在有的领导只怕出事，相互猜疑，这些同志怎么会反党反社会主义呢？有错误批评一下就行了。过去是"见官长三级""见官一低头"，我们是服从组织的，现在"见官一低头"还存在的。

李　致：现在动辄讲精品，每年做计划要出多少精品，这不科学。精品不仅群众喜爱，专家认可，还得经受时间的考验。

周巍峙：种瓜得瓜，没有达到条件是不行的。精品不是号召出来的，是培养出来的。我说这些是内部讲的，三十二字可以发表，这是21世纪前我讲的，没有大变。现在为得奖花好多万，回去好交差。

昆曲振兴是受川剧的影响，最近没有看到川剧，不知情况怎样，地方上找我看戏我一定去，京剧看得多。现在有些浮躁，天下和脚下的关系要处理好，都要拿出东西来。过去，我们到剧院里跟作家、艺术家交朋友，朋友关系没有压力，那时我经常去聊。现在剧院拿不出东西来是不会号召，只会组织。魏明伦改革开放出了很多成绩，做领导要爱才，有缺点的也要爱。文艺界要有不同的声音，一潭死水不好，都是一个意见不正常，不要搞得过于紧张。

怀念郝超

我认识郝超同志是在1978年。当时,国家出版局在长沙召开会议,我以四川人民出版社总编辑的身份出席,郝超同志以西藏自治区委宣传部副部长的身份出席,同在西南、东北区这个小组。会完分手,没有联系。

1982年我们意外地在成都东胜街相遇了。

"哦,郝超同志?"

"哦,李致同志?"

我们紧握着手,像老友重逢似的。他看见我惊奇的眼光,立即告诉我:他已调到四川工作,就在文化厅,管艺术团体。我高兴地说:"以后见面的机会就多了!"

没有想到,以后我和郝超同志的接触果然很多。1982年底,我从出版局调到省委宣传部,分管文艺工作。振兴川剧把我们紧密地联系在一起。

从1983年到1986年,振兴川剧搞得有声有色。1983年和1984年两次全省振兴川剧会演,1983年下半年川剧晋京演出,1985年川剧参加西柏林"地平线艺术节"并到荷兰、德意志联邦共和国、瑞士和意大利等国演出。在这些主要活动中,郝超同志和我全力以赴,同甘共苦,结下了战斗的友谊。

在两个盛夏的季节,郝超同志和我冒着酷暑,成天乘车在公路

李致与郝超（右）

上奔驰。赶到预定的地方，匆忙吃点东西就看戏，然后座谈，研究修改意见。

川剧晋京演出一个多月，郝超同志与演员同吃、同住，吃苦耐劳，毫无怨言。到整个演出结束时，他患了感冒，嗓子只能发出很微弱的声音。

《白蛇传》在西柏林"地平线艺术节"首场演出成功。观众沸腾，谢幕长达十四分钟之久。郝超同志和我参加谢幕，为祖国优秀的传统文化受到尊重，激动得眼里饱含泪水。

带领六十个人的大团出访欧洲，有很多意想不到的问题。如何让演员既开阔眼界、又确保安全，甚至对是否去威尼斯游览，我们都有过不同意见。但这完全是为了工作，丝毫不是个人利害的冲突。

郝超同志常常带病工作。我在1985年6月20日的日记中写有："郝超同志感到心脏不舒服，但他没有带药。"这两句话，表明我对他的担心。

1986年郝超同志满六十岁，从文化厅领导岗位上退下来。工作岗位的变动，使我们的接触大为减少，但已经建立起来的友谊不会消失。1987年，省川剧院的《白蛇传》到日本演出，触景生情，我经常想到郝超同志。回成都以后,我到郝超同志家去看望他,并告诉他川剧在东瀛演出的盛况,与他分享这一快乐。我把日本朋友送给我的一支自来水笔送给郝超同志,我知道他喜爱和擅长书法。

郝超同志为振兴川剧做出了自己的贡献。他从西藏到内地、从部队带兵到从事文化工作,有一个适应的过程,我们应该理解和谅解他。郝超同志是河南人,如此热爱川剧,如此为振兴川剧辛勤工作,不争名利,这是他最主要的方面。很久以来,我想说说这个看法,可惜没有碰上适当的机会。

去年1月14日,在全省川剧音乐改革座谈会闭幕式上,我看见郝超同志。会议结束时,大家一起合影。我拉郝超同志坐在我前面,他一再谦让。

我情不自禁地大声讲了一句:"郝超同志在振兴川剧上是有功的!"

郝超同志听见了我的话,周围的同志也听见了我的话。我把我压在心中的话讲出来,一吐为快,有一种轻松的感觉。

去年4月,我去美国探亲和旅游。今年1月回到成都。从一次偶然的谈话中,得知郝超同志逝世的消息。

我大吃一惊!

郝超同志尽管有病,但并未危及生命。我不知道他以后得了什么重病,也没有收到过有关他的讣告。我似乎还握着他的手,努力把他拉到我身边。

没想到,在川剧音乐改革座谈会上,竟是我们最后一次握手,意想不到的诀别……

1993年5月18日

论著序文

李致文存·我与川剧

一项填补空白之作

——序邓运佳《川剧艺术概论》

川剧艺术历史非常悠久，艺术传统极为深厚。几个世纪以来，川剧作家辈出，表演艺术家众多，艺术经验特别丰富。不仅誉满京华，而且驰名海外，在当今世界剧坛上川剧占有特殊的地位。苏联的斯坦尼斯拉夫斯基戏剧体系的传人认为，川剧"最彻底、也最鲜明、最清楚"地体现了他们的艺术"原则"；德国的布莱希特戏剧体系的传人又认为，川剧艺术在风格上与"布莱希特的诗剧很接近"。一位英国教师克里斯廷·卡宁福看了川剧后更认为，川剧"兼有西方传统戏剧的许多特色。《李尔王》式的开场，《麦克伯斯》式的悬念，《罗密欧与朱丽叶》式的爱情角逐，在川剧中都应有尽有。栩栩如生的人物，淋漓尽致的性格刻画，幽默生动的语言，发人深省的帮腔，随着故事情节的展开，台上台下一齐分享着欢乐、悲伤、痛苦、忧愁。人世沧桑，悲欢离合，引人入胜，美不胜收"。诸如此类的艺术现象表明：川剧虽然是一个地方戏曲剧种，但它在艺术上却是具有国际性的。1959年和1985年两次出访欧洲获得成功证明了这点，1987年出访日本载誉而归，也证明了这点。而且随着我国国际地位的不断提高和国际文化艺术交流的频繁，川剧艺术必将为更多的人所认识、所了解，从而热爱它、研究它。本书作者曾说川剧艺术是我国戏曲艺术的"活化石"，我认为是恰如其分的。因为川剧艺术虽然古老，但目前仍然显现出旺盛的艺术生命力。所以，川剧既是艺术"化石"，又是充满活力的"化石"，而且正在不断地闪闪发光。

然而，在历史上对于川剧这一艺术瑰宝长期缺乏足够的认识和了解，没有充分肯定它的美学意义和社会价值，在理论研究上一直是一个薄弱环节。较之昆曲和京剧，实在差距很大。虽然在新中国成立前有柳倩的《川剧初论》和阎金谔的《川剧序论》，新中国成立后又有王朝闻的《川剧艺术》和席明真的《川剧浅谈》等专文和著作，而且都各有深刻而独到的见解，但总感到川剧还需要有一部或几部全面系统的概论式著作。特别是振兴川剧以来，有了可供研究的新材料和川剧面临着多种艺术相互竞争的新情况，总结川剧艺术的历史经验和教训便显得尤为必要和迫切。马克思主义者认为：艺术实践和艺术理论是相辅相成的。缺乏实践的理论是空洞抽象的理论，而缺乏正确理论指导的实践，则是盲目的实践。因而四川省委和省政府发出的"振兴川剧"的号召和为之制定的"抢救、继承、改革、发展"的方针本身就是两者并重的。历次的会演、调演和比赛演出，繁荣了川剧的创作，涌现出了人才，而四川省川剧艺术研究院的建立和四川省川剧艺术理论研究会的成立，则可以说是开创了川剧艺术理论研究工作的新局面。读者面前的这部《川剧艺术概论》便是振兴川剧的重要理论成果之一。它以一家之言第一次填补了川剧发展史上理论研究方面的这个空白，对于川剧艺术的美学特征、川剧艺术的源流沿革、川剧所包含的"昆、高、胡、弹、灯"五种声腔、川剧的剧本创作手法、川剧角色行当的分类和特点、川剧音乐的"帮、打、唱、奏"、川剧的表演艺术特征、川剧的舞台美术、川剧的艺术流派（河道）、川剧的各种班社、川剧的现状和前途等等重要问题都一一从理论和实践的结合上作出了明确的回答。读完它，可以使人窥得川剧艺术的全貌。

这本学术著作文献资料十分丰富详尽，立论翔实，论证严谨，图文并茂，雅俗共赏。它熔理论性、史料性、知识性、趣味性于一炉，既可供海内外专家学者案头切磋，又可供川剧爱好者、玩友、戏迷等戏外玩味，还可供广大川剧作家和艺术家回忆过去，从而更加珍惜现在，展望美好未来，提高川剧工作者的自尊心和自信心。本书用大量事实证明别具一格的川剧艺术不仅有自己卓越的作家、作品和艺术家，而且还有自己的一套非常完整的艺术理论。老舍曾说："川剧根基很深，已经成了一个体系，这是不容易的。"欧阳予倩又说："川剧的表演体系很完整，表演现代生活是有可能的，值得我们重视，并好好下功夫加以研究。川剧的前途是远大的。"重温他们三十年前的这些赞语，对我们今天振兴川剧，仍然很有启发，很有教益，很受鼓舞。如果要用一句话来概括这本书的特点，那就是作者深入浅出地向人们展示出了古老川剧艺术的这个艺术理论体系。

特别值得加以说明的是，本书作者并不在川剧院团和川剧研究单位工作，而是四川大学中文系的教师。为响应"振兴川剧"的号召，这位高等院校的"川剧迷"在大学生中组织了以研究川剧为主的"戏曲研究会"，并开了选修课"川剧研究"，第一次把川剧艺术理论搬上了大学讲台。对这两件带有开创性的事情我一开始就是热情支持和鼓励的。我作为研究会的顾问，不仅参加了成立大会，而且还到川大观看了学生们演唱的川剧。尤其是在川剧处于暂时"困境"的时候，本书作者作为大学教师起而研究川剧，继而传播川剧艺术理论，组织大学生演出川剧，这种精神是难能可贵的。在《川剧艺术概论》即将出版之时，作者希望我在书前写几句话，我便信笔写了上面这些个人的感想。

最近，省委宣传部连续召开了振兴川剧五年来的经验总结座谈会，感到振兴川剧的形势很好，而且将越来越好。五年来，川剧不仅出了人、出了戏，而且还出了理论研究成果。但是，也应该看到振兴川剧是一项长期而艰巨的战略任务，不是一朝一夕可以完成的，它需要得到社会各方面的支持，需要几代人的共同努力。既要有坚忍不拔的奋斗精神，又要做踏踏实实的工作；既要"向后看"——总结过去的经验教训，坚持"八字方针"，综合治理，更要"向前看"——解放艺术生产力，坚持剧团的改革和建设，增强剧团的活力和竞争能力；既要有长远规划，又要有阶段性安排；既要强调川剧艺术质量的提高，又要注重川剧艺术的普及；既要抓好大众传播工具对川剧的宣传介绍，又要抓好对内对外的演出；既要扶持艺术创作，又要重视艺术理论的研究。因此，我希望有更多的"志士仁人"支持或从事川剧艺术理论的研究，以振兴川剧为己任，不仅让古老的川剧艺术重新为广大的四川老百姓所喜闻乐见，而且要让它东出夔门，北翻秦岭，从而扩大川剧在全国和全世界的知名度。

我祝贺《川剧艺术概论》的出版，我更希望在不久的将来有更多的川剧理论研究成果问世。古人说："有志者事竟成。"主管部门和单位为研究工作提供适当的资金是必要的，但决定的因素是人而不是钱。只要大家想"振兴"之所想，急"振兴"之所急，便没有克服不了的困难。只要上下一条心，充分发挥领导和群众两个积极性，必将大大加快振兴川剧的步伐，古老的川剧艺术必定会获得新的艺术生命，与日月同辉，与巴山蜀水共存。

川剧的发展前途是光明的。

川剧艺术的理论研究是大有可为的。

1988年3月8日

改革没有现成的路
——序徐棻《探索集》

徐棻和魏明伦是当今最有影响的川剧作家。

我喜欢徐棻的川剧。早在二十七年前，我到简阳县农村工作，偶然的一个机会，看了县川剧团演出的《秀才外传》。剧中所刻画的那位又迂腐又可爱的秀才，给我留下了十分深刻的印象。我曾多次引以为例，来说明川剧的风趣和幽默。当时我不知道剧作者是谁。直到二十年后，我向徐棻称赞《秀才外传》，她才告诉我这个戏是她和羽军合编的。

二十七年来，徐棻一共写了（包括与人合作）十五个大戏、七个小戏。其中《燕燕》《秀才外传》《王熙凤》三个戏，分别出版过单行本。这个集子所收入的《红楼惊梦》《田姐与庄周》《欲海狂潮》《跪门槛》《情之所钟》和几篇文章，是从她新时期的作品中选出的。从这个集子可以窥见她这几年创作的轨迹。

正如集子的名字一样，徐棻一直在探索川剧艺术的发展，这在前三个戏里表现突出。具有她以往创作风格的《跪门槛》《情之所钟》鲜明地衬托出她以后的探索特色。徐棻探索中的得失成败，将由广大观众和戏剧家们作出评论，也将由时间作出判断。但不论评论和判断的结果如何，徐棻执着的精神和追求的勇气，都应该得到充分的肯定。

大胆探索符合振兴川剧的"抢救、继承、改革、发展"八字方针。抢救的工作要抓紧做。继承是戏曲改革的基础，也是各个戏曲剧种的艺术特质和艺术生命之所在，必须十分强调。但是，继承不仅是保存，只有在改革中继承，才会发展传统，才会使戏曲艺术不致因为停滞不前、凝固僵化而脱离时代，脱离群众。所以，改革的任务既艰巨又重大，而改革却没有现成的良方（如果有了，也就无所谓改革了）。因此，改革的本身就意味着某种探索，就必须有所探索。改革、发展是一个长期的过程，一个经验的积累与实践的检验过程。徐棻的探索是在继承优秀传统的基础上的创造与革新。当然，这只是她个人所选择的一种改革试验。探索的方式与方法应多种多样，改革试验也应不拘一格。我们支持徐棻、魏明伦和别的剧作家大胆探索，但绝不把某一种探索说成是改革的方向或样板。我们希望认真贯彻"二为"方向和"双百"方针，在鼓励大胆探索的同时，加强理论研究，使川剧事业真正振兴起来，赢得更多观众，特别是青年观众。

徐棻是新中国成立后党和人民培养起来的知识分子，为川剧事业的发展和振兴，做出了引人瞩目的贡献。她热爱戏曲，热爱川剧。二十九年来，她坚持不懈地奋斗，她的顽强精神与踏实的作风值得学习。我希望徐棻在今后的岁月里写出更好的作品，更希望川剧有更多像魏明伦、徐棻这样有影响的作家。

1990年7月3日

《芙蓉花仙》的启示
——序《好一朵芙蓉花》

　　芙蓉花川剧团（即新都县川剧团）的《芙蓉花仙》，在80年代共演出近一千五百场，受到广大观众的欢迎。1984年拍成电影，1988年应邀参加香港"中国地方戏曲展"，现在又即将东渡日本作为期一月的演出。这对一个县的集体所有制的剧团来说，确实难得，尤其是在整个戏剧舞台艺术都不太景气的时候，更显示出它的难能可贵。认真总结《芙蓉花仙》的经验，将有助于振兴川剧事业的发展，促进川剧艺术的繁荣。

　　川剧有它自身的传统艺术魅力，正如周扬同志在1983年所说："川剧在国内外，远远超过一个地方剧种的影响。"在戏曲面临着某种"危机"的时候，我们必须抢救、继承，把川剧艺术保留下来。但任何一种艺术都必须随时代的变革而发展，一旦停止发展，必然会僵化甚至消亡。正是这样，我们把"抢救、继承、改革、发展"作为振兴川剧的方针。《芙蓉花仙》能取得这样的成就，是与芙蓉花川剧团认真执行这个"八字"方针分不开的。这出神话故事剧根据川剧传统剧《花仙剑》改编，这个事实本身就说明它是继承了传统而不是脱离传统。它在内容上推陈出新，又在二度创作上注意适应青年人的审美情趣，大胆改革。当初在改革的步子上，有的跨得适当，有的"迈得大了"一些，以致引起争论。这已经是七八年前的事了。这是一种正常现象。芙蓉花川剧团冷静地听取各方意见，既不灰心丧气，东摇西摆，又注意加强川剧特色，使之成为川剧艺术中的一朵奇葩。

任何剧团都应该有自己的保留剧目。有独特的保留剧目，才能形成剧团的特殊风格和拥有自己的优势。芙蓉花川剧团的保留剧目就是《芙蓉花仙》。它经受了各种困难和冲击，历久不衰，观众人次达一百六十万以上，并获得相应的经济效益。这与某些剧团不抓自己的保留剧目，东拼西凑、得过且过、观众锐减、经济亏损是迥然不同的。有了好戏应该广泛上演，芙蓉花川剧团在这点上也是做得很好的。不像有些剧团有了好戏，或基础较好的戏，但却没有广泛上演。因为他们是为艺术节或调演，为晋京或出国而演出的。如果这个目的不能达到，或是已经达到，再好的戏也可能束之高阁。以质量赢得观众这是一个真理，特别是在文化市场竞争日渐激烈的今天。一些剧团老是埋怨观众少、青年人不愿看川戏，但他们就是不问自己是曲高和寡还是"曲低和寡"。《芙蓉花仙》的实践证明，有质量就有生命力，有质量就能在竞争中取胜。

剧团要赢得观众，不能老待在一个地方演出。需要经常巡回演出，特别是深入基层演出。当前，剧团要"移动"一下，确有很多实际困难，需要政府关怀和支持。但如何"移动"是大有学问的。有些剧团一说巡回演出，眼睛就盯着几个大中城市，剧目质量不高，队伍却往往很庞大，千里迢迢地跑来跑去，但卖不了几张票，甚至出现了"拿钱取人"的情况。另一种情况是，拿出有质量的戏，眼睛向下，由近及远，省吃俭用，送戏上门，观众多，负担小，两个效益好。这是大家赞扬的"爬地草"精神。芙蓉花川剧团就是具有"爬地草"精神的川剧团之一。要做到这一点，既有方法问题，更重要的是精神状态问题。搞艺术需要献身精神。芙蓉花川剧团继承了50年代艺术团体为人民服务，不怕苦、不怕累的精神，所以成了一支能打硬仗的队伍。

《芙蓉花仙》的成功经验，被越来越多的人所重视，甚至被称为"芙蓉花仙"现象。不少川剧理论工作者积极地对这个现象加以剖析，联系实际，认真总结他们的经验。黄光新、李远强是研究"芙蓉花仙"现象的积极分子，他们所作的《好一朵芙蓉花》是研究"芙蓉花仙"现象的可喜成果。我衷心地感谢他们。他们要我写一篇序，学术著作的序应该具有学术性。但我没有作理论研究，以上无非是杂感而已。

1990年4月7日于病房

光彩照人的艺术之笔
——序《张鸿奎戏剧人物画册》

张鸿奎画的《射雕》

振兴川剧快十年了。

为了让川剧艺术之花盛开,许多艺术家和有识之士,用满腔的心血辛勤浇灌。十年来,有顺境也有曲折,有赞扬也有责骂,春华秋实,甘苦自在其中。而他,既不是川剧演员或编导,也不是剧团或文化部门的组织工作者,他只是"浇灌者"中默默无闻的一员。每当帷幕拉开,丝竹管弦响起,他早已如痴如醉地捕捉演员最美的一招一式,心摹手追,将演员优美的形象"定格"在他的速写本上。

他是谁?按报家门的办法:"张鸿奎,河北涿州人氏。"四十年前,鸿奎随战斗剧社南下到达成都。这位操京腔的年轻人,一下子被川剧艺术迷住,并与之结下不解之缘。数十年来,他几乎是有

在张鸿奎戏剧人物画展开幕式上。左起：张光茹、李致、张鸿奎、周企何、熊正堃、晓艇

戏必看，每看必画，光速写稿堆起来就有几大摞。鸿奎年逾花甲，乡音未改，可这位"老外"早已成为川剧迷。这真叫人不能不感叹这源远流长的巴蜀文化、这民族戏剧艺术瑰宝的巨大魅力。而反过来，当这民族的优秀文化作为养料融入了鸿奎同志的艺术生命之后，他的艺术之笔变得光彩照人，并青春常驻。将由成都出版社出版的《张鸿奎戏剧人物画册》就是雄辩的证明。

我对美术是外行，不敢班门弄斧。我读过一些对鸿奎同志的戏剧人物画的评论文章，诸如称赞他构图巧妙，用笔简练，既有法度又有创新，融国画和素描为一体等等。对于这些赞誉之辞我多有同感。每当翻看、欣赏着这一幅幅作品，我就真切地感受到一种高品位的艺术享受。画上的人物，生旦净末丑，或唱或做，尽管其中有的人早已仙逝，却都在我的眼前活过来了，他们像当年那样有活力，风采楚楚动人，一招一式妙不可言。我情不自禁地和他们交流着往昔的友情，分享他们的成功，仿佛自己也年轻了许多。鸿奎为振兴川剧做出了突出的贡献：他让这许许多多的演员、表演艺术家永远活在人间。

  在繁荣社会主义文艺这个大舞台上，鸿奎同志不仅是在"戏台下"构思速写，而且和我们一样，在这个"大舞台"上扮演着各自的角色，我们自身的价值也就和这个"大舞台"融为一个整体了。我永远不会忘记，在戏曲舞台被冷落的时候，在某些画家把自己的绘画纯粹变成商品之际，花白头发的张鸿奎，在戏曲舞台下埋头速写的动人形象。我愿借这一篇短序，向鸿奎同志、向一切致力于弘扬民族优秀文化的艺术家表示衷心的敬意。

1991年3月15日

发扬锲而不舍的精神

——序邓运佳《中国川剧通史》

马克思主义的思想体系之所以具有世界性和历史性，按照列宁同志的说法，就是因为它"并没有抛弃资产阶级时代最宝贵的成就"，而是正确地吸收和改造了两千多年来人类思想和文化发展中"一切有价值的东西"。因为马克思主义者从来也不主张"臆造新的无产阶级文化"，而是认为必须"发扬现有文化的优秀典范、传统和成果"。谁认为"不掌握人类积累起来的知识就能成为共产主义者"，谁就"犯了极大的错误"。毛泽东同志曾反复指出，"历史的经验值得注意"，中国共产党人在任何时候也"不要割断历史。不单是懂得希腊就行了，还要懂得中国"，"不但要懂得中国的今天，还要懂得中国的昨天和前天"，并且把学习历史文化遗产作为全党的学习任务之一。他认为："清理古代文化的发展过程，剔除其封建性的糟粕，吸收其民主性的精华，是发展民族新文化，提高民族自信心的必要条件。"没有过去，也就没有现在；没有过去和现在，也就无所谓将来。政治经济上是如此，文化艺术上也同样如此。

古老的川剧艺术是我国优秀民族文化的重要组成部分之一。其历史之悠久、遗产之丰富、流行地域之广、拥有观众之多，在将近四百个地方戏曲剧种中颇有影响。令人遗憾的是，千百年来却没有一本记载川剧历史的书问世。1958年曾经动议此事，由省川剧院研究室与四川大学中文系协作编写《川剧史》，但没有完成。1982年在省委和省政府关于"振兴川剧"的文件中，再次下达"编印出版川剧史"的任务，省里有关领导反复强调加强川剧基础理论研究和历史经验的总结，以促进振兴川剧的步伐，尽快编写出版《川剧艺术概论》《川剧史》以及单个川剧作家、艺术家的研究著作，但也未能真正落实。可喜的是，四川大学中文系邓运佳同志却无声无息地开始了这方面的研究工作。在"七五"期间独自完成了长达四十二万余言的《川剧艺术概论》，1988年正式出版，填补了川剧艺术理论上的这一空白。在省委和省政府提出"振兴川剧"口号十周年之际，他所承担的四川省哲学社会科学"八五"规划重点科研项目《中国川剧通史》，长达五十余万字，又由四川大学出版社出版，再一次填补了川剧史的空白。他对川剧的这种锲而不舍、持之以恒的研究精神是值得提倡和赞扬的。

通读全书，人们不难发现这本学术著作有四个突出的特点：一是真实可信。这是一切史学著作的生命。因为史书一旦失去了真实，也就失去了其存在的价值，所谓"良史以实录直书为贵"是也。本书从古巴蜀的神话传说开始，到1992年2月川剧《九美狐仙》到香港演出结束，把上下数千年的艺术史实作了如实的记载。二是正本清源。本书在论述各个历史时期四川戏剧的盛衰时，总是联系当时的政治、经济和文化诸方面加以考察，"不虚美，不隐恶"。总结出其中的经验教训，"告诸往而知诸来"，对今天振兴川剧颇有启发。三是史论并重。本书不仅仅记录了各个历史时期的作家、作品和艺术家们的演出活动，而且还给予了川剧理论家及其理论研究成果以历史的地位。四是突出了新中国成立以后，党对川剧事业的领导、关心和爱护。本书较为详细地记载了毛泽东、刘少奇、周恩来、朱德、邓小平、杨尚昆、贺龙、陈毅等老一辈无产阶级革命家对川剧的指示，肯定了任白戈、李亚群、李宗林等四川省市领导人对于川剧事业所做出的贡献，赞扬了杨汝岱、谭启龙、聂荣贵等领导同志对川剧艺术的关怀和支持。总之，《中国川剧通史》是一部坚持运用马列主义和毛泽东思想作指导研究地方戏曲剧种史的好书，对于振兴川剧和弘扬巴蜀文化有着积极的作用。《罗马史》的作者李维说得好："研究历史是医治心灵疾病的良药。在历史记载中，你可以一览明示于众的人类经验的形形色色，你可以为自己和自己的国家找到范例和教训：善美者可奉为楷模，鄙腐者可引以为戒。"《中国川剧通史》正可谓一剂医治川剧工作者和爱好者"心灵疾病的良药"，它有助于人们吸取历史经验，振奋精神，在"抢救、继承、改革、发展"的正确方针指引下共同谱写振兴川剧的新篇章，在今后的川剧史上留下更加光辉的一页。

在本书出版之际，我在此向作者表示祝贺，并代表省振兴川剧领导小组对四川大学出版社为振兴川剧干实事表示感谢。

1992年8月15日

川剧评论家大有可为

——序唐思敏《川剧艺术管窥》

我很高兴唐思敏的川剧评论集即将出版。

振兴川剧已经坚持十年了。对川剧现状的估计,有很多说法。比较一致的看法是:成绩显著,前途光明;困难重重,举步维艰。事实证明,实事求是地讲清成绩和问题,有利于调动积极性,战胜当前存在的各种困难。

要振兴川剧,必须振奋精神。讲精神似乎不太时髦。但不讲精神又确实不行。川剧界的困难很多,需要党和政府的支持。没有钱,川剧难以振兴;只有钱,川剧未必就能够振兴。

川剧是我们民族优秀传统文化的瑰宝之一,它的影响已超越省界和国界。我们决不能眼看着川剧这一朵绚丽的花朵枯萎或消失,否则我们既愧对祖先,又有负于子孙。不振奋精神,就不会有这种责任感。

当前的困难实在太多。川剧观众锐减、剧团经费短缺("不演不赔、少演少赔、多演多赔"是多数剧团的现状)、上乘剧本不多、演员青黄不接。"戏未演,心已乱;演完戏,心更散",诸如此类,多得无法一一列举。问题在于如何面对这些困难。埋怨指责,唉声叹气?幻想"神仙皇帝"的灵丹妙药?弃文经商,拿工资不演戏?不客气地说,这都是坐以待毙。困难真的就不能克服吗?

君不见，小小一个芙蓉花川剧团，仅《芙蓉花仙》一个剧目，十年来演出近一千五百场，拍过电影，到过日本、朝鲜、蒙古等国和香港地区。哀莫大于心死，不振奋精神行么？

求生之路在于提高艺术质量。高质量的演出，要有好的剧本、好的导演、好的音乐、好的舞台美术设计、好的（真正抓演出质量的）领导。我很赞成这种说法：若要人迷戏，除非戏迷人。我们如果拿不出"迷人"的戏，只能怪自己本事不够。这就是过去常说的不是曲高和寡，而是"曲低和寡"。当然，有了好戏还得宣传，好戏还得广泛上演。要有竞争意识，要有攀登川剧艺术高峰、拿出"迷人"的戏的决心和行动，也必须振奋精神。

川剧评论家是振兴川剧的一支不可缺少的队伍。十年来，他们对振兴川剧做出了自己的贡献。唐思敏是这个队伍的成员之一。唐思敏1962年毕业于四川大学中文系，到成都市川剧院工作。他热爱川剧艺术，在川剧界广交朋友。三十年来，他写出了有关川剧评论文章数十万字。他对艺术褒贬分明，见解坦诚，有自己的个性。本书是一本难得的川剧评论文集。特别是他的妻子长期患病，家庭困难很多，而他却勤勤恳恳地工作，很使我感动。写到这里我不禁想起了胡度、王诚德、廖友朋、陈国福、刘双江、邓运佳、杜建华等许多同志，他们都在不同的岗位上，热心从事川剧评论工作，几十年如一日，显示了他们对川剧艺术的奉献精神。我为有这些朋友感到荣幸。

振兴川剧任重道远。希望川剧评论家满腔热情地帮助川剧界拿出"迷人"的戏来。同时，通过各种评述，促进川剧界真正振奋精神。在这个广阔的天地里，川剧评论家是大有可为的。

1993年5月4日

理论研究需要持之以恒
——序《川剧文化丛书》

川剧艺术是我国戏剧艺苑的奇葩，是最能体现巴蜀文化特质的一种艺术形态。明末清初以来，川剧在经过长期的孕育后进入了自己的形成期，迅速流布于广袤的巴山蜀水之间。在数百年的发展演变中，逐步形成了南北一体、五腔兼备、文野交融、雅俗共赏的文化特征，深受四川民众的喜爱和欢迎。新中国成立后，党和政府对川剧艺术的继承和发展极为重视，在"百花齐放，推陈出新"方针和"改人、改戏、改制"政策指导下，采取了一系列有力的措施，使川剧艺术获得新生。50年代，川剧出现了其发展史上最为鼎盛的"黄金时代"。其剧目丰富、传统深厚、剧本文学性强、音乐形态独特、表演生动细腻，以及幽默风趣、贴近生活的剧种特征得到戏剧界的公认。川剧的繁荣和进步，曾对我省精神文明建设发挥了积极的作用。

改革开放以来，中共四川省委、四川省政府对川剧艺术的发展极为关心。1982年提出了"振兴川剧"的口号，制定了"抢救、继承、改革、发展"的八字方针。省委书记谭启龙并为之题词，要求"振兴川剧，务求实效，千锤百炼，精益求精"。随之进行了大量卓有成效的工作。著名戏剧家曹禺先生著文赞扬振兴川剧"有如空谷足音，预示着一个新的信息，一个新的行动即将来临"。川剧丑角表演艺术家周企何先生也深有感触地说：我们遇上了好"八字"。振兴川剧十余年中,川剧舞台上新人辈出,好戏迭现,先后有十一位演员获中国戏剧梅花奖,十二个剧目获国家级奖励,川剧艺术焕发出了新的活力。继50年代末东欧四国之行二十五年后,川剧于1985年参加西柏林第三届国际"地平线艺术节",并往西欧四国(联邦德国、荷兰、瑞士、意大利)访问演出,获得空前的巨大成功。西柏林《真理报》称:"川剧是一个跨越国界的戏剧艺术。"我作为这次演出团的团长,感受尤为深切。这种成功应该包括两层内容,一是川剧艺术以其自身的魅力征服了欧洲的观众;二是由此促使川剧演职员确立了对自身价值和事业的认同。许多演员在亲身经历了"洋观众"一次次如痴如醉的欢呼鼓掌之后发自内心地感叹:"到了国外我才知道自己是艺术家。"西欧四国的成功演出确立了川剧艺术跻身于世界艺术之林的地位,再次拉开了川剧艺术对外交流的序幕。现在,每年都有川剧团出国演出,川剧成为新时期四川对外交流的一个窗口。

但也应该看到,川剧出现的不景气状况还没有消除,在我们前进的道路上仍然存在不少困难和问题。从外部环境来看,党和政府的

"川剧现状与发展战略研讨会"参会人员合影

重视，深化体制改革，增加经济投入，都是必不可少的条件。但在川剧队伍内部，也有许多令人担忧之处。部分人员缺乏献身精神，怨天尤人，唉声叹气，束手无策，个别优秀演员甚至弃文经商，这是影响我们队伍的极大的思想障碍。党的十四届六中全会的召开，再次为民族优秀文化艺术的发展提供了良好的契机。我们应该抓住这一有利时机，在出人才、出精品上下功夫。"要得人迷戏，除非戏迷人"。川剧要博得观众的青睐，必须认真贯彻"八字方针"，进一步提高自己的思想水平和增强艺术魅力。

加强研究工作，增进文化积累，进一步发挥理论对实践的导向作用，也是增强川剧自身活力的一个重要方面。然而较长时间以来，由于对研究工作的重视不够、措施不力，较之艺术实践一直未能改变其滞后的局面，这种状况不能不引起我们的注意。

若干年以来，一批忠于川剧事业的有才华的川剧研究、教育工作者，一直在这一领域默默无闻地辛勤耕耘。他们安于清贫，甘耐寂寞，数十年如一日地从事着川剧文化积累的工作，终于有所成就。《川剧文化丛书》的十余位作者有的已经去世，有的是50年代大学毕业即响应党的号召投身川剧界的专业研究人员，有的是新中国成立后培养出来的川剧学校的教师，也有80年代在省委、省政府振兴川剧的号召下走进川剧界的青年研究工作者。这套丛书计两百余万字，涉及川剧史学、表演技法、音乐曲牌、评论及基础理论研究等，内容丰富、特色鲜明，是他们多年来取得的研究成果的一次比较集中的展示，无疑是振兴川剧的一项重要成果。

对川剧研究著作予以集成式系列出版，新中国成立以来尚属首次。作者们自筹经费出版川剧书籍，表现了他们对所从事的川剧事业的赤诚敬业之心。天地出版社对此大力支持，也表明了他们对弘扬民族优秀文化的高度责任感。我乐于为之作序。

1996年11月25日

序陈国福《一世戏缘》

国福第五本戏曲著作《一世戏缘》即将付梓。看到校稿，十分高兴，并乐意为之序。

国福是我在川剧界的一位老朋友。自1982年7月中共四川省委、四川省政府提出"振兴川剧"，我们因工作结识，交往至今，可以说算是半世戏缘吧！

作为一个大学文科毕业生，国福挚爱民族文化，钟情地方戏曲，有着执着的人生理想和顽强的拼搏精神。四十年间，不论遇到怎样的挫折与坎坷，始终坚守着这方热土。借用屈原《离骚》里的一句话，大约可以称作"虽九死其犹未悔"。他长期担任艺术行政工作，业余才写剧本、写文章，两者之间不仅没有矛盾，反而互为补充，相得益彰。比较起来，他在戏曲评论方面成就更突出一些。

国福长期生活在剧院，从一个戏的剧本创作到投入排练，从素排、响排、彩排到正式公演，几乎参加了每一个戏二度创作的全过程，并且常常在观众席里，留心他们的反应，倾听他们的意见，及时反馈，以利于进一步加工提高。从写剧情简介、演出消息，评价剧目、演员和演出到著书立说，文章也越来越贴近艺术本质而具有一定的理论深度。如果将他早期的《天府之花》《川剧揽胜》对比后来的《周企何舞台艺术》，特别是即将问世的《一世戏缘》，我想读者也会明显地感觉出来。我常说，我为结识这些文友感到高兴而深受鼓舞，因为他们的精神和成就代表着中国先进文化的前进方向，应当得到应有的承认和尊重。四川省川剧院为国福出版个人专集，无论是文化积累或昭示来者，都是很有眼光的措施，借此机会也向剧院负责同志表示我的敬意。

在戏曲评论工作中，国福从不鄙弃"豆腐干"式的小文章，龙虫并雕，集腋成裘，这是他的一大特色，就像高楼大厦原是一砖一瓦盖造起来一样。他的文章长短不拘、形式多样，析剧本、侃名角、赏表演、说唱腔、讲趣闻，台上台下，均有涉及。看得出来，他也读了不少戏曲著述，古代的、现代的，乃至西方戏剧理论。值得注意的是，他不尚那种摘抄式的旁征博引，而是将其精髓条分缕析地融入笔下，化作自己的东西，成一家之言。论及川剧在欧洲、美国、日本乃至港台地区的演出活动及其深远影响，没有一般地频数鲜花与掌声或记录异域风光，而是在中外戏剧文化的比较与研究之中，探索并揄扬中国戏曲的民族特色，增强我们的民族自信心和自豪感。他由川剧联系到欧美流行的歌剧、哑剧、芭蕾，联系到莎士比亚、弗洛伊德，乃至日本的歌舞伎、能乐、文乐与净琉璃，借以发现和借鉴各个国家、各个民族、各个地区不同的传统文明，促进东西方文化的交流和相互之间的了解，表现出广博的学识和独特的视角。

国福的戏曲著作好读、耐读，文采斐然，在剪裁与提炼方面独具深功。比如，谈到川剧经典剧目《秋江》在国内海外的传播，追寻那么多剧团和演员的演出踪迹，列出那么多国家和人民的种种反应，读之令人眼界开阔，深受教益；再如，综论任庭芳的表、导演艺术，例证中举出大小剧目若干个，他不仅多次观赏，娴熟于心，而且往往独有发现，抓住特点，一语中的，展示一位当代表、导演艺术家的生平、艺术及其人品，神形毕肖，给人一种亲切感和崇高感。

国福在《一世戏缘》中，通过一个剧院的发展，展示一个剧种的辉煌。青年人读了这本书，也可能与戏曲结缘的。谓予不信，请试读之。

2000年

《名家论川剧》前言

戏曲是中国的瑰宝，无愧立于世界艺苑之林。

川剧是我国有影响的大剧种。正如周扬所说："川剧在国内外，远远超过一个地方剧种的影响。"

由于多种原因，特别是电视电脑的普及，舞台演出（尤其是戏曲）受到很大的冲击，普遍出现观众萎缩的现象。中共四川省委和省政府在1982年号召"振兴川剧"，被曹禺誉为"空谷足音"。振兴川剧已二十多年，实践证明，它是一项长期持久的任务，不能一蹴而成。

许多年轻人根本不进剧场，不看川剧。但也有不少年轻人看了川剧，就开始喜欢。正如上世纪50年代，不少年轻人说："看了《柳荫记》，从此爱川戏。"近些年，魏明伦写的戏在北大、清华、南开、川大等校演出受到欢迎，也证明了这一点。

需要向年轻人介绍川剧，让他们对川剧有所了解。只是川剧人自己讲，有"王婆卖瓜，自卖自夸"之嫌。我在80年代爱讲振兴川剧，有人说是我"又讲'老三篇'了"。与时俱进，不妨来个"名人效应"，收集国内的大作家、大艺术家郭沫若、巴金、曹禺、老舍、丁玲、王朝闻、黄裳等对川剧的评论和诗词题赞，供年轻人阅读。让他们了解这种优秀的非物质文化，有助于他们在剧场或电视上看川剧。

省川剧艺术研究院积极进行了《名家论川剧》的编辑工作。出乎意料，在收集材料的过程中，发现不少以前未见过的名家的评论和观感，限于字数，未能全刊，敬请原谅。

本书的读者当然不限于年轻人。宣传、文化工作的领导也值得一阅，它将有助于你们的工作。川剧人更需一读，以提高认识，进一步热爱工作。

这就是出版本书的初衷。

感谢所有作者和出版部门的支持。

2006年11月23日

《老一辈革命家与川剧》前言

戏曲是我国传统文化的瑰宝。川剧是大剧种，在两三百年的历程中，川剧在四川和西南邻近的地区，为人民群众所喜爱。但在上世纪40年代末期，由于社会动乱，民生凋零，艺人生活维艰，川剧曾跌入低谷。

新中国成立以后，在党和政府特别是老一辈革命家的关怀和扶持下，川剧得到新生。50年代初，邓小平和贺龙为了让进军西南的领导干部了解四川人民的喜闻乐见，曾在重庆举办川剧的晚会上，关上门"强迫"他们看川剧，不许中途退场。这个佳话受到大戏剧家曹禺的高度赞扬，说这是最大的"群众路线"。

川剧剧目丰富，有精华，也有糟粕。根据"百花齐放，推陈出新"的方针，进行了剧目改革。正因为这样，在1952年全国戏曲会演时，川剧受到了高度的重视和广泛的欢迎，以后得以在全国主要城市演出。许多人"看了《柳荫记》，从此爱川剧"。《拉郎配》《乔老爷奇遇》《鸳鸯谱》等喜剧，在全国引起很大的反响。1959年，川剧作为文化交流的项目到东欧几国演出，周恩来总理，邓小平、陈毅、贺龙副总理，从总体策划，选定剧目和演员，出主意改进帮腔，关心演员服饰，甚至亲自参与修改剧本，这种无微不至的关怀感人肺腑。在四川，省上的李亚群，重庆的任白戈，成都的李宗林，为发展川剧事业付出了许多心血，做出了很大的贡献。周扬曾说："川剧在国内外，远远超过地方剧种的影响。"这是川剧的黄金时代。

"文革"摧毁了中国的文化，戏曲首当其冲。作为"封、资、修"中的"封"，无论传统历史剧目、新编历史剧目和现代戏，一律被封杀。粉碎"四人帮"以后，1978年，小平同志在成都看了老艺人演出的川剧折子戏，新华社发了消息，春风吹遍神州大地，戏曲再得以新生。

在小平同志的影响和支持下，以谭启龙为书记的中共四川省委和四川省人民政府，于1982年发出"振兴川剧"的号召，被曹禺誉为"空谷足音"。聂荣臻、杨尚昆和张爱萍同志等大力支持振兴川剧，在继承和创新上，提出了许多宝贵的意见。二十五年来，面临群众文化生活丰富，特别是在电视电脑的冲击下，振兴川剧在"出人、出戏、赢得观众"方面，做了很多工作。当前的形势，仍是成绩显著，前途光明；困难重重，举步维艰。重温老一辈革命家对川剧的关怀，会给我们增添力量，以利于坚持不懈地把振兴川剧的工作做好！

2007年初夏

序《中国川剧》[①]

《中国川剧》画册的出版是一件功德无量的事情。2006年秋，姜晓文、袁学军先生来我家了解关于川剧的一些情况，告知他们计划拍摄一本关于川剧的画册，希望我推荐一位能够胜任的文字撰稿人，我便推荐了四川省川剧艺术研究院研究员杜建华。事前，现时任省人大教科文卫委员会副主任、原为四川省文化厅厅长的张仲炎先生曾向我介绍过他们二人的情况，知道他们一位是有实力的四川企业家，一位是有大校军衔的《解放军画报》社的高级摄影记者，都是四川成都人，跟我一样有着深厚的川剧情结。

我从年轻时代就喜欢川剧，1982年调到四川省委宣传部工作后，一直分管振兴川剧工作，结识了许多川剧界的朋友，与川剧结下不解之缘。离休之后，我仍然以振兴川剧为己任，给自己定下终身目标：只要一息尚存，就要为振兴川剧奋斗到底。川剧要发扬光大，不仅需要政府的倡导和川剧界人士的努力，还有赖于全社会的参与和支持，因此，我向来提倡要培养、争取更多的川剧爱好者，有句口号是"爱国不分先后"，爱川剧当然更不分先后。只要有人愿意为川剧做工作，愿意看川剧，我们都要表示衷心的欢迎。

川剧是民族艺术的瑰宝，是四川人民群众和艺术家共同创造的

[①] 本文系与四川省川剧艺术研究院原院长、研究员杜建华共同撰写。

艺术形式，凝聚了川剧艺人的智慧，表达了四川民众的感情，在数百年的发展历程中逐渐形成了大喜大悲、诙谐风趣、文野交融、雅俗共赏的文化品格，深受四川民众的欢迎。新中国成立后，在"百花齐放，推陈出新"文艺方针的指引下，川剧艺术可谓枯木逢春，蓬勃发展。20世纪50年代，在党和政府直接领导下开展的"改人、改制、改戏"和剧目鉴定工作，打破了落后体制和封建意识对川剧的束缚，注入了进步的思想观念，造就了川剧艺术的黄金时代。尤其是一批大知识分子如像林如稷、李劼人、沙汀、艾芜、屈守元、李亚群、任白戈、李宗林、席明真等都直接参与了川剧传统剧本的整理工作，推出了一大批蜚声全国剧坛的优秀剧目，如像人尽皆知的《拉郎配》《乔老爷奇遇》《柳荫记》《御河桥》等，无一不是那一时期推陈出新的优秀成果。

改革开放带来了文艺的春天，振兴川剧再次推动了川剧的创新发展，《巴山秀才》《金子》《死水微澜》《易胆大》等精品剧目的出现，给观众带来了久违的惊喜，同时也显示了古老川剧的艺术活力。但是不能否认，振兴川剧工作经过了近三十年的努力，川剧观众流失、剧团减少的局面却没能从根本上加以扭转。改革开放给各行各业提供了发展机遇，但对于作为非物质文化遗产的川剧而言，却带来了更多的挑战。今天，在科学发展观的指导下，我们对于振兴川剧的目的、意义、采取的政策及其这项工作的长期性、艰巨性都有了更清醒的认识。多元文化的冲击，城市化进程的加快，致使川剧观众分流，生存土壤流失，专业剧团大量解体，从业人员深感困惑。甚至一些文化部门的领导也认为川剧没人看，因此剧团可以撤销。真是这样吗？姜晓文、袁学军两位摄影家用他们的作品无可争议地回答了这个问题。

2009年初春，在杜甫草堂博物馆一侧的现代艺术馆会议室，四川省摄影家协会专门召开了《中国川剧》画册图片展示暨编选咨询会，我参加了这次会议。姜晓文、袁学军先生展示了他们历时三年拍摄的部分川剧照片，并向与会的成都摄影界同行报告了他们拍摄川剧画册的动机、目的及其在拍摄过程中的认识和感受。三年来他们共拍摄川剧照片一万余幅，在北京保利剧院、梅兰芳大剧院，他们拍摄了四川省、重庆市、成都市三家国有大型川剧院演出的《金子》《易胆大》《欲海狂潮》《红梅记》等新创剧目的精彩场面，展示出当今川剧艺术最为辉煌绚丽的一面。为了全面真实地反映川剧的现实状况及戏班艺人的生存状态，记录川剧与人民群众的关系，他们先后跟踪拍摄十余个流动演出的民间戏班，三年中的每一个春节，都是在四川乡镇的庙会演出场所度过的，艰辛的足迹遍及巴山蜀水。在成都悦来茶院，在重庆古镇小街，在川西古老的会馆，在川北乡下土台，他们把镜头对准了川剧和川剧的观众，同时也感受到了川剧与人民群众一起跳动的脉搏。通过他们的镜头，读者可以看到一个博大精深、技艺精湛、植根民间、充满生机的川剧；也可以看到无数如饥似渴、不弃不离的川剧观众；还可以感受到川剧人对自己所从事的那份职业的真情相依，生命相托。

他们拍摄的照片中，有英俊靓丽、光彩照人的当红明星，有忍痛含泪、辛勤练功的戏校学生，有变脸吐火、绝技绝活的精彩瞬间，也有脸谱怪异、造型独特的角色形象。但最能打动我的却是那些常年流动演出的民间剧团，金凯剧团的夫妻演员，随团学艺的小姐妹，半农半艺的徐明火灯班，义务为剧团写戏牌的老戏迷，人头攒动的露天演出广场，笑逐颜开的川剧观众……人民需要川剧，川剧离不开人民，看过他们拍摄的照片自然会得出这样的结论。

振兴川剧是一项长期工程，尤其需要社会力量的参与。近些年来，尤其是保护非物质文化遗产口号提出以后，一些有责任感、有担当意识的本土企业家自觉自愿参与到川剧保护的工作中，比如德阳市创办金桥川剧团的何国权、投资办班培养川剧人才的长富集团，还有长期资助川剧事业的李枝华先生等，都为川剧振兴做出了贡献。现在，我又高兴地看到四川天宝集团董事长姜晓文先生身体力行投入到宣传川剧的行动中，为川剧的传承传播、发扬光大奉献力量。袁学军同志是一位很有影响的军旅摄影家，他们合作的这本《中国川剧》画册不仅是个人的成果，也是对振兴川剧的贡献，对他们的这一行为我表示尊敬，也希望有更多四川的企业家、事业家来关心扶持川剧这一民族艺术的瑰宝。

2009年7月12日

《川剧传统剧目集成》前言[①]

川剧剧目丰富，艺人有"唐三千、宋八百，演不完的三列国"之说。这当然是一个比喻。据四川省川剧艺术研究院资料室20世纪80年代的目录统计，川剧传统剧目数量有四千余个，其中一些剧本已经失传，仅保留下剧目名称。现在仍然保留着完整剧本的传统剧目还有两千余个。仅以历史演义剧为例，数量就十分可观：《封神演义》故事大幕戏四十四本，折子戏二十六折；《东周列国志》及春秋战国故事大幕、中型戏九十四本，折子戏七十折；《三国演义》故事大幕戏一百四十二本，折子戏一百一十六折；《隋唐演义》故事大幕、中型戏十六本，折子戏二十折。成系列的还有薛家将、杨家将、包公戏、岳飞戏、聊斋戏、神话故事戏、传奇故事戏……长期以来，这些剧目在川剧舞台上常演不衰，向一代又一代的四川百姓讲述着历史的故事，延续着中华民族的文脉。

新中国成立以来，川剧的改革发展曾得到老一辈革命家的亲切关怀，朱德、周恩来、邓小平、陈毅、贺龙、聂荣臻、杨尚昆、李先念、张爱萍等都十分关心川剧的发展，关心川剧艺人的生活，对川剧工作作出过许多重要指示。川剧演员们都记得，1959年川剧第一次出访东欧四国，周恩来、陈毅曾亲自帮助修改川剧剧本。

[①] 本文系与四川省川剧艺术研究院原院长、研究员杜建华共同撰写。

在"百花齐放，推陈出新"文艺方针的指引下，实行了"传统戏、现代戏、新编古装戏三并举"剧目政策，推动了戏曲艺术的繁荣发展。

与京剧以及其他剧种相比较，川剧地域特色鲜明，即便是同名剧目，川剧与其他剧种的故事情节、角色形象也有差异，比如《白蛇传》，各剧种的青蛇都是女性，唯川剧中的青蛇拥有男女双重性别。作为白娘子侍女的小青，有着妩媚、灵巧、善解人意的一面；《金山寺》一场，青蛇恢复了男性本身，在率领众水族与法海一方天兵天将的鏖战中勇猛、机智、奋不顾身。这样在不同场景中同一角色性别转换的处理，不但有利于展示人物性格的多面性，也丰富了演员舞台表演的色彩。类似这样的一些独特之处，彰显出川剧的奇异灵活与独创精神。

川剧是四川人民群众和艺术家共同创造的艺术瑰宝，凝聚了川剧艺人的智慧，表达了四川民众的感情，在数百年的发展历程中逐渐形成了大喜大悲、诙谐风趣、文学性强、贴近生活、雅俗共赏、老少咸宜的文化品格，深受四川民众的欢迎。川剧尤其擅长喜剧，《拉郎配》《乔老爷奇遇》《鸳鸯谱》《一只鞋》《借亲配》《评雪辨踪》《迎贤店》《秋江》《黄沙渡》《花子骂相》等都是著名的传统喜剧剧目，体现了四川人天性开朗、机智豁达、无拘无束、敢作敢当的精神风貌。

始终拥有自己的剧作家队伍，是川剧保持鲜明艺术个性的关键所在。晚清以来的各个时期，川剧都涌现了一些有影响的川籍剧作家，塑造了许多独特的艺术形象，留下了丰厚的文化遗产。乾隆年间的蜀人奇才李调元曾改编过川剧弹戏四大本，晚清著名作家黄吉安留下了人称"黄本"的一百多出剧目，翰林院编修川籍人士赵熙，撰写了百年传诵的经典名篇《情探》。擅长时装戏创作的刘怀叙曾被郭沫若先生评价为"川剧创作家"。50年代以改编传统戏著称的徐文耀、吴伯祺、赵循伯、李净白、何序以及才华出众的李明璋，他们以自己的智慧心血为川剧贡献了数以百计的名篇佳作。改革开放三十年来，在"振兴川剧"的旗帜下，魏明伦、徐棻、隆学义、谭愫等享誉全国的剧作家又为川剧奉献了《金子》《变脸》《死水微澜》《山杠爷》《巴山秀才》等优秀剧目。一个多世纪以来，川剧作家以自己的智慧和心血，奉献出众多的优秀剧目，成为川剧剧目中一个极富特色的组成部分。

数量繁多、质量上乘的时装戏，也是川剧的一笔宝贵财富。辛亥革命爆发不但推翻了封建帝制，也带来了戏曲舞台艺术的改良革新，由于受到文明戏的影响，20世纪20至40年代的川剧舞台上出现了大量的反映现实社会生活的时装戏，吸引了众多的观众。刘怀叙、王觉吾等都是当时的著名作家，他们编写了许多反映社会时事、世间百态、各色人等的新戏，昔日舞台上蟒袍官衣、宫装裙袄加身的川剧演员换上了西装、旗袍，显得格外时尚。

在李致的童年，有一段关于时装戏的难忘的记忆。那是一对相依为命的姐弟，第二天姐姐就要离家远去，年幼的弟弟为了不让姐姐离开，睡觉时用小手抓住姐姐的衣角，以为这样姐姐就不能走了。弟弟睡着后，姐姐望着梦中的小弟，心酸无奈地抽出衣角，又将蚊帐的一角塞进弟弟的手中，伤心离去。七十年过去了，这个令人心酸的场景一直保留在他的印象中。

可见，当时的川剧时装戏确有感人至深之处，也有较高的文学艺术价值，否则怎么能风行一时，吸引如此众多的川剧观众？新中国成立以来，我们在传统剧目的推陈出新方面做了大量的工作，但由于各种因素所致，时装戏的整理出版似乎成了一个禁区。今天，在改革开放的新时期，我们有了宽松的政治环境，对时装戏这笔重要的文化遗产进行必要的清理，选择其中优秀的部分进行校勘整理印行，也是对传统剧目推陈出新的一种新的尝试，希望能以此举为中国戏曲文化大厦的建立做一点添砖加瓦的工作。

"振兴川剧"不仅是口号，更是一项实践性很强的工作，需要我们脚踏实地地工作。2006年，川剧进入了国家级非物质文化遗产名录，"抢救、继承、改革、发展"仍然是我们面临的重要任务。"振兴川剧"以来，我们在抢救录像保存老艺人代表剧目、培养后继人才、鼓励新剧目创作、举行各种调演会演方面做了很多工作，全省各地也有许多新举措，比如绵阳的同志在系统整理川剧"三国戏"方面成绩突出，一些民营企业家自愿投资兴办剧团、拍摄川剧画册，这些都是有意义、有价值的工作，希望有更多的同志投入川剧的振兴行动中来。

《川剧传统剧目集成》的校勘整理出版是一项文化积累工作，也是振兴川剧的一个重要方面。在中共四川省委宣传部、省文化厅领导下，四川省川剧艺术研究院承担并组织社会力量共同参与此项工作，并以每年五卷的规模陆续推出。随着国家对非物质文化遗产保护工作的日渐重视，保护措施逐渐落实，为此项规模浩大、历时日久，需要较多人力、经费投入的工程提供了支持。相信数年之后，此项工作定会取得丰硕成果，璀璨瑰丽的巴蜀文化将在历史长卷中留下浓墨重彩的印记。

2009年12月25日

序《说戏画戏》

戏剧人物画家张鸿奎作画、省戏剧家协会会员谢晓苏撰文开辟的专栏《说戏画戏》，自1996年至1998年三年中，在《成都晚报》副刊上连载八十余幅，荣获四川省报纸副刊好作品一等奖及四川省好新闻一等奖。这些画和文章，博得了戏曲爱好者赞誉，也吸引了众多对戏曲尚属陌生的读者的兴趣。他们不仅感受到戏曲的魅力，还从中得到启发。有人收藏报纸，剪贴成册，有人来信希望编印成书。时隔九年，终于在四川美术出版社大力支持下，即将出版，虽然迟到许多，但仍令人感到欣慰。

戏曲艺术源远流长含蕴深厚，不仅是中国艺术的奇葩，也是世界艺苑的瑰宝。最近，首次国际非物质文化遗产节花落蓉城，宣传、普及及保护中国戏曲更是艺术工作者义不容辞的责任。我热爱戏曲，也喜欢鸿奎的戏画，早在二十年前就参观鸿奎的戏剧画展览，后来又为出版的《张鸿奎戏剧人物画册》写过序，2000年鸿奎的戏画入选20世纪天府百年绘画。时隔多年，再次看到鸿奎的戏剧画，其艺术风格又有所变化：他运用中国画传统花鸟画中没骨大写意的技法，高度概括地表现出戏曲人物最美的动态和神韵，他把自己的感情完全渗透到作品之中，对观者产生鲜明的视觉效应。晓苏的文，也是神来之笔，耐人寻味。它并非是一般的剧情介绍，也非戏画说明，而是别出心裁，言简意赅，从传统戏曲联想到现实生活,冷中有热,犹如杂文、犹如感言,褒贬时弊,一针见血。画和文充分表达了两位有社会责任感新闻工作者的憎爱之情。

鸿奎和晓苏都是我的老朋友。过去,他们作为报社编辑,精心推出了不少脍炙人口的好作品。我本人也曾是晓苏主持《锦水》副刊时的热心作者和读者。现在,由于共同对戏曲的爱好,在朋友们支持鼓励下,他俩将《说戏画戏》经重新整理、修改后出版。他俩都爱戏、懂戏,因而画戏画出戏的神采,写戏写出戏的精髓。画戏为说戏生色,说戏为画戏增辉。我相信,《说戏画戏》的出版,一定会得到广大戏曲爱好者和希望了解戏曲的朋友们的欢迎。

2018年2月

《白塔秋枫——蓝光临艺术生涯》序[①]

在21世纪的川剧界，蓝光临先生是业内公认的小生行的大师兄，同辈的表演艺术家们都尊称其为蓝哥哥，既是出于对其年于八旬高龄的尊重，更是对他精湛的表演艺术、深厚的文化学养的油然敬重。

蓝光临是四川广安人，他走上川剧艺术这条道路，也有其"家学渊源"。其祖父蓝廷益早年在家乡广安井溪乡创办围鼓班子清风票友社，堂兄蓝光玉就是一位能打会唱的川剧玩友。耳濡目染中，幼年的蓝光临便能像模像样地唱上几曲，颇得父老乡亲的夸赞。后因家道中衰，无奈之下，父亲将十岁的蓝光临和八岁的弟弟一同送进了"三三"川剧改进社（川剧界习称"三三"剧社）学艺。"三三"戏曲改进社1944年成立于广安县，前后开班过两期，先后招收科生一百余人。广安是邓小平同志的家乡，也是当年共产党领导的华蓥山游击队长期坚持开展武装斗争的区域，"三三"剧社的主要创办人有潘云成、王贵昌、杨玉枢等，他们既是教员也是演员。其中杨玉枢是中共地下党员，王贵昌老师对川剧音乐有深入研究，还聘请过京剧老师教学武功。"三三"剧社的教员们思想新派，志在川剧革新，对科生的培养不同于其他戏班子。年幼的蓝光临在这里受到严格训练，初学老生行，后学小生行，打下了坚实的

[①] 本文系与四川省川剧艺术研究院原院长、研究员杜建华共同撰写。

艺术基础，后随剧社到重庆等地大码头演出，逐渐崭露头角。

蓝光临是一位学艺于旧社会，成长于新中国的艺术家。在新中国成立后的20世纪五六十年代，被川剧艺人们称谓川剧的黄金时代，川剧艺苑名家荟萃、新人辈出，蓝光临便是当时年轻一代中的佼佼者。他嗓音明亮，唱腔优美，形象英俊，勤学苦练，尊师重道，戏路宽广，深受观众喜爱。由于其在观众中的良好口碑，在1952年随剧社到达成都演出时，被选入了当时的四川省川剧团。从此，他在党的培养下，通过文化课、音乐课等专门学习，刻苦钻研，艺术水平和文化知识得以不断提升。之后转入成都市川剧院，他先后拜师川剧著名表演艺术家彭海清和曾荣华，专攻文武小生。在那一时期，他担当了新编剧目《卧薪尝胆》《夫妻桥》等名家剧目的主演，优秀的剧本加之他精湛准确的表演，韵味十足的唱腔，蓝光临之名不仅传遍四川，也随着剧目在北京等地的广泛演出而闻名全国剧坛。

在川剧演员中，蓝光临素来以善于学习、勤于思考，精于刻画角色、乐于唱腔雕琢而著称。他擅长的剧目有《夫妻桥》《周仁耍路》《杀船》《问病逼宫》《铁龙山》《经堂杀妻》等，虽然都是传统剧目，但他绝不会老戏老演，总是在唱腔、表演各方面精心打磨，推陈出新，尤其善于运用眼神和面部表情的变化来突出人物的内心悸动，善于以唱腔念白轻重疾徐的变化来表达角色内心的情感激荡，如《石怀玉惊梦》《情探》《越王回国》等，都是经过了他的精心打磨而成为川剧精品折子戏。

除了其在表演艺术方面的卓越创造之外，蓝光临之所以受到同行艺术家的一致尊崇，也许还有另外几个原因。在川剧界，他是第一个被聘请到法国进行艺术交流和讲课的艺术家；虽然没有上过几天学堂，他却加入了成都的诗词学会，成为一名古体诗词的多产作家；退休之后，他竟以中国的大诗人为题材创作了三部川剧大戏：《李白梦》《东坡情》《薛涛泪》，令人叹服。由此他更受到后辈川剧演员的崇敬，当今川剧界小生行无不以能拜师蓝光临为荣，通过他的精心指导排练，陈智林、肖德美、王超先以其师的代表剧目获得中国戏剧梅花奖，推进和发展了川剧小生艺术。

几十年来，他书写了数十篇川剧文章，既有自己的从艺经历，也有演艺体验的理论总结，不但有观看演出的评说，也有川剧剧本的创作，可谓品种多样，精彩纷呈。现在，他将自己一生的作品选集出版，难能可贵，可喜可贺。这部近四十万字的书稿，分为六个部分：第一编和第二编为童年、少年学艺经历；第三编《动荡岁月》主要记述科社演出的历程和奇闻轶事；第四编《感悟之年》是对自己演出剧目和演艺事业的艺术总结；第五编《川剧之幸》记录了新中国成立后，党和国家领导人对川剧的喜爱和对川剧事业的关怀；第六编《桑榆非晚》是作者创作的川剧三部曲。每一编中，作者以自叙体的讲故事方式，以事件为中心分若干小标题，或讲述自己的亲身经历和见闻，或表达个人的艺术见解。从不同角度记述了七十多年来川剧历史长河中的朵朵浪花和原野山间的涓涓细流，读来趣味横生，令人耳目一新。

自1982年四川省委、省政府发出"振兴川剧"的号召，至今已是三十六年。当年如像蓝光临、左清飞等一代振兴川剧的中坚力量已退出了舞台，但是他们却退而不休，脱下戏装又拿起笔来，毅然担当起历史的责任，记录下自己一生的从艺经历和艺术精华，为川剧传承宝贵的艺术经验，为中华民族文化积累丰富的文化遗产。希望更多的川剧表演艺术家和后辈青年川剧工作者向他们学习，继承前辈艺术家对艺术执着追求、精益求精、永不言弃的奋斗精神，为新时代川剧艺术的传承创新做出新贡献。

2018年国庆

情深谊长

李致文存·我与川剧

LIZHIWENCUN

真想和他再"长话短叙"
——怀念周企何

"周企何同志逝世了！"

在振兴川剧的一个座谈会上，得知这个不幸的消息。到会的同志都感到震惊和悲痛。从1983年川剧晋京演出以来，阳云凤、阳友鹤、周裕祥、静环等川剧表演艺术家相继去世。现在周企何同志又突然去了，这真是川剧界不可弥补的损失。

我第一次看见周企何同志是在1947年6月。当年，国民党反动派为镇压民主运动，在6月1日实行大逮捕。我因"身份不明"在重庆被抓去关了四天半。巴金的老友、我的中学校长吴先忧设法把我保释出来。一天下午，吴先忧和周企何到文化生活出版社来，我正埋头看书。吴校长指着我对周企何说："这个学生就是我保出来的。"我没有和企何同志交谈，但我知道他是吴校长的朋友，便相对会心地笑了。直到三十多年以后，我向企何同志提起这件事，他还说："记得，记得！"

50年代，我成了川剧爱好者。企何同志的戏，我个个都喜欢看，其中特别是《迎贤店》，可以说"百看不厌"。可惜以后我调到北京工作，几乎没有看川剧的机会。1973年我调回四川，正当"十年浩劫"，哪有传统戏可看？我只有悄悄读那些抄家后幸存的川剧剧本，有些精彩的段落，我甚至能背诵出来。粉碎"四人帮"不久，企何同志第一次上演《迎贤店》。我赶去看戏，为他精湛的表演笑得不亦乐乎。演完以后，我上台向他祝贺，并提醒他忘了两句台词。他遗憾地说："好多年不演了，丢生了！"从他的语气，听得出是对"四人帮"的谴责。那天，我们特别高兴，因为粉碎"四人帮"，国家和民族新生了，传统戏也新生了。

没有想到，命运竟让我参加振兴川剧的工作，这样我和企何同志的接触便多起来。企何同志积极拥护省委、省政府"振兴川剧"的号召，称赞"抢救、继承、改革、发展"的方针是川剧演员的"好八字"。企何同志年事已高，不可能经常演出，但只要有他的演出，他都十分认真：总是提前到后台，化了装，一个人坐在那儿，闭着眼睛，入神地默戏。哪像现在有些青年演员，出台前还在打打闹闹。1983年振兴川剧晋京演出归来，举行了一场汇报演出。参加演出的全是老艺人，负责组台的同志为把谁的戏作为开场戏而发愁。我深知企何同志不计较这些，便提出先请他演《请医》。果然，企何同志欣然同意，使演出得以顺利进行。由于企何同志的精彩表演，一下便把观众吸引过来，收到了意外的效果。1984年，西柏林"地平线艺术节"秘书长西格荣来成都挑选川剧，并指名要看周企何同志的戏。企何同志演出了《画梅》和《登舟》。但考虑到在国外演出的效果，最后西格荣选定了《白蛇传》和另外几个折子戏。企何同志对此十分支持，没有提出任何意见。《白蛇传》在欧洲、日本演出成功，他极为高兴，说这个戏选得好："老少咸宜，雅俗共赏。"我在和企何同志的接触过程中，深深地感到他不仅艺术高，而且艺德好。他的表演艺术我学不到，但他的艺德值得我永远学习。

企何同志每次和我见面，总是双手合十致意。我称他为周老师，他则直呼我的名字。我总是先询问他："在山上还是在山下？"这是他自己的比方：在"山上"表示人不舒服，气喘；在"山下"则表示健康，不难受。我到出版局工作后，有一次碰面，他突然对我官称起来。我立即提出"抗议"。他说："对，对，叫名字。"不管时间长短，我们总要开开玩笑。有一次他说："你不要长胖了！"我说："你不是说'医死那个胖子抬不起，专挑那个瘦子医'吗？看来胖子还是有点好处。"如果我急着有事，便事先声明："按你的原则，'长话短叙，说完就走'。"他知道，前者是他在《请医》中的唱词，后者是他在《投庄遇美》中的道白，便高兴地笑起来。

谁能料到，企何同志竟这样突然地离开我们了。

会议结束后，我赶到企何同志家里。这个我经常来的会客室一下变成灵堂，一张披了黑纱的遗像挂在墙壁上。我有许多有关川剧的问题要向他请教，还想就半个多月前他和巴金见面的情景摆摆"龙门阵"，但企何同志再也不会回到这间屋子来了。友鹤、裕祥同志去世前，我经常到医院看望他们，从容交谈。而企何同志去世得这么快，连"长话短叙"的时间也没有。我能说什么呢？我想不出什么话来安慰企何同志的家属。我知道自己在痛苦的时候常常是很笨拙的。我含着眼泪，对着周企何同志的遗像鞠躬。

1988年1月17日

名丑的"遗嘱"
——怀念周裕祥

川剧表演艺术家、著名丑角周裕祥不幸离世而去。

周裕祥生病期间，我多次去看望过他。听到他逝世的消息，又立即赶到医院。周裕祥的夫人钟惠萍在谈到如何办理丧事时，有些话给我留下很深的印象。

她说，裕祥去世前曾说，不要为他举办追悼会。周裕祥的原话是："人都死了，何必再开个会，让人家站着听'训话'呢！"

她说，裕祥还嘱咐，不要收祭幛。周裕祥的原话是："现在多数人的工资不高，人死了何必还要敲人家的'竹杠'呢！"

她说，裕祥再三强调，一定给家属做好思想工作。周裕祥的原话是："收那么多祭幛干什么？我们家又不准备摆地摊。"

周裕祥治丧委员会照周裕祥的愿望办了丧事。没有开追悼会，没有人"训话"，没有收祭幛。那天下雨，苍天流泪，我和川剧界的朋友一起，向周裕祥鞠躬告别。

我好想看见周裕祥身着戏装，演《花子骂相》，演《芙奴传》，接着又向台下观众说出以上针砭时弊的道白。我笑了，但含着泪水。

1985年旧作

小大姐，谁舍得你走
——怀念书舫

川剧表演艺术家陈书舫于1月10日逝世。这消息来得太突然，令人难以置信。我和丹枫赶到书舫家里时，客厅已变成灵堂，书舫的遗像挂上黑纱……

我知道陈书舫的大名，是在20世纪40年代。当时我住在东城根街，只要走过祠堂街锦屏大戏院，就能看见挂头牌的"陈书舫"三个大字。遗憾的是当时我对川剧还没有发生兴趣。使我为之倾倒的，是50年代初期书舫演的《柳荫记》和《秋江》。而我认识书舫，则是她和倩云到青年团重庆市委参加新年迎春的聚会。她们刚赴朝鲜慰问志愿军回来，穿一身北京做的棉猴，帽子吊在背上。书舫和倩云表演的节目，我记不清楚了，只记得观众的情绪很高。团市委书记曾德林同志说："不要小看《柳荫记》，它可以和莎士比亚的悲剧媲美！"

80年代初，省委、省政府发出"振兴川剧"的号召，书舫是振兴川剧领导小组的成员，我才和她熟悉起来。对陈书舫有很多称呼：有人叫陈代表，因为她历任全国人民代表大会的代表；有人叫陈院长，因为她曾任省川剧院院长、名誉院长；有人叫陈老师，因为她有众多的学生。与她同辈的直呼书舫，我便自动加入这个行列。

陈书舫（右一）陪杨尚昆（右二）、杨汝岱（左一）看戏

粉碎"四人帮"之后，川剧首次晋京演出在1983年9月。为了对老艺人表示尊重，代表团邀请了十三位有成就的老艺人一起晋京，以壮声势。在北京，除上演了《巴山秀才》《绣襦记》及《丑公公见俏媳妇》《禹门关》等三台演出（共四出戏）外，老艺人还作了观摩演出，受到广大观众和专家的热烈欢迎。小平同志观看了老艺人的演出，上台接见了所有的老艺人和在场的演职员，并分别和大家合影。

书舫在北京演出《花田写扇》，是大幕戏《花田错》的一折。年近花甲的书舫，扮演一个十几岁的小丫头。尽管书舫已经发体，刚出场有点不协调，但她毕竟是表演艺术家，只需一两个动作，一下子就使观众感到这个小丫头的聪明活泼和调皮可爱了，叫人不得不佩服她精湛的技艺。我认为这是书舫后期表演艺术的高峰。对我来说，书舫的《花田写扇》和周企何、袁玉堃的《迎贤店》是百看不厌的好戏。我不知看了好多遍（包括素排），每看一次都是一次真正的艺术享受。

书舫一生热爱川剧，献身川剧事业。和对其他老一辈表演艺术家一样，我们不能要求他们以演出为主，而是希望他们为振兴川

李致与陈书舫

剧出谋划策，搞研究写回忆录，教学生和示范演出。书舫积极参加振兴川剧的活动，四处呼吁为省川剧院修建排练场，呕心沥血地教学生，直到她去世前两天还在教一位青年演员演《花田写扇》。平常工作忙，我和书舫见面总是谈工作，多是"长话短叙，说完就走"。也就是1983年川剧晋京演出那一次，因为同坐一节车厢，有足够的时间摆龙门阵。一个友鹤、一个玉堃、一个书舫，他们给我讲了许多在旧社会的痛苦经历。我这才了解这些老艺人为什么一谈到新社会就充满无限的激情。我不在这里叙述他们类似的经历，只想追述书舫对我说的一段话。她说自己在旧社会没有文化，对剧情理解很不深。她演《秋江》，出场的第一句道白是："郎去也，奴来迟？"但她不懂什么是"郎"，以为是"狼"，也不懂什么是"迟"，以为是"吃"。她苦笑着说："狼去了吃什么嘛？"然后又感慨地说："现在条件这么好，我看见有些青年演员不好好学习，硬是着急得很！"当然，书舫看见优秀的青年演员脱颖而出时，又高兴得不得了。有一次青年演员会演以后，她激动地说：

245

"川剧有这样的接班人，我死了也可以闭上眼了。"

我这个人很怪，上中小学时不会背书，甚至被老师打过手心。但看戏，无论是话剧还是川剧，只要多看几遍，就可以大段大段地背出来。曹禺的戏，我能背出许多。《花田写扇》看多了，也记得许多道白。我很喜欢川剧，但一句也唱不来。好在《花田写扇》主要是表演和对白。有一次，我和书舫开玩笑，约她在下一次张爱萍同志来四川时，一起给张老表演一段《花田写扇》。她立即表示同意。1991年张老和又兰大姐来成都，有一天晚上许多川剧演员和他们聚在一起。我又跟张老开玩笑："我和书舫本来要给您表演《花田写扇》，但你们几年不来，我连台词都忘了。"张老是川剧界的好朋友，一听我说，抓住不放，一定要我们演出。别人一致支持张老，弄得我下不了台，最后我只得和书舫对了一下"马口"，反正只说不唱，把脸抹下来放在衣袋里，豁出去了。

大家帮忙在大礼堂里放了一张条桌。我演边相公，拿一把扇子，书舫演丫头春莺。没有化装，但演得很认真。

春莺受小姐之命，请边相公在扇子上题诗。边相公题诗以后，春莺拿起扇子就走。我忙说："小大姐，你啷个钱都不给？"书舫说："还要给钱？"我说："识者分文不取，不识者一字千金。"书舫说："我就是识者，我还认得倒字。你不信我来考你。"于是，书舫先后写了"一、二、三"，还写了"王"，我这个先生当然都认出了。接下来书舫在"王"字四周画了一个圈，又打了许多点，神气十足地问："这个字认不认得？"我说："这个字先生没有会过。"书舫说："认不倒哇，这叫王麻子跳井！"我们就演了这一段，主要是书舫表演，我出"洋相"。观众哄笑鼓掌，张老也笑得合不拢嘴。其间最好笑的是，还没有演到一半，书舫突然离开剧本，对观众说："我一看李部长这个样子，就想起周企何，忍不住要笑。"我当然知道书舫说这话不是指我的演技，而是说我矮胖的体形。但我已经进入角色，只得稳起不笑，等书舫接着演下去。

没有想到唐思敏在《成都晚报》上写了一篇报道，说我和书舫的演出把那晚的聚会"推向高潮"。我很不好意思，后悔没有给思敏打个招呼，请他不要报道。我丝毫没有出风头的意思。但现在回想起来，尽管是在张老面前闹着玩，能和书舫演出这么一段，在我们的友谊中毕竟是值得纪念的。

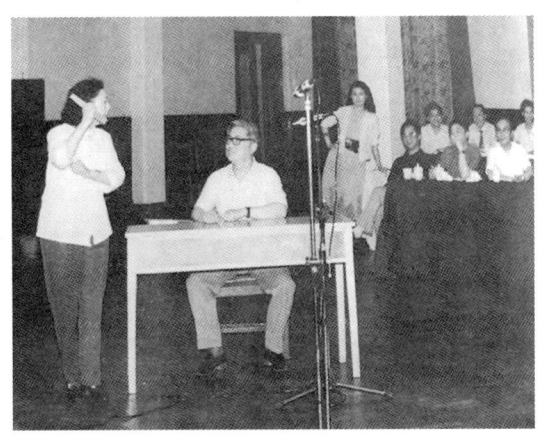

李致与陈书舫合演《花田写扇》片段

这几年由于工作变动，我没有直接参与振兴川剧的工作，与书舫的接触比过去少了。好在偶有机会见面，我总感到她的心在为振兴川剧跳动。就这一点，长期把我们紧紧地联系在一起。可是，振兴川剧任重道远，还有许多工作要做，书舫，你为什么就这样匆匆走了？

从书舫的灵堂回家，我一直安静不下来。我代巴金给书舫献了花圈。又先后给谭启龙和严永洁同志、黄启璪同志、李又兰大姐和张老通了电话，向他们报告书舫逝世的噩耗。17日向书舫遗体告别，书舫安详地躺着，像在休息。我仍不愿相信书舫已经走了，希望她还会醒来。书舫不会忘记振兴川剧，她还会扮演《花田写扇》的小大姐。天真活泼的小大姐，你看许多人都伤心地哭了，谁舍得你走？

1996年1月20日

再说几句心里话

——怀念竞华

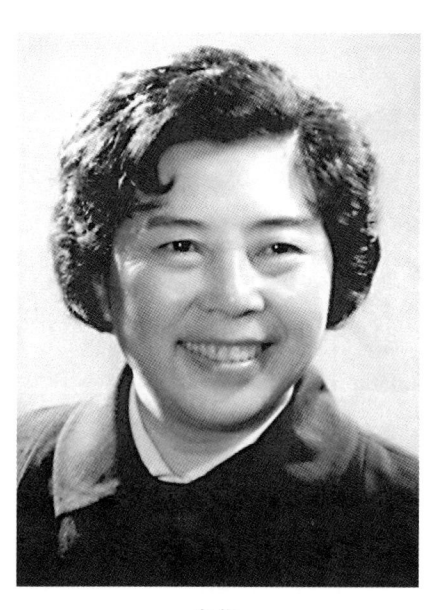

竞华终于走了。我真不知道该从哪儿说起。

大概半个月以前，我到川医去看望她。她正躺在床上输氧，见我进去，立即取下管子要坐起来。我制止不住她，只好坐着对谈。她的脸有些浮肿，精神也不如以前。我向她表示歉意，因为我很长一段时间没有去看望她。她说前不久抽了腹水，现在一身痛，一天要打几次止痛针。其间我去询问了主管医生，医生说竞华目前全靠打止痛针维持，时间不会久了。我只告诉竞华，医生说抽了腹水有好转，希望她以顽强的精神与疾病斗争。她坚持把我送到电梯口，相互深情告别。尽管如此，我并没有意识到这是诀别，不然我一定多坐一会儿，多陪她谈谈振兴川剧，多说几句安慰她的话。

竞华

我是竞华的忠实观众,非常喜欢她的唱腔。任白戈同志多次对我称赞竞华唱得好,巴金也爱听竞华的录音带。人说她创"竞派",我赞成。有的人说川剧不好听,我常反问:"你听过竞华、陈书舫唱吗?"当然不少川剧演员不重视唱腔,在这方面的功夫下得很不够,确有问题。当年竞华、书舫获首次"金唱片"奖,省委宣传部开会庆祝,许川同志强调川剧演员一定要向竞华和书舫学习,在唱腔上取得进步。

竞华的表演很有水平。无论扮演什么角色,感情十分投入,表演极为细腻,例如她的代表作之一的《思凡》。竞华有不少的戏是百看不厌的。

振兴川剧要出人才。要做到这一点,关键是靠名师指点。竞华很爱护青少年演员,愿意"青出于蓝而胜于蓝"。1986年10月10日,我参加了竞华的收徒仪式。在会上我曾讲:"竞华同志是川剧表演艺术家,无论唱腔和表演,都有许多独到之处。有她这样的教师,还有陈书舫、袁玉堃、周企何等诸位名家,不仅可以培养出名角,还可以发展川剧艺术的各种流派。"我至今还记得那天竞华的兴奋和愉快的表情。我也很高兴沈铁梅等在竞华老师的教导下,能取得显著的成绩。

在过去"左"的思想影响下,竞华受到过不公平的待遇。但党的十一届三中全会消除了这些影响,也给了竞华力量。"振兴川剧"的号召,进一步调动了她的积极性。作为艺术顾问,她随团去香港演出,我感到她得到安慰。我们川剧界的老艺人,对新社会的感情是很深的。

竞华的身体不太好。1992年我在美国时,她动了一次手术,转危为安,可是两年前她再进医院,却发现得了不治之症。面对现实,竞华夫妇特别是竞华以顽强的意志与疾病作斗争,令我佩服。我赞扬她,鼓励她,期望给她增加力量。癌症给人的痛苦,不用我来描述。有段时间,病情有所缓解。前年除夕天很冷,她居然在晚上来给我拜年。我批评她不注意身体，立即把她欢送"出境"。去年她参加了省文代会，被选为顾问，她很高兴。倩云也说她精神不错，还一起打麻将玩。但不久她又进医院。我知道她不甘心离开川剧艺术，也不愿离开她的观众和朋友。她不是弱者，她与疾病斗争到最后一息。

明天要向竞华的遗体告别，我的心潮难平，想在这深夜再和她说几句心里话。我怕明天最后一面，只有眼泪。

1998年9月2日

"有朝时运来，草履变钉鞋"
——写在曾荣华一百周年诞辰

我是曾荣华的戏迷，现在称为粉丝。

小时候跟着大人看川剧，主要是看武打。看了《柳荫记》，从此爱川剧，我属于这一"族"。需要说明的是：这里说的《柳荫记》，不单是指这一个戏，而是以它为代表的，包括《评雪辨踪》《秋江》《五台会兄》《柜中缘》等一批戏。

川剧的文学性很强，这是大家公认的。上世纪50年代，文学界就认为：《评雪辨踪》列入世界喜剧之列，毫无愧色。我第一次看《评雪辨踪》，是曾荣华和许倩云演出的。巴金老人曾经说："1936年川戏班在上海演出《评雪辨踪》，观众寥寥无几。1954年曾荣华和许倩云两位同志在上海演《彩楼记》就受到观众们热烈的欢迎。"这足以说明剧本改得好，曾荣华和许倩云的演出有魅力！

许多优秀的传统川剧剧本，总是不断地推陈出新。其中一个重要因素，是有文人学者参与。经典剧目《情探》，由出身翰林院编修的赵熙填词。《评雪辨踪》为《彩楼记》之一折，1953年由周企何、刘成基、马善庆、宋逸尘集体加工整理。马善庆是北京大学毕业生，由他执笔修改，其中《评雪辨踪》一折文辞雅致，妙趣横生，1957年荣获文化部优秀创作奖。我期望我省有更多作家关心和参与川剧剧本的创作。

曾荣华是著名的表演艺术家。在纪念曾荣华一百周年诞辰时，我期望能总结曾荣华表演的艺术特点，以便更好地继承和发扬。

我个人特别喜欢《评雪辨踪》。无论看剧本或演出，都是艺术享受。我能背出《评雪辨踪》的许多台词。例如"有朝时运来，草履变钉鞋；有朝时运落，大脚变小脚。""安知我蒙正今日贫穷，来日不富？""两口子打架，与砂锅无关！"等等。我在学生时代很喜欢话剧，经常即席表演，在朋友中有几个"保留"节目。以后虽爱川剧，可惜一句也不会唱。1991年，我开玩笑，与陈书舫一起，为热爱川剧的张爱萍将军演了一小段《花田写扇》，我只说不唱，带有很浓的话剧味儿。以后，我和许倩云相约，如果张爱萍将军下次来，我俩要演一小段《评雪辨踪》给他看。可惜张老驾鹤西去。讲这段话，是表明我对曾荣华，以及所有的川剧表演艺术家的热爱和尊重。

今年，先后举办了纪念阳友鹤、陈全波一百周年诞辰的活动，很有意义。我已进入八十五岁，行动有所不便，不能每项活动都参加。我热爱川剧，永远是川剧的"吼班儿"，愿为振兴川剧鼓与呼！

2013年12月11日

一生献给川剧艺术

——贺许倩云舞台艺术六十五周年

为庆祝表演艺术家许倩云从事川剧艺术六十五周年举办的这次活动，很有意义，搞得也很好。这说明省委宣传、文化部门对川剧的重视，对川剧表演艺术家的尊重。刘厚生以及康式昭、李振玉、黎继德等专家，从北京赶来出席；长期与我们共同为振兴川剧奋斗的重庆朋友（包括京剧表演艺术家沈福存）和领导，又与我们共襄盛举。这些，都令我感动和感谢。

引领我喜欢川剧艺术的，许倩云是其中之一。我童年时代看川剧，只喜欢看武打。真正爱川剧，是上世纪50年代初看了《柳荫记》。这就是人们常说的：看了《柳荫记》，从此爱川剧。（这句话标志着川剧艺术发展的一个新的阶段。）这里说的《柳荫记》，是一个代表。它既包含了《柳荫记》，又包含了当时受观众欢迎的一批戏。其中，我特别喜欢《评雪辨踪》。这是个可列入世界喜剧的精品。两位主演之一，就是许倩云。倩云把一个不顾父亲反对，爱上满腹诗书的穷秀才、酸秀才，既能与之共患难、又能在生活中取乐的中国妇女演得淋漓尽致，使人终生难忘。至今我还记得辨足迹时的台词"有朝时运来，草履变钉鞋""有朝时运落，大脚变小脚"和以后打架时说的"两口子打架，与砂锅无关"，等等。我曾经与热爱川剧艺术的张爱萍将军开玩笑，说他再来成都时，我愿和

李致与许倩云

倩云为他表演《评雪辨踪》的片段（只说不唱的片段）。可惜张老已乘鹤西去，我们只能在这里表示对张老的缅怀。

1982年，省委、省政府发出"振兴川剧"的号召，至今已二十五周年。这二十五年，是四分之一个世纪。在此期间，我和倩云的接触很多，我既是她的戏迷（新名词是追星族，更时尚的叫粉丝）之一，也是她的朋友。1983年秋，振兴川剧第一次晋京汇报演出，邀请了川剧界有代表性的十三位表演艺术家参加。他们除了指导公开的演出外，还在内部作了艺术交流演出。小平同志专门在人民大会堂的小礼堂看了这批表演艺术家的"折子戏片段演出"专场（其中就有袁玉堃和许倩云的《祭灶》），演出结束后又专门与十三位表演艺术家合影。随着时间的推移，这十三位表演艺术家有十一位先后离开人世，健在的仅有杨淑英和许倩云。杨淑英因眼疾在家颐养。目前，仍活跃在川剧界的只有许倩云。

活跃在川剧界的许倩云，无论是在省人民代表大会和有关座谈会上，她总是向领导和媒体陈述川剧的处境，呼吁领导和社会重视川剧这一全国非物质文化遗产，使川剧能摆脱困境。

活跃在川剧界的许倩云，长期认真地教学生，帮助青年演员提高表演艺术水平。许多青年演员亲切地称她为许妈。她一生教过或指点过的学生难以计数，其中获全国梅花奖的川剧演员就有六位。这次从西安特意赶来清唱《芙蓉花仙·冷泉山》的"第一代花仙"张宁佳（现在已是西安音乐学院音乐系教授）也是她的学生。坐在对面的喻海燕，是《芙蓉花仙》的"第二代花仙"，梅花奖得主（现为绵阳市文化局副局长），也是她的学生。热心教学和指点，使许倩云长期积累下来的川剧表演艺术得以继承。

　　活跃在川剧界的许倩云，总结自己的表演艺术，出版了《许倩云表演艺术》一书。

　　活跃在川剧界的许倩云，积极参与各种大大小小振兴川剧的活动。她为川剧事业的每一个成就感到高兴，又为川剧事业的每一个困难感到忧心。

　　作为川剧人，为川剧艺术做一些好事并不难，难的是一生坚守阵地，无论在顺境或困境，都能把自己的精力献给川剧艺术（由于演出不多，一些川剧人兼搞了别的一些事业，是可以理解的）。许倩云正是一生坚守阵地，把自己毕生的精力献给川剧艺术的人。这样的倩云，值得人尊敬和热爱。愿更多的川剧人能像倩云这样。这是川剧能否振兴的一个重要因素。

　　十年前，在倩云七十华诞之际，我曾代表天宝和姜泽亭同志致词祝贺。我说："倩云是川剧表演艺术家，她的一生与川剧的发展分不开。我与她相交半个世纪，对她有所了解。刚才她说今天来的客人都是她的亲朋好友，是她所爱的。"（倩云当场插话："哪个爱川剧，我就爱他。"）这以后，我常说这是倩云的名言，也多次引用。接着倩云的插话，我又讲，"我们爱川剧，倩云爱我们，我们也爱倩云。我们爱她的艺术，爱她的为人，爱她献身川剧艺术的精神。"事过十年，这仍是我要说的心里话。

　　祝倩云健康、长寿、愉快！

2008年5月9日

长江后浪推前浪

——贺优秀青年川剧演员刘萍举办专场演出

植根于巴山蜀水沃土中的川剧艺术，是中华民族艺术宝库中的一颗璀璨明珠。它独具韵味的锣鼓、唱腔和表演艺术曾倾倒了无数的国内外朋友。我长期从事文化艺术组织工作，在川剧界有很多朋友，也关心川剧事业的发展和进步。一个事业要兴旺，除了老一辈艺术家的传、帮、带以外，还需要很多中青年演员勤学苦练，继承传统，不断创新，使川剧艺术发扬光大，后继有人。

喜闻优秀青年川剧演员刘萍举办专场演出，我很高兴。虽然戏剧演出市场不是十分景气，但她一直在川剧艺术这块园地上辛勤耕耘，认真地做着为艺术出力、出汗的事情。我们的事业需要许多这样的执着者。

刘萍的扮相俊美，嗓音甜润，唱腔韵味浓郁，得到了同行和专家的称赞。她演唱的川剧高腔《八郎回营》字正腔圆，声情并茂，至今给我留下深刻印象。后来还看过由著名剧作家徐棻根据美国作家奥尼尔作品改编的川剧《欲海狂潮》和剧作者胡成德根据德国作家布莱希特作品改编的川剧《灰栏记》，这两部川剧都由刘萍主演，而且都获得成功。让人感到刘萍的艺术素质很好，还有很大的发展空间，只要今后能继续不断努力，就会实现新的跨越。

著名川剧表演艺术家阳友鹤是二度梅花奖获得者刘芸的老师，而刘萍则是刘芸的徒弟。从这种关系，我们看到了阳友鹤表演艺术在不断地延续和发展。同时，一个演员在艺术上的进步和方方面面的关心支持是分不开的，著名表演艺术家晓艇和王竹慧老师为刘萍传授了不少剧目，在名家的指点下，也使她受益匪浅。

　　成都市文化局、成都市川剧院三团为刘萍举办这次专场演出，是对她艺术成绩的一次检验，是支持中青年演员早出成绩、多出成绩的措施，也是刘萍艺术拓展的一次新的转折。我希望刘萍通过这次难得的机会，多听听观众、专家、领导们的宝贵意见，看到自己在艺术上的差距，明确今后的努力方向，使自己的艺术更趋成熟。

　　"长江后浪推前浪，世上新人超旧人"，这是我对所有为川剧艺术事业做出贡献的中青年演员的祝福。

2000年7月1日

领腔陈世芬

川剧的五种声腔，昆、高、胡、弹、灯，各有特色，我最喜欢的是高腔。高腔的特点是徒歌，无伴奏。功夫深、唱得好的，如陈书舫、竞华，深受观众喜爱；唱得不好，原形毕露，难以遮丑，所以很考演员。

高腔之美，还在于帮、打、唱融于一体。这是世界上最美的音乐之一。帮即帮腔，既有领腔又有合腔，不是一般的合唱。它起烘托气氛、展示演员内心世界以及代作者或第三者表态等种种作用，妙不可言。自贡市川剧团的《巴山秀才》，充分地运用了帮腔，而且用得十分恰当。领腔陈世芬则演唱得淋漓尽致，为该剧增色。

陈世芬是川剧第一流领腔。她的声音洪亮圆润，感情充沛，很好听。特别是她无论帮哪一句，都与台上的气氛、演员的情绪衔接得天衣无缝。听她的帮腔是一种艺术享受。难怪80年代《巴山秀才》在上海演出，观众要求陈世芬出来谢幕，并报以长时间的掌声，这显示了上海观众的艺术欣赏水平。

高腔技巧高，难以普及。川剧的音乐需要改革，这几乎是公认的。有人说笑话：相声大师侯宝林，很多剧种都学过，唯独没有学过川剧。但如何改，得认真探索，允许创新，允许失败，允许反复。高腔加伴奏，也可试验。但如果演员不在唱这个基本功上下功夫，躲在乐器这棵大树下乘凉，不如去听器乐演奏会。帮腔，如果

1987年秋巴金会见自贡市川剧人。右一为陈世芬、右二为杨先才、左二为魏明伦、左三为余丛厚

随便找两三个人，或声音不好，或感情不投入，或与剧情人物不融合，均无帮腔的特色和效果。打和唱、帮，都得注意音量，演前试音，演出中监控，有问题立即调整。如丢掉这些基本东西去改革，则将南辕北辙，失去高腔的特色。

"加强力度"已成为时髦语言。如果已经认真在干，还欠火候，当然要加强力度。如果没有干或不认真干，首先得要认真。君不闻，世界上最怕认真二字。各院团长，先认真干起来吧，否则奢谈改革有什么用？

回头再说陈世芬。听说她已退休，在家颐养天年，打打麻将，无可非议。但她身体不错，嗓音如旧。从全省来看，川剧没有陈世芬，是一个损失。一些重点戏不妨请她客串（也就是友情演出），也可请她教些学生，并加以录音。多么好的领腔，岂能让她就这样消失！我惦记陈世芬，此文权当我给她的信，以表达我对她的尊敬和想念。

2002年4月11日

支持有成就的川剧人写书
——贺《清言戏语》首发

很抱歉,我迟到了,但原因不在我。为了参加今天的会,我十一时半吃中饭,提前午睡,一时半就在小区门口等车,在板凳上坐了半个小时。我是淋着大雨走进会场的。客观原因就不讲了。

刚才文化厅李厅长说:川剧艺术研究院和四川人民出版社这次出版的套书有三册,周裕祥的《名丑艺踪》、李笑非的《川丑流派》和左清飞的《清言戏语》,一本都没有少。

我从小跟着大人看川剧,虽有天籁、贾培之等名角,但我的兴趣在武打。上世纪50年代初,看了《柳荫记》,从此爱川剧。1983年参与振兴川剧工作,与川剧结下不解之缘。

左清飞是省川剧院的演员、表演艺术家,60年代初被人称为"金童玉女"的玉女。那段时间,我不在四川工作,未闻其名。粉碎"四人帮"后,在一次会上,重庆作家刘德彬指着左清飞说,"那是李亚群的女儿"。我当真了,对左清飞说她像她妈(亚公的夫人),以至左清飞睁大两只眼睛把我瞪着,让我闹了一个笑话。我问刘德彬是怎么回事,他说:"金童玉女,你连左清飞是李亚群的'玉女'都不知道?"

真正接触左清飞,是看她的《绣襦记》。从省上调演,晋京汇报,到上海演出,目睹了省内外观众对她的喜爱。《绣襦记》我看了十几遍，放光碟来听的次数更多。我多次说，没有把《绣襦记》拍成电影，是一大遗憾。1985年，我随省川剧院到西柏林"地平线艺术节"和欧洲四国演出，左清飞和王起久演出的《秋江》，也受到欧洲观众和专家的欢迎和好评。

左清飞没有得到梅花奖，原因很复杂，我说不清。当时，她的情绪受到一些影响。我和张仲炎、朱丹枫一起去看她，宽慰她不要在乎"一城一地"的得失，世界上没有万事如意的事。我还说自己在职期间没得过任何奖，只有一次因连续几年买国库券多，受到宣传部下面的办公室、办公室下面的行政科、行政科下面管国库券的同志的表扬，奖励我一条毛巾和一块香皂，以此劝她想开点。黄宗江是全国著名的艺术家和评论家，他非常认可和喜欢左清飞的表演艺术，多次为左清飞未获梅花奖感到不平。像黄宗江这样的"识者"还很多，左清飞可以高兴了。

左清飞从事川剧艺术近五十年。在川剧不景气时，她参加过时装模特儿表演，经营过农家乐。有人曾有微词，我一度也感到遗憾。事后又想，没有戏演，难道让人无所事事混日子？许倩云一生坚守阵地，我多次对她表示敬意。在她从事舞台艺术六十五周年庆祝会上，我赞扬倩云一生坚守川剧阵地的精神，同时也说："由于演出不多，一些川剧人兼搞别的一些事业，是可以理解的。"这是原话。何况左清飞以后又参加演出《都督夫人》，教青年学生，现任川剧学校客座教授，一样是在坚守川剧阵地。

通过《清言戏语》的写作，左清飞回顾了她的艺术人生，从一个侧面反映了川剧历史的某些片段，很有价值。有人问，是否经过我同意出版？我现在既非党政官员，又不是出版集团或出版社的领导或编辑，只类似戏曲舞台上的"员外"，"不存在"是否经我同意。文辛、王诚德、王定欧、杜建华、谢雪等人，为本书的编辑出版做了很多工作，应该感谢他们。过去和现在，我都支持有成就的川剧人写书。宣传部主管文艺工作的副部长朱丹枫刚才的讲话也表明了这种态度。我历来是搞大团结，不伤害任何一个人。二十五年前我就说过，谁致力振兴川剧，我就是谁的"后台"。前几年，成都市举行优秀青年演员王超（我与他并无个人接触）专场演出，刚要开演我的头就发晕，站不起来。杜建华来看我，我说这大概是奋斗到最后一息了（二十多年前我对她说过要为振兴川剧"奋斗到最后一息"），她说："你现在还有心思开玩笑！"结果我没看成戏，被院长开车送进医院输液。说"后台"也不准确，说是"粉丝"比较好，我能量有限，帮不了大忙，只能尽力帮腔或敲边鼓。

三十年了，振兴川剧的形势仍是"成绩显著，确有希望；困难重重，举步维艰"。我们当然期望各级领导重视川剧，但有些年轻的领导干部，本人就不喜欢戏曲。"爱川剧不分先后"，得用我们的成就去争取，得用我们的戏去迷人，就像梅花绽放迎来春天。在座的朋友都热爱川剧，让我们一起面对困难，发愤图强，为振兴川剧奋斗到最后一息吧！

2011年7月3日

咬定青山不放松

——贺刘芸川剧艺术成就展

植根在巴山蜀水沃土中的川剧，是中华民族宝库中的一颗璀璨明珠。它独具韵味的锣鼓唱腔、精彩绝伦的表演艺术、雅俗共赏的剧目，不仅为四川人民喜闻乐见，也曾倾倒了无数国内外朋友。我因长期供职于四川省委宣传部，从1983年起，具体负责四川省振兴川剧领导小组工作，因而结识了不少川剧界的朋友。有老一代的表演艺术家如阳友鹤、陈书舫、许倩云等，也有当年还是中青年演员现在已成为老一代的川剧表演艺术家，刘芸是其中最具代表性的艺术家之一。他们在上世纪80年代，可谓振兴川剧的中坚力量。他们以自身坚实的传统基础和卓越的艺术创造，担负着承上启下、改革创新的历史重任，为川剧的传承发展做出了突出贡献，在川剧史上留下了鲜明的艺术痕迹。进入21世纪，这些当年闪耀于川剧舞台的明星，先后退出了舞台第一线。但值得称赞的是，他们都退而不休，长期坚守在川剧艺苑，在剧团、在校园播撒川剧的种子，而今已结出丰硕的成果。

成都市文学艺术界联合会、四川文轩美术馆和中国戏曲表演学会主办刘芸艺术成就展，这是一件值得祝贺的喜事和好事。我同刘芸相识于川剧舞台，我看过她主演的《红梅赠君家》《王熙凤与尤二姐》《田姐与庄周》《刘氏四娘》《山杠爷》等优秀剧目，她精湛的表演和甜美的唱腔给我留下了深刻的印象。后来才知道，刘芸出身于梨园世家，其父刘泉是川剧著名琴师，对川昆有深入的研究。刘芸从小耳濡目染，曲不离口，熟记于心，为她成为一名优秀的川剧演员奠定了基础。当然，长期坚持不懈的努力和付出，才是她荣获二度梅花奖、成为著名表演艺术家的根本所在。她从成都市川剧院院长职位退下来后，仍然关注川剧事业的发展，从未停下艺术耕耘的脚步。她始终牢记恩师阳友鹤、关肃霜、胡琦的言传身教，肩负川剧艺术家的历史使命，勇于担当时代重任，常年往返于云南、四川，课徒传艺。在她的川剧、滇剧弟子中，有刘萍、冯咏梅、陈亚萍先后获得中国戏剧梅花奖，马丽获文化部文华表演奖。其他弟子也有不错的表现，屡屡获得省、市级奖项。同时，她还以志愿者的身份长期深入大、中、小学，亲力亲为，传授川剧知识，受到学校师生的喜爱和高度评价。

2015年以来，以习近平为核心的党中央、国务院高度重视戏曲艺术的传承、创新工作，下达了一系列关于保护弘扬戏曲艺术的重要文件，四川省也制定了相应的政策措施，继续高举振兴川剧的旗帜，推进川剧艺术的传承和创新发展。刘芸同志在此时举办个人艺术成就展，也是振兴川剧的一项创造性举措，具有重要的示范意义。川剧艺术博大精深，是巴蜀文化的重要载体，更是历代川剧人艺术智慧的积累，需要一代又一代的坚守才能传承发展，弘扬光大。川剧事业的发展，需要更多像刘芸一样的艺术家，不仅要有对艺术精益求精的态度，还要有"咬定青山不放松"，活到老、学到老、为川剧事业奉献终生的执着精神。这既是我对刘芸同志艺术成就的一点认识，也是对川剧界朋友的共同希望。

预祝刘芸艺术成就展圆满成功。

2018年5月1日

李致文存·我与川剧

出访随笔

1985年四川省川剧院访欧演出日记

6月4日至7月14日

应西柏林第三届国际"地平线艺术节"邀请，四川省川剧院访欧演出团赴西柏林演出大型神话歌舞剧《白蛇传》和折子戏《拦马》《放裴》《秋江》。后赴荷兰、联邦德国、瑞士、意大利演出。演出团共六十人，李致任团长，郝超任副团长。中国对外演出公司副总经理胡树山作为演出公司的代表，也在我们团内，但他的任务是指导全局工作。

6月1日

演出团今日离成都去北京。十时半在川剧院附近的光华街集合。单基夫（省委宣传部）、黎本初（省文联）、李累（省剧协）等同志来送行。杜天文同志（省文化厅）赶到机场握别。全团带着领导和各方面的厚望登上飞机。飞机一时十五分从双流机场起飞，三时十五分抵北京机场。住白家庄西里黎明旅社，条件简陋。

演出团是迄今为止我省出访最大的一个团。一人生病不能成行，实际五十九人。今天大队伍行动作为演习，无大差错。

6月2日

上午休息。匆匆去看了两个老友。按规定在午饭前赶回旅社。

下午看排练。《白蛇传》是一个受欢迎的传统剧目，前几年去香港演出反映很好。这次，在席明真同志的指导下，突出主题减少枝蔓，注重表演减少唱段，加快节奏搞好特技。经过在攀枝花市的集中排练，院长张中学、导演任庭芳贯彻了这些意图，确有较大的进步。

晚上邀中年演员（包括乐员）座谈，大家以主人翁态度提了不少意见。

6月3日

八时召开青年演员会，进一步动员大家为国争光。他们所提意见，几乎全是生活方面的，没有涉及工作或艺术。

想听取阳翰老、吴雪和王朝闻等老前辈的意见，可惜打不通电话。四时，再看排练《白蛇传》。

晚饭后，全团成员填好出境的有关表格。接着排谢幕和《金山寺》。饰水族的演员刘天秀、白中华生病发烧，可能是感冒。

6月4日

早饭后去万寿宾馆看望启龙和永洁同志。启龙同志率中国共产党代表团去瑞士访问，刚回北京。他讲了一些瑞士的情况，期盼川剧团访欧演出成功。

赶回旅社参加党员大会。

下午收拾行装和休息。刘天秀和白中华已退烧。

在北京机场海关出关，抽查了四人的行李，均无问题。八时起飞。飞过西藏高原看见许多白雪皑皑的山峰。在巴基斯坦卡拉奇机场稍事停留。地面温度三十摄氏度。一出舱口，风像锅炉房吹出的热气一样，只好待在有冷气的屋子里休息。在飞向布加勒斯特途中，时睡时醒。旁边是一对瑞士夫妇，刚去中国旅游，对成都、重庆印象颇好。

6月5日

北京时间九时半逐渐天亮。

近十二时到达罗马尼亚首都布加勒斯特，与北京时差五小时。机场工作人员松松垮垮，是吃"大锅饭"的产物。飞机不按时起飞，原来在迎接芬兰总统。约四时到东柏林，柏林与布加勒斯特时差一小时。海关检查顺利，但人多行李多，也颇不便。来接我们的是一位中年人，秃顶，大胡子，开一辆大客车。五时到西柏林奥格斯堡革尔路五号的阿尔斯特荷夫旅馆。

在一家中国餐厅吃晚饭。味道不错，但一人十八马克，贵了一点。接待我们的一是出生于意大利的史比纳女士，热情活泼；一是在东柏林的华侨李定一先生，精明能干。饭后就电视广播问题，与自由柏林电视台的楚词先生交换意见。

回旅馆已十一时。召开团务会，五六人先后打瞌睡，只有我不敢打盹。会后洗澡洗衣服，直到十二时才睡。天很热，难怪西柏林的朋友说气候不正常。

6月6日

六时半醒，起床后看看环境。对面有一大钟楼。旅馆内有些塑像，或立或坐或卧，不解其意。

十时，一些人由张中学（他担任总监）率领去看剧场。没有工作的团员去游览市区。我、郝超、任庭芳、左清飞、王起久、古小琴、杨楠桦去"地平线"展览室参加记者招待会。艺术节秘书长西格荣就川剧作了介绍，主要由我回答提问。约有六七十名记者参加，态度友好。提问包括政府对川剧的政策和演员的培养办法，有一位问我们从什么时候开始穿西服，等等。由于没有思想负担，回答自如。李定一翻译流畅，很多时候记者都笑了。看来不论做什么事，只有思想解放，才可能进入最佳"竞技状态"。

下午休息。没有空调，天热难受。

艺术节秘书长西格荣（右二）到后台看望演职人员

晚，参加"地平线艺术节"开幕大典。市长E.迪普根举行酒会招待所有艺术家。席间，我、郝超和几位主要演员被介绍给市长，互致问候。开幕式上市长讲话，强调"如果我们要生存下去，必须进行对话"，否则"欧洲就会处于不利的处境，而稍后东亚也会遭受同样的命运"，并对来自亚洲的五百名艺术家表示欢迎。以后的节目全是乐器演奏，有中国古琴、日本木笛、越南说唱等。川剧弦乐奏了两个曲子。刘瑜的笙独奏特别受欢迎。演奏时鸦雀无声，结束时掌声如雷。德国人的文化素养给人留下深刻的印象。

6月7日

上午《白蛇传》的演员走台，熟悉场地。

下午四时与郝超一起去拜望艺术节秘书长西格荣先生，他半年前亲自到成都挑选节目。彼此说了一些良好祝愿的话。赠送他几件纪念品。

《白蛇传》作为艺术节首场演出，在柏林自由人民剧院与观众见面。门外有许多钓票的人。与国内钓票不同，没有哄抢，而是安静地站着，手拿一个纸做的牌子，写明需要票。艺术节只送了一张票给我们，我们请胡树山副总经理去观看。《白蛇传》后半场武戏能成功，这一点比较有把握。前半场文戏是否受欢迎，则很难说。戏一开始，场内极为安静，似乎连自己的心跳都能听见。为什么没有掌声？我开始感到不安。——以后知道，观众不熟悉中国戏曲，不知该在什么时候鼓掌——但第二场刚结束，就爆发出雷鸣般的掌声，我才松一口气。以后一发不可收，全场共鼓掌欢呼二十多次，谢幕历时十四分钟，形成高潮。鼓掌，欢呼"阿博（好极了）"！并以用脚踏地板的声音表示兴奋。最后工作人员拉团长去谢幕，胡副总经理在台下，只有我和郝超两人去。面对狂热的德国观众，他们这样热爱川剧，我的眼睛润湿了。我体会到运动员获得世界冠军，眼见五星红旗在国歌声中升起的感情。

谢幕后，一些观众上台献花，与演员握手。台上的工作人员也热烈祝贺演出成功。史比纳热情拥抱和亲吻我们，我的西服上都留下她的口红。全团所有人都无比兴奋。

西柏林文化部长佛·哈斯麦先生为首场演出成功举行了招待会。艺术节秘书长西格荣说："我选川剧绝不是偶然的。有了川

宣传册上的《白蛇传》剧照

剧演出的成功，即使别的演出不够理想，艺术节的演出也是成功的。"胡树山副总经理说："省川剧院是我国一流的剧院，川剧艺术家是我国有影响的艺术家。"

难以入眠。

6月8日

今晚将上演折子戏。上午与折子戏的六位中年演员谈心，希望他们解放思想认真演唱，赢得欧洲观众。

下午演员为准备拍电视排练。我、郝超与组委会有关人员交换意见，对方提出两个问题：一、荷兰演出期间的伙食标准；二、意大利天热，有几场演出要改在露天剧场。

《放裴》中演裴生的王世泽拉肚子。

晚上演出折子戏，上半场演《拦马》（任庭芳、胡世蓉），《秋江》（左清飞、王起久），《放裴》（王世泽、田卉文）；下

宣传册上的《秋江》剧照。左清飞饰道姑陈妙常，王起久饰艄翁

半场演《白蛇传》中的《金山寺》。德国观众完全能欣赏前三个折子戏,后一个更不成问题。谢幕与昨晚一样热烈。只是白中华摔伤,由翻译周小丁陪同他去医院。

晚饭改在一个叫新都餐厅的中国饭馆就餐。

因为担心白中华的病情,不敢上床睡觉,怕睡死了叫不醒,只好坐在电话机前打盹。然而想得不少,这里有很多教训。其中之一是我们对演员的健康和安全关心不够。

6月9日

昨夜到凌晨,周小丁一共来了四次电话谈白中华的情况。第一、二次说透视和B超均未发现问题。第三次说医生不放心进行了剖腹检查,发现一个脾破了,必须立即动手术;我委托小丁代我签字,小丁说医生救死扶伤,不需要签字。第四次说手术情况良好,割掉那个破裂的脾。

上午参观市容。我们住在英国占领区,主要参观美国占领区。途经苏军烈士墓。沿途树多草坪多,绿化情况很好。在国会大厦前下车,这里是第二次世界大战前"国会纵火案"所在地,具有历史意义,大家摄影留念。斯迪威是个大学文科毕业生,蓄小胡子,邀我们顺路去他的朋友家做客。主人是一对同居的男女,对人热情。住地是一幢别墅,进门是花园和草坪,一楼一底,设备现代化,超过国内省长书记的居住水平。主人请我们喝咖啡聊天。

遇见华侨王先生。他刚去波恩迎接中国总理回来。他说和总理谈到川剧团,总理托他问候川剧团的同志。

下午演出折子戏。我和周小丁趁此机会去医院看望白中华。司机不熟悉路,绕了很多圈子,刚到医院就必须返回。我代表全团慰问白中华,他的情况还好。

晚,演出《白蛇传》,与上次演出一样成功。

6月10日

西柏林的演出结束，九时后乘两辆大客车（车后挂装布景和道具的拖车），动身去荷兰的阿姆斯特丹。

到西柏林海关时，工作人员说看了《白蛇传》的电视，演得很好。出关手续极为顺利。实在太疲倦了，只好先在路上睡觉。途中与演员聊天，了解一些思想情况。周小丁拿出一些涉及《白蛇传》演出的报纸，念给车上的人听。

看来剧情是很容易理解的。"可爱的蛇精（指白蛇）来到人间，变为人形，爱上了一个温顺的药店伙计（指许仙），于是，她就与她所爱的人结合，为自己的爱情向天地宣战……少年被挺着胖肚子的妖魔守着，留在恶势力的手中。蛇女士和她的助手（根据形势需要会变换为男或女）虽有由蚌、虾和龟组成的水族工会的巨大帮助，最后也只能向他伸出无助的双臂。"（柏林《晨报》）

客车一直在高速公路上行驶，黄昏时抵达阿姆斯特丹。接待我们的是卞女士和爱伦小姐。卞女士是学戏剧的，中国话讲得不错，很能干。她提醒大家："要注意小偷，贵重东西得随身带。"

6月11日

一早起来，分别去吃早饭。周小丁在食堂把手提箱丢了，十分着急。里面有证件和几百马克。

上午装台，然后演员走台。临近四时，有位妇女打电话给工作人员，说捡到一手提箱，里面有证件（钱没有了），打算送到剧场。我说表示感谢，请她晚上看戏。

晚，在一会堂演出《白蛇传》。可能宣传工作做得不够，观众只有八九成。我告诉演员，情绪不要受影响。演出时观众情绪很集中，连上半场中的一些细节均有反应。下半场的武打、变脸等特技，反应更热烈。我在舞台马门口旁，看见演员（特别是武功演员）十分辛苦，颇有感触。

川剧赢得荷兰观众。

6月12日

天雨。穿上毛背心。气候与柏林相差甚大。

上午由卞女士和爱伦小姐陪同游览市区。主要是乘游轮观看市容，两岸均是三百多年前的古建筑，很有特色。卞女士说，为保留这些古建筑，政府规定可以维修，但不能改变房屋的外貌。到海边，许多人第一次看见海，欣喜若狂，但风大不敢久留。归途中爱伦在船上跳迪斯科，我也凑热闹。

下午与卞女士和爱伦小姐交谈，送她们纪念品。

晚场演出《白蛇传》，获得成功。古小琴人不舒服，但坚持下来了。敦煌饭店经理何文健先生请全团人员吃晚饭，他说只有祖国强大了华侨才有地位，并送每人一个小礼物——荷兰木鞋，约两个大拇指头大。

6月13日

离开阿姆斯特丹去联邦德国的慕尼黑，约九百公里。

进入联邦德国，斯迪威要回家，与大家告别。他说这些日子与我们结下了深厚的友谊，现在是一只眼睛流着泪与我们分别的——知道以后他还要回来为我们开车，所以另一只眼睛没流泪。我代表全团感谢他，与他拥抱。接替他为我们开车的叫马丁，个头和斯迪威差不多，也留小胡子。

我在途中睡了三次。天黑到达慕尼黑。

6月14日

一早即派人去剧场装台。

八时半与郝超出去散步，见四季饭馆插着许多中国和联邦德国的国旗，显然是中国总理住地。一进饭馆就看见田纪云同志，以前

李致在巴伐利亚

他在四川工作时就认识。接着总理出来,他说总统告诉他川剧演出的盛况,说剧目写一个仙女下凡,他以为是《天仙配》。我们告诉他是《白蛇传》。他要我们代他向大家问好。

十一时,会见巴伐利亚大剧院经理保尔,讨论了有关演出的问题。向大使馆电话报到,并请他们28日或29日到法兰克福看戏。拜会了爱国华侨高先生。

中饭后去留学生丁永建的宿舍参观。宿舍一人一间,比国内条件好,但不如我1958年参观过的莫斯科大学在列宁山的宿舍。据丁永建讲,留学生每月七百三十马克。伙食一百八十至两百马克,房租两百马克,医疗保险五十马克,月票六十马克,余作零用。

晚场演出《白蛇传》。可能太疲劳,演员的激情不高。根据大家的意见,晚上不吃正餐。十一时即回旅馆。

6月15日

上午游市容。天雨,效果不佳。

十一时到原市政府看打钟。后去商店逛了一会儿。

中午在高先生开的饭店就餐。

四时，保尔先生陪我们参观了歌剧院。约两千座位，包厢有四层。舞台很大，可以转动，几个表演区可升降，灯光音响设备先进，为我第一次所见。不知四川什么时候可达到这种水平？

晚场演出《白蛇传》。事先开了党支部会，演出前我又对演职人员讲了几句，中心意思是不要因在西柏林和阿姆斯特丹演出成功就有所松懈，特别是要进入角色演出感情。由于大家的努力，演出成功，谢幕很长时间。

与左清飞谈心。

6月16日

上午由保尔陪同，参观原巴伐利亚国王的夏宫和画廊，风景宜人，有许多名画。又去电视塔眺望，去奥运村参观，均开眼界。

与保尔交谈。巴伐利亚歌剧院每年演出三百二十场，基本上在本地。原因之一是布景复杂，不易搬动。保留剧目有八十多个，每年新排约七个。院内演员每年演出五十至七十场。一般演员每月工资约三千七百马克，但歌星一场即可得两万马克。剧院每年开支八百多万马克，售票收入仅占三分之一，其余由州政府补助。该院（包括三个剧场）共两千多人，行政人员仅二十人。

中午，保尔宴请了全体团员，州文化部代表和歌剧院主要负责人参加。主人中有穿民族服装的，正好我们的女演员也有几个穿旗袍。保尔致欢迎词，我致答词，气氛友好融洽。

保尔请我和郝超观看歌剧，场面很大，歌声悦耳。我紧张了许多天，一旦放松，打了一会儿盹。幸好无人发现。

川剧今晚上演折子戏，据说观众反应好。

6月17日

九时半出发，中午入瑞士境。

车上大家闹着玩。杨丽梅教我学川剧帮腔："喜今朝重逢西湖畔，满腹柔情口难言。"可是我缺乏音乐细胞，老学不会。几位中年演员讨论川剧改革，涉及剧本、音乐、舞美各方面，我听得颇有兴趣。绝大多数人能吃能睡，说明对乘车已逐步适应。

傍晚抵苏黎世。

胡树山副总经理先我们从西柏林（他没去荷兰）到苏黎世。他带来中国演出公司的贺电和报刊上的资料。还带来一个好消息：白中华情况良好，已能下床走路。我给白中华通了长途电话，他在西柏林医院听见我的声音就哭。我第一次直拨国际程控电话，手续方便，声音清楚，感到很新奇。

与瑞士负责接待我们的汉诺威士先生讨论在瑞日程。

6月18日

吃早饭时，宣读了中国演出公司的贺电、留学生来信和西柏林报纸对川剧的评论。

西柏林的报纸称"地平线艺术节的开幕在自由人民剧场获得了极大的成功"，"1985年地平线艺术节：来自中国的川剧热"，"'白蛇'使艺术节售票处也排起了长蛇"。

对川剧的音乐和唱腔，报纸认为："很多对我们的耳朵来说是可以接受的（尽管还很陌生），听起来悦耳、细腻。唱腔拔得很高，曲折婉转，鸟鸣时也是如此。"

对川剧的装饰，报纸认为："光是缀满刺绣的服装已经是非常华丽的了。每个头饰都足以同我们祖母时代最精美的灯罩比美。"

对川剧的特技和武打，报纸认为："演员像拉百叶窗一样把不同的脸谱在脸上拉上拉下，霎时可以更换表情，令人目瞪口呆。或用脚在额头上踢上'第三只眼'。他们互相追逐的场面极精美优雅，打斗场面无比激烈。"

一些留学生来信说："看见你们成功的演出所引起的热烈反

响，我们深感作为中国人的自豪和骄傲。"

大家听了都感到高兴。

上午给国内写了几封信，与演员作了些接触。

晚，在苏黎世十一号剧场演出《白蛇传》。座位没卖满，演员情绪受影响，出了些小差错。使馆来了十人，其中有大使夫人、参赞朱青，她对演出感到满意。苏黎世市府秘书长说瑞士观众比较"保守"，这样热情已很不容易。

回旅馆召开支部会。大家提出不少好意见。我表示要沉得住气，不要为一点问题就大惊小怪。哪个演员可保证不出一点问题？鉴于演员中有些人自由散漫，有人主张派人守大门，不许自由出入。我认为把守门影响不好，况且谁知道旅馆有几道门？要多少人守？主要应该加强思想教育，靠与群众交朋友，用爱国主义把大家团结在一起。

与郝超、蔡文金交谈到深夜。

6月19日

上午到莱茵河瀑布参观。它的特点是不仅有直泻的，还有大面积倾泻的，前所未见。空气湿润，水溅在脸上，令人流连忘返。

下午召开全团大会。针对问题，我提出要坚持到底，不能松懈。不要认为成绩已摆在那儿了，弄不好可能丢掉，前功尽弃。不要怕苦，人生能有几次为国争光？要尽力拼搏，不要失去机会，更不能因买东西分散精力，影响演出。西欧观众各有特点，不可能每场演出观众反应都像西柏林那样热烈。不计较"一城一地"的得失。即使只有三十名观众，也要把戏演好。

晚场演出《白蛇传》，观众比昨晚多，效果比昨晚好。演出结束后，一位雕塑家和一位女画家上台祝贺，说了许多热情的话。可惜来不及问他们的名字。

加餐时，周小丁昏倒在地，立即把他送进医院。他是翻译，每晚都帮忙打灯光，太辛苦了。

6月20日

上午各组总结，情况较好。周小丁出院。

两家大报发表对《白蛇传》的评论文章，小丁念给我们听。《新苏黎世报》说："我们虽然不懂中文，但这出戏的风格很容易被我们接受，那就是它那直接的富于人性的表现手法，淋漓尽致的、夸张的做功……"《每日导报》说："同情属于白蛇和她的——人性的——对爱情的要求。""主要演员的精湛技艺以及各个人物的典型性格，是该剧获得成功的主要原因。"一位著名的戏剧评论家在谈到中国的传统戏剧时说："较之京剧，川剧显得更为活泼，更富有生命力。"

下午一时半，苏黎世市府秘书长会见演出团。秘书长致欢迎词，我即席讲了几句以表感谢。

晚八时演出《白蛇传》。上座情况和昨天差不多，但效果比昨晚好。

郝超感到心脏不舒服，但他没带药。

6月21日

上午休息。

下午二时游览市容。去了苏黎世湖，看了教堂壁画、瓷器展览，然后又到山上的住宅区和文化区一游。

五时，乐队的成员吵架，我去劝解。双方平静后，我和郝超分别与他们谈心，他们各自都作了一些自我批评。

晚，与大使馆郑涌波和留学生曹克真（女）聊天。郑涌波为启龙同志当过翻译，启龙同志曾对我提到过他。两人给我讲了一些瑞士的情况。

6月22日

上午休息，写封家信。

下午二时去北部一叫圣加伦的城市。七时半上演《白蛇传》，效果甚好。演出结束后参加拆台。返程上车就入睡。

深夜一时返回苏黎世。

6月23日

今天休息，去风景区卢塞恩游览。

先到有名的四州湖，乘游船欣赏四周风光。继乘缆车上比拉特斯山，海拔两千米。在山顶吃中饭，不少人仍一闻到奶油味儿就吃不下去。自由活动一小时。风光极美，但高处不胜寒，未敢多在室外活动。三时半乘吊车下山，别有风味。

内部消息：昆剧团跑掉一个主要演员。我始终认为，要出国可光明正大申请，何必要执行任务时逃跑呢？这也提醒我们要加强政治思想工作。

6月24日

下午去温特图尔，距苏黎世五十公里。

这里有一个很好的剧院。瑞士观众与德国观众不同，感情不外露，但演出结束时观众报以长时间的掌声，久久不愿离去。一批华侨（有北京、广州、四川来的）上台祝贺。一位成都来的华侨说，她在这里看过多次戏，这是观众反应最热烈的一次。

意大利接待演出的人来交换意见，以至我们深夜一时才回到苏黎世。

6月25日

一早起来，开小组会。

九时到瑞士首都伯尔尼，市区不大但很漂亮。我们到大使馆，感到很亲切。田进大使讲了话，指出川剧团来演出，促进文化交流，取得出乎意料的成功。瑞士这个国家小，对中国了解不多。这次报纸对川剧的评价相当高，扩大了我们国家的影响。他对川剧团表示感谢。以后全团人员在使馆吃中饭，还选购瑞士手表。我也买了一只。

近五时回到苏黎世。

六时半开全团会，宣布每人所得报酬，并安排购物计划。同时也对大家提了要求，遵守纪律，注意安全，不要影响演出。看来思想工作得和各项工作紧密结合起来。

与新华社驻日内瓦记者任正德通电话，告诉他我们在瑞士演出情况。他乐意发专电回去。

6月26日

上午休息，睡了一会儿。

下午二时，在瑞士接待我们的米格罗公司邀全团去访问。郑涌波介绍，米格罗按字面讲是最小的意思，但该公司却是瑞士最大的公司之一。主要制造和经营食品工业，也兼营其他。每年拿出营业额（不是纯利润）的百分之零点五至百分之一，即八百万瑞士法郎支持文化活动。

公司副经理科夫娜女士致欢迎词。我表示感谢，对公司支持文化事业大加赞扬，还介绍了主要演职员。气氛友好，兴高采烈。

归途中上百货公司，我花二十瑞士法郎买一挂钟。

收拾行装，明天去联邦德国的法兰克福。

6月27日

为赶时间，六时早餐。

六时半集合准备出发，但找不到司机大胡子和小胡子，估计他们过"夜生活"未归。很久以后车来了，才知道公司昨晚临时通知换车，他们赶回慕尼黑又从慕尼黑赶回来。大家表示谅解，说他们

李致与王世泽（左）、古小琴（中）在法兰克福

辛苦了。他们很感动，连说："中国人好！"

九时离开苏黎世，下午四时抵达法兰克福。路途休息的时候，我从封面的图画上发现大胡子在读有关中国的书。一问，才知是巴金小说《家》的德译本。

该地没人来接待我们。幸好大胡子小胡子知道住地，大家分两处住下来。一些人想买东西，分组逛商店。

睡得较早。

6月28日

一早除装台人员外，均分组出外采购。

直到九时半剧院仍没人来，打电话联系，要我们去剧院商洽，并不提供翻译。我、胡副总经理和郝超赶去剧院，只出来一个普通工作人员，空洞地讲几句客套话。我说，川剧团已到六个城市演出，受到热情接待。到一个城市，十二个小时无人出面，只有"贵地"一处。不提供翻译我们难以工作。如果今晚不能演出，一切后果由贵方负责！他说我不该埋怨他，他只是一个普通工作人员。

我希望见院长,他说院长昨晚去伦敦。我表示对事不对人,只要他把事办好,我和他可能成为朋友。在洋人面前如此严厉,我是第一次。郝超担心影响关系,胡副总经理却很支持。

剧院很快提供了几位留学生做翻译。我们抓紧装台走台,完成各项工作。德中友协主席来看望我们,说剧院小伙子没经验,希望我们原谅。晚场演出折子戏,很受欢迎,观众鼓掌欢呼顿脚,其热情类似西柏林。使馆工作人员从波恩赶来看戏。剧院那个小伙子也来祝贺,我说:"我国古典名著里有句话,不打不相识。"然后与他拥抱。

宣传册上的《放裴》剧照。王世泽饰裴禹,田卉文饰李慧娘

剧场代理人举行冷餐会表示祝贺。我在答词中赞扬德国观众,说是我接触到的最好的观众。这样高水平热情的观众,非常有利于人才的涌现和艺术的发展。主人显然为我诚挚的颂扬感到高兴。

6月29日

上午分组买东西。我买了个夏普收录机。

在茉莉餐厅用中饭。我先吃完在厅外散步，一位德国老年妇女主动向我表示祝贺。她是研究植物的，到过成都。这次在西柏林看了《白蛇传》，非常喜爱，估计剧团来自成都。她特别赶到法兰克福再看一次，并把一袋礼物送给我们。她说这是六包糖，每人一包，用它表示感谢。我接受了礼物，并很快分给大家。

晚场演出《白蛇传》，观众极为热情。谢幕达二十分钟，又一次掀起"川剧热"（报刊上这样说）。使馆文化参赞本想上台祝贺，但一等再等，只好开车回波恩。他高兴地说："真是下不了台！"

拆台装车已到十二时。小胡子斯迪威和他的女朋友来看戏，并帮助装车。他再次发表告别演说，然后开着自己的奔驰牌轿车回家。

6月30日

从法兰克福再去苏黎世。

离开联邦德国国境时，所在银行给一些在德国购物的人办了退税手续。这是鼓励外国人在德国购物的办法之一。凭发票，退给我四十马克。

下午四时到苏黎世，仍住上次住的旅馆。这里的周边环境原很安静，但现在热闹非凡。村里正在过节。旅馆外面空地，一半安装成游乐场，一半举行音乐演奏会，人们一边看一边喝啤酒。我们团的年轻人很兴奋，纷纷到游乐场玩，我也去坐了一次"碰碰车"。

一位居民邀我们去他家小坐，一起去的有使馆的郑涌波，演员凌波、李德利和李娟。主人在一个公司工作，刚从台湾回来，请我们教他沏茶。他请我们喝葡萄酒，以后又把刚回家的女朋友介绍给我们。女朋友亲吻每一个客人，坐在他男朋友腿上和大家聊天。主人提到中苏问题、台湾问题，我都作了回答。原说坐五分钟，因事先没有给团里打招呼，便赶快回旅馆。

7月1日

今天去意大利。

从苏黎世到罗马附近的斯波莱托约一千公里，全天乘车。路经阿尔卑斯山，白雪皑皑，美丽壮观。穿越一个七十公里的大隧道（有人说是欧洲最长的，也有人说是世界最长的），因是高速公路，汽车通过只花了十几分钟。

一到意大利就感到热。很多地方可见抓犯人的布告。

住花园旅馆，离斯波莱托还有三十公里。旅馆号称三星级，但既无空调，又无电扇。

7月2日

上午休息。十一时开全团会，强调纪律和安全。希望认真演出，不要计较观众有多少。

接待我们的，一是"西里表"（他的名字太难记，这是我们演员这样叫他的）先生，一是罗莎小姐。三时半去斯波莱托参观，天热胜过重庆。这是一个古老的小城，街道很窄，石板路，有不少人在街边喝啤酒。剧场内较凉爽，可能是建筑设计好形成的。座位也好，只是舞台有些倾斜不利于翻跟斗。后台化妆室条件比较差。南京昆剧团也在附近一个剧场演出，接待我们的人担心川剧受影响。我说要以质量取胜。

7月3日

上午十时开会，就搞好今晚演出交换意见。有少数人把心放在买东西上，可惜我们不是商业代表团，得把主要精力放在演出上。

古小琴来谈心。

下午去剧场。装台的同事没吃好，意见很大，年纪最小的一个女演员李娟甚至哭了。我们虽然与大家同甘共苦，心里仍感不安。请韦桂林院长与"西里表"交涉。

《白蛇传》演出效果不错。意大利是歌剧王国，第一场徐寿年的唱腔就受到欢迎。这证明国际友好人士韩素音对我说川剧在欧洲不要怕唱是有道理的。但工人不熟悉我们的演出，灯光上出了点小问题。该市正副市长和夫人、使馆政务参赞来看戏，一致称赞。与德国相比，观众不如那里热情。

主人在郊外一公园举行冷餐，欢迎中国客人（川剧团和昆剧团成员）。人多，没人指挥，一些中国客人连座位都没找到。

7月4日

天热。服务员收拾房子。

大部分成员挤在一间屋子里看电视。我去找人，偶然看见所放内容相当黄色。后借一机会表明我们的态度，建议大家不看这类片子。

三时十分，《光明日报》记者穆方顺偕夫人来采访。自己开车，不带翻译，与我50年代在国外看到的中国记者大不相同。我介绍了川剧演出的情况，他颇有兴趣。我说报道欧洲观众对中国戏曲的热情，对国内的青年人会有启迪。

鉴于昨晚舞台上出现的问题，去剧场前与总监、舞美做了研究；到剧场后又与经理商量，以协调双方关系。

晚场演出《白蛇传》。观众不太多，但效果甚好。意大利的评论界和观众普遍认为作为中国的戏曲演员很不容易，既要唱又要表演，既要舞蹈又要武打，还要有特技。这不是一般的歌剧、舞剧、话剧或杂剧演员所能达到的。

由于使馆一秘李国庆的关心，伙食有改善。到一家中餐馆吃晚饭。

7月5日

上午召开干部会，下午召开全团会，主要谈有关明天去罗马的事。明天活动多，又要买东西，需特别注意人身安全。

晚上演《白蛇传》。演员很卖力，效果也好，但灯光又出了点问题。我陪胡副总经理看，他很有兴趣，对陈开容的长段帮腔颇为称赞。王世泽客串风神，身段和舞姿均好，我百看不厌。

听见一些情况。主要是剧团有的人散漫惯了，你要管他就有意见。也有人在挑拨。不过省委既交给我这个任务，我必须负责，尤其是在国外。天下事，行得端坐得正，无所畏惧。

人又有些发胖。干脆不吃晚饭，上床就入睡了。

7月6日

今天去罗马游览。

先去大使馆。大使外出未归，代办出来欢迎大家，祝演出成功。我和张中学在使馆门前合影留念，然后去商店买东西。

一时在上海餐厅吃午饭。

下午参观梵蒂冈。它是位于罗马西北高地上的城国，面积零点四四平方公里，为世界上最小的国家。以城墙为界，包括圣彼得广场、圣彼得教堂、教皇皇宫等。圣彼得教堂是世界上最大的教堂，金碧辉煌，宏伟壮观，令人目不暇接，可惜时间太短，无法细看。一位演员穿短裤，没让进去。接着去看古罗马剧场和斗兽场，使人想起小说《斯巴达克斯》的一些场面。还到了制高点，鸟瞰罗马远景。罗马是一座有两千多年历史的古城，它的建筑和雕塑极负盛名。第二次世界大战时，同盟国为保护欧洲古文化，未加轰炸。这与保护日本的文化古城京都、奈良有类似之处。

7月7日

上午休息。十一时去宝塔饭店吃中餐。

三时半演出折子戏，这是在斯波莱托的最后一场，观众反应热烈。美国一电视台记者看完后来采访，我简单地介绍了四川和川剧。新华社来了记者，拟发专电回国。

晚，韦院长结账，每人发了一些美元。

7月8日

一早乘车去北部的亚历山大。

中午路过名城佛罗伦萨，在南京酒家吃饭。由于时间紧迫，未安排参观，但所过之处大型雕塑很多，许多人抢拍照片。

四时到另一名城比萨，参观了比萨斜塔。真不愧为世界名胜。我不仅照了相，还买了纪念品。

在车上听任庭芳等谈对川剧出国演出的看法。首先，要搞综合艺术；其次，突出传统手法，不受时空限制；第三，加快节奏。我感到言之有理。

晚八时半到达亚历山大，行程七百二十公里。气温比中部（罗马）低一些。只要不热，我就"活"过来，舒服多了。

7月9日

上午休息，下午装台。

多数人手上还有钱，总想找机会买东西。与有关同志研究，决定再安排一次购物时间，剩下的钱可统一请韦院长换成美元。这样能起一些稳定作用。

晚九时半在露天剧场演出折子戏，观众反应热烈，胜过在斯波莱托。我们也初步了解了露天剧场的特点，武功演员要适应倾斜的舞台，为下一场（也是最后一场）做些准备。

非常想回国回家。十二时后，一看手表上显示日子的数字跳到"10"，预示临近回国，心里特别高兴。

7月10日

十时离开亚历山大。

十二时经过一个美丽的湖畔。下车午餐,并休息到三时半。上车就入睡,五时到达贝尔加纳。

接待方面安排我们12日绕道去威尼斯。演出团成员知道这个消息都很高兴。由于最近有些人自由散漫,我和郝超有所担心。他不主张去,我认为可以去,只要加强工作。条件是前一天要把舞台有关用具装好,以便运送回国;同时,一定要加强组织纪律,以免发生意外。晚召开支委会讨论,除郝超外都主张去。我和郝超都强调,鉴于演出即将全部结束,团部的工作要以安全为中心。

天并不热,但房子不通风,无电扇,仍难受。

7月11日

上午十时,召开全团大会。

首先传达昨晚会议精神。提出如果要去威尼斯必须做到的两个条件,即按时装好道具箱和遵守组织纪律,大家齐声赞同。

胡树山副总经理在会上讲了话。他从鼓励出发,指出这次出访演出震动柏林,名扬西欧;并强调川剧团的全体人员,总的表现是好的。大家都受到鼓舞。

晚,在露天剧场演出折子戏。这是最后一场演出,大家的情绪很好,但秩序却较混乱。开幕前,大胡子、小胡子、罗莎,甚至连"西里表"都穿了戏装,演员则不断和他们开玩笑并为他们拍照。罗莎玩高兴了,差点忘了去报节目。我赶去强调各就各位,认真工作。观众情绪很热烈,鼓掌二十八次。可是没想到,在最后一场、最后一幕、演出最后一个武功动作(穿火圈)时,演白蛇的杨楠桦把手摔坏,立即送进医院。许多人的情绪受到影响,连我也高兴不起来。

装箱的任务完成得很好。

深夜二时回旅馆，楠桦已从医院回来。有两根小骨头被摔伤，已上了石膏。我最怕把她一人留在意大利治疗，现在放心了。

7月12日

六时出发去世界名城威尼斯。

中午在威尼斯附近的苏州酒家吃饭。遇见一个台湾观光团，都是中国人，很自然地进行交谈。彼此态度友好。

三时到威尼斯。乘水上公共汽艇游览。海面相当宽，城内两岸建筑，特别是教堂和古桥，美丽壮观，叹为观止。陆地鸽子成群，毫不怕人。我们在一个大教堂前上岸，自由活动，许多人忙于拍照买纪念品。我买了五只金属做的古船模型，准备回去送人。到预定集合时间，人到齐，无一人迟到。然后又乘船返码头。

离开威尼斯，乘车去了另一个城镇。可惜记不住这个城镇的名称了。

天不太热，屋子可住，这就好了。

晚饭时，由于楠桦的伤问题不大，我情不自禁地举杯向大家祝贺访欧演出成功，空气一下活跃起来。大胡子、小胡子发表了动人的演说，大胡子表演了《白蛇传》艄翁划船，学青蛇用中国话叫："王伯伯……"所谓大胡子、小胡子是两位轮流为我们开车的驾驶员，他们都是大学毕业生，无固定职业出来打工的。他们的名字不好叫，又难记，所以演员叫他们为大胡子、小胡子。他们也习惯了。一个多月，除开车外晚上就看川戏，偶尔没送票他们主动来要，并带头鼓掌。他们看见代表团内一律平等，对驾驶员尊重友好，很喜欢我们这批中国人。面对大、小胡子的热情，有些团员感动得流出眼泪。

7月13日

十时出发，去罗马附近一城市。

1985年7月在罗马。左起：凌波、左清飞、李致、李凡

十二时三十分，再次经过佛罗伦萨，在南京酒家吃饭。由于古城街窄，不许大客车通过，只好步行。大家观看雕塑，抢拍照片，一个红灯就把队伍截为几节。郝超在前面带领，各组长招呼不要走散，我在后面赶鸭子，颇费精力。

八时到达目的地。旅馆屋子较宽，有空调。

在一个中国餐厅吃晚饭。意大利组委会负责人埃米利亚、大使馆一秘李国庆同志参加。席间，对川剧在意大利演出，给予很高的评价，把川剧团誉为"文明之邦的友好使者"，并互赠纪念品。意大利组委会负责人代表官方，邀请川剧明年再来意大利演出。国庆同志表示支持。

回旅馆，大胡子、小胡子再度与我们告别，情深意切，十分感人。他们说："我们热爱中国艺术，向往到中国去。……我们很悲观，将来不会再遇到你们这么好的朋友了。"许多人动情地哭了。

李致在比萨斜塔前

为了使离别不要过于悲伤,他们自动表演节目。内容是学我们平常上车的动作。一场哑剧,惟妙惟肖,引人发笑。这是他们平时注意观察的结果。大胡子、小胡子,你们代表了德国人民对中国人民的友谊,谢谢你们!但不知何时才能再见?

明天将在罗马机场出关。团部宣布出入境的规定:一是如实申报;二是该上税的要上税;三是不能带黄色物品。

7月14日　星期天

九时半出发去机场。

代表团人多,加上机场秩序混乱,费了很多事。托运行李时几位白人来"加塞儿",武功演员出面制止。罗航只许一人一件手提行李,我们反对,他们也让了步。办出关手续,意方效率低,几乎推迟了一个小时才起飞。我最后出关,大胡子、小胡子还站在那儿,两个男子汉竟流着泪与大家告别。无人翻译,只能用热烈拥抱表示情感。为了使他们高兴一点,最后我又学他们叫了一声"王伯伯……"

二小时后到达布加勒斯特机场，休息三个小时。无人主动招呼乘客，午餐质量很差，纯系应付，不按时起飞。乘客怨声甚多。

起飞不久，多数人就先后睡着了。

7月15日

路经卡拉奇机场，休息一小时。

下午六时抵达北京机场。回到祖国了！飞机刚着陆，全体人员长时间热烈鼓掌，其他乘客莫名其妙。入关顺利，几人因买相机和单放机上了税。中国对外演出公司宋总经理等到机场迎接。

住劲松康辉旅馆，是防空洞改建的，很潮湿。

我知道许川和宣传部、文化厅的同志关心访问演出团，马上给宣传部值班室打电话：川剧访欧演出团胜利完成任务，已全部安全返抵北京。

7月16日

今天主要休息，倒时差。

搬到五棵松炮兵招待所。房子不潮湿，但离城太远不方便。

到一个朋友家，找有关这次川剧出访演出的报道。

7月17日

上午开支委会，研究有关总结问题。

疲劳加倒时差，一有空就想睡。午睡竟到四时方醒。

7月18日

上午出外理发。

下午开始总结。这次访欧，演出《白蛇传》十五场，折子戏七场，共二十二场，观众达两万多人，宣传了川剧艺术，促进了文化交流。郝超和许多人讲了成绩和取得的原因，存在的问题和今后怎么办。不少演员谈了感受，国外这样欢迎川剧，增加了自己对川剧的热爱和信心；国外这样尊重艺术家，自己也感到光荣。韦院长谈了经济效益，估计可为国家赚取外汇四万多美元。

我着重讲了《白蛇传》这个剧目选得好，雅俗共赏，老少咸宜。用这个戏为川剧出国开路效果很好，建议保留和加强这个剧组。希望大家统一思想，加强团结，顾全大局，来日方长，不要为一些小事互相指责。

明天回成都。离家五十天，很想念。

7月19日

上午与一些演员聊天。

吃过中饭，赶到中国演出公司与宋、胡两位总经理告别，并表示感谢。胡副总经理和演出公司有关同志到机场送行。胡副总经理送给每人一个戏剧脸谱像章，这是他在欧洲时允诺的。虽是小事，但说话算数，令人钦佩。

九时半到成都机场。基夫和宣传部、文化厅和川剧院许多同志来接。送花和摄影，大家都很高兴。不过，这次成功已成历史，重要的是今后要坚持不懈地振兴川剧。

附　记

这是个人日记，不是工作总结。由于当时工作紧张，记事比较简略。十五年后才来整理，可能有些细节、人名和地名不够准确，请有关同志指正。

2000年春

| 附 |

文明之邦的友好使者
——记四川省川剧院赴欧洲演出

◎ 穆方顺[①]

盛夏的欧洲大陆，百花竞艳，色彩斑斓。四川省川剧赴欧演出团的到来，更为欧洲戏剧百花园增添了瑰丽和芬芳。从6月6日至7月13日，川剧团在西柏林以及联邦德国、荷兰、瑞士、意大利等四国十一座城市进行了巡回演出，共演出二十一场。他们独具风格的精湛表演倾倒了四国观众，受到热烈欢迎。

6月7日，川剧《白蛇传》在西柏林第三届国际"地平线艺术节"首场演出，当即引起轰动。千余名观众以及来自南亚、西欧诸国的艺术评论家击掌称妙，终场谢幕时，热烈的掌声持续长达十四分钟之久。当地多家报纸竞相报道演出的盛况，发表了大量评论。这些评论认为，川剧"具有清新的乡土气息和富有诗意的异国情调"，"服装道具极为精美，音乐令人心痴神迷"，"艺术夸张手法的成就无可比拟"。西柏林《真理报》称，"川剧是一个跨越国界的戏剧艺术"。继首场演出后，川剧团所到之处，场场爆满。有不少观众只好买无座票，席地而坐，观看演出。一位年逾六旬的老妇，竟尾随剧团从西柏林到法兰克福，连续观看多场。

从西柏林到阿姆斯特丹、慕尼黑、苏黎世、圣加伦、温特图尔、斯波莱托、菲拉拉、亚历山大等地，川剧团赢得一路欢呼，一路赞誉。7月11日，在意大利北部城市贝尔基纳演出了四幕折子戏。这是川剧团此次访欧

---

① 穆方顺：《光明日报》驻欧洲记者。

的最后一场演出,观众的热烈情绪达到了顶点。热情奔放的意大利人被精彩的表演引入"如醉如痴"的状态。在逾千人的露天剧场里,掌声、欢呼声有如波涛迭起,仅《金山寺》一折就鼓掌二十八次。散场后,观众们仍聚在剧场门口,依依不肯离去,希望一睹演员们的风采。

川剧团所到之处,也吸引着旅居海外的炎黄子孙,有些华侨驱车数百公里赶去看戏。一批中国留学生写信给川剧团说:"看到你们成功表演所引起的热烈反响,我们深深感到作为中国人的自豪和骄傲。"

川剧在欧洲舞台上赢得了自己的地位和观众,而川剧团——这个六十人的艺术团体,则以中国艺术家所特有的精神风貌赢得人们的尊敬。这次赴欧演出时间较长,场次密,安排紧,剧团乘坐大客车,在灼人的烈日下,穿梭般地往返于几个国家,其间三进三出联邦德国,行程近一万公里。但演员们始终精神饱满,不畏旅途劳顿,每到一地,马上赶往剧场排练,以适应舞台环境的变化,保证演出成功。青年演员古小琴不习惯吃西餐,经常饿着肚子登台演出。杨楠桦在意大利贝尔基纳完成最后一幕的最后一个表演动作时,不慎跌倒,左臂骨折。但她仍然忍痛走上前台,在雷鸣般的掌声中微笑着向观众致谢。整个巡回演出中,剧团同各国有关部门密切合作,同当地翻译、司机及陪同人员建立了深厚的友情。在罗马机场,两位中年司机紧紧握着团长李致的手,流着眼泪依依惜别。负责接待川剧团的意大利埃米利亚、罗马涅大区戏剧协会负责人说,川剧团不仅演出水平高,而且团结、友好、合作。他把川剧团誉为"文明之邦的友好使者"。

|附|

欧洲及国内报刊评川剧出访

按 根据中国对外演出公司的安排，经文化部批准，以李致为团长、郝超为副团长的四川省川剧院出访演出团，于1985年6月4日至7月15日赴西柏林参加第三届国际"地平线艺术节"的演出。尔后，又驱车近万公里，前往荷兰、联邦德国、瑞士、意大利等国的九个城市参加艺术节或访问演出，历时四十二天，演出大戏《白蛇传》十五场，小戏《拦马》《放裴》《秋江》《金山寺》七场，共二十二场，观众达两万余人，为国家赚回外汇四万多美元，演出效果极好，盛况空前，各方面评价很高，取得了巨大的成功。这次是四川省川剧院继1959年12月赴东欧四国访问演出之后，再度赴欧洲访问演出，也再次为祖国争得了荣誉，为四川人民争了光，为川剧赢得了美好的声誉。现将部分欧洲报刊评介川剧演出的文章选刊出来以作资料。

国内部分报刊的有关报道文章也附录于后，以供参考。

化装和角色变换的世界大师

他们以快速的面部化装变化而名闻遐迩。在几秒钟内他们在舞台上就变了脸，从一个人变成了另一个人。如此之快还从未在舞台上见过。

来自中国的川剧艺术家莅临柏林，在今晚七点三十分的"地平线艺术节"开幕式上，中国艺术家将演出川剧《白蛇传》（星期日将重演）。

四川有一亿人口，是中国最大的省之一。省会成都是川剧的故乡。它比京剧老得多，大约三百五十年前在成都就演出了川剧。

"我们有点害怕欧洲。"剧团团长李致在记者招待会上说,"这里有截然不同的文化观念和生活习惯。可能他们完全看不懂我们象征寓意很强的故事。"

这样,《白蛇传》将缩短一些,供柏林观众欣赏。

李致说:"我们在国内对中学生和大学生专场演出时也这样。如果不做些让步,他们会忍受不住,大部分在休息时退场。"

川剧有一所培养人才的高级学校,学制五年。川剧院有两个完整的剧团,共有两百多人。保留剧目大约有四十个古典剧。

(《柏林报》1985年6月8日)

"地平线艺术节"

第三届国际"地平线艺术节"已在柏林开幕。今年,东亚和东南亚也参加了这次盛会,到6月30日止,将有五百位来自远东的艺术家登台献艺。

在纷繁众多的音乐、戏剧、电影和文学节日中,来自中国四川省的川剧昨天拉开了艺术节的序幕,演出了川剧《白蛇传》。在欧洲、柏林,来自远东的全面的音乐戏剧演出这还是首次。

在此之前,5月12日,北京故宫博物馆的"紫禁城珍宝展览"和"欧洲和中国皇帝"展览在本地开幕。

除了中国两种传统的戏剧外,还有来自中国西安的木偶剧团,来自印度尼西亚巴厘的音乐戏剧,来自日本东京的歌舞伎。

(德新社柏林1985年6月8日)

《白蛇传》里的第三只眼睛

今天,"白蛇"在柏林自由人民剧院盘旋爬行,逶迤而过。这是川剧首场演出的剧目。这是四川的剧团第一次在西欧登台献艺。该剧种17世纪由众多的地方和外来传统剧发展而成，唱腔和对白都采用四川方言。它远较我们熟悉的京剧古老，在服装、音乐和化装方面也同中国其他剧种有区别。

培养川剧演员有两种途径：在川剧学校学习五年，或者采用传统方法，师傅向徒弟传授技艺，读书的学生从九岁开始。川剧大多是爱情和农民劳作的题材。

今天和后天十九点三十将上演《白蛇传》。内容是关于白蛇神与他人相爱而受到关押，后在其他神的帮助下奋起反抗敌对的武将和凶恶的天神。

明天和星期天十五点和十九点三十将演出川剧著名折子戏，例如《秋江》《金山寺》。

演出中观众可两次欣赏独一无二的表演技术："第三只眼"和迅如闪电的变脸。众目睽睽之下演员边唱边变脸。

在柏林节日会演厅举行的记者招待会上，川剧团全体人员（演员、导演和领导）以亚洲特有的礼貌和客气向"地平线艺术节"主办人的努力表示感谢。川剧团正是参加世界"地平线艺术节"而莅临献艺的。

（柏林《戏剧与电影》专刊1985年6月7日）

世界艺术节胜利开幕　中国人打斗用秀气的小拳头

演出结束时演员与观众都被一种甜蜜的狂热攫住了。他们长时间地相互报以掌声，中国人看起来被自己的唱技、演技、哑剧及杂技艺术所取得的巨大成功都弄得有些惊讶。

历时两个半小时的八幕川剧《白蛇传》是一部色彩斑斓的，轻柔的带有杂技的唱剧。装饰华美，场面动人。一个反映人、神、妖、恶棍及风土人情的神话故事。这些人物有的华丽高贵，有的滑稽古怪。"地平线艺术节"的开幕在自由人民剧场获得了极大的成功。

幕内传来悦耳的敲击声、叮当声、哼唱声,看不见的乐队配乐绝不刺耳。很多对我们的耳朵来说是可以接受的(尽管还很陌生),听起来悦耳、细腻。唱腔拔得很高,曲折婉转,鸟鸣时也是如此。

整个演出既悦耳又轻松愉快。看来演出是想让人觉得美妙,达到开心、消遣的目的。事实上也达到了:即使是不懂中文,特别是四川方言的人(这样的人像往常一样在观众席上占多数)也很高兴,心满意足。

《白蛇传》的故事情节在说明书上读起来很复杂,但在台上却很容易看懂:可爱的蛇精来到人间,变为人形,爱上了一个温顺的药店伙计,于是,她就与她所爱的人结合,为自己的爱情向天地宣战。

直到第八幕也并没有出现他们二人的幸福结局。少年被挺着胖肚子的妖魔看守着,留在恶势力的手中。蛇女士和她的助手(根据形势需要会变换为男或女)虽然有由蚌、虾和龟组成的水族工会的巨大帮助,最后也只能向他伸出无助的双臂。

但这些干净可爱的海洋生物在舞台上跳跃的时候,夹他们的敌人,打它们,折磨它们,是如此迅速、调皮,技术高超,使人联想到早期电影中滑稽的打架场面。只不过中国式的打架用的是秀气的小拳头,同时心里发出一丝窃笑。

光是缀满刺绣的服装已经是非常华丽的了。每个头饰都足以同我们祖母时代最精美的灯罩比美。这个优美的戏剧形式产生于17世纪,它的某些方面,特别是下层人物的描写,令人不由联想到16、17世纪的意大利即兴表演(Commebiadeil'arte)。

演员像拉百叶窗一样把不同的脸谱在脸上拉上拉下,霎时可以更换表情,令人目瞪口呆。或用脚在额头上踢上"第三只眼"。他们互相追逐的场面极精美优雅,打斗场面无比激烈。这是一次令人愉快的合谐的演出,场面美丽如画。"白蛇"使艺术节售票处也排起了长蛇。

(柏林《晨报》克劳斯·盖特尔报道,1985年6月9日)

川剧《白蛇传》揭开"地平线艺术节"序幕

"歌剧"对整个中国戏剧艺术作品说来是一个不太好理解的概念,它远远超出了理查德·瓦格纳的浪漫主义想象:不仅有音乐、剧本、场景、舞台布景、服装和表演技巧,不仅有悲剧、喜剧和音乐剧,同时还有马戏和杂技的动作。川剧在"地平线艺术节"上给我们展现了这一切。

四川是远离北京的一个省,布莱希特把《四川好人》移上了舞台。就像剧中屈辱的生德和勇敢的随达交替上场一样,这时演出的中国传说剧也一样:青蛇为了追求白蛇奋力搏斗,终因徒劳,从此沦为下属。或男仆或侍女,青蛇被赋予极大魅力,六个舞蹈者在眼前化成蛇身,透明的护牌像蛇鳞一样颤动。

蛇在这出戏中与我们这里大多数情况一样(E.T.A荷夫曼例外),并不是凶恶的象征,而是人的化身。白蛇和另一天神相亲相爱。一个黑脸神,所谓法海和尚,为了分开他们,将其逐出天国,结果他二人又在人间欢喜相逢。在得到幸福的结局之前,他们历尽艰险。一个寓言,段落层次就像巴洛克欧洲17至18世纪中叶盛行的艺术风格,场次一目了然,演出的表演细节安排得井井有条,天衣无缝。

演出的节目和演员都处在一个彩色光圈里。几乎没有"舞台图画",对演出场景似乎没有舞台可言,只是用幕来划分,画出的画像刺绣的丝绸(有时主题还有些受现实主义影响)。

乐队有响亮的吹奏乐器,用木棍敲打的各种不同的打击乐器和钹,都在观众看不见的地方。帮腔有时代替白蛇唱,白蛇在紧张的舞蹈中也唱,这是一种尖声尖气、像鸟叫的声音,这种唱腔很明显地适合用高音来表达意味深长的中国话,使习惯划分音乐作品的欧洲观众这样想:这是宣叙调?唱歌?配乐诗朗诵或者是世界性的宣叙式吟唱?

服装五光十色,由于灯光不断变化,色彩差别就很细微了。演员都戴了面具,或化了浓妆。有些表情变化不多的演员就没化妆。不管戏剧美丽的布景多么陌生,还是表现出较强的整体性。嬉笑、哭泣、斥骂、祈求,居心叵测的等候，在这个"微笑的国度"表现得同我们国家一样。

我总结出三个精粹之处[①]：

第一，哑剧表演。整场戏都发生在一条船上，没有道具。只有摆渡人的船桨，乘客的晃动，脚的摆动，带着神话般的魅力。青蛇在被关押的恋人之间穿针引线就像弗兰泽斯卡在明娜和梯尔海姆之间一样。

第二，舞蹈。一个凶恶的妖怪受到攻击，他打着滚，对着挥旗者到最后都没有起来。演员的空翻跳跃就像滑冰运动员，让长辫子飘着，就像直升机的螺旋桨，那小生一下仰面倒下。结尾的场景远远超出了这里举的控制身体的例子，看得观众气都不敢出，技艺娴熟达到奥林匹克运动会水平。一阵紧锣密鼓之中多种花样的跟斗在台上翻滚，不光是个别主角，而是全团演员。每个观众都被这情节简单、技艺精湛的戏所吸引，不时爆发出经久不息的掌声。

（柏林《人民报》1985年6月9日）

来自中国的川剧热
——《白蛇传》川剧在自由人民剧院

他们飘过舞台像看不见的线，他们时而快步轻行，时而碎步小跑，时而翩翩起舞，时而咿咿哑哑，如像兴奋的瓷偶，如艺术超凡的大师手中的木偶。中国戏剧演员富于优美和轻巧，使剧场前排的观众们震动得无话可说。

惊人的精美的服装道具，令人心驰神迷的音乐，它们由看不见的乐队演奏：中国提琴光彩如锦，锣鸣、鼓响、木梆声声……

富于魅力的是杂技性场面，旌旗翻卷而上的场面。

主要演员古小琴演技迷人，好像夜莺在婉转而鸣，动人心弦。

---

① 作者提到有三点，原文只谈了两点，可能是作者笔误。

"地平线艺术节"第一场壮观的戏剧晚会以经久不息的掌声和喝彩声结束。

（1985年6月10日）

向天神造反
——记四川川剧团在自由人民剧院演出

"牛年"6月7日晚上，演出一开始，当白蛇精违抗法力无边的金顶菩萨的意志，爱上了桂枝罗汉，奋起反抗冷酷的神权的时候，观众还没有太大把握地抱着中立的观望态度等待着，想知道从一个完全陌生的古老文化中除了博物馆价值是不是还能得到更多的收获。

最后一幕中，当白蛇率领她的愤怒中诞生的虾兵蟹将反抗僵化的神权势力的时候，观众中爆发出在这儿几乎是闻所未闻的热烈反响。川剧团在西欧的首次演出是一次巨大的成功，同时也是第三届世界艺术节的成功。在以后的几个星期里，它还会陆续介绍许多中国、日本和朝鲜的文化。但这次演出是不会那么快被超越的。

成都的川剧是由多种不同的地方剧种在17世纪合并而产生的剧种，可以看作布莱希特所欣赏的而称之为"非幻觉"式的戏剧形式的模式！这种形式要求演员用姿势、动作、手势表现想象中的空间、特定场合或道具，他们能表现要穿过的门以及载着一叶轻舟漂向远方的水流。

川剧同中国其他剧种（例如为西方所熟悉的京剧）艺术手法上的区别之一是"第三只眼"（一种火眼金睛）和"速换脸谱"。演员闪电般地用脚尖踢中鼻梁上方，显现出"第三只眼"；演员利用转身动作，刹那间就可以改换脸谱、化妆及表情。

由于四川离京城很远，所以川剧敢于创造一种"官丑"的角色，这是多疑的统治者在京城绝不会容忍的。这个角色集中表现高官显贵的傲气、狭隘和腐化，就连皇帝老子也成为人民讽刺的对象。

这些都在神话故事《白蛇传》中得到了体现。对唱都配以单薄的、主要由五声音阶吹奏乐器和打击乐器组成的音乐，或是以高亢的说唱形式来表现。舞台布景美得令人倾倒，充满诗意地表现出不同场合，剧情便在这种环境中展开，带有浓重的神话色彩：桂枝罗汉违犯天规被菩萨贬到人间，白蛇精被锁在白莲池。逃跑路上她遇到青蛇，二人结伴而行，化为人形，取名为白素贞和小青，开始寻找改名为许仙的桂枝罗汉。

白素贞与许仙结成了夫妻，但在这个神话故事中并不慈悲的菩萨指令法海禅师和一个善变外形的蟾蜍精去破坏二人的婚姻。为了保护自己的丈夫和尚未出世的孩子，白素贞甘冒一切危险，最后竟敢同复仇欲极盛的菩萨及凶神恶煞对抗。她的愤怒被拟人化为各种可怕的形象。她同它们和乐于帮忙的水族一起以水漫金山。最后一场中，两军对峙，相持不下。决战即将开始，胜负难以预料。因为保守的、死亡的力量同爱情与生活的力量一样强大。

两军在台上的列队阵势形成怪诞的、华丽的场面，赋予演出一定风格的动机同激烈场面引人入胜地结合在一起。演员们，包括主角古小琴、李凡，扮演小青的曾道勋和扮演蟾蜍精的任庭芳都不仅仅是唱角，也是舞蹈、哑剧及杂技演员。这些技艺都同时全部在舞台上运用。他们看起来轻而易举的表演使我们很不容易忘记，这种惊险的绝技是多年艰苦锻炼和精力高度集中的结果。

欧洲观众同中国客人互相为对方所倾倒，观众同剧团相互报以掌声。"地平线"的开端极为成功。

（柏林《每日镜报》赫尔穆特·柯辰略特报道，1985年6月9日）

"地平线艺术节"开幕　川剧受到观众好评

随着定音鼓（或者应该说是中国锣）的一声敲响，这次介绍南亚文化艺术的"地平线艺术节"开幕了。

现在我们可以欣赏来自中华人民共和国的川剧了。这一剧种来自成都——四川省省会，并用它带来的两个节目震撼着自由人民剧院的观众。

第一晚上演全本的戏剧《白蛇传》——这是传统内容的中国戏剧。第二晚则上演折子戏，从不同剧目的片断中让人看到中国戏剧舞台艺术的多样性。

例如《秋江》，说的是一个年轻尼姑的故事，她为了追赶情人从庵里逃了出来。在江边她遇到了一个老船夫。这个船夫诙谐、幽默，经过一番逗趣，愉快地让尼姑上了船，载她追赶情人。这个故事被两位演员演得淋漓尽致，其艺术夸张手法的成就是无可比拟的。

八场剧《白蛇传》显示了魔术般的艺术：神鬼交相旋转，空翻和跟斗彼此穿插，旌旗飘舞，剑拔弩张，面具变幻莫测，喷云吐火，用后翻去跳上宝座，等等。

各种各样的腿脚动作：蜿蜒滑动的脚步、跳步；忸怩躲闪或流利的手势，这些哑语字母表对于外行不是不可猜破的。手臂也是这样，人们只能沉湎于它们的艺术魅力。它们藏在长长的袖子里。只有在为了手能自由优美地表演时，这些袖子才会在五花八门的舞动中被褪下来。还有隐藏在服装道具各种颜色中的象征意义：黄色代表皇家；红的代表贵族，也代表勇敢；黑色代表强暴。胡子和面具也各具意义。这些对于不熟悉中国传统戏剧的人来讲是很难一一了解的。

可是对一个既不懂中文，又不知道这一戏剧艺术象征手法的观众，仍然可以弄懂舞台上的表演，又紧张又眩惑地沉迷其中，而且还能理解其情节。这足以说明这是一个跨越国界的戏剧艺术，这一艺术是人类创造的，并且在人性面前是没有界限的。

（柏林《真理报》6月10日）

"地平线"：川剧的精彩节目

再次欣赏川剧，情节易懂，色彩富丽，丰富的表情，精彩的哑剧，在中国客人的第二台节目中，他们推出了保留剧目中的精彩折子戏，每出半小时。

如果说《白蛇传》的效果不佳，原因不在它已演过多次，而是它只演了片断，缺少了整体性。在我们这里如果只演一场"费加罗""特鲁巴多尔""特立斯坦"就是这种情况。

三场剧在一个晚上演，那一部剧的意思就不甚明了。我们要学的东西很多，包括向四川客人学习。

他们开始就演《拦马》，一出不仅对德国人有现实意义的折子戏。一个战俘成了街头一个小店主，为了返乡他需要腰牌，他发现腰牌挂在一个在他那儿投宿的官员的腰带上。演出了他如何有目的地围着腰牌盘算，到最后把腰牌得意扬扬地拿到手。这出戏手势很多，是一个反自然主义表演方法的很好的例子，使我们在欣赏中国剧时大开眼界。

在有图案的背景前只有一张桌子，两张凳子，这就是爱情故事《放裴》的全部道具，就像当地大学生的喜剧，一个女仆和一个好忌妒的教师。在《秋江》中舞台上完全是空的，一个老艄公让一个叽叽喳喳非常着急的恋人上了船去追赶情人。船的晃动、停船、撑船甚至差点翻船的动作，老人和年轻人都只用桨和篙来表现，惟妙惟肖，引人发笑。

休息后，重演《白蛇传》最后一场。可以再次欣赏翻跟头的杂技、舞蹈艺术，长袍的水袖，有魔法的"第三只眼"，四川人踢腿可高到额头。为什么有些角色脸上画了一块白？手和手指的动作说明了什么？这只有专家才知道。点燃的火焰跳出舞台又是什么意思？

（柏林《人民报》1985年6月10日）

传统的演员

——"地平线艺术节"上川剧的第二场演出

来自成都的川剧的第二台节目,在鉴赏和理解上对《白蛇传》是个补充,因为它重复了部分。对年轻的丑角和生角与对好斗而文绉绉的丑角的理解是有区别的。这样,对不懂此剧的观众来说,就可以进行比较。这种典型可以使观众想到近似于我们过去的喜剧艺术。我们可以看到,在两场戏中扮演丑角的演员,给人留下深刻印象的任庭芳,多年来一直致力于学会一位著名大师的技艺,而从其他演员身上则明显看出,是继承大师的风格。

任庭芳在《白蛇传》的最后出过场,演了《拦马》,这出只有两个主要人物的折子戏,可称为杰出的演员。情节是这样的:他是一个一文不名的小官,想取走另一官挂在腰带上的腰牌,此官在喝酒中暴露了他原来是女扮男装。同著名旦角胡素蓉合作,以及同作翻跟斗的竹椅等道具的陪衬,在蓝色花纹的背景前他表演了格斗的细节:跳起空翻两周平衡,伴随着响亮的尖声,代表了运动剧的一种提高。

折子戏《放裴》表现了一个爱情故事。此剧唱腔较多,女声突出,大部分是一个独唱演员和台上女主角在乐队伴奏下进行;长袖和长袍在舞蹈中起了很大作用。最后演出的折子戏是《秋江》,是很有经验的旦角左清飞和丑角王起久的成功合作:中国戏剧的一次著名渡船,对于对话太多,人们想知道比节目单上更多的东西。

(柏林《每日镜报》1985年6月11日)

变成了白蛇之女人的雨之谜

柏林市长E.迪普根,在艺术研究院里的"地平线艺术节"世界文化节开幕式上,用一把借来的、珍贵的中国扇取凉。这把扇子是中国艺术家古小琴带来的。

这位在中国剧中扮演主要角色的艺术家说:"事情很奇怪,只要我们扇动扇子,天就下雨。我们在不同国家和不同城市经历了雨中情。"

中国人对此解释如下:苍天不忍"白蛇"遭受的命运,所以潸然泪下。剧中,白蛇变成了一个命运不佳的女人,而最后又变回成动物。

(《柏林报》1985年6月11日)

来自四川省的最著名的中国地方戏剧团莅临本城

来自四川省的最著名的中国地方戏剧团莅临本城,将从星期五至星期日每晚七时半在Cuvillies剧院演出。此剧种发展、兴盛于17世纪,特点在乐队,除了有二胡和唢呐外,还有独特的中国打击乐器。帮腔作为一种解释,烘托剧中主人公,或者承担一个声部,而这时演员就作出很多动作。服装、化装、音乐和哑剧表演在川剧中有自己的形式。当演员瞬间背对观众时,就变换面具。今天和明天,前来联邦共和国柏林参加第三届世界艺术节的四川剧团将演出《白蛇传》。星期日晚将演出各剧精彩的折子戏。

(《南德意志报》1958年6月14日)

《白蛇传》:现代派喜剧
——四川剧团在苏黎世第十一剧场访问演出

对于中国古典戏剧京剧或某些地方剧有些了解的人,在某些地方则会对川剧的艺术造型感到惊讶。这次由四川省川剧团在苏黎世第十一剧场演出的戏剧的内容完全是传统的,其取材于古典戏剧也常用的古老的神话:它讲的是一个变成了女人的白蛇精的故事。她不顾某个和尚的阻挠欲与桂枝罗汉结婚。这是一个历尽艰难,不屈不挠的爱情故事。

川剧与其他古典戏剧在很多细节上不同。当幕布拉起的时候,就响起了幕后合唱，合唱的声调低，发声"自然"，这在一般中国音乐艺术中是不常见的。歌唱家们，同时又是十分出众的杂技家们，则用常见的较高、较尖的声音演唱。但是他们的演唱一般较易于接受，有很明显的民乐痕迹，乐曲主题的反复也很清楚。而且没有长段唱段。进行了明显缩减的《白蛇传》，仅仅用了差不多两个小时（中间休息时间除外）来演出。虽然如此，还是可以清楚地看到，这一民间性的戏剧在速度上是与中国古典戏剧十分不同的。这一戏剧的民间性还表现在它的音乐旋律结构上，它常有反复的节拍。不过这一戏剧的民间性还主要表现在其对题材的侧重点、体裁和表现方式上。古老神话的严肃性被打破，演出更近于一个具有强烈喜剧风格的小歌剧。

　　川剧已有两百多年历史，很清楚，这个西部省份的音乐受到很强的中国西部周边国家民乐的影响。这个剧团的演奏乐器与古典剧基本相似：竹笛、胡琴、笙和重要的吹奏乐器（令人难以置信的是，一个最初被弄错了的乐器名称居然一直被顽固地重复。而且在给别人提供信息的节目单里，这个单调、很尖的乐器也被写作"云南喇叭"，虽然每个细心的听众都会立刻注意到，这种乐器虽然有一个形似喇叭的管子，却只能是一种双管片的演奏乐器——"唢呐"）。还有弹拨乐器，当然还有许多各具特色的打击乐器，但是没有典型的古典戏剧中伴奏用的震耳的小钹和"唱歌的锣"。像常见的那样，伴奏乐队藏入幕侧，而且没有用令人生厌的、现在中国常见的扩音器强化。在川剧中，不被人见的参与演出的歌唱家和与其功能相似的合唱队，也是在幕后的。

　　除了最后一场那些艳丽的女孩子以外，舞台上的演员们穿得还是相当传统的，带着象征性图案的服装。我们虽然不懂中文，但这出戏的风格很容易被我们接受，那就是它那直接的富于人性的表现手法，淋漓尽致的、夸张的做功（那有名的船只荡漾的场面）和相当明了的手势语。而且丑角——那个和尚的下手——的表演更渲染了喜剧的气氛。像在京剧里一样，杂技因素也在川剧中起着令人兴奋、紧张的作用：翻跟斗、杂耍，就是那位主要演员在掌握着精妙的歌唱艺术和传统的芭蕾舞式的舞蹈动作的同时也必须掌握。最后一幕还有许多有名的跳跃动作。服装道具和脸谱的色彩美，几乎有些乡土气的布景的诗意，动物和鬼神形象的异国情调，特别是变换的迅速——行头的变换和用脚踢出第三只眼睛——所有这些都是那么完美。这些使所有的人——内行和外行——获得一切丰富和兴奋的经历（今晚在苏黎世演出最后一场，以后在圣·加伦和温特吐尔各演一场）。

（瑞士《新苏黎世报》1985年6月20日）

一个寓言动物为争得人性的爱情而奋斗

在目前来自远东的访问演出序列中，来自中华人民共和国的川剧团在苏黎世第十一剧院演出至星期四。剧团演出的《白蛇传》，以华丽的装饰成为那些年在中国"文化大革命"中消失了的、以后又用各种表演方式重新发展起来的传统音乐戏剧的一个绚丽多彩的范例。

最近一段时间里，所有这里看到的来自远东的表演，川剧团的《白蛇传》大概是最富于神话性的。如同大多神话故事一样，剧中的故事并非平铺直叙。简单的布景、表演和展现戏剧手段的速度和长度都令人喜悦。如同书面和口头神话故事一样，说书人需要经常渲染，以便证实说书人能将戏剧兴趣贯穿进去的能力。

《白蛇传》"说书人"的能力，就是以亚洲的标准衡量也是大得惊人。在东方，男女演员同时要掌握多种形式的表情、手势、演唱、舞蹈和杂技性的技巧，这点在一系列演出之后已脍炙人口。虽然人们对此有所了解，但《白蛇传》剧组的表演仍获得了最高的尊敬。

首先是表演剧目标题的神话。人化双重形象的女演员，表现能力很强，她在戏剧中富于诗意的表演，到具有马戏团水平的杂技表演都令人惊叹。

其次是丰富多彩的形式。从历史上看，许多其他剧目中，马戏都放在中国歌剧的开始。如果说这种附加表演在新产生的戏剧中能保留自己在美学上的美感，而这又属于其本质的东西，那么这一点就是川剧的"神话性"特点。在川剧中正是杂技性的高潮强调了该剧的儿童性，也就是滑稽性的特点。

《白蛇传》的剧情在结尾发展到顶点，这种发展正表现了整个戏剧编导的优势：先变为人妇，后又变回原形的蛇精，为她的爱人所进行的战斗。水生动物如鱼、蛙、龟、虾和贝壳等前来帮助她反对享有尊严的菩萨派来抓走她爱人的使者和其帮凶，其中有一个著名的"三只眼"，另外一个可不停地变换一个比一个更凶恶的面孔。

第三，君主制度被当作一种危险。无数的跳跃、跟斗和类似的动作标志着高潮。翻舞的绿旗中涌出一大片海水要淹没金山，山上坐着反对势力。通过这种结尾——我找不到更好的词句——凸显了画面的神化性，我想这是川剧特有的特点。尽管戏剧是在战斗高潮中结束，事态发展还不十分明确，但已明确地表明了同情之心在哪边。同情属于白蛇和她的——人性的——对爱情的要求。君主制度则被表现为危险。川剧的手段可以不同程度地把君主权力表现为滑稽。

第四，没有矛盾的对立。如果谁想把川剧哪怕稍按西方口味和戏剧理解来观看，就会永远感到不理解。许多和我们标准不相同的东西使我们在美学上经常赞叹，同时又经常迷惑不解的诗歌性的整体。起这个作用的当然包括音乐，音乐以它的节奏为基本结构，独特的前台和后台的演唱变换，专有的为戏剧性格化服务的乐器色彩最终将整个剧目联结在一起。高腔和柔声毫无矛盾组合的唱段有时对我们的耳朵似乎单调。但仔细听来，却表现了一种戏剧上的，从根本上说来是令人吃惊的丰富色彩。

（瑞士《每日导报》1985年6月20日）

人与神的斗争

　　川剧是中国传统地方剧的一种形式，已有两百多年的历史了。它在中国各省之间广为流传，仅四川省内就有一百三十多个专门从事该剧工作的剧团。应该强调：川剧具有浓郁的地方气息，她比高贵的京剧历史更为悠久，而且也更多地来源于民间。

　　中国的戏剧，在文化领域有着极高的地位。在漫长历史长河中，几乎在这个幅员辽阔的"中心帝国"的所有地区都发展着各自的传统戏剧，较之京剧，川剧显得更为活泼，更富有生命力。

　　《白蛇传》的神话传说，是以民间广为流传的神话故事为题材，通过戏剧性的手法加以表现的。行腔方面运用了五种不同的声腔形式，即昆、高、胡、弹、灯。昆曲一般运用竹笛伴奏，而高腔演唱，则有一队帮腔在舞台后帮唱，用以烘托气氛，强化主题。同时帮腔亦起着帮助演员表演或直接对表演进行解说的作用。

　　表演时，先以打击乐揭开序幕，随之而来的是二胡、竹板、唢呐和锣鼓。

　　主要演员的精湛技艺以及各个人物的典型性格，是该剧获得成功的主要原因。他们都是根据各不相同的形象和与之相适应的气质而确定的角色。所有的服装都是用举世闻名的蜀绣制成。龙、凤、花在金、银二色和谐的点缀下显得栩栩如生，相映成趣。

　　《白蛇传》的故事围绕着冷酷无情的天神和人之间的斗争开展。上界的清规，残酷地面对着人间的现实。此时这清规显得异常专横，它丝毫不顾及人间的爱情，神不懂得爱情，这爱情于它是禁果，于是，他们也以此来要求凡人，但是爱的力量却能使凡人超乎于天神。

　　白蛇，一个精灵，深深地爱上了一个桂枝罗汉，并从他身上获得了爱的反馈，双双奋起反抗上帝的阻挠，最终还是被万能的天神活活分开了。

　　桂枝罗汉被贬到人间变为名叫许仙的凡人，而白蛇则被关进了白莲池。她怒火中烧，终于挣断锁链，逃往人间，在青蛇的帮助下找到许仙，与他结成了美满夫妻。

为严明上界的清规,法海禅师受命来到人间。追踪这对相爱的人儿。为捍卫纯洁的爱情,白蛇用超人的力量与法海苦斗,但这对恩爱夫妻终于又被无情的上帝残酷地拆散了。

(瑞士《苏黎世报》塔杜易斯·卜费艾费尔报道)

法兰克福掀起了川剧热

让人喘不过气来的杂技和不为德国人所知的丰富多彩的戏剧表演形式,使中国的客访川剧演出在这里引起了轰动。观众表现出了只有在观看意大利歌剧时才有的那种狂热激情。如果说星期五晚上来的是一些想利用这个机会了解来自"中心帝国"的古老文化的观众的话,那么星期六晚上他们则成了昨晚演出的狂热崇拜者。售票处被层层叠叠地包围着,迟到的观众被关在门外待演出开始半小时以后才获准入场。

这次访问演出的特别之处,并不在于人们在这里很少看到来自中华人民共和国的戏剧演出,而是人们从来没有在德国舞台上看到过如此精湛、如此完美和这样一种美学形式的戏剧。

川剧经历了四百多年来自各种传统艺术的发展,集杂技、哑剧、音乐、舞蹈、方言和堂皇的装饰于一身,而且浑然一体。有时听来是那样甜美的音乐,由一个看不见的小乐队用打击乐和不多的弦乐演奏出来。帮腔则像古典的希腊戏剧一样,肩负着贯通剧情发展的任务,并且充当独唱以及演员舞蹈时代替演员演唱的角色。

川剧的人物性格,在一定程度上使人联想到喜剧的表现手法。艺术取决于演员的表演,取决于他的深度和处理。中国演员们从不有意停下来观察演出效果,演出以一气呵成的手段使观众每一秒钟都处于精神和思想的高度紧张状态。巴洛克式的和谐在诱人的色调中统治了整个舞台画面,珠宝金银，凤毛麟角装点着头帽，道具材料也是那样的精巧玲珑，华丽的装饰与难以置信的细腻、敏感的表演相辅相成，活泼的眼神复活了没有生命的面具。

对不同的传统和语言的障碍，用更多的情感经历不是用思维方面的灌输加以处理，使演出取得了良好的效果。星期五晚上上演了四幕传统高腔折子戏，在《秋江》一出戏里，艄翁让追赶心爱人儿的少女坐上船来，空空的舞台上，艄翁（王起久扮演）手持一支桨，少女（左清飞扮演）站在一条虚构的船上，演员的动作模拟出一叶小舟，几分钟以后人们便能"看到"水里的波浪、河流的弯道、交错的船只。

折子戏的高潮是最后一幕《金山寺》的风趣表演。中国古老的打斗场面，杂技艺术，使观众席上每两分钟便要爆发出一阵狂热的欢呼，为这即便是在高超的杂技演员身上也看不到的绝技叫好。

周末之夜，人们欣赏了《白蛇传》全本，一个围绕着一对恋人的爱情和他们的痛苦的故事性戏剧，一个空空如也的舞台，简洁地摆设了几件道具，便成了一部杰作。常常有人爱说，没人能把亚洲人吃透。我生平尚未见过像这天我看到的如此精美、如此水晶般心灵的杰作。不管怎么说，《白蛇传》的两位女演员在这儿获得了非同凡响的成功。在后半场饰演白蛇的川剧新秀杨楠桦，表演了让人目瞪口呆的杂技。她双手握剑，身轻如燕地在舞台上空翻滚打，不得不令人倾倒。

长达二十分钟的起立鼓掌，是法兰克福观众对精彩表演的一片感谢之情，中国人也用他们许许多多的小节目来回报观众的一番情谊。

（联邦德国《法兰克福日报》米尔科·冯·旋贝希特报道，1985年6月30日）

中国的大奇观

——以悲剧和神话故事为剧情的东方川剧

一个大剧团来自与西藏为邻的四川省，正上演着这样一个有着二百多年古老的幻想虚构故事为剧情的《白蛇传》，戏虽古老，但这个地区性大剧团却演得生气勃勃。

这出戏是通过象征主义手法演神话悲剧故事，其气氛几乎可以说是神圣神秘的。这定将使世界"地平线艺术节"在开锣之时便令人陶醉入迷。

中国四川川剧的演出奠定了中国戏剧在"地平线艺术节"的大好形势，给予了相当沉闷的演出进程一个很大的震动。听南京昆曲时，群众的情绪不够稳定，反应也不够十分热烈，及至一观四川的川剧，群众兴奋起来，为演出的巨大成功，报以长时间的掌声。

（意大利《邮报》1985年7月3日）

多姿多彩的艺术

——浅谈中国的川剧艺术

在新剧院观看了来自共产党中国的艺术川剧，富于浪漫主义，美妙无比的艺术戏剧，给人难以忘却的印象。无论是在唱腔、舞蹈、音乐、文学、视觉艺术或力的表现上，都会丰富欧洲戏剧界的视野。

在川剧的唱腔上，着重表现了内外演唱的形式，用古老的乐器、传统的唱腔风格加上富于戏剧特点的舞蹈，生动形象地表现了该戏剧奇特的演艺。伴奏乐队的组成主要是民间的弦乐，吹奏乐、打击乐相互配合默契，烘衬着剧中人的一举一动和舞姿，使该剧更能引人入胜。特别值得一提的是大戏《白蛇传》中的特技表现，中国人的表演真是使人不可思议，在最后一场的打斗中，一天官得佛祖的圣令巡察，突然用其脚踢开头上的另一只眼，其腿上功夫使欧洲人望而生畏。再一特技是一神将在最后的战斗后，变化无穷的脸使众多的欧洲人倾到，深感中国的奇特艺术是当今世界戏剧上的杰作。

愿中国多姿多彩的川剧艺术在意期间演出获更大成功。

（意大利《信使报》1985年7月4日）

引人入胜的中国戏剧

今晚在Pergine上演的中国戏剧，是中国四川省的古典戏剧，剧情颇为曲折，妙趣横生、引人入胜。同是这个戏曾使欧洲的众多戏剧作家拜服倾倒。这个戏将由四川省的川剧团推上舞台，这就是该地区有代表性剧目《白蛇传》。

这是一个神话故事，该剧由五支不同情调的曲牌组成，其间一些器乐音响是专为指点舞台动作节奏的，当然，更多的是为了作音乐共鸣。这些曲牌，追溯其源，可上及明朝，甚至元朝。

这个戏剧所介绍的是一个约有六百年历史的古老民间传奇。其中的主人公是修行得道成仙的白蛇，她的名字叫白素贞，她的样儿那么使人怜爱，可犯了天规，触怒佛祖，就被罚入海底过上囚禁生活。但是这个白蛇终于打断了锁链，逃了出来。她决定舍弃渡入西方佛国乐土的企图，摇身变为一副美女形象，下凡来到尘世。就这样，她不求向佛求得超度转世轮回，而只要寻觅一个俊俏男性情侣，以结终身。她遇到了一个名叫许仙的尘世凡人，一见钟情，便两相结合了。

好景不长，来了老和尚法海，他定要用他的法术拆散这对恩爱情侣，置白蛇于死地而诱骗许仙来到他的寺庙所在地——金山，以把这个贪恋妖色的人关押起来。为了应付这场挑战，白蛇求助于青蛇，赶来救助她的凡夫情郎。她召唤集合了鱼鳖虾蟹等水族队伍，在她的指挥下，施展法术，企图用洪水淹没法海和尚的根据地——金山，于是展开了一场对恶和尚的激烈战斗。当然，故事的后续结局是顾及了观众意愿的白蛇夫妇获得自由。

无疑，六百年前未留下姓名的原作者是有意用这对于备受斥责的恶僧的讥笑来讽刺有职权有势力的官吏一类人物。他所叙述的事，多少有些可与希腊神话中奥林匹斯山比美——人间天堂里，有情人终成眷属。其后，加上唱腔、念白和身段、台步表演，成了一幕大戏。

这样富于象征主义意味，还含有悲剧情趣的戏剧，很可能不易为我们的西方文化所理解，而四川剧团非常郑重其事的演出、地地道道地展示了西方艺术难以企及的艺术风格和奇特的演技。

让我们为四川川剧在此演出获得巨大成功而祝贺。

（意大利《统一报》1985年7月11日）

直接来自艺术节的信息

7月11日，星期四，来自东方中国的四川省的川剧将在此次世界艺术节的日子里公开首次演出。

上演的戏是中国富饶的天府四川的经典剧目《白蛇传》，它以虚构的神话故事颂扬了一个古老的传说。四川剧团正在认真地准备这个中国传统戏剧的盛大演出，上演的演员多是优秀的中、青年艺术家，音乐上是用传统的民族器乐来演奏的，极具独特风格，我们相信这种奇妙的演出定在此获得成功。

（意大利《影剧报》1985年7月11日）

"牛年"的艺术对话
——西柏林"地平线艺术节"见闻

在德意志联邦共和国，我们几位应联邦政府新闻局邀请的客人，在访问了波恩、汉堡、法兰克福、卢卑克，并沿着风景秀丽的莱茵河，作了短暂的考察旅行之后,从科伦飞往西柏林,参加正在那里举行的第三届国际"地平线艺术节"的观光活动。

西柏林,秀丽的风光和时晴时雨的气候,大都会的繁华和乡村般的静谧,高雅庄重的歌剧院和乱哄哄的迪斯科舞场,构成了独特的柏林风貌,令人难以捉摸。对于我们这些匆匆来去的客人,似乎不必对此作出什么回答。但在西柏林的这些日子,我的感受仍然是十分深刻。因为我们的总理其时正在联邦德国进行具有重要意义的访问,因为在"地平线艺术节"上,中国的节目占有十分突出的地位。在微带寒意的西柏林,我深深感到了一股"中国热"。

西柏林举行艺术节活动,已有三十多年的历史。从1979年开始三年一次的"地平线艺术节",是西柏林艺术节有限公司举办的通过艺术来进行交流和对话的活动。"地平线艺术节"只介绍欧洲以外的各国的文化艺术。西柏林市长艾伯尔德·蒂波根在这届艺术节的开幕式上说:"过去,我们欧洲人总以为在地平线的后面,世界就消失了,今天我们的目光、足迹和理解都超越了地平线,从而大大开阔了我们的视野。过去西方人总以为:耶路撒冷、雅典或者罗马是世界的中心,世界受这一中心所支配。现在我们知道:根本不存在这么一个中心。"举行艺术节,就是通过介绍各国文化,进行东西方的对话。继拉丁美洲、非洲之后,今年举行的"地平线艺术节",是以远东各个国家和地区为主。今年中国称为"牛年",丽德雯·斯丁态林设计的大会招贴画就是以中国画"牛"作为标记。所以有人把今年的节称为"牛年"的艺术对话。为了选邀中国的节目,艺术节的秘书长(他们称为总书记)希格荣先生曾六次赴华进行商榷。参加这届文化节的,除中国之外,还有日本、韩国、泰国、印度尼西亚等国家和地区的艺术家和作家。有人说,中国作家和艺术家是这一艺术节的"明星"。

在西柏林街头和几乎所有公共场所,都可以看到艺术节的招贴画。这次艺术节,包括有音乐、戏剧、文学、电影、座谈、展览六个项目。6月7日,中国四川川剧团的演出揭开了第三届艺术节的序幕。《白蛇传》的精彩演出,使数以千计的观众超越了语言的障碍,获得了艺术美的享受。演出结束,掌声雷动,谢幕达十多分钟之久。正如西柏林《每月镜报》一篇评论文章所说的:"最后一幕……观众中爆发了在这儿几乎是闻所未闻的热烈反响。川剧团在西欧的首次演出是一次巨大的成功,同时也是第三届世界艺术节的成功。"我们在这里接触到的德国人以及其他国家的人,几乎都这样说,我想这种说法并非夸大其词。

我曾同近千名西柏林观众(其中有许多儿童)坐在剧场里观看陕西木偶剧团演出的《孙悟空三借芭蕉扇》。欧洲观众为孙悟空的无所不敢为和无所不能为的勇气和智慧所打动。当演出结束,演员们举着木偶走下舞台,来到观众席时,许多小朋友伸出小手同孙悟空握手,场面十分动人。

中央音乐学院民族乐团的精彩演出,在具有优良音乐传统的德国,激起了强烈的反响。他们用中国的古典乐器——古筝、箫、埙、胡琴、琵琶、扬琴等,奏出了委婉、圆润、动情的中国古典乐曲,扣动了欧洲观众的心弦。而参加演出的演奏家大多是年轻人。有一天,我们在西柏林街头遇见了乐团的姜建华等几位青年演员。当我们谈到这是为祖国争光时,大家激动得几乎掉下眼泪。

在西柏林的马丁·格罗皮乌斯堡博物馆举办的"紫禁城珍宝展览",一个月里已经接待了十多万观众。这里展出了故宫珍藏的一百二十多件(套)珍品,其中有三千多年前的青铜器,有巨幅《康熙南巡图》《乾隆八旬万寿图》等,欧洲观众叹为观止。有的观众在留言簿上写道:"中世纪的文明在中国。这次展出表明中国人重新确立在世界文化传统的地位。"有的观众说:"我这一辈子一定要到北京故宫参观一次。"

文学方面的"对话"也很活跃。6月17日,西柏林雨后放晴,我们几位新闻界客人,同来自远东和东南亚的几十位作家一起泛舟于西柏林市中心的风光旖旎的斯佩莉河上,中国大陆和台、港作家欢聚在一起。以王蒙为团长的中国作家代表团受到各国新闻记者的注目。鲍昌、黄宗英、西戎、刘剑青、张抗抗等,都忙乎不停地接受记者的采访。张洁是最受注目的作家之一,她的长篇小说《沉重的翅膀》由汉瑟出版社翻译出版后,第一版六千册,在三天之内被抢购一空,现在又决定印行第二版五千册。著名评论家阿诺尔德说："这是在德国获得最大成功的一本书。"居住在汉堡的一位华侨老太太对张洁说："你是卢沟桥事变那年生的，你的书为卢沟桥争了气。"

中国和东南亚各国的电影也是这次艺术节引人注目的节目。我国从30年代到去年为止生产的十几部影片参加了展映。由于大批观众看这些电影，西柏林许多影院观众寥寥。我曾购票看一次电影，一千多个座位的影厅，只有十七位观众。知情者说，观众都去看"地平线艺术"的电影了。

中国江苏省昆剧院带到西柏林的节目《牡丹亭》《朱买臣休妻》等，被安排在文化节的最后，蜚声剧坛的南昆演员张继青，将在欧洲舞台上大显身手。西柏林文化界人士估计，这将成为文化节的压轴戏。

西柏林"地平线"文化节以"对话"为宗旨，而"牛年"的艺术对话、将增进现代西方人对东方文化艺术的了解。在西柏林我看到了，并深深感受到了这一点。

(《人民日报》缪俊杰报道，1985年6月29日)

川剧《白蛇传》饮誉西柏林

应1985年"地平线世界艺术节"邀请，经文化部批准，四川省川剧院于6月初赴西柏林参加艺术节演出。据川剧院6月12日自西柏林发回的电报，他们在西柏林举行的首场演出，引起"地平线世界艺术节"的强烈反响。

6月7日晚，四川省川剧院作为1985年国际"地平线艺术节"的第一个剧团在自由人民剧场演出。在满座的剧院里，他们演出的《白蛇传》获得极大成功，观众们用"华丽的""出色的"词来形容这场东方戏剧艺术。新闻界称"川剧赢得了柏林观众的心"！演出后是长时间的欢呼和掌声，演员谢幕达十多分钟。演出结束后，西柏林文化参议佛格·哈瑟墨先生为首演成功举行了招待会。次日晚，他们演出的《拦马》《放裴》《秋江》《金山寺》四个折子戏再度获得了成功。

川剧院已于6月10日去荷兰。

(《四川日报》1985年6月20日)

中国艺术妙极了
——"地平线艺术节"见闻

"您想了解世界上最古老的文化、最绚丽的艺术吗？那您就别错过了观赏中国艺术家表演的好机会！"这是"地平线艺术节"开幕之初，在西柏林最大的报纸《每日镜报》上一篇文章中出现的一段文字。半个月来，中国艺术成了这里的热门话题。一位著名文艺评论家说："整个西柏林都陶醉在中国艺术的无穷魅力之中了。"

6月7日晚，西柏林自由人民剧院的蓝色帷幕徐徐合拢，观众席上爆发出雷鸣般的掌声。整个演出大厅沸腾了，兴奋的观众站立起来，有节奏地呼喊"BRAVO!"（好极了！），掌声、惊叹声和欢呼声汇成一体，五分钟，十分钟，持续了整整十四分钟！

这是第三届世界艺术节上成都川剧团首场演出结束时的情景。川剧《白蛇传》是文艺表演的第一台演出，也是参加艺术节的中国艺术家在西柏林舞台首次亮相。西子湖上的一叶扁舟，白素贞与许仙在水边相遇，法海施法，上山盗草，随着剧情的发展，把观众带进了东方神话的美妙境界。最后一幕"水漫金山"，紧凑精彩的武打将全剧推向高潮。大幕合上又拉开，拉开又合上，观众久久不肯离去。

(《文汇报》特派记者王双泉报道)

附 四川省川剧访欧演出团全体人员名单

中国对外演出公司总代表：胡树山
团　　长：李　致
副团长：郝　超
团　　员：任庭芳　王道正　林　波　黄学成　古小琴　墙方荣
　　　　　白中华　胡素蓉　黄世涛　刘天秀　黄龙煊　欧兆云
　　　　　李　凡　陶长进　曾道勋　张继泽　杨丽梅　田惠文
　　　　　杨楠桦　钱兆鸿　李　娟　徐寿年　刘晓鹏　赵安平
　　　　　李德利　张金元　王起久　左清飞　王世泽　武　韵
　　　　　章菁森　郑文贵　唐介为　肖中枢　王维亮　何志明
　　　　　李方金　刘　端　顾玲君　刘　瑜　王代铨　里　希
　　　　　黄吉光　唐基厚　陈开蓉　陈家炳　陈　平　董中贵
　　　　　李道纯　李国昌　韩常琦　陈正海　蔡文金　韦桂林
　　　　　张中学　边　荣
翻　　译：周小丁

西柏林医生的救死扶伤

1985年，我和省川剧院赴欧洲演出团到西柏林参加"地平线艺术节"，演出的剧目主要是《白蛇传》。出国之前，在北京待了三天，有两个演员生病。其中一个是武功演员白中华，发高烧，注射抗生素以后体温才正常。

我们在6月4日下午八时离开北京。乘罗马尼亚航空公司飞机，经巴基斯坦的卡拉奇、罗马尼亚的首都布加勒斯特，于5日下午4时到达东柏林。柏林和北京的时差六个小时。

6月7日西柏林"地平线艺术节"的首场演出，就是《白蛇传》。《白蛇传》后半场是武戏，国外观众能看懂，会有兴趣。但前半场是文戏，主要靠表演，德国观众能否接受呢？演出开始，场内鸦雀无声。观众几乎对每一个细节都理解，用惊叹、笑声做出不同反应。到精彩之处，热烈鼓掌，用脚蹬地板，高呼"阿博（好啊）"，整个谢幕竟达十四分钟之久。全团人员沉浸在欢快和幸福的气氛之中。

第二天的演出却发生意外。这一台演出的是折子戏《拦马》《秋江》《放裴》和《金山寺》。演出很成功，观众的反应比头场还要热烈。但在演出快结束时，我们明显看出白中华出了事故。谢幕一结束，我立即到后台。

白中华横躺在木桌上，蜷着腿，不断呻吟。

出了什么事情、伤在什么地方？有人说，摸了白中华的骨头，没有发现骨折或错位，可能伤了韧带。建议回旅馆休息，先上一些从国内带来的药，明天再进一步观察、做决定。

几个演员试图搬动白中华。但白中华痛得丝毫不能移动。不像是骨折，更不像韧带受伤。演员们议论纷纷，期待我这个团长做决定。

"送医院！"我听从了有的演员的意见，下了决心。艺术节接待人员也表示赞成。我请翻译周小丁和艺术节工作人员立即把白中华送医院，同时请大家回旅馆休息，养精蓄锐，以利于下一场演出。

我对周小丁说："你随时打电话给我，我守在电话机旁。"

回到旅馆，大家都休息了。我也疲劳不堪，但我不敢上床。我怕倒下去就叫不醒，电话来了没有人接。

我躺在书桌前的沙发上。书桌上放着电话机。这一段时间的确太忙、太紧张。出发前的准备工作，长途飞行，时差没有完全适应。有些演员吃不惯西餐，一闻到奶油味就恶心。白中华高烧后没有很好地休息，我对他的关心不够。不知道他什么地方受了伤，有没有危险？要吸取什么教训？我似睡非睡，上述念头像走马灯似的在我脑里不断转动。

这一夜，周小丁来了四次电话。

第一次电话，周小丁说医生已经给白中华透视，没发现问题。

第二次电话，周小丁说医生又给白中华做了B超，没发现问题。

我似乎放心一点。

第三次电话，周小丁说医生不放心，做了剖腹检查，发现脾破裂了。医生说，幸好及时送进医院，如果再晚半小时，就有生命危险。

"怎么办呢？"我问。

"把脾割掉，"周小丁回答，"这是医生的意见。"

我不懂医，但我赞成医生的意见。按惯例，动这样大的手术，必须家属签字。现在远离祖国，无法征求白中华父母的意见，只有我来负责了。救命如救火，我赶去医院也来不及了。我对周小丁

325

说:"我同意动手术,你代表我签字吧!"

"签字?!"周小丁有点莫名其妙,他说,"医生没有要我们签字,他们表示要救死扶伤,对病人负责。"

"好!"我赞成。

凌晨5时,来了第四次电话。铃声未完,我即抓起话筒。周小丁说:"白中华已经把脾割掉,其他情况尚好。"

这真是一个极不平常的夜晚。我昏昏沉沉,却又明明白白。这位西柏林的医生好像给我上了一课,让我进一步理解了救死扶伤的意思。

9日下午,我和周小丁去医院看望白中华,同时,我想见见这位西柏林医生。可惜,汽车司机不认识路,绕了很多圈子才找到医院。因为要赶回剧场,我们代表全团同志希望白中华安心治疗,连和医生见面的时间都没有。我怀着遗憾的心情离开医院。

川剧团结束在西柏林的演出后,我们去了荷兰的阿姆斯特丹,接着到了联邦德国的慕尼黑,又到了瑞士的苏黎世。白中华则继续留在西柏林医院治疗和休养。在整个过程中,我既怀念白中华,又时常想起西柏林的那位医生。在苏黎世,中国对外演出公司总代表胡树山经理赶来与我们会合。胡经理带来好消息:白中华情况良好,已经可以下床走路了。大家都为之高兴。

我受委托从苏黎世打电话给在西柏林医院的白中华。这是我第一次打国际直拨电话,觉得很新奇。周小丁拨通电话以后,白中华的声音很清楚,犹如同在一个城市。可惜我刚一讲话,白中华就哭起来了。我说了一些安慰的话,几乎没交谈,连感谢医生的话也忘了。

原计划在整个欧洲演出结束以后,大队伍与白中华会合,一起回国。后来,有一个方便的机会,白中华和中演公司的同志提前回国了。大队伍回国后,我见过白中华一面,身体健康。我向他表示了祝贺。再以后,白中华成了成都市有名的通俗歌手,他的现代舞也跳得不错。他有川剧武功的基础,他的某些表演是一般歌手所不能及的。

  时间过去八年了。每谈起白中华，或到医院，总要想起那位西柏林医生。我一直没有见过他，不知道他的姓名，也没有对他说过一句感谢的话，但他对病人彻底负责的精神，深深地感动了我。

1993年5月19日

轰动日本的"川剧热"

1987年,川剧《白蛇传》去日本演出。1990年,川剧《芙蓉花仙》(即《花物语》)去日本演出。两次演出,在日本掀起了"川剧热"。我两次作为演出团团长,有幸为见证人之一。

一

1982年,中共四川省委和四川省政府发出振兴川剧的号召,引起中宣部、文化部以及全国戏剧界的重视。1985年,四川省川剧院受中国对外演出公司的派遣,川剧《白蛇传》在西柏林"地平线艺术节"开幕式演出,继而又在荷兰、联邦德国、瑞士、意大利四国演出,饮誉欧洲。在这种背景下,1987年,应日本文化财团的邀请,川剧《白蛇传》去日本演出。

从1987年5月13日至6月5

李致与观看演出的日本前首相宇野宗右

我驻日公使唐家璇（左三）前来观看演出。左二为日本财团董事长山胁龟夫

日，《白蛇传》在二十四天中演出二十四场。仅在首都东京十天，演出十八场。后在大阪、福冈、京都、名古屋、横滨、松户六城市各一场。观众共计五万人次。

在东京演出的场所为国立剧场，可容纳一千七百多观众。除第三场因暴雨有少数观众没到场以外，所有场次观众爆满，一票难求。几乎每场均有不少观众排队在门口等候买退票。剧场内不得不加座，有时加座多了，消防署还出来干涉。

观众主要是戏剧爱好者和中学生。出席观看的有日本皇族，外务省、文化厅官员，我驻日大使章曙和夫人，新加坡、澳大利亚等国驻日大使，以及日本文化、戏剧和出版界众多知名人士。许多观众对中国神话故事《白蛇传》比较熟悉，但无论专家和中学生，都对被誉为"老少咸宜，雅俗共赏"的川剧《白蛇传》痴迷了。著名戏剧家波多野太郎连看三场，他说："与京剧、昆剧相比，川剧现代化的色彩更浓。伴唱（即帮腔）很具特色，从幕后传来的高腔抑

在剧场候演的日本观众

扬顿挫,使人宛如在空谷听山歌,又像在剧场内欣赏古希腊剧中的合唱,日本观众容易接受。"另一位著名戏剧家尾崎宏次认为,如果昆剧的风格属古典式,川剧则属于巴罗格风格。尤其是川剧《白蛇传》在剧情编排上更有助于男女演员完成高难度动作,从而使全剧增添了神化色彩。东京八重洲图书中心董事长河相全次郎说,川剧接近民众生活,艺术性很高,《白蛇传》演得非常精彩和成功。

我驻日使馆《文化通讯》对《白蛇传》的演出作了高度评价:"川剧在东京十天演出十八场,观众达三万多人次,为我访日演出团之首,演出轰动东京,收到意想不到的效果。"

二

1990年,川剧《芙蓉花仙》(日本翻译为《花物语》,即花的故事)去日本演出。

川剧第二次应日本文化财团邀请,与《白蛇传》的演出成功

李致与在《芙蓉花仙》中饰小白兔的叶长敏

的影响分不开。在《白蛇传》的演出期间,我与日本文化财团董事长山胁龟夫先生建立了友谊,并保持了通信联系。1988年6月3日,山胁龟夫在给我的信上说:"一年过去了,川剧在日本公演至今仍是大家最热门的话题,这也是自中国戏剧在日本上演以来大家议论得最多的戏剧剧目。我认为川剧演出成功和先生作出的努力是分不开的。"又说:"我们以后还要不断介绍中国的戏剧,并希望以后再同先生一起在日本举行川剧公演。能否请先生考虑一下,希望拿出比《白蛇传》更精彩的剧目,我期待先生的答复。"我与文化厅研究,决定以我和副厅长严福昌的名义给山胁龟夫回信,邀请日本文化财团等单位派人在成都看戏,最后选定《芙蓉花仙》去日本演出。

《芙蓉花仙》是新都县川剧团(后改名为芙蓉花川剧团)所排演的新剧目,在原有传统剧目上做了大胆的创新,已演出一千五百多场,深受观众特别是青年观众的喜爱。中国对外演出公司给予大力支持,决定派遣该剧去日本演出。总经理宋成九写信给我,宋经理说:"为此,请您烦神对新都川剧团这颗已经演出一千五百多场的明珠,再进一步加以锤炼,使之益臻佳境。再次表示深切的谢意。"

芙蓉花川剧团于5月5日抵达东京成田机场。八十高龄的山胁龟夫先生亲到机场迎接,令大家感动,我更感亲切。剧团成员先到四川省的友好省县山梨县参观,并演出两场。回到东京,仍在国立剧场,七天演出十四场,观众达一万八千人次。然后到福冈、广岛、高松、大阪、兹贺、京都、横滨、东京、松户演出。在大阪,为配合大阪国际花展,在露天舞台演出五场,吸引了很多观众。其他各地只演一场,总计观众六万人次。

我驻日大使杨振亚("文革"前,我和他同在共青团中央工作)、公使唐家璇和使馆工作人员,看了《花物语》的演出,非常重视和关心整个演出。5月27日,杨振亚邀请日本前首相宇野宗佑来国立剧场观看《花物语》,宇野宗佑与我作了较长时间交谈。他说:"这是一台好戏,令人陶醉。男女演员表演得都很精彩。艺术是能超越国界而为各国国民接受的。川剧到哪个国家舞台上都会受到欢迎。"这位对戏剧艺术颇有研究的政治家认为,川剧集歌唱、跳舞、音乐、武打、喜剧、魔术、杂技等艺术形式于一台戏中,融会贯通,相得益彰,给日本观众留下了深刻印象。新华社驻日记者王大军为此发了消息报道。

这次演出处于特殊的政治环境。由于1989年国内的那场政治风波,西方一些国家对中国采取抵制或疏远的态度。联邦德国一友好城市取消了原商定与成都市川剧团上演《四川好人》的协议。日本文化财团态度友好,坚持已定协议,只有少数单位在接待规格上有所降低。好在《花物语》以它独特的艺术魅力,让观众尽情欢笑,让观众热烈鼓掌,演出完还要等候演员,与他们握手,请他们签名。我驻日使馆目睹这种情况,用使馆全体工作人员的名义给剧团写了一封信,并送来不少水果。

信的全文如下：

亲爱的四川芙蓉花川剧访日团全体同志：

在金色的五月，你们——文化交流的使者，肩负着祖国的重托从天府之国东渡扶桑，将祖国百花园中的奇葩——川剧艺术和中国人民的友好情谊呈现给日本观众。来日本以后，你们不辞辛劳，认真排练，使访日前几场演出获得了极大的成功，你们精湛的演出征服了日本观众，受到了日本各界观众的热烈欢迎和高度评价。你们的访日演出，宛如一朵绚丽夺目的芙蓉花，盛开在日本的舞台上，她向日本观众再次形象地证明了我们的伟大祖国坚持改革开放，社会稳定，文艺繁荣，百花齐放，你们以自己的辛勤劳动，为祖国争得荣誉，为中日文化交流做出了贡献。我们驻日使馆全体同志向你们表示热烈的祝贺、诚挚的敬意和亲切的慰问。希望你们在访日期间务必注意身体、劳逸结合，以饱满的精神，再接再厉，圆满完成整个访日演出。

中华人民共和国驻日本大使馆全体同志
1990年5月26日

这封信，鼓舞着剧团完成整个访日演出任务。

当年12月，我参加中宣部在北京举行的对外宣传工作会议，唐家璇公使也出席这次会议。他到我住的房间，把使馆给中宣部写的报告给我看。报告中再一次称赞这次川剧访日的成果，说川剧这次访日"起了某些工作所不能起的作用"。会议期间，我和家璇同志一起参观了亚运村，并合影留念。

三

川剧两次去日本演出，我们进行了不少中日友好活动。四川省与山梨县、广岛县为友好省县。《白蛇传》演出期间，我们以省长的名义，邀请了山梨县县长望月幸明夫妇、广岛县县长竹下虎之助夫妇来看戏。在我们参观富士山途中，山梨县县长望月幸明夫妇设宴招待了全团成员。《花物语》先后应邀到两个县演出，均受到热烈欢迎。日中友好全国本部两次分别宴请了作为团长的我。本部理事长清水正夫、副理事长西园寺一晃对振兴川剧表示赞扬，认为这对解决世界各国普遍存在的保存和发展优秀传统文化有很好的价值。我们原在文化、出版界的朋友也应邀看了川剧，增进了对四川的理解和友谊。

川剧两次去日本演出，我们也学到很多东西。仅就两次演出本身来说，日本文化财团为邀请川剧赴日演出，先派人来成都选定剧目，提出一些适合日本观众兴趣的建议，以后又派人来看剧目修改情况，着手准备在日本的宣传工作。在日本，一般在半年前通过《朝日新闻》和NHK电视台开始宣传，张贴巨幅宣传画。说明书印得充实和漂亮，除宣传图片外，还有中日两国文字的剧本，每本售价一千日元。看戏时，每人会出五百日元租一个译意风，同步为观众解释剧情，以至外省在日本的中国人，也觉得对看川剧很有帮助。前后有11个剧场，每换一个剧场，都得让主要演员在不同表演区调试音响。为大力争取学校把看传统戏列为课程或课外活动，组织了一万五千多学生观看《白蛇传》。日本人办事认真，给我们留下深刻印象。

川剧两次去日本演出，扩大了四川在日本的影响。《白蛇传》去日本演出时，日本最大的报纸之一《朝日新闻》用巨大篇幅宣传四川和川剧。报纸刊登了四川省的地图。很多地方张贴了演白蛇的古小琴的宣传画，这是四川任何高官访日所没有的。两次演出，共经十一座城市，观众总计十一万人次。因为是商业演出，剧团有经济效益：四川省川剧院收入九百六十万日元，约合人民币二十万余元。以后，我多次会晤日本朋友，他们都会谈到川剧两次在日本的演出。

2012年3月5日追记

在日本各界欢迎宴会上的致词

尊敬的山胁先生、佐佐木修先生，女士们、先生们、朋友们：

值此中日邦交正常化十五周年之际，中国四川省川剧院演出团受中国演出公司的派遣，从长江上游来到富士山麓，将演出传统神话剧《白蛇传》，我们感到非常高兴。从踏上美丽的日本国土起，我们受到了主人热情友好的接待。请允许我以演出团的名义，向日本文化财团和《朝日新闻》、广播协会、国立剧场等出席招待会的各界知名人士表示衷心的感谢，并通过各位向日本广大观众致以亲切的问候和良好的祝愿。

中日两国人民的友好交往源远流长。现在，我们又把川剧艺术带到贵国。川剧是四川一亿人民喜闻乐见的艺术形式，它以其文学性强、喜剧色彩浓、表演细腻、音乐丰富多彩、接近人民群众生活等特点受到广大群众的喜爱。我国领导人邓小平、朱德、陈毅都是川剧爱好者。四川省川剧院是川剧这个剧种级别最高的艺术表演团体。这次演出的保留剧目《白蛇传》曾参加1985年西柏林"地平线艺术节"，并先后到西欧四国演出，获得广泛赞誉。我们希望通过在贵国的演出，能给日本观众带来四川人民的友谊和川剧艺术美的享受。

四川有这样一个民间传说：由于苍天同情白蛇的遭遇，每演出《白蛇传》的时候，往往会下雨。昨天我们到东京机场，日本朋

张曙大使（左一）出席欢迎会。左二起为李致、杨楠桦、王道正

友说东京最近天旱，很久不下雨了，希望上演《白蛇传》时能下雨。昨晚果然下了喜雨，这场及时雨，把我们的心更紧密地联系在一起了。

四川省虽然处于中国的西南部，但四川人民长期致力于中日文化交流。我国杰出的文学巨匠郭沫若、巴金是四川人，他们一贯为中日友好和文化交流而竭尽力量。我们将继承他们的这种精神，为促进中日文化交流、增进两国人民的友谊做出应有的贡献。我们对日本文化财团和《朝日新闻》邀请和支持川剧来贵国演出表示赞赏和感谢。我们深信，在贵国文化财团和各方人士的关心协助下，《白蛇传》的演出将获得圆满成功。

谢谢！

1987年6月14日

在日本山梨县宴会上的致词

我们怀着兄弟般的深厚友情来到山梨县。

这次四川省川剧院到贵国演出《白蛇传》，出发之前，四川省省长蒋民宽先生委托我以他的名义，邀请望月幸明知事先生和夫人观看川剧。知事先生和夫人欣然光临，并会见了主要演员，给我们的演出增添了光彩。今天，又设宴招待全团成员，知事先生所作的

四川省友好县——山梨县知事望月幸明（右三）和夫人（左三）举行午宴欢迎省川剧院代表团，正步入宴会厅

十分友好的讲话，使我们深受感动。这一切，回国后我将向蒋民宽省长如实报告。

四川省和山梨县结成友好省县，已经两年。但早在我上小学的时候，就知道位处山梨县的富士山。富士山的美丽是举世闻名的，日本诗人曾以"玉扇倒悬"来形容它。我们四川也有著名的峨眉山。这两座山的高度都在三千米以上。刚才我们游览了风光秀丽的河口湖，四川的九寨沟也有许多童话般的海子。从山和海说到我们的友谊：我们的友谊是长存的，它将比山高，比海深。

我代表演出团全体成员，向望月幸明知事先生和夫人，向在座的山梨县朋友，并通过你们向山梨县人民，表示深切的谢意。

祝贵县蒸蒸日上，兴旺发达。

1987年6月1日

在日本东京国立剧场的一次交谈

时　间：1987年5月26日下午

谈话人：李致（四川省振兴川剧领导小组副组长、省实验川剧院赴日演出团团长）　佐佐木修（日本文化财团事务局长）

翻　译：邱季生

李　致：今天的午场结束后，我们在东京演出十八场《白蛇传》的任务就完成了。估计今晚我们去大阪之前，不可能有时间交换意见。我想趁现在的空隙，彼此作些交谈。

佐佐木修：很好。

李　致：观众和专家对《白蛇传》的意见，我们大体知道了。我想听一听您对我们工作的意见，以便我们到东京外的六个城市演出时参考。

佐佐木修：这次川剧在东京的演出很成功，各方面反映很好。特别有八天一天演出两场，演员和演出团的朋友都很辛苦。有的演员不顾扭伤坚持演出，给我们留下很深的印象。演出中只有一次"踢慧眼"没有成功，其他都很好，没有什么意见。

李　致：昨天晚上"踢慧眼"没有成功，演出结束后，我们就和演员一起总结了经验。平常，每演完一场，我们都要总结经验教训。

佐佐木修：我对川剧在东京的演出成功表示祝贺！

李致与佐佐木修（右）

李　致：我们注意到午场演出时，中学生很多，反应强烈，既有鼓掌，又有呼叫。这两天，我们在休息和散场的时候，听取了一些学生的意见，他们都说川剧的服饰漂亮、动作优美、音乐动听、武打精彩，希望以后还有机会再看到演出。

佐佐木修：是这样。我们接到一些高中学生家长打来的电话，感谢日本文化财团为学生安排了这样好的节目。有不少学生看了《白蛇传》以后，动员家长来看。

李　致：如何使优秀的传统艺术为当代青年接受，这是一个很重要的问题。我们振兴川剧的要求，就是要出人、出戏、赢得观众——特别是青年观众。所以，我们看到日本学生喜欢川剧，感到非常高兴。我们很想了解日本文化财团在组织学生观众这方面做了一些什么工作。

佐佐木修：我们为这次川剧《白蛇传》在日本公演做了大量的宣传工作。除通过报纸、电视做大量的宣传工作外，还向各大、中学校发邀请信。到今天为止，关东地区有六十所学校派团来看了戏，人数大约有一万五千人左右。有的学校看了川剧的学生集体来信称赞《白蛇传》。有不少学生来信，希望今后去四川旅游，表示要多了解四川，多看川戏。

李　致：过去别的演出，在组织学生观看方面，还做过哪些工作？

佐佐木修：我们每年利用学生考试完毕后的一段空时间，为学生提供观赏传统剧目的机会。

李　致：票价是否有优惠？

佐佐木修：学生的票价低于成人票价，有的只收一半，有的收三分之一。现在，日本学生对传统剧目的兴趣日渐高涨，不少学生要求来年继续举行这类活动。

李　致：由学校出面组织学生观看吗？

佐佐木修：是这样。学校把组织观看传统剧目列为课程或课外活动。现在，除组织学生在剧场看戏外，还组织剧团到学校为学生演出。

李　致：我们也多次组织过大学生看川戏，规模不及你们组织的大。你们在这方面的经验对我们很有参考价值。

佐佐木修：成都有一个漂亮的锦城艺术宫。如果能在艺术宫为中小学生（在日本，大学生已有自己的鉴赏能力）提供观看传统戏的机会，将会收到很好的效果。这样做，可以使学生了解祖国的优秀文化传统，起到课堂教科书所不能起到的某些作用。当然，重要的是直接培养学生对传统戏的兴趣。川剧如能主动到学校演出，将会收到更好的效果。

李　致：就谈到这里，谢谢！

缅怀山胁龟夫

山胁龟夫先生,是日本文化财团董事长。

日本文化财团,相当于我国的对外演出公司,该财团长期致力于介绍我国的传统戏曲。三十五年前,中共四川省委、四川省政府,提出"振兴川剧",取得了可喜的成绩。1985年,中国对外演出公司委派川剧的《白蛇传》,参加西柏林"地平线艺术节",继又在联邦德国、荷兰、瑞士和意大利四国演出,一时出现"川剧热",饮誉欧洲。正是如此,对外演出公司又把《白蛇传》,推荐给日本文化财团。

日本文化财团做事认真,不"隔口袋买猫"。1986年财团派事务局局长佐佐木修,率团来成都考查,感到满意,决定邀《白蛇传》1987年去日本作商业演出。为此,财团与《朝日新闻》等媒体,在日本做了大量的宣传。

第一次和山胁先生见面,是在首演前的招待会上,他致欢迎词,我致答谢词。然后,大家一边喝清酒,一边随意交谈。我把导演任庭芳、主要演员古小琴、杨楠桦、王导正等,介绍给山胁先生。山胁先生是位长者,个子比我高一点,和蔼慈祥,有亲和力。彼此留下良好的印象。

1987年5月13日至6月5日,《白蛇传》在二十四天中演出二十四场,仅在东京国立剧场,十天就演出了十八场。场场爆满,

在首演前的招待会上。左一为山胁龟夫

一票难求。剧场可容纳一千七百多观众，每场均有不少观众在门口排队，等候退票。剧场内不得不加座，有时加座多了，消防署还出面干涉。

川剧表演艺术家周企何，称誉《白蛇传》"老少咸宜，雅俗共赏"，事实果真如此。尽管许多日本观众，比较熟悉这个中国的神话故事，但无论专家还是中学生，都让《白蛇传》迷住了。著名戏剧家波多野太郎说："与京剧、昆剧相比，川剧现代化的色彩更浓。伴唱（即帮腔）很具特色，从幕后传来的高腔抑扬顿挫，使人宛如在空谷听山歌，又像在剧场内欣赏古希腊剧中的合唱，日本观众容易接受。"另一位著名戏剧家尾崎宏次认为，如果昆剧的风格属古典式，川剧则属于巴洛克风格。尤其是《白蛇传》在剧情编排上，更有助于男女演员完成高难度动作，从而使全剧增添了神化色彩。东京八重洲图书中心董事长河相全次郎说，川剧接近民众生活，艺术性很高。

演出成功，山胁先生极为高兴。

东京演出结束以后，《白蛇传》又去大阪、福冈、京都、名古屋、横滨、松户六个城市，各演一场。山协先生先后看了十二次。他总有办法找到空位，而我一般是在剧场最后面，站着看。我每场必看，主要是想发现演出中的问题，以便及时改进。山胁先生担心我离得太远看不清楚，有一天特意来到后面，送给我一个很小的望远镜。他怕我推辞，一再声明：这个望远镜是他自己平日里用的，已经很旧了，但镜套上面刻有他的英文名字YAMAWAKI，希望我不要嫌弃，留作纪念。

三胁龟夫送的望远镜

《白蛇传》在日本演出期间，先后有两个演员受伤，山胁先生十分关心。有一次，我和他不约而同去医院，看望在扯符吊打一场受伤的任庭芳。翻译去医生那儿询问病情，我和山胁先生开始笔谈。找到一个共同点，早年我俩都在学校学新闻。世界第二次大战期间，他曾以记者身份去过欧洲。离开医院前，我们都想留下这张笔谈的纸笺。我尊重他的愿望，请他保存，他表示感谢。

演出结束后，山胁先生安排全团在日本箱根休息两天。箱根是日本最著名的风景游览区和温泉度假地，宾馆的设备极好。当宾馆的主人拿出红本请我题字时，我看见上面有巴金赞扬中日友好的题字。以后，看见巴金《怀念二叔》的文章，我的二爷爷在清朝光绪末年留学日本，后有个笔名（也就是室名）为箱根室主人。这虽是题外之话，但李家三代人都曾在箱根留下足迹，证明作为旅游胜地，箱根名不虚传。

我和山协先生逐渐熟悉，主要有两方面的原因。一方面是在川剧之前，财团曾接待过国内几个剧团，那些带队的团长，参加完首场演出，就到日本各地参观，然后提前回国。只有我这个团长，从头到尾二十多天，和剧团寸步不离，遇到突发事件，如演员受伤，我总是在现场及时处理，使他感到我比较敬业。另一方面是山胁先生虽不经管演出的具体事务，但他跟随我们剧团到演出各地，多次观看《白蛇传》，对川剧产生感情。无论乘车或乘船，山胁先生总爱和我坐在一起。有时翻译在旁，有时没有。我和他能说几句简单的英语，更多是用中文笔谈。尽管言语不通，但感情相通。这样，建立起友谊。

这以后，我和山胁先生一直保持书信联系。

1988年6月3日，山胁先生在给我的信上说："时间过得真快，东京一别整整一年了。川剧在日本的公演，至今仍然是大家热门的话题。这也是来自中国戏剧在日本上演以来大家议论得最多的剧目。我认为川剧演出的成功，和先生的努力是分不开的。""为纪念'日中友好条约缔结十周年'我们计划还要不断介绍中国的戏剧，并希望再同先生一起在日本公演川剧，请先生考虑一下，能否拿出比《白蛇传》更精彩的剧目，我期待先生的答复。""今天收到先生送我的布制熊猫，这不仅是一只玩具，它表达了四川朋友对我们的深情厚谊，深感暖人肺腑。再次向你表示衷心的谢意。祝我们的友谊源远流长，万古长青！"信中还对受伤的两位演员表示关切和慰问。

山胁先生欢迎川剧再去日本演出，当然是好事。我与文化厅的领导商量，新都县川剧团的《芙蓉花仙》，改革的步子迈得大，很受青年观众欢迎，已演出上千场。我和文化厅副厅长严福昌，以我们两人的名义给山胁先生回了信，建议派新都县川剧团的《芙蓉花仙》去日本演出。日本文化财团再一次派佐佐木修，率代表团来成都看戏，随即与中国对外演出公司，签订了1990年去日本商业演出的合同。

我再次率团去日本。山胁先生到机场欢迎，并与我和主演张宁佳合影。在日本，《芙蓉花仙》译名为《花物语》（即花的故事），共演出三十场，观众达六万人次，得到很高的评价。我国驻日本大使杨振亚、公使唐家璇认为，川剧这次演出，起到了很多工作不能起到的作用，并以大使馆全体工作人员的名义，写信给剧团，表示称赞和感谢！

山胁先生随团看了很多次《花物语》。他告诉我，每次看《冷泉山》，即花仙蒙难的那一场，他都流了眼泪。对我个人，他照顾得很周到，已不仅是工作的需要，而是朋友的情谊。有一次我们闲聊，他表示欢迎我再次率川剧团来日本演出。我说如果来，不能当团长，只能做顾问。他感到奇怪，我答明年满六十岁，按规定该退休了。

这个回答引起山胁先生的兴趣，他问我退休以后准备干什么。我答从事文学创作。他立即表示愿意向日本的某个委员会提出申请，请该委员会邀请我在日本写作一年，由该委员会提供费用。以后知道，该委员会曾邀请作家、翻译家文洁若（萧乾的夫人）来日本写作一年，有例可查。

这个邀请，对我"事关重大"，我表示将认真考虑。我与宋丽红、邱季生两位翻译商量，他们都支持。我再次向山胁先生询问有关情况，他说在日本的这一年，可以偕夫人来。至于翻译，最好在中国聘请，因为聘日本翻译费用太贵。他希望我回国后写一份简历给他，以便他办理申请手续。

离开东京回国的那天早上，我发现山胁先生已经坐在小车上等我。八十高龄的山胁先生，一大早亲自送我去机场，我既感动又不安。天有一些凉，他用毛毯盖着双腿，似乎有些疲倦。我不愿打扰他，没有和他交谈，但心里充满感激之情。

我无法立即下决心去日本写作一年：首先这在当时还是比较复杂的事，要经过组织审批；再者我已答应儿子去美国探亲；总之我没有把自己的简历寄给山胁先生。以后听说，山胁先生身体不太好。1991年我去上海，看见巴金老人服用太阳神口服液，能帮助饮食和睡眠。我买了几盒托人带给山胁先生，请他试用，他也托人表示感谢。1992年我和老伴去美国探亲。

1993年我回到中国，准备和山胁先生联系，却得知他已经不幸逝世，享年八十二岁。山胁先生，是我在日本最好的朋友，他的逝世令我若有所失。他期待我去日本写作一年，这个愿望没有实现，我深感歉意，也无法请他原谅。

我两次率川剧团去日本演出，留下山胁先生不少照片。翻看这些照片，都会引起很多美好的回忆，也会想起他说的那些真诚的话。我会永久珍惜山胁先生和我的友谊。

2017年7月14日，酷暑中写完

"变脸"揭秘

变脸是川剧的特技之一，受到国内外众多观众的喜爱。

1985年我和省川剧院访欧演出团去西柏林参加"地平线艺术节"，后又去荷兰、联邦德国、瑞士和意大利演出《白蛇传》。剧团所到之处引起轰动，出现了"川剧热"。不可否认，川剧的特技是吸引观众的重要因素之一。观众在看变脸时情绪沸腾，鼓掌欢呼。欧洲报纸赞扬变脸，说演员像拉百叶窗似的变换脸谱。

好奇心促使许多人去弄清原因。无论是演艺界的朋友或观众，甚至政府官员，常常迫不及待地追问：

"你们是怎样变脸的？"

"变脸的秘密是什么？"

从参与振兴川剧的时候起，我就知道变脸是许多代艺人的劳动结晶，属于行业机密，不能外传。曾听说省内某歌舞团打算引用变脸，省委负责同志没有同意。我在川剧界有许多朋友，演出时也常在后台走来走去，但我尊重长期传下来的习惯，不打听变脸的机密，不进变脸演员的化妆室。在国外更不能泄密。

面对无数的追问，我学到一些应付的办法。

最简单的回答是："我也不知道。"但很难过关。

进一步是发动群众，"你们先猜"，等提出各种猜想后，我都予以否定。有时形成辩论，然后请大家继续思考，"谁猜对了，我建议剧团给奖"。

即使这样，有不少人仍穷追不舍。我只好说："这个秘密不揭开，你们会非常有兴趣；如果现在揭穿，你们马上会感到索然无味。"

我努力做到：既保了密，又不伤感情。

1987年《白蛇传》在日本演出，川剧特技特别是变脸受到观众、戏剧界和新闻界的欢迎和关注。主要接待单位之一的NHK电视台对变脸、踢慧眼等特技，常常连续播几个或十几个镜头，很有气势。说明书上彩印了变换的各种脸谱。为了帮助观众看懂川剧，剧场出租译意风，除对剧情作必要的解释，还提醒观众注意特技表演。可以说，日本人在川剧到东瀛之前，就想揭开变脸的秘密了。

我任演出团团长，是首当其冲的人之一。到东京的当天晚上，接待我们的日本朋友与我和副团长郝超聊天，追问变脸的秘密，我和郝超东说南山西说海，就是不回答问题，何况我们的确不知道。最后他们提出可否现场摄像，我没有把握。征求演员"变脸王"（王，是指王道正，而不是什么天王或地王）的意见，回答可以，但只能在台下拍摄，以免影响演出效果。现在有些媒体说日本朋友是"悄悄"拍摄的，这不对，是经我们同意的。日本朋友第二天用了八架摄像机拍摄变脸特技。有两架摄像机镜头伸进舞台，脚架在台下。我一下就发现了，但道正说没问题，我才表示大度，放宽政策，未加追究。据说摄像机很现代化，可摄到千分之多少秒，但并未破密。这与王道正高超的技巧分不开。我看过不少人表演变脸，王道正的技术最好，没有破绽，且德艺双馨。

NHK电视台的记者就变脸的机密采访了我们。

王道正回答得干净利落："这是保密的！"

我不能简单重复王道正的答案。既要保密，又要保护观众的兴趣，只得用在欧洲行之有效的办法："这个秘密不揭开，你们会非常有兴趣；如果现在揭穿，你们马上会索然无味。为了保持你们的浓厚兴趣和探索精神,我相信观众能理解我的用意。"

退而求其次,NHK的朋友对采访表示满意,还送了一个小纪念品。不像国内有的电视台,要采访把你叫去拍摄就是了,不仅没有感谢的话,连播放的时间也不告诉你。似乎要你上一次电视,已让你无限光荣。我并不是想要纪念品,而是希望记者尊重人。

《白蛇传》在日本获得荣誉,日本文化财团在1990年又邀《芙蓉花仙》演出。日本人不隔口袋买猫,事先两次来成都看戏。由于日本观众欢迎川剧特技,财团的朋友再三建议要加变脸、吐火、藏刀等表演。我与有关同志研究,用特技来吸引观众是一种办法,但特技一定要与故事情节和人物性格紧密相关,不能为特技而特技。为此剧团下了功夫,加得恰当,表演精湛,川剧再一次受到日本观众欢迎。

出口转内销,川剧变脸等特技,受到国内观众的广泛欢迎。我赞成用特技为川剧吸引观众,但不能丢掉川剧许多更重要的好东西,只强调特技。否则川剧团就成了杂技团。正如不能把内容丰富的川菜简单说成麻辣烫,又把麻辣烫集火锅于一身,川剧不等于特技,更不只是变脸。

似乎领导也重视变脸了。一次国庆游行,某市长为突出巴蜀特点,要几百人的队伍一起变脸吐火。这位市长卓有政绩,我很尊敬他。但他不太熟悉川剧,也没有人向他禀报变脸属于机密。他的用意虽好,但弄不好岂不大泄密!该市川剧团的几位朋友与我商量,在不泄密的前提下,只做了很简单的表演,这才应付过去。

我在美国探亲时结识了一对华裔夫妇,他们热爱祖国,为人正派,堪为朋友。1993年他俩来成都访问,在蔓莎梨园看了王道正表演变脸,极感兴趣,夫人定要打破砂锅纹(问)到底,问个水落石出。"攻"我不下,转"攻"薄弱环节——我的外孙齐齐,而且向齐齐保证她绝不再告诉别人。齐齐一度常跟我去看川剧,因为人小在后台乱窜,演员一般不避讳他。我生怕他看过变脸演员化装,不慎失言，赶忙暗示他不能乱说。好在他聪明，意识到事关重大，坚决而又礼貌地说不知道。事后问他，也的确不知，但当时真让我提心吊胆！

前几年有家报纸担心变脸特技泄密，开展了讨论，曾刊登我的意见。最近香港歌星刘德华拜师学变脸，引起争论。报纸采访我，我说意见早说了，现在该文化主管部门表态。前几天看中央电视台晚间新闻，播放文化部同意省文化厅的意见，变脸属于行业机密，不应外传。这个答复是正确的，我在一定程度上感到放心。为什么说"一定程度上"？因为有这个答复还不够，还得川剧界坚决执行，新闻界给予支持。

我一贯不喜欢"揭秘"或"曝光"之类的标题。这次试用"揭秘"二字，无非争取读者。唔，唔，连我也"变脸"了，变得油滑了。

2000年5月3日

1987年川剧《白蛇传》访日演出日记

按 1987年，中国对外演出公司与日本文化财团达成协议，川剧《白蛇传》赴日本商业演出。团长李致，演出公司代表兼首席翻译孙兰翼，副团长严福昌，翻译邱季生。导演及主要演员任庭芳、古小琴、杨楠桦、陶长进、王道正。

5月13日

六时离开旅社。到北京机场稍等候，即办出关手续。总的来说比较顺利，没有抽查，九时半起飞。到东京的航程大约三小时，入关也很顺利，没有检查行李。

日本文化财团事务局局长佐佐木修、《朝日新闻》析原一雄等先生到机场迎接。在机场集体合影。佐佐木修先生开小车来，我、孙兰翼和严福昌乘小车同行。到金刚饭店，住2438号房间。有套间，便于开会。

日本文化财团法人代表山胁龟夫先生在饭店迎接。

五时半，佐佐木修来谈日程。日方安排很好，我们没有提不同意见。七时，佐佐木修陪NHK电视台村上德来访，拟在演员走台时拍摄变脸特技。这是艰苦的谈判。我没有同意，态度既坚定又友好。两位日方女翻译笑了，说我很幽默。

东京很热。在机场，析原一雄问我：据说一演《白蛇传》，天就会下雨，是不是这样？我说是。有趣的是临睡时关窗帘，窗外果然小雨淅沥。

5月14日

早起。本拟在旅馆附近走走，因雨作罢。

驻日政务参赞王丰玉，是原共青团中央同事，打电话问好，希望有机会见面。

开小组长会。

与武功演员谈心，希望他们保证休息，注意安全，演出前提早练功，避免发生意外事故。

早餐质量差，日方接待人员小仓表示歉意。

下午参观阳光大厦，六十层。从底层到楼顶，乘高速电梯，只需三十六秒钟。顶上可观望东京四周风光。继续到附属建筑十至十一层，参观国际水族馆。

晚七时，日本文化财团和朝日新闻社举行欢迎会。约一百四十人参加。我驻日大使章曙出席。日方山胁致欢迎词，我致答词。谈到东京太热，因演《白蛇传》下雨，在场人士很开心。按日本的传统，打开青竹梅酒，用正方形的木杯饮酒，别有风味。我忙着把导演及主要演员任庭芳、古小琴、杨楠桦、陶长进和王道正介绍给章曙大使和山胁，又和多位戏剧评论家交谈，没有吃饱饭。新华社就欢迎会发了消息。

宴会结束后，使馆文化参赞王达祥到我房间，并与主要演员见面。王达祥是我在共青团中央工作的同事，1965年，我们一同接待日本民主青年代表团，我领队，他翻译，彼此友好。1985年5月，我率四川出版代表团来日本时，他刚任文化参赞。

5月15日

早晨有小雨。

通过邱季生，与八重州图书中心董事兼社长的石桥长久、东方书店店长安井正幸取得联系，他们是我在日本出版界的朋友。1985年我率四川出版代表团访问日本时邱季生是翻译。

十时半，王丰玉来。

下午二时，去日本国立剧场。这是东京最古老最好的剧场，我们在东京时将在这里演出。今天的任务是对光，同时全本排练。NHK电视台记者村上德采访我和变脸演员王道正。谈到如何变脸，王道正说保密。我说："如果我不说，观众会一直探索，如果我讲了，大家就索然无味了。"这是我在欧洲对付观众和记者的办法。

5月16日

十时，召开全团大会。

导演任庭芳讲了演出中的问题。我做了动员：希望大家放下包袱，轻装上阵，进入最佳竞技状态；即使出点小问题，也不要紧；总结教训，下次改了就行，不追究责任。

今天两场演出。

下午二时，午场开始。观众反应强烈。与欧洲相比，日本文化与中国文化更接近。售价一千日元的说明书上，有中文和日文的全剧本，观众事前可知剧情。还可花五百日元租一个译意风，译意风可解释剧情，提醒观众什么时候有特技。演到最后一场《金山寺》时，观众情绪达到高潮。但是日方有一些规定，如演员谢幕不得超过三次，我们尽可能遵守。

四时，石桥长久来访。《中国青年报》记者徐放新来采访。

六时半，开始晚场演出。我驻日大使章曙夫妇、文化参赞王达祥，新加坡和澳大利亚驻日大使，日中友协理事长清水正夫等出席观看。可能是由于晚场官员专家多，开始时观众比较克制，不轻易鼓掌，但随着剧情发展，观众的情绪逐渐达到高潮。谢幕时，观众长时间热情鼓掌，我们不得不多次谢幕，突破了清规戒律。不少人说，在东京的外国演出中，观众反应如此热烈，尚无前例。最高的评价是：川剧集中了东方文化的精华！

此前，我虽有信心，但也有点紧张。特别是午场的年轻人多，担心他们不理解。现在放心了！

5月17日

星期天，又下雨。

午场演出前，山胁找到我。他看到昨天两场演出时，我站在剧场的后面看，担心我离得太远看不清楚，送给我一个很小的望远镜。他怕我推辞，一再声明：这个望远镜是他自己平日里用的，已经很旧了，但镜套上面刻有他的英文名字"YAM AWAKI"，希望我不要嫌弃，留作纪念。我表示感谢，高兴地收下。

晚场是加演的，效果仍好，因下雨，观众少一些。

东京都日中友好协会副理事长古川万太郎送来一篮水果，分送给病号和主要演员。

5月18日

午场演出满座。

多数演员感到疲倦。武功演员李德莉感冒较重。

由佐佐木修陪同，拜望了国立剧场理事长佐野文一郎先生，并赠纪念品。

八重州图书中心石桥长久来访，取走19日戏票。

佐佐木修邀请我明天去东京王子饭店介绍川剧。该饭店组织了高级艺术观光团，请我们与四十多位妇女见面，她们一边吃饭一边听我们讲。我同意去，但要求我们讲的时候，她们不能吃饭，这样不严肃。佐佐木修同意。

355

5月19日

　　十一时，我和演员王起久、杨楠桦一起去东京王子饭店。我介绍了有关川剧的情况，回答了提问。

　　与山梨县知事望月幸明、广岛县知事竹下虎之助取得联系。我受四川省省长蒋明宽委托，邀请与四川结成友好省县的广岛县知事、山梨县知事来看川剧。

　　下午二时，古川万太郎到饭店看望我，交谈半小时。

　　午场，由二组演员上演，观众反应仍强烈。佐佐木修表示满意。李德莉感冒好转。

　　晚场，八重州图书中心董事长兼会长河相全次郎与石桥长久、德永秀和太田勇夫妇等八人来看川剧。八重州图书中心是日本最大书店，与四川出版有联系。我到剧场迎送。

5月20日

　　五时醒，翻看《朝日新闻》标题。

　　十时，散步去剧场，途中与演员沈丽红谈心。

　　午场，中学生观众、女生多，反应热烈。既鼓掌，又惊叫。我问了几位女生的意见，她们害羞，只说好极了。佐佐木修告诉我：东京樱荫高中学生家长，打电话给日本文化财团，感谢财团为学生安排了这样好的节目；还有的学生动员自己的母亲看《白蛇传》。我把这些情况告诉《中国青年报》记者，为此《中国青年报》发了消息：日本中学生喜欢川剧。

　　五时，幸治小姐来访，我上次访日时，她做翻译。

　　六时，出版人田村幸夫和夫人雅子来访。

　　晚场，我在剧场门外，欢迎山梨县知事望月幸明和夫人。散场后，知事夫妇到后台看望主要演员，我代表剧团送他们礼物。知事表示，愿意再次访问四川。

5月21日

在东京演出七场，今天休息。

九时半，全团去向阳商店购物。我喜欢买钟。单从钟的价格看，比我前年买时上涨近一倍。

十一时，我、孙兰翼、任庭芳、古小琴和徐建祥，应NHK电视台邀请，去帝国饭店吃日本料理。日方多人出席。

下午三时，广岛县知事竹下虎之助来访，我介绍了川剧在东京演出的情况。

六时，我和邱季生应八重州图书中心邀请去吉祥饭店。河相、石桥、德永秀等出席。饭菜高档，但我们不太习惯。河相表示他佩服鲁迅，鲁迅是硬骨头；认为郭沫若对自己的信念有动摇。他喜欢巴金，说他也有一个类似《家》里的大家庭。我几次告辞，但河相谈兴极浓。他说，我们都是文人，学李白、杜甫交往，并表示愿意今年接待四川出版代表团。最后，由石桥送我们去银座参观。

我和邱季生乘地铁回饭店，吃方便面。

5月22日

五时醒，做完一些事，又睡半小时。

得广岛县电话，知事愿意看《白蛇传》。

十一时，一家画报社来采访我和王道正。

十二时，丰田女士来访。丰田曾为巴金访日做翻译。当她看见巴老在夫人萧珊骨灰盒前的照片时，流了眼泪。

下午二时，石桥长久第二次来看望我。

三时，《朝日新闻》的池田、析原来访，他们高度评价川剧艺术。

八时，古川万太郎来访。清水正夫邀我6月4日参加宴会并恳谈。山胁来，共商如何接待日本天皇的侄儿和夫人明天中午来看《白蛇传》。

剧终，在大厅走廊遇内山书店经理内山篱（内山完造之子）。内山完造与鲁迅是朋友。

回旅馆，我赠武功演员一些药，这些药可以消除疲劳。见水池水满，我跑去关水龙头，摔了一跤。

5月23日

昨晚十一时入睡，今晨六时醒，算是这次来日本最好的睡眠。

十时，新华社记者来采访。

午场，日本天皇侄儿高丹宫殿下及其夫人来看《白蛇传》。山胁、析原和我陪同观看。幕间休息，我们友好交谈，殿下夫妇会见了主要演员任庭芳、古小琴和陶长进等，赞赏川剧音乐，特别是帮腔。由于殿下夫妇光临，教师给学生打了招呼，场内气氛比较拘谨。

《白蛇传》剧照。古小琴饰白蛇，陶长进饰许仙

五时，会见国际通讯社社长黄远行及其夫人、女儿。黄社长对中国友好，曾与故宫博物院合编《紫禁城》。

晚场，观众情绪热烈。

散场时，黄远行介绍我认识新加坡驻日大使李炯才和夫人，大使赞扬川剧艺术。

5月24日　星期天

十一时半到剧场。

召开全团会议，肯定成绩，强调不能松懈！

今天只演午场。小事故较多，张菁生腿受伤，可能是韧带出了问题。

四时半，全团成员看NHK电视台在成都为川剧院拍摄的影片。

晚上休息。有几人不假外出。召开组长以上干部会议，再次强调遵守纪律，注意安全。

5月25日

十一时十五分，召开全团会议，强调遵守纪律。

杨楠桦对昨天看的录像里没有她有所误会。我与她谈心，告诉她那是以前录的川剧院的，她是川剧学校的，所以没有她。如果录这次演出团的，必然会有她。

山胁来看望我。

因为张菁生受伤，二组无法演出，仍由一组上。

晚场，山梨县副知事小泽来看戏，互赠礼物。本来拟请他与主要演员见面，但散场后没有找到他。

演出时，王整踢慧眼的特技没成功。

5月26日

晨起，像往天一样，翻看《朝日新闻》的标题。

今天是沈丽红的生日，赠她水果。

午场开始后，与佐佐木修交谈，了解他们组织学生看戏的经验。他对在东京的演出感到满意，并介绍了组织学生看戏的做法。邱季生做翻译，我请他把谈话记录下来。

《白蛇传》是川剧五种声腔之一的高腔，帮、打、唱融为一体。其中《跋楼》一场，白蛇喝了雄黄酒，变成蛇形在地上打滚。古小琴舞蹈似的翻滚，很美。帮腔男声一般只一两人，为烘托气氛，我们要求后台的男演员全部上，这样六七位演员一起帮腔颇有气势，被戏称为"将军合唱团"。我发现有时个别演员会溜号，为保证演出质量，每到这时，我必到后台"坐镇"，他们一见我，马上说"李部长来了"，赶紧集中，高声帮腔。

全团乘飞机去大阪。五百公里，一小时到达。

《白蛇传》剧照。古小琴饰白蛇，李凡饰女青蛇

5月27日

九时半，到附近散步，拍照留念。

中午休息。我驻大阪公使衔领事文迟（原共青团中央联络部副部长）来电话，以致没有入睡。

四时，到剧场，条件甚好。

夜场演出，文迟和夫人及村人健一等出席。观众反应热烈。饰男青蛇的曾道勋受伤，送进医院，我很不安。

5月28日

　　早起，到医院看望曾道勋。按昨晚决定，王恒奎和邱季生陪同曾道勋去东京治疗，佐佐木修在东京新干线车站迎接。

　　八点五十分出发去机场，将去福冈演出。

　　大阪到福冈，五百五十公里，飞行约一小时。我上飞机就入睡，醒来已快到福冈。日本是岛国，从飞机上看去，四周是太平洋，岛上片片绿色树林，房屋顶则五彩缤纷；几艘舰艇在海洋上行驶，拖着几道长长的白色浪花。这在四川是难以见到的。

　　晚场开演前，东京来电话。曾道勋已住进厚生医院，动了手术，效果很好。估计下月可以和我们一起回国。

　　广岛县知事竹下虎之助夫妇和稻田先生，从广岛赶来看《白蛇传》，我们热情接待。竹下用名片给省委书记杨汝岱、省长蒋明宽写下感谢之辞。

　　佐佐木修从东京赶来。

　　演出效果很好，观众反应强烈。很多人说，观众这样热烈，在九州是空前的。从剧场归途中，我表扬了全体同志，赞扬川剧院是一支经得起考验的队伍！

　　村上健一打电报祝贺在大阪演出成功！

　　福冈接待我们的朋友，和我们一起晚餐，喝绍兴酒，很热情。福冈的豆瓣酱与四川的豆瓣酱类似。主人没有讲话，但我仍说了感谢的话。

5月29日

　　九时，全团乘飞机返大阪，再乘汽车到京都。这是我第二次到京都。

　　下午演出前，多数成员在剧场四周散步，拍照留念。京都是日本的古都，绿化很好，空气新鲜，与东京和大阪不一样。可惜年轻演员不了解京都，主办方也没有安排我们去有周恩来诗碑的岚山，演员们大多逛商店。

演出效果好，观众反应强烈。

曾经在成都见过的栅桥先生，来看了《白蛇传》的后半场。

东京电话，曾道勋术后效果好。

5月30日

一早动身，乘汽车，十一时半到名古屋。

动身前，召开组长会议。强调要尊重管理演出团的日本工作人员，与他们交朋友。途中开联欢会，两个半小时，不知不觉就到了名古屋。

午餐后，少数演员过久逛地下商场，影响休息。开演前，一些演员在化妆室交换商品信息。我提醒大家不要这样，要专心演出。

演出效果好，观众反应强烈。

5月31日

九时后，乘新干线去横滨，再换汽车去神奈川。

许多演员想拍照，被我劝阻，让大家休息。由于休息好，精神充沛，演出效果很好。

山胁和佐佐木修都来到神奈川。

石桥长久送他的孙女和孙女的教师来看戏。

演出后，大家到海滨休息拍照，再去箱根小涌泉饭店吃饭。饭店营业经理饭塚和刚，得知我是中国作家协会会员，告诉我作家巴金和老舍都在这里住过。

我住八二一房间，设施相当豪华。有大卧室和会客室，有淋浴、盆浴和桑拿浴，有智能马桶。孙兰翼和古小琴的房间也很好。我意识到，这是日方对演出很满意所表示的感谢。

6月1日

今晨睡得较好,七时后才起。

早餐后,山梨县委托人来接我们。行至河口湖,主人请大家乘船游湖。山胁与主要演员与见面,合影留念。

山梨县知事望月幸朋和夫人设宴招待全团人员。先与全团人员合影。知事和我先后致词,歌颂四川和山梨两省市的友谊。知事夫人是戏剧爱好者,盛赞川剧表演艺术和音乐。

二时半,去富士山脚下看山。山顶有雾,看得不够清楚。

山胁在途中返回东京。

饭店组织全团人员穿日本和服合影,大家兴致很高。

晚饭后,召开组长以上干部会,布置最后一场演出任务。请一部分成员参观我的豪华住房,以开眼界。

6月2日

早餐后,饭店营业经理请我题字留念。他展示了巴金的题字:"中日友好 万字长青 巴金 一九八四年五月廿四日"。我写了感谢的话。临行时,饭店工作人员执中国国旗欢送我们。

全团出发去松户市。途中清楚地看见富士山。路过东京,午餐。二时半,到松户市,该市属千叶县。

在欧洲最后一场演出时,后台秩序混乱,演员受伤,为了避免出现同样的问题,在剧场召开了全团大会。希望大家既不要松懈,又不要过于兴奋。把前半场文戏演好,先把观众吸引住,后半场武戏,不要增加难度,以免出现事故。为此,必须严格后台的纪律。

演出地点在圣德学院,一所大专学校,培养幼儿教师的。一所学校有这样一个剧场,很不容易,只是后台窄了一点。

演出开始,前半场的文戏已经吸引住观众。我在楼上左边侧台,观看观众的表情。但在表演"扯符吊打"这一个难度较大的动作时,演王道凌的演员任庭芳,突然从绳上掉了下来,大幕非正常关闭。我立即从二楼跑到舞台，看见任庭芳躺在舞台上，不能动弹，神志尚清醒，他艰难地说："不能再演了！"我决定把任庭芳送医院。演出怎么办？陈福昌自荐可演王道凌。大幕拉开，演出继续，观众尚不知发生了事故。演员们情绪受到影响，我站在舞台马门口做思想工作。大家通力合作，观众反应强烈；演出结束后，许多观众在外等候半小时之多，期待演员签名。

任庭芳由佐佐木修、小仓和严福昌送进医院。很快，佐佐木修回到剧场，说任庭芳没有骨折，可能中枢神经受了影响，不需要住医院。我告知演出正常进行，观众反应很好。我俩紧紧握手！当时，演出尚未结束。

现场处理问题时，我很镇静。回到饭店，一身疲软，没有洗澡就躺在床上，已是深夜一时多。

我感到我们的演员很可爱。

我们的民族、人民，大有希望！

6月3日

九时，日本文化财团、《朝日新闻》社，分别向演出团全体成员赠送纪念品。山胁、析原讲话，我表示感谢。

我、孙兰翼和山胁、佐佐木修，一起去医院接曾道勋回旅馆，并送任庭芳再做检查，受到护士长山内幸子的热情接待。山内幸子喜欢川剧，下午到旅馆看望演员。

王达祥和新华社记者来访。他们对川剧演出感到满意。

6月4日

八时半，东方书店安井正幸来看望我。

九时，全团游迪士尼乐园。

晚六时半，日中友好协会在一家中国餐馆请我晚餐。出席的有清水正夫、西园寺晃一、丰田正子、古川万太郎。现场点菜，很可口，还有一盆泡着汤的"担担面"。我谈了一些巴金老人的近况。多数时间，我讲振兴川剧，他们颇有兴趣，讨论了如何把传统文化保留下来的问题。

圣德学院送来照片，问候任庭芳。

6月5日

上午看望曾道勋和任庭芳。

十一时，文化参赞王达祥来送别。他祝演出成功！说这一次不仅为国争光，其影响远远超过演出本身。

山胁、佐佐木修、析原和许多日本朋友把我们送到机场。彼此依依不舍，说了不少动感情的话。

九时，飞机抵北京，演员热烈鼓掌！

2019年2月27日整理

附 记

事隔三十二年整理，一些日本朋友的名字和职务已记不全了，一时又找不到名片。特别说明，抱歉。

1990年川剧《芙蓉花仙》访日演出日记

按 1990年，芙蓉花川剧团受中国演出公司委派，去日本演出《芙蓉花仙》（日本译为《花物语》）。团长李致，演出公司代表叶民辉，副团长彭代秀，翻译宋丽红、邱季生，主要演员张宁佳、肖德美。

5月15日

下午一时，离开排练场去北京机场，出关顺利。

乘坐日本全日空航空公司的飞机。飞机宽敞舒服，一排可以坐九人。空姐服务很好。北京到东京航程一千三百六十一公里。在东京成田机场着陆，当地时间八时五分，东京时间比北京早一小时。文化财团法人代表山胁龟夫、事务局局长佐佐木修和国立剧场代表，到机场来接。山胁见到我十分亲切，并与我和扮演花仙的张宁佳合影。

成田机场位于千叶县，到东京需要一个多小时。沿途繁华漂亮。到王子饭店，山胁、佐佐木修和国立剧场代表，又在门口迎接。我住三十二层二十一号房间。

床头靠窗，窗外万家灯火，颇为壮观。

5月16日

五时起床。整理行李，洗衣服，记日记。

十时，与叶民辉、宋丽红和徐建祥一起，去驻日中国大使馆。大使杨振亚（原共青团中央联络部副部长，我的同事），文化参赞章金树会见我们，就有关问题交谈。我们对去年的"风波"后日本方面接待规格有所降低，有思想准备。

下午，参观水族馆，阳光大楼。

六时，日本文化财团、朝日新闻社举行欢迎会。朝日新闻社负责人和文化参赞章金树讲了话，我也讲了话。然后用正方形木酒杯喝青竹梅酒。山胁龟夫在祝酒时，称我为"有声誉的好团长"。日本翻译小仓没有翻译，这是事后邱季生告诉我的。气氛好，但与上次相比，规格明显降低。

八时，集中运行李，明天去山梨县，山梨县是四川省的友好省县。

5月17日

八时出发，文化参赞章金树夫妇同行。市内堵车。

在车上与佐佐木修聊天。十一时，到达山梨县首府甲府市。住日本式的柳屋旅馆，与邱季生同室，室名为"德高"。这是我第一次睡榻榻米。

中午，县教育局长川手千兴举行宴会。

下午，参观美术馆、文学馆和经济成就馆。我和章金树夫妇、张宁佳很有兴趣，团内的小演员则兴趣不高。

六时，县知事望月幸明举行宴会。知事和我先后致辞；知事致辞后离开，去处理别的事务。我与知事夫人，小泽副知事交谈。小泽邀我去他家住，我表示感谢，但我对榻榻米有兴趣，就住旅馆了。

在室内温泉小池洗澡。地上睡觉也很舒服。

《芙蓉花仙》（日本译为《花物语》）宣传册

5月18日

十一时，离开柳屋旅馆，去山梨县文化馆。这个文化馆不亚于成都的锦城艺术宫。

今天的主要任务是彩排和舞台对光。布景的问题多，灯光也有差错。

晚九时，搬进富士屋旅馆，设备先进。我住一一一八室。

5月19日

九时半，张宁佳来小坐。

去文化馆与佐佐木修商量今天的日程。

今天两场演出，第一场是学生专场。男生只喜欢打斗和特技，少数人在教育局长讲话时起哄。佐佐木修有些担心，我有信心。只是音响小，灯光暗，影响效果。

望月幸明夫妇、小泽出席观看晚场演出。演出效果很好。演出结束，知事夫妇上台送了花篮。

回旅馆途中，日本细井女士对演出大为称赞，说："绝了，没有二话可讲！"大家情绪很高。晚饭时，演出公司的宋丽红、王春华、徐建华喝了不少酒。

5月20日

九时半，离开富士屋旅馆，去东京。

途中，没有云雾。十一时到达富士山的"五合目"（相当于半山腰）。富士山顶看得清清楚楚，旁边则是云海。大家抢着留影。

近五时，到达东京金刚饭店，住二五三八房间。1987年我在这里住过。

九时，东方书店冈田蒸来电话，代表店长安井正幸问候。

5月21日

下雨。

十一时，去国立剧场。演员走台。佐佐木修就剧中《书房》和《浇花》两场戏，提了一些修改的意见，我们听取一部分，没有大改。

出版人田村胜夫派人送来花篮。东方书店安井正幸送来水果，我分送给大家。

5月22日

上午通过邱季生与一些日本朋友联系。

一时，午场。总的情况尚好，但上半场节奏稍慢，音乐声较小，影响效果。六时半，夜场。大使杨振亚夫妇，日本驻中国前大使夫妇出席观看。演出效果好，演出结束后，杨振亚上台祝贺，送花篮。

5月23日

十一时，去国立剧场。

四时，与叶民辉一起拜会国立剧场经理佐野文一郎，赠送礼品。山胁和佐佐木修陪同。

东京都黑目区区长委托室长柴田好夫及其随员来访，赠其戏票。

七时，接待《光明日报》记者蒋道鼎，向他介绍剧团有关情况。

七时半，山内幸子来访，赠其礼物。她买了十多张票，招待她的朋友看川剧，又到饭店，看望川剧演员。

5月24日

六时起，看《朝日新闻》的标题。

十一时，去国立剧场。山胁告诉我，他想了解巴金的近况。

我驻日公使唐家璇、新华社驻日分社社长及木村雄四郎夫妇来看戏。唐家璇评价很高，说："不仅演出质量高，而且起了某些工作不能起到的作用。"

木村雄四郎以前与四川电视台有联系，我认识。他送了花篮，请十三位演员吃中餐。

5月25日

九时，东方书店冈田蒸来。我把送安井正夫的书交给他。他愿代我们邀请评论家波多野太郎来看戏。

十一时，八重州图书中心德永严来接我和邱季生到一家中餐馆吃饭。中心董事兼社长石桥长久、德永严和太田勇参加。中心董事长兼会长河相全太郎因"去鹿儿岛开会"缺席。下午一时，请他们看戏，石桥的孙女随行，她看过《白蛇传》。

日本木偶大师桐竹纹寿来看望演员，并表演木偶操作。木偶造型很美，操作灵活。合影留念。

日方送来一些照片，供我们选印。

山胁送来两瓶葡萄酒。

5月26日

在剧场看演员走台。

十一时，东京都日中友好协会副会长古川万太郎来接我和邱季生到一家中国餐馆吃饭。参加的有丰田正子、板田和子、吉田爱子、石井惠子。与上次《白色传》演出相比，宴请的规格降低。席间，气氛友好，谈川剧，谈巴金。我借此机会感谢长期从事日中友好的朋友，并说："可以理解，日中友好工作，有时顺利，有时难度大。不管怎样，朋友们的努力，我们一定铭记在心，中日友好的潮流不会逆转！"日本朋友教我说日语，就地取材说"担担面""麻婆豆腐"。我笑了，这两个词我完全听得懂。原来日语里有很多来自中国的词汇，发音与中文保持一致。

今天的两场演出，效果均好。

晚，山内幸子和她的朋友来玩。

5月27日

我驻日使馆送来感谢信和水果。

信的全文如下：

亲爱的四川芙蓉花川剧访日团全体同志：

在金色的5月，你们——文化交流使者，肩负着祖国的重托从天府之国东渡扶桑，将祖国百花园中的奇葩——川剧艺术和中国人民的友好情谊呈现给日本观众。来日本以后，你们不辞辛劳，认真排练，使访日前几场演出获得了极大的成功，你们精湛的演出征服了日本观众，受到了日本各界观众的热烈欢迎和高度评价。你们的访日演出，宛如一朵绚丽夺目的芙蓉花，盛开在日本的舞台上，她向日本观众再次形象地证明了我们的伟大祖国坚持改革开放，社会稳定，文艺繁荣，百花齐放。你们以自己的辛勤劳动，为祖国争得荣誉，为中日文化交流做出了贡献。我们驻日使馆全体同志向你们表示热烈的祝贺、诚挚的敬意和亲切的慰问。希望你们在访日期间务必注意身体、劳逸结合，以饱满的精神，再接再励，圆满完成整个访日演出。

中华人民共和国驻日本大使馆全体同志
1990年5月26日

今天，两场演出成功。

我驻日大使杨振亚邀请日本前首相宇野宗佑来看戏。宇野宗佑与我作了两次较长时间的交谈。他说："这是一台好戏，令人陶醉。男女演员表演得都很精彩。艺术是能超越国界而为各国国民接受的。川剧到哪个国家舞台上都会受到欢迎。"这位对戏剧艺术颇有研究的政治家认为，川剧集歌唱、跳舞、音乐、武打、喜剧、魔术、杂技等艺术形式于一台戏中，融会贯通，相得益彰，给日本观众留下了深刻印象。新华社驻日记者王大军为此发了消息报道。

第一场演出结束后，山胁、佐佐木修和细井等日本朋友，穿上戏装摄影留念。演出团离开国立剧场时，山胁和佐佐木修在后台欢送，山胁与我拥抱。

到今天为止，已演出十四场。

《芙蓉花仙》剧照。张宁佳饰花仙,肖德美饰护花使者

邱季生的同学张欣来,她现为昭和女子大学讲师。听她讲在日本的情况,鼓励她回国建设祖国。

打电话给省委宣传部,希望《四川日报》刊登王大军发回的专稿。

5月28日

今天是星期天,日本称为休日。

十二时,动身到羽田机场,去福冈。飞机推迟两小时起飞,四时到达。村上义一来接。住西铁旅馆。

陪同人员细井要我们休息,但大家想走动一下。先参观了高级商场,后分两组活动。细井有些担心,我表示我负责,规定八时集中。八时,全部人员到齐。

5月29日

上午,与叶民辉、宋丽红逛商场。我买了一个体重秤和一个小闹钟。

晚六时,公演,效果很好。

村上义一和福冈朋友请吃饭，很热情，送全团每人一个泥娃娃。

5月30日

乘新干线去广岛，十一时到达。

县知事竹下虎之助出差，没有会见。

十一时，广岛日中亲善会会长德永幸雄，常任理事安井耕进、竹下彪等，会见我方主要成员，互赠礼物。十二时举行欢迎会，德永和我致辞，安井祝酒。张宁佳和肖德美的清唱受到欢迎。

下午，日方安排到中央公园，参观原子弹爆炸后残余建筑。有些演员不愿意去。日方一接待人员出面干涉，演员说我们是来演出的，不是考察的；日方安排这次活动，没有征求演出团意见。我反复向这位接待人员解释，她态度极为不好。我坚定地表示：我们应文化财团之邀前来，任何人不能干涉我团行动！不过，出于人道，最后我们还是前去对二战无辜死难者进行了凭吊，并献了花圈。事

与广岛县日中亲善协会成员合影。前排左三为李致，左二为叶民辉，左一为彭代秀；后左一为宋丽红，左三为徐建祥，左五为李忠福

后，日方专门派人就此事向我们表示了歉意。

晚，演出，观众反应强烈。

安井赠送主要演员礼品。

5月31日

乘新干线铁路，到日本第三大城市名古屋。

在名古屋市民会场演出，效果很好。

名古屋振兴文化委员会朋友向演员献花，其中一位我三年前见过。有一些中国学生和日本朋友请求签名。

6月1日

六时五十分到八点五十五分，从名古屋到冈山，再转火车到高松。高松在四国岛上，是香山县首府。途中过濑户大桥，长约十公里，有山有洋，风光很美。

二时，县知事来看望。

演出效果好。

县教育长受知事委托举行宴会，双方致辞。每桌有留学生做翻译，便于交谈。

6月2日

乘新干线，十时到达新大阪站。再乘汽车到万国花博会。

二时，六时半，分别演出两场，每场七十五分钟。这是坝坝戏，露天演出，观众大部分坚持看完。佐佐木修从东京赶来，知道演出成功，很高兴。我也感到，虽然接待规格降低，但艺术感染是无法限制的。随着剧情发展，观众该鼓掌时鼓掌，该担心时担心，谁也不能控制。

晚饭在徐园，中餐。

6月3日

上午参观万国花博会,很好。

下午,仍演两场,效果仍好。

叶民辉明天去东京,我们用酒欢送他。

6月4日

今天是休息日。

大家去购物。我和叶民辉、宋丽红去宝塚市女子歌剧院看演出。渡边陪同。演出不错,布景特好,可惜听不懂。妇女演男士,总觉得不太像。休息时,渡边请我们吃面。

把叶民辉送到车站。

6月5日

与渡边交换意见。

召开团干部会议。强调要控制一下外出买东西,否则会影响休息和演出质量;个别人开玩笑,也要注意影响。

我写了一篇短消息,请家里转文艺处。

6月6日

十二时,动身去贺滋县的野州(町),约二小时到达。

这里相当于我国县以下的乡,有水稻田,房屋多为两层,日本风味浓;有一个很好的剧场和文化馆,像城市一样干净。

拜会馆长小林喜美代女士,互赠礼物。

演出效果好!

去京都。

6月7日

九时,文化财团请大家早餐。

十时，召开全团大会。动员大家克服松劲情绪，遵守纪律，注意安全，保证演出质量。

下午二时，游清水寺。

晚七时，汉诗吟诵协会副会长来访。

6月8日

九时，邀张宁佳、肖德美、张雷、李枝华和邱季生等八人，步行到天神宫（明治时期修建）。空气新鲜，行人稀少。既游览名胜，又愉快散步。

午睡时，被张宁佳叫醒。原来新都川剧团动员她赴日演出，答应为她在北京举办个人专场，争取梅花奖；现在川剧团改变主意，不为她举办个人专场，因此她不想继续演出了。我劝她以大局为重，继续演出，她最后接受了我的建议。她是一位好姑娘。

演出效果很好。

与家里通话：《四川日报》刊发了我们在大阪演出情况。

6月9日

九时四十分离开京都，乘新干线去横滨。

在中华街重庆餐厅吃中饭。店名为国民党元老于右任所题。店内有名画家张大千的画。

淋着小雨去剧场——神奈川县文化馆。

佐佐木修从东京赶来。他说，日方反映，川剧在大阪的演出，是迄今为止最成功的。

又淋着小雨去重庆餐厅吃晚饭。

十一时，到东京。住王子广场饭店一六〇四房间。

6月10日

六时醒，有些胸闷，吃药。十一时，在天津饭店吃中饭。去昭和女子大学。

二时，山胁约我和宋丽红喝咖啡。他问我想不想写有关日本的文章，我说想但没有时间。他说如果我愿意，可以申请日本国际文化交流基金，在日本参观和写作一年，我可以把申请书寄给他转交。我表示感谢。

大使馆参赞高复金来看戏。

演出结束后，黑目区朋友来接，到一家日本火锅店吃饭。区长室室长乐田好大主持。日方参加的有山内幸子、有座猛、田村敏技等；我方参加者有张宁佳、肖德美等主要演员和邱季生。双方致辞后，自由交谈，唱歌合影，气氛友好。

6月11日

九时出发，去迪士尼乐园。

晚，我和邱季生去银座。演员张颖随行。

6月12日

今天到桐阴学院演出。

山胁来小坐。他说如果申请基金成功，我来日本可偕夫人，在中国请翻译。

观看演出的多为初中学生，秩序好，反应一般，后半场武戏时稍为热烈。

演出结束后，文化财团举行宴会。大使馆参赞高复金到场祝贺！山胁和我讲话。佐佐木修送照片给我们。

6月13日

十二时，去桐明学园。

演出时，与宋丽红在电视机前观看。今天观看演出的学生年龄大一些，对剧情多些理解。

晚，与宋丽红散步至新宿区。

6月14日

十一时，去千叶县松户市圣德学园。佐佐木修来访。

八重州图书中心几位朋友来看演员。

演出效果很好。谢幕时，上百人在台前与演员握手。演出结束半小时，学生还在外面排队等候签名。

佐佐木修与我交谈，都为这次演出没有人受伤而感到高兴。

回东京途中，宋丽红在车上组织大家表演节目，她唱了《女儿家》。宋丽红与我女儿同岁，聪明能干，给我留下很好的印象。

6月15日

今天休息。

上午购物。

山内幸子是医院护士长，热爱川剧，她曾护理《白蛇传》1987年来日演出时受伤的演员。今天她请假，上午带演员购物，并买了各种小礼品送剧团的每一个人。又请我和邱季生吃晚饭，我和她商量了请她访问四川的可能性。

晚，清点人数，全到齐，这才放心。

6月16日

今天回北京。

山胁和佐佐木修来送我们。山胁八十高龄，我深感不安。在车上让他休息，少有交谈。

在机场，一些演员与山胁告别合影。

我与山胁告别，彼此依依不舍。

我也不舍宋丽红。飞机上，她问为我为什么不说再见？我说："给我写信。"她也说："给我写信。"

飞机在北京机场降落。全体人员安全回国，我心中的石头落地。叶民辉代表演出公司来接。省委常委、宣传部长许川一直关心这次演出。当他得知演出成功、全部人员安全回国时，高兴地说："阿弥陀佛！"

2019年3月2日整理

附　记

川剧两次出访日本，是三十年前的事情了。

现在回想起来，感触最深的，还是演出在日本产生的强烈反响。有那么多的日本观众喜欢川剧，不仅仅是了解中国文化的长者，还有很多年轻的中学生。直到今天，我仍然记得他们热烈的掌声，记得他们排着长队等待演员签名。川剧的演出对增加中日两国人民之间的相互了解和友谊，起到了巨大的、独特的作用。我热爱川剧，对川剧的魅力始终充满着毫不动摇的信心，这不仅因为我是一个四川人，我从事过振兴川剧的工作，我有众多川剧界的朋友；而是我曾经见证过川剧跨越文化边界的艺术感染力。

中日之间的文化交流源远流长，我在日本时时感受到了这一点。当河相先生与我谈起鲁迅，并倡议中日知识分子要像李白、杜甫那样交往，以及为巴金做过翻译的丰田女士，看到巴老在夫人萧珊骨灰盒前的照片而流下眼泪时，我都几乎忘记了身在他乡。

在日本，无论是城市还是乡村，都是那样地整洁干净；日方的组织者，做事一丝不苟，把川剧的演出安排得井井有条；山脇先生八十高龄，始终陪伴着我们，体现了崇高的责任感。所有这些，都给我留下了深刻难忘的记忆。

我写过两篇单独的文章：《轰动日本的"川剧热"》和《缅怀山脇龟夫》。

2019年3月8日

| 附 |

川剧访日演出日记读后感言

我是北方人，从未看过川剧，也不了解川剧。读了李致先生的川剧访日日记之后，产生了一个强烈的愿望，就是想看一次川剧。我甚至认为，没有看过川剧，会是人生的一个遗憾。

与此同时，我似乎对川剧有了不少了解，因为我已经跟随着日记，经历了几十场的演出，与观众一起，为白娘子的命运叹息，为"将军合唱团"的帮腔鼓掌，为武生精彩的表演喝彩。

原以为读日记，一定是机械地翻动枯燥无味的页码，而事实上，这一过程如同欣赏一幅徐徐展开的画卷。在画卷的上面，镶嵌着一个个珍珠般闪亮的故事：与佐佐木修的谈判，析原一雄趣问天会不会下雨，山胁先生赠送望远镜，河相先生赞扬鲁迅；丰田女士为巴金落泪，日本朋友席间教说"担担面"，山内幸子带演员购物，山胁先生为剧团送行……这些故事都很简短，但非常鲜明清晰，宛如发生在眼前。

每次看到演员在演出中受伤，都特别感到心疼难过。一方面，这说明演员的艰辛和敬业；另一方面，或许正是由于风险的存在，川剧才具有独特的魅力。不过，还是要提及一下，川剧是否能借鉴现代体育的方法和手段，做一些技术革新，尽量避免演员受伤？

随着日记一页一页地翻过，有个念头在头脑中变得越来越清晰：我正在看到的不是传闻、电影、小说，而是一段真实的历史，是在20世纪80年代末，一位年近六旬的共产党员，在每一天，是怎样地工作：与日方组织者谈话，与剧团演员谈心，处理紧急的事件，伴随着每一场演出，保证访日演出的成功。日记的字里行间朴实无华，而渗透出来的，是一滴滴辛勤耕耘的汗水，传播着温暖，闪烁着光芒。

根据1987年6月2日的日记，那一天演出中武生演员意外受伤，作为团长的李致先生立刻从看台二楼跑向舞台，将伤员送到医院，用替补演员继续演出，在马门口做思想工作，鼓励大家通力合作，最终成功地完成了演出。繁忙了一晚上，当李致先生回到饭店，已是深夜一时多。他在这一天的日记里写道："我感到我们的演员很可爱。我们的民族、人民，大有希望！"

作为本文的结尾，我想说的是，如果每一个中国人都像李致先生那样工作，"我们的民族、人民，大有希望！"

一位读者
2019年3月8日

附 记

我喜爱川剧，长期从事振兴川剧的工作，离休以后仍在为川剧当"吼班儿"。我把这方面的经历和感受累积起来，便有了《我与川剧》这本书。两篇访日日记是这本书新增加的内容。

很感谢一位友人看完我写的这两篇川剧在日本演出的日记，并把他的读后感形成文字告诉我。

通过在欧洲和日本的演出，亲眼看到川剧艺术受欢迎的情景，增强了我的自信。

至于"川剧是否能借鉴现代体育的方法和手段，做一些技术革新，尽量避免演员受伤"，这当然是可以的。其实，演员受伤的原因很多，其中之一是戏曲不景气，演员平常不练功。

带六十人的大团出国，任务很重。既要保证演出质量，又要做好外事工作；剧团内部矛盾也多，演员思想波动大；当年还得防止外逃。在管理上，不能只靠纪律，得和演员交朋友，加强爱国主义教育。

上述文字，也是我给友人的回复。

2019年3月9日

他人评说

李致文存·我与川剧

愿为川剧奋斗到最后一息
——记李致为振兴川剧所做的工作

◎ 朱丹枫

李致从小喜欢文艺，50年代初迷上川剧。70年代末和80年代初，他在四川人民出版社干得火红的时候，于1982年底调省委宣传部任副部长，分管文艺工作。省委、省政府在1982年7月发出"振兴川剧"的号召，成立振兴川剧领导小组；1983年初李致任副组长，主管日常工作。十年来，他与川剧结下了不解之缘，做了不少工作，得到了川剧界广泛真诚的信任。人们连同以前的李亚群、李宗林，称他为关心支持川剧的"三李"之一，戏称为川剧的"三个'李老板'"。

反复宣传振兴川剧的意义

川剧艺术是我国戏曲艺术的奇葩，是最能体现巴蜀文化的一种艺术形态。明末清初以来，它逐渐形成了南北一体、五腔兼备、文野交融、雅俗共赏的文化特征。其剧目丰富，传统深厚，剧本文学性强，音乐形态独特，表演生动细腻，特技使人入迷，幽默风趣，贴近民众和贴近生活，深受四川民众的喜爱，并为戏剧界所公认。

川剧的发展和繁荣，对我省精神文明建设起了积极的作用。振兴川剧就是要继承这份珍贵的遗产，根据时代的要求，不断发展和创新，为弘扬优秀民族文化传统做出贡献。十多年来，为了弄清川剧艺术的特色，李致不断请教，认真思考，积极宣传，从不间歇。

党和政府对川剧的重视，是李致经常宣传的重要内容。新中国成立初期，中共西南局的领导，特别是邓小平、贺龙同志，经常举行川剧晚会，规定有关领导同志必须观看。外来的同志开始不习惯，就锁着门不许溜走；有人听了帮腔发笑，贺龙同志就站起来问笑什么。小平和贺龙同志都强调，川剧为四川人民所喜闻乐见，要尊重老百姓的喜爱，才能取得共同语言，也才能运用这个形式去启发教育群众，便于做好工作。1983年9月振兴川剧晋京演出，在全国剧协举行的座谈会上，李致介绍了这些情况，引起了震动。全国剧协主席曹禺颂扬小平和贺龙同志说："这才是真正的群众观点，最大的群众观点！"周扬同志在北京看了川剧，对李致说："川剧在国内外，远远超过一个地方剧种的影响。"李致回川后广为宣传了曹禺和周扬的评价。

李致兼任省政协秘书长时，在主席团的领导下成立了川剧室，积极依靠老同志宣传振兴川剧。这不仅增多了宣传阵地，也增强了振兴川剧的凝聚力。

随着干部的年轻化，有些市、县委的宣传部部长自己就不喜欢川剧。根据李致的汇报，省委常委、宣传部部长许川在一次会上讲："我们不得不思考这样的问题：作为各级党委的宣传部长，如果不看川剧，能不能算为合格的宣传部长？答案显然是否定的。"李致大力宣传许川的讲话，鼓励各级宣传部长看川剧、抓川剧，促进了振兴川剧工作的发展。

正确贯彻"八字方针"，鼓励大胆探索

省委、省政府为振兴川剧制定了一个正确的方针：抢救、继承、改革、发展，川剧界简称为"八字方针"。它得到了川剧界一致的拥护，指导和推进了振兴川剧的工作。曾经演出过《算命》的川剧表演艺术家周企何，称赞川剧界遇到了"好八字"。

对"八字方针"的正确理解有一个过程。有的强调抢救、继承，有的强调改革、发展，把两者对立起来。李致则始终辩证地看待两者的关系。他多次指出：振兴川剧当然要改革发展，但必须在抢救继承的基础上进行。有人说川剧艺术丰富得很，似乎要抢救继承完了再来改革发展。"唐三千，宋八百，演不完的三列国"，生旦净末丑，五种声腔，上千种曲牌，表演技术和特技，何时才能继承完？只能在抢救继承的基础上改革发展，在改革发展中抢救继承。

在四川省川剧音乐改革研讨会上，李致说："振兴川剧要遵循抢救、继承、改革、发展的方针。前四个字讲的是保持川剧的特色，后四个字讲的是体现时代精神。前四个字和后四个字是对立的统一，我们可以在不同的时期针对不同的问题，强调前者和后者，最后达到两者的统一，绝不可以把两者完全对立，甚至割裂开来。"

剧作家徐棻出版《探索集》，李致为书作序。他又强调："大胆探索符合振兴川剧的抢救、继承、改革、发展的八字方针。抢救的工作要抓紧做。继承是戏曲改革的基础，也是各种戏曲剧种的艺术特质和艺术生命之所在，必须十分强调。但是，继承不仅仅是保存。只有在改革中继承，才会发展传统，才会使戏曲艺术不致因为停滞不前、凝固僵化而脱离时代，脱离群众。改革的任务既艰巨又重大，而改革没有现成的良方（如果有了，也就无所谓改革了）。改革本身就意味着某种探索，就必须有所探索。改革发展是一个长

期的过程,是经验积累与实践的检验过程。徐棻的探索是在继承优秀传统的基础上的创造与革新。当然,这只是她个人所选择的一种改革试验。探索的方式和方法应多种多样,改革试验也应不拘一格。我们支持徐棻、魏明伦和别的剧作家大胆探索,绝不把某一种探索说成是改革的方向或样板,更不会强行推广。"

李致的这些讲话和文字,无疑对人们理解"八字"方针有所帮助。

因为探索,曾多次引起争论。李致强调对争论的态度必须客观冷静,他主张只要不违反四项基本原则(后改为不违反《宪法》),不搞格调低下的东西,都允许存在。至于是否姓"川",可以不断讨论,反复加工,逐渐完善,千万不要互扣大帽子。他说,这一不死人,二不扰乱治安,不要把它看得过于严重。1986年春,女高音歌唱家李存琏配乐演唱川戏,李致表示支持,并在讲话中对那一段期间争论较大的三出戏,谈了自己的看法:

《红梅赠君家》是一次有意义的探索。这是粉碎"四人帮"以后第一次大胆的试验,有不同意见是正常的。问题是争论中有同志动了一点气。这也没有什么了不起,注意一下就行了。我刚到宣传部不久,电视台请示是否可以播放,我回答说:"从没有人禁止。"不要再纠缠在这个问题上,要向前看。今年4月我去上海时,到沙梅同志家去看望他,请他继续关心和帮助川剧改革。他也很高兴。

新都的《芙蓉花仙》,改革的步子迈得比较大,有些地方合适,有的地方过了一些,当然会有不同看法。新都县川剧团认真听取意见,不断加工,现已演出一千二百场(创最高纪录),还拍了电影。省振兴川剧领导小组对《芙蓉花仙》是支持的,1983年第一次会演时,由严福昌同志执笔的《简报》即予以肯定,并提出一些修改的建议。有人说省上不让副总理张爱萍去看，张老只好悄悄到郊区一个厂去看演出。哪有这回事？是我请张老去工厂看的，因为金牛坝的舞台太小。陪张老去看的，还有启龙和许川同志。

对《潘金莲》的争论较大。振兴川剧领导小组和文化厅把它调到成都演出。其目的，一是支持自贡市川剧团的探索和试验精神，二是活跃川剧舞台——当时川剧舞台相当不景气。有人说调它来演出本身就是"荒诞"的。有那么严重么？有意见可以充分开展讨论，但要允许探索和试验，这才能繁荣川剧舞台演出，有利于"百花齐放"方针的贯彻执行。

李致这些态度，有助于消除在剧改上的顾虑。

出人、出戏、赢得观众

振兴川剧，要求出人、出戏、赢得观众（特别是青年观众）。

有一段时间，曾经对振兴川剧的要求有不同的理解。有人认为，振兴川剧要把所有的县川剧团保留和振兴起来，所有剧团都要经常演出，观众人次要恢复到50年代的上座水平，否则，就大失所望，责备川剧没有振兴。有些人甚至说不是振兴，而是"振朽儿"了。

李致注意到这些问题，并和席明真、张仲炎、魏明伦、徐棻等许多同志交换意见。针对振兴川剧的要求，他多次在不同的会议上讲了他和振兴川剧领导小组的思考。他说，50年代初期，偌大一个成都市，电影院不到十家，没有电视，自娱性的活动场所也很少，川剧的观众当然很多。现在，电影院增加很多，电视基本普及，舞会、音乐茶座、电子游戏等各种场所到处可见，通俗歌曲和现代舞盛行。文化生活中这样大的选择余地，川剧能天天上演座无虚席么？显然是不可能的。如果用这种要求来衡量振兴川剧的成果，不合乎客观实际，必然会大失所望，甚至灰心丧气。

正确的要求是什么？

李致说，省委、省政府提出的要求是"出人、出戏、赢得观众"，这是符合实际的。但出戏并不是所有剧团天天演出，赢得观众并不是必须恢复到50年代的观众人次。能否这样理解：川剧，这个优秀的地方剧种，是百花园中的一朵鲜花；尽管目前遇到很多困难，处境不佳，决不能让它在我们这一代枯萎、消亡，而要上下一致群策群力，下大力气浇灌它，让它在百花园中占有应有的位置，演出质量必须超过50年代。不仅在省内、国内有它的观众，还要把它介绍到国外去。

"出人、出戏、赢得观众"，不是一句空话，需要做许多工作。

会演，是出人、出戏的一项重要措施。振兴川剧领导小组、省委宣传部、省文化厅多次组织会演，既出了人（剧作家、导演、演员、音乐和舞美设计等），又出了许多好戏。为保证演出质量，李致和文化厅主管厅长、专家一起到市、地、县看戏，对拟参加会演的戏开展讨论，提出修改的建议。重点戏还请领导小组的艺术指导席明真给予帮助提高。会演时，组织演职员观摩，对每一个戏都要组织评论。尽管会演的成绩应该肯定，但整个会演花费大，有的地方花了钱，戏的质量不高，会演后束之高阁，变成为会演而演出。李致和文化厅领导总结经验以后，改会演为调演。一字之差不是文字游戏。调演，是调质量高的戏来，先要在当地演出一定数量的场次，经过观众初步认可。调演时再听取观众意见，组织专家讨论，广为宣传，扩大影响。

赢得观众（特别是青年观众），不是轻而易举的事。关键当然在剧本和演出的质量。除此之外，还有工作要做。传统戏曲节奏太慢。张爱萍副总理多次指出，节奏慢，帮了又唱，唱了又帮，跑龙套的出来一走就是半天，很不适合青年人的审美情趣。李致非常拥护张老的意见，一再强调改革先抓加快节奏。青年观众不熟悉剧目，除要求演员吐词清楚外，一定要打字幕。字也要看得清楚，要懂戏的人打字幕，字幕与唱词同步进行。为此会演还设了字幕奖。

李致积极支持组织大学生看川剧的倡议。1983年第一届振兴川剧会演时，组织了三百多个成都市的大学生看《巴山秀才》，接受他们的检验。这些学生绝大多数不愿看或没有看过川剧，但戏一开始便把他们抓住了，使他们兴致勃勃地看到底。在第二天的座谈会上，他们纷纷表示喜欢川剧，希望把川剧送到学校演出，并提出了一些很好的建议。前文化部副部长吴雪称赞李致，说这种做法是"有远见、有深远意义的"。北京一大报也专为此发了短评。

许多地方举行川剧唱腔音乐欣赏会、川剧折子戏片段演出。成都市和其他一些地方成立了川剧玩友协会，围鼓坐唱在城乡较普遍开展。四川大学中文系师生成立了戏曲爱好者协会，重庆市和成都市在一些小学校里进行教唱川剧试点。这些活动有利于普及川剧和赢得观众，李致都大力支持。

有质量才有生命力，才能在竞争中取胜

1983年，省顾委主任谭启龙为振兴川剧题词："振兴川剧，务求实效，千锤百炼，精益求精。"李致对此理解较深，他说，务求实效是期望我们不搞形式主义，不满足于表面的轰轰烈烈；千锤百炼，精益求精，是要求我们抓质量（即现在说的精品意识），这十分重要和确切。李致始终把谭老的题词当成振兴川剧的座右铭。

川剧的观众减少，原因很多，其中之一是老戏多，新戏少，特别是演出的质量不高。有些同志怕电视普及，恨经费不足，怨观众水平不高，就是不从自身找原因，不检查戏的质量。李瑞环同志曾说，戏曲的问题不是曲高和寡，而是"曲低和寡"。李致经常用这个判断来提醒大家，不要走"曲低和寡"这条路，这是死胡同，进

去了就出不来。若干年后，合江县川剧团刘俊明在川剧理论研究会上，提出"若要人迷戏，除非戏迷人"。李致十分欣赏这句话，认为它深刻而又通俗地说明了戏曲与观众的关系，到处宣传。他比喻说，好像讲恋爱，你人品不好，长得又难看，却非要对方爱你。这办得到么？

川剧是综合艺术，提高质量涉及各方面。

剧本是一剧之本，在提高质量上占有重要位置。魏明伦、徐棻等剧作家，创作态度认真，所写剧本质量高。尽管如此，魏明伦的《巴山秀才》曾十易其稿。李致经常宣传这种创作态度，他说魏明伦善于听取各种意见，但无论什么意见他都得消化，择其善者而从之；改出来的地方，常比提意见人的期望还好。李致主张凡有一定基础的戏，一要听取观众意见，二要组织专家讨论，尽可能先写好剧本，不要匆匆投入排练。

川剧长期不重视导演。振兴川剧以来，许多专家要求恢复或建立导演制。李致赞同这个意见，他尊重夏阳、熊正堃等老一代导演，又重视刘忠义、邱明瑞、任庭芳、谢平安等这一代取得成就的导演。由于各方面重视导演，在提高川剧质量上起了很好的作用。

对于演员，李致强调基本功。提倡坚持练功，不要偷懒，临时抱佛脚。主张演员要提高文化素质，多读几本书，多接触其他艺术门类，采各家之长。演员要认真研究剧本和自己所扮演的人物，否则演出时很难进入角色。针对某些演员上台前还在说说笑笑的情况，李致多次介绍周企何老先生，他每次上台前化了装，总是坐在一个角落，闭目默戏，一上台就运用自如。群角既不能随意乱动，也不能呆若木鸡，要烘托气氛，起到应有的作用。

音乐一定要设计好。李致主张，力争每个戏、每场戏有几句能给观众留下较深的印象。最有特色的高腔，要真正把帮、打、唱融为一体。现在有不少剧团，不重视帮腔，或只有领腔没有合腔。李致很不满意这种状况。自贡市的领腔陈世芬，不仅音色好，感情与剧情融和一起，既好听又感人。李致称赞她是川剧第一流帮腔，每去自贡都要看望和鼓励她。关于为高腔配乐，李致认为可以探索，但不宜太满；除西洋乐器外，还可试用民乐。唱和音乐靠音响传播，李致主张，在可能条件下，剧团要有好的音响设备。演出前要试音，演出时要根据情况调整音量，切实改变或听不见、或声音太大、或发怪音等现象。

必须重视舞台美术设计。观众早不满足于一张桌子和两把椅子的道具和舞台美术了，必须根据剧情作恰当的设计。李致强调适应形势，加强舞美设计。但他建议：戏曲毕竟不同于话剧；舞美最好是着重写意，不要太实；道具宜少，不宜多。否则，会影响演员表演，换景和搬运都不方便。

字幕一定要打好。

李致主张，剧场秩序和服务设施，也应包括在演出质量之内。小孩不能在场内跑闹。摄影、摄像不要影响观众看戏。剧场要清洁卫生，洗手间不能有臭气。锦江剧场的厕所离剧场太近，污染空气，李致多次呼吁，省市文化部门出钱支持，终于解决了这个"老大难"问题。

为了提高川剧质量，李致重视和关心川剧理论研究工作。他认为川剧评论家是振兴川剧的一支不可缺少的队伍，为振兴川剧做出了贡献。他希望评论家在加强基础研究的同时，加强对川剧现状和工作决策的研究。有段时间川剧演出处于低谷，评论家的情绪受到影响，李致与张仲炎邀请部分评论家聚会，既慰问又鼓励，希望评论家一如既往，满腔热情地帮助川剧界振奋精神，拿出"迷人"的戏来。由于得到广大川剧评论工作者的信任，不久前李致还被推选为四川省川剧理论研究会名誉会长。

好戏要广泛上演，发扬"爬地草"精神

　　若干年来，许多剧团都搞出了一些有基础的戏，但没有千锤百炼，不是抓住不放，精益求精，而是半途而废。有的戏虽然较好，演几场就放在那儿，没有发挥应有的作用。针对这种现象，李致主张各剧团要有自己的保留剧目，好戏要广泛上演。《芙蓉花仙》在80年代共演出一千五百场以上，受到广大观众的欢迎，1984年拍成电影，1988年赴香港参加"中国地方戏曲展"，1990年又应邀赴日本作一个月的演出。李致从《芙蓉花仙》现象得到启示，于1990年春就这个问题表示了意见。

　　李致说，任何剧团都应该有自己的保留剧目。有保留剧目，才能形成剧团独特的风格和拥有自己的优势。《芙蓉花仙》是芙蓉花川剧团（即新都县川剧团）的保留剧目，它经受了各种困难和冲击，历久不衰，观众达一百六十万人次，并获得可观的经济效益。这与某些剧团东拼西凑、得过且过、观众锐减、经济亏损迥然不同。有些好戏为什么不能广泛上演？因为这些剧团是为参加艺术节或会演、为晋京或出国而演出的。如果目的不能达到，或目的已经达到，再好的戏也会被束之高阁。后有人讽刺芙蓉花川剧团是"养花专业户"，省川剧院是"养蛇专业户"，李致说这有什么不好？所幸这个"养花专业户"坚持下来了，以后到了朝鲜、蒙古演出，还拍了电视剧。

　　剧团要赢得观众，需要巡回演出，特别需要深入基层演出。剧团要移动一下，确有很多实际困难，但也是大有学问的。李致根据《芙蓉花仙》演出的经验指出，有些剧团巡回演出，眼睛就盯着几个大中城市。剧目质量不高，队伍却很庞大，千里迢迢地跑来跑去，卖不了几张票，甚至出现拿钱取人的情况。另一种情况是，拿出有质量的戏，眼睛向下，由近及远，送戏上门，观众多，负担小，效益好。这是大家赞扬的"爬地草"精神。芙蓉花川剧团就是

具有这种精神的剧团之一。

李致还说，要做到这一点，既有方法问题，更重要的是精神状态问题。搞艺术需要献身精神。芙蓉花川剧团继承了50年代艺术团体为人民服务，不怕苦、不怕累的精神，所以成了一支能打硬仗的队伍。

演出要加强宣传工作。李致认为这方面做得很不够。他说，40年代放映电影《出水芙蓉》，要吹洋号、打洋鼓，拿着片名游行。现在卖耗子药的，旁边放一个录音机，招徕顾客；最近还编些词（如"耗子药耗子药，耗子吃了跑不脱"），沿街叫卖。我们不作宣传行吗？

充分运用现代传媒，扩大川剧影响

川剧当然要在舞台演出，但舞台的观众有限，还得依靠现代传媒，扩大川剧的影响。李致多次强调这一点，并对这种努力给予鼓励和支持。

在电影还拥有较多观众时，振兴川剧第一次会演后，李致即代表领导小组与峨眉电影制片厂商量，厂长杜天文给了很大的支持，拍摄了《巴山奇冤》。

原成都"太空音响制作中心"，录制了几百盒川剧音带，在传播川剧艺术上起了很大的作用。李致曾代表振兴川剧领导小组到"中心"表示感谢。省、市电台经常播放川剧，保留了大量的川剧艺术资料。成都市通过广播电台，把现代戏《火红的云霞》改为广播剧，并获奖。李致也给予肯定。

四川电视台在这方面做的工作更多。1998年全省中青年演员"金鹰杯"电视大奖赛，采取现场直播。据保守的估计，仅四场直播的观众在千万人次以上。并先后拍摄了《王熙凤》《四川好人》《逼侄赴科》等川剧折子戏和《芙蓉花仙》。《四川好人》曾荣获全国多项大奖。历届台长陈杰、卢子贵、王岳军、曹培俊等，都很支持这项工作。电视剧导演倪绍钟为此做出很大贡献。倪绍钟的工作较多，李致建议电视台把倪绍钟的主要精力放在拍川剧上。

但李致总觉得在这方面的工作还做得不够，比黄梅戏做得差。

加强对外文化交流

川剧晋京演出，引起了中国对外演出公司的注意。1985年西柏林"地平线艺术节"邀请中国派团参加，对外演出公司推荐了川剧。艺术节秘书长西格荣到成都来看川剧，选中了省川剧院的《白蛇传》。《白蛇传》在艺术节以及在荷兰、联邦德国、瑞士、意大利等国的演出，观众反响强烈，各国报纸发表了许多评论，赞扬川剧是"跨越国界的艺术"，许多地方出现"川剧热"。随团出访的对外演出公司副总经理胡树山称赞：川剧饮誉欧洲。

《白蛇传》在1987年、《芙蓉花仙》在1990年，相继到日本演出，也获得巨大成功。中国驻日本大使馆对这两次演出给了很高的评价，上报文化部和中宣部。大使馆全体工作人员写慰问信、送水果给《芙蓉花仙》所有的演职人员。

去欧洲演出是半商业性的，两次去日本是商业性演出，收入可观。

李致作为团长参与了这三次演出。团长可虚可实，但李致绝不离团单独游玩，从头到尾认真全面履行团长的职责。他主要抓演出质量：出国前认真抓排练，在外演出每场必看，了解观众反应，找问题，与演员商量提高演出质量，并及时解决临时发生的各种问题，回国后还要总结经验教训。在整个过程中，结合实际，加强外事纪律教育，做好思想工作，动员大家为国争光。日本文化财团董事长山胁龟夫在宴会上公开赞扬："李致先生是我接待过的演出团体中最好的团长。"

此外，李致每到一个地方，总要挤出时间去做对外友好工作。既包括当地的友协，与四川结为友好城市的省（县），又有文艺界、出版界的名流，许多友好关系一直维持到现在。

每次演出归来，李致还要做许多工作。

向省委汇报是必不可少的。有一次省委书记杨汝岱听到了汇报，指出对外演出有三个好处：一是进行了文化交流，二是加强了川剧队伍的建设，三是赚取外汇，获得经济效益。他主张川剧每年争取出国演出一次。李致认为这几条意见很好，立即请文艺处整理出来，刊登在宣传部的《情况反映》上，上报下发，澄清了一些不正确的认识，促进川剧对外文化交流。

有些人不相信川剧在国外有这样大的影响。根据李致建议，省文化厅把收集到的欧洲报纸对川剧的介绍和评论，印了两本小册子，广为散送。《四川日报》也选刊了大半版。终于使人相信这不是自己吹的，增强了自信心。

在外学习到的东西，李致把它当作一笔财富，广为介绍。日本文化财团，选节目一般要来看两三次，绝不"隔口袋买猫儿"。选定以后，与《朝日新闻》和NHK电视台联办，大造声势。选最好的剧场，印各种海报，半年前开始售票。发售有图片和中日两种文字剧本的《说明书》，看戏时用耳机同步介绍剧情。每到一个剧场，乐队和演员要试音，主要演员还得在每个表演区试音，尊重艺术家。把《白蛇传》《芙蓉花仙》作为"世界文化优秀课"，组织上万的中学生观看，等等。这正是值得我们学习的地方。

正确估计形势，坚持不懈地振兴川剧

世上没有一帆风顺的事，振兴川剧经历了不少坎坷。

怎样评估振兴川剧？时有不同看法。有人乐观，有人悲观；有时情绪高涨，有时情绪低落。李致在1988年连续召开了七次座谈会，与老中青演员、有关同志、专家商量，认为经过六年的实践，证明省委、省政府关于"振兴川剧"的号召、"八字方针"，"出人、出戏、赢得观众"的宗旨，以及"长期任务的观点与制定近期目标相结合"的指导思想，是正确的、切实可行的。对振兴川剧形势的估计，李致提出两句话：成绩显著，大有希望；困难重重，举步维艰。他认为，实事求是地讲清成绩和问题，有利于调动积极性，战胜各种困难。针对某些过高要求和急躁情绪，他提出振兴川剧是一项长期持久的工作，任重道远，绝非短时间就能完成任务，需要几代人为之努力，不可能一蹴而就，必须坚持不懈地振兴川剧。为此，李致写了《坚持不懈地振兴川剧》，先与袁玉堃、徐棻在省政协全体会上作了联合发言，后经宣传部讨论认可，上报省委、省政府，作为正式文件下发。

张爱萍副总理十分重视川剧界的团结工作。他希望改过去的"文人相轻"为"文人相亲"。还分别赠予省川剧院的两位著名旦角张巧凤、左清飞单条：双凤齐飞。李致广为转达张老的期望，并提出："团结存，川剧兴；内耗多，川剧衰。"省、市川剧团体原有此问题，经李致不断做工作，矛盾大为缓解。李致和川剧界广交朋友。他开玩笑说："谐剧中的王大爷都晓得，天大的事，一摆龙门阵，那气就消了。"他关心老艺人的健康。阳友鹤、周裕祥、竞华、张光茹等生病，他常去看望。笑非有次腿不好，李致和张仲炎担心他脑有问题，帮助他立即转院确诊治疗。笑非到处对人说："宣传部救了我的命，硬是脑溢血引起的。"陈书舫逝世后，李致为老艺术家的保健问题给省委领导写信，提出建议。对那些在台上顶梁唱戏的（包括领腔的）中年演员，李致公开表示在评职称时要给予照顾，并支持他们夺取梅花奖。他几次给芙蓉花川剧团和川剧学校的少年班送书，鼓励小演员学习文化知识。这种事例不胜枚举。

李致主张各级宣传、文化部门的有关领导，要以抓艺术生产为主，经常深入到剧团，关键时刻要在第一线指挥。他向黄启璪同志（曾任振兴川剧领导小组组长）学习，努力这样去做。省上重点抓的剧团，他去过的次数难以统计。前几次会演，他和启璪同志、郝超（文化厅副厅长）等同志一起到下面看戏。为不要观众等候，有时跑了一天，先看戏后吃饭。李致有午睡习惯，碰上中午看戏，他就站着看，以免睡着。看演出时，一发现问题，立即带话给后台，以便改正。他经常鼓励大家学习严永洁同志对艺术一丝不苟的精神。

剧团演出，困难的确很多。经费短缺，"不演不赔，少演少赔，多演多赔"是普遍现象。上乘剧本不多，演员青黄不接。"戏未演，心已乱；演完戏，心更散。"问题是如何对待这些困难：是唉声叹气，埋怨指责？幻想"第二个春天"，期待"神仙皇帝"的灵丹妙药？意志消沉，成天打麻将？李致说，哀莫大于心死，不能坐以待毙，一定要振奋精神，认清形势，拿出高质量的戏，以质量参与竞争，以质量求生存、求发展和求繁荣。

李致于1991年因年逾花甲，不再任宣传部副部长和振兴川剧领导小组副组长，仅任领导小组顾问，但他仍关心支持振兴川剧的工作。早在1989年初李致兼任省政协秘书长时，记者问他是否仍关心振兴川剧的工作，李致说，套用电影《夜半歌声》的一句歌词："我只要一息尚在，愿为振兴川剧奋斗到底！"很多生动的事例证明了他的诺言。

1994年3月7日

川剧艺苑好园丁

——李致同志抓川剧振兴掠影

◎ 唐思敏[①]

川剧,作为一个大的地方剧种,新中国成立后,一直受到党和政府的重视与关怀,从而得到了蓬勃的发展与繁荣。前省委宣传部副部长李亚群、成都市市长李宗林等领导同志,都是川剧界所熟悉与热爱的领导和朋友,他们都是川剧艺苑里辛勤的园丁。

1982年7月,在全国出现戏剧不景气的情况下,四川省委、省政府响亮地提出了"振兴川剧"的号召,并成立了振兴川剧领导小组,省委宣传部副部长李致同志任振兴川剧领导小组副组长。他一上任,便以极大的热情投入到了这项繁杂而艰巨的工作中去。

冬去春来,一晃十年过去了。

十年来,李致同志始终坚持不懈、任劳任怨地抓川剧的振兴,并取得了众所瞩目的成绩。李致同志是如何抓川剧振兴工作的,请看下面的几桩小事吧。

---

① 唐思敏:成都市川剧研究院研究员。

"我不当麻五爷"

李致同志把川剧的舞台演出看得十分重要，抓得很紧。"出人、出戏、赢得观众"等，主要靠舞台演出来体现。上演的新戏（包括对传统戏的整理、加工），只要能去看的，不论远近，他都千方百计、不辞劳苦地去看。有一次他冒着大雨去某地看戏，汽车在途中突然熄火，他便同张仲炎同志（时任四川省委宣传部文艺处处长）、朱丹枫同志（时任四川省委宣传部文艺处副处长）脱了鞋袜，下水去推汽车。不少地、县离成都很远，车到后已是晚上七八点了，李致和同行人顾不得路途劳累，首先问观众有多少，离开演时间还有多久？如果开演时间已到，他们便马上进剧场看戏，哪怕肚子里"空空如也"，身体十分困倦，也决不做"特殊观众"，准时同观众一起看戏。他开玩笑说："我们决不当麻五爷！"（麻五爷是川剧《易胆大》中旧社会的恶霸、地痞，他不到场不能开戏）不搞特殊化，忍饥受累地看戏，李致同志和他的同行人对此已成了习惯。

有时看戏下来，已是很晚了，李致他们往往不忙着就餐，而是上台看望演职员工，慰问和鼓励他们。剧团的同志若要征求他们的意见，他就与同志们拉几把椅子，在舞台上围个圆圈，开起会来。这样直到十一二点左右。在川剧调演期间，到地、县审看剧目，连续作战地跑点看戏更是成了他们的"家常便饭"。

站着看戏

李致多年来养成了睡午觉的习惯，哪怕是睡一刻钟也行，不然，一下午都没有好的精神。有时去地、市、镇看川剧，恰恰又是午场营业演出，他怕坐着看戏睡觉，自己便悄悄地离开座位，站在一不妨碍观众、二不影响剧场管理的地方，抖擞精神，坚持站着看戏。当要昏昏欲睡时,他便变换站的姿势,以保持看戏的良好精神状态,这样一站就是两三个小时。

"我是川剧的打杂师"

李致是川剧界的知心朋友。不管是老、中、青、少,各个行当、各个工种,他都尽力而热情地了解、熟悉、关心他们。

川剧大师周企何溘然去世时,他到灵堂去悼唁。李致在周老遗像前,肃立致哀,内心哀痛,双眼润红,强忍泪水,使在场的人无不感动。周老生前备受李致的敬重、关心。恢复川剧优秀传统戏后,周老上演他的代表作之一的《迎贤店》。演出结束后,李致便找周老口头"核对本子"。李致看了无数次《迎贤店》,从剧本到表演,可算"包本"了(全记得)。周老对振兴川剧是完全拥护的、身体力行的。李致也多次在会上引用周老的话说:"周企何老师讲得很好,振兴川剧有个'好八字',就是抢救、继承、改革、发展。"周老年高多病,李致对他关怀备至。一代川剧宗师猝然而殒,怎不叫他哀思如泉、心酸眼润呢。

李致关心老艺术家的事太多了。川剧大师阳友鹤生病期间,他多次到医院探望,极为关心。李致非常动感情地说:"四川省委常委开会,专门研究了阳友鹤的病情,并决定千方百计医好阳老师的病。这是破例的一次。这也说明省委对川剧艺术的关怀!"周裕祥老师从病到逝世,他曾多次探望、慰问、关怀。笑非生病,他和张仲炎同志想方设法把笑非同志转到省医院。笑非同志无比感动地说:"是党,是省委宣传部给了我第二次生命。"筱舫的爱人生病,李致和仲炎为他联系医疗条件好的医院……

李致不仅对川剧界老前辈热心关怀、帮助,他对川剧界的中青年各行当的成长、成才更是投入了不少的热情和精力。不论是剧作家魏明伦、徐棻,还是演员晓艇、古小琴,以及音乐帮腔的陈世芬、陈开蓉等,他都从各方面给予关心、帮助和扶持。每到自贡市,李致总抽空去看魏明伦,关心他的创作和生活,对他提出殷切的希望和更高的要求。他对川剧评论家也是如此,当他得知从事川剧评论、研究多年的唐思敏同志家庭经济特别困难时,便托人给他送去了一部袖珍收音机,并留下这样感人肺腑的信:

思敏同志:

我过去不知道您家里的情况。在这样多的困难面前,您努力为振兴川剧工作,是难能可贵的。我应该向您表示感谢和敬意。

现送上小收音机一个。如果您把我当成一个朋友,我相信您会留作纪念。

李致

对川剧剧本、川剧专著的出版,他唯才是举,给予支持、帮助,使不少剧本、专著得以出版。他不以领导自居,他常说:"我是川剧的打杂师。"他在四川人民出版社当领导的时候,就是出版川剧图书的热心人。

"川剧是一家"

川剧是全国的大剧种之一,地、市、县的川剧团特别多。不管川剧院、团的大与小,知名度如何,演出水平怎样,只要能为振兴川剧各尽其力、埋头苦干,李致同志总是一视同仁地给予鼓励和赞扬。有个偏远地方的川剧团来成都市城边条件较差的剧场演出,该团的服装、道具也很不理想,但他依然恭恭敬敬地去看戏,看完戏后又赞扬他们面向群众、扎根本地的精神,还去后台关照他们的生活,连取暖、煮饭的蜂窝煤都一一关心到了,使不少同志感动得热泪盈眶。像这种受到李致同志关心的"县班子"是为数不少的。他对这样在群众中演出、条件艰苦的剧团总是"雪中送炭"。

成都市新都县川剧团（今成都芙蓉花川剧团）的成长、发展，花了李致不少的精力。在剧团处于困难时，他响亮地提出："凤凰换毛，高飞有望。"从他们不顾舆论压力到顽强拼搏，从演出一千七百多场到多次获成都市、四川省和中央有关部门的表彰和奖励，从他们一贯"杀田坝"为广大农民、城镇群众服务到赴中国香港及日本演出获得殊荣，都倾注了李致同志的不少心血。

凡是川剧演出，不管是四川省团还是成都市团，只要请了他，如无特别情况他都去看戏，看望演职员，去谈自己对戏的意见和给戏出"点子"，对好的支持、鼓励，对可加工提高的，热情提出具体加工方案……在李致同志的心中，没有省市的界线，这大大地加强了省、市、地、县川剧界的团结。他说："川剧是一家嘛！"大家从内心深处都敬称他是现在川剧界的"李老板"。他当选为四川省政协秘书长时，参考北京市政协成立"京昆室"的经验，于1990年全力支持四川省政协成立了"川剧室"，把在成都市的老、中、青、少的川剧工作者组织起来，每月20日活动一次，研讨振兴川剧，欣赏川剧艺术……凡是四川省政协开会或有什么活动，他都主张尽可能有一场川剧晚会。只要有机会、有条件，李致总是把川剧推向社会，推向观众。

微雕功夫

李致同志在抓川剧工作中，既有宏观把握，又有微观精工。川剧高腔的帮腔是极有特色的，它有特殊的艺术表现功能和艺术魅力，这也是观众，特别是四川观众所深爱和欣赏的。剧种特色是李致极为重视的；观众的要求和希望，也是李致最为关注的。现在的舞台太大，往往采用扩音设备。有时演出川剧高腔戏，帮腔的剧场效果、艺术效果欠佳，声音不是小了，便是高了。李致一旦发现这种情况，就亲自上后台告知有关人员，注意调整；若是分不开身，便请有关同志马上上台请剧团搞好帮腔效果。这样，使演出更趋完美。川剧演出，有时要摄像，机位如果安得不好，往往挡住观众的视线，妨碍欣赏演出。这些，李致同志也很放在心上。凡他在看演出时，如遇摄像机可能影响观众观赏，他便同有关同志商量，解决这一问题。字幕应该说是演出必不可少的。不少的剧团或出于条件的限制，或出于重视不够，字幕不是字迹潦草，就是亮度不适当，或是错、掉字不少，或是和戏配合不好。对此，李致非常重视，如果当场能改进的，他就立即提醒剧团改进；如果现场改不了的，戏完后，他就热情而耐心地和剧团商量并提出具体意见和建议。在李致心中，川剧演出质量和观赏效果占了非常重要的位置。

李致抓川剧微雕工程还放在做人的政治思想工作方面。他敏于早期发现，细致而及时进行工作，耐心而不厌其烦地进行开导。有一位青年演员，本身条件好，很有发展前途，因一时情绪不稳，想转业，另找出路。李致发觉后，及时做她的思想工作，晓之以理，并解决她的实际困难，使这位演员终于安心川剧事业。之后，这位演员勤学苦练，技艺大有长进，多次赴国外演出都担任主角，均获好评。日本一家高级剧院至今还挂着这位演员的精美彩色剧照。她本人也荣获了戏剧的最高奖——梅花奖。不久前，这位演员发自内心地对我讲："没有李致同志如同父辈般的关心、开导和帮助，就没有我的今天，也没有今天的我。"这就是李致同志微雕功夫的出色效果。

1993年春

振兴川剧走"头旗"

◎ 陈国福[①]

要说20世纪中国戏曲大事记，1982年7月中共四川省委、四川省政府提出"振兴川剧"当列其间。结束了"十年浩劫"对人类文明的禁锢和摧残，传统戏曲迎来第二次解放，"振兴川剧"在全国激起强烈反响。省委、省政府为此组建了振兴川剧领导小组，由省委宣传部副部长李致"全权负责"日常工作。领导小组下设办公室，我调到办公室工作。因为中学时在语文课本上读过巴金散文，听说李致是巴老侄子，心中升起一种亲近和敬佩之情。我与李致相处了很长一段时间，作为一个富有个性的文化领导人，李致给我留下了深刻印象。李致原是一位作家，在职时忙于政务，很少动笔，退休后接连出版了四本散文集，谬蒙相赠，颇有感触，兹以前两册书名为由，作一番"往事""回顾"。

也许是遗传基因使然，李致与巴老一样，说话似嫌木讷，却每见妙谛，蕴含着一种内在的幽默感。不论会议讲话，或是与人交谈，习惯于缀以川剧词句，东驰西骛，起兴作比，争得阐释和表达的自由，三言两语，极饶机趣。座谈会上，引用周企何《投

---

① 陈国福：四川省川剧艺术研究院研究员。

庄遇美》词,提倡"长话短叙";颁奖会上,引用晓艇《逼侄赴科》词,鼓励落榜者"去了还要来"。举办"周企何生平艺术纪念展",我提供了王震、柳倩、俞振飞等的书法作品。俞老为我撰写的《周企何舞台艺术》一书题词:"周君企何,久享盛誉。幽默含蓄,老少皆宜。识者国福,载诸文字。炳耀剧坛,流香后世。"俞老巧取周企何演出《瞎子算命》中的一句道白"识者分文不取",借用《水浒传》后部以"行者"冠武松姓名,化出"识者国福"句。我前往参观预展,李致早已亲临展厅。见我到来,亲切招呼:"'识者'来啦!谢谢国福支持,这几幅字很好。还未正式展出,便来了这么多人。岂止国福,都是识者。"李致别有所观、所悟,让人品出言外之意、味外之旨,大家莞尔而笑,佩服"李部长"的睿智与诙谐。

　　李致钟情川剧,曾自我剖白:"我这个人很怪,上中学时不会背书,甚至被老师打过手板心。但看戏,无论是话剧还是川剧,只要多看几遍,就可以大段大段地背出来。"1991年,原国务委员、国防部部长张爱萍将军偕夫人李又兰回到成都,与川剧界人士欢聚一堂,李致与陈书舫即席演出《花田写扇》凑兴,担任剧中那位当场挥毫卖字画的落魄书生边吉,很快进入角色,台词对答如流,富有舞台韵律,一招一式,"黄"中溢趣。面对眼前这位体态矮胖、酷肖周企何的老领导,陈书舫禁不住笑出声来,失神"走戏",李致却全力对付春莺丫头的嬉闹与调侃,喜剧效果特别强烈。联系到李致平素说话常常引用川剧词句,我深切地感悟到:他是在川剧唤起自己的生命情致后,全身心地把自己融入工作对象,按照"抢救、继承、改革、发展"的方针去工作,工作中时刻牢记巴金老人的谆谆家训:"生命的意义在于奉献而不在于索取。"这样,他便把领导工作本身作为个人的精神存在与活动方式。李致常常借用一句川剧行话,把自己的工作比作"跑龙套",为"振兴川剧","出人、出戏"鸣锣开道。这个剧词用得十分生动准确,李致就是

409

"四卒千军"中走在最前面的"头旗"。

光阴荏苒,时至今日,忘不了李致深入实际、善于兼听的工作作风。在前两届"振兴川剧会演"的筹备阶段,李致与原省委常委黄启璪、原四川省文化厅副厅长郝超亲自带队,到各地、市、州、县审看剧目,特别聘请各方面的专家,组成审看小组,踏遍巴山蜀水。一路上栉风沐雨,鞍马劳顿,自不待言。值得追忆的,是他们带头落实党的十一届三中全会精神,特别是邓小平同志"尊重知识,尊重人才"的重要指示,不仅在审看小组里,同时在全省范围内,开创出一个宽松祥和的政治环境和艺术氛围,极大地调动了作家、艺术家的积极性和创造力。每次看完演出,照例集中全组人员,评论该剧的成功及其不足,提倡各抒己见,畅所欲言,要求客观公正,臧否分明,坚决摒弃一切非艺术因素,然后安排次日的发言内容和发言次序。会议常常开至深夜,甚至延到凌晨。座谈会上,充分进行艺术交流,相互切磋,十分投契。李致最后作小结,但不是结论,更非"长官意志"。对于个别尚有争议的剧目,则采取特别谨慎的态度。原新都县川剧团(今成都芙蓉花川剧团)重新整理演出的优美神话传统戏《芙蓉花仙》,自1980年3月8日首演,已逾三百场,观众上座率高达百分之九十七点三,剧中大胆借鉴敦煌壁画里的"飞天"造型,花仙们袒胸露臂,赤脚胂肚。大约因为改革的步子迈大了一点,1982年1月,一家大报发表了带有批评性的署名文章。仁者见仁,智者见智,反映出不同的艺术见解,本属审美活动中的正常现象。但在80年代初期,对于经历"浩劫",心存余悸的文化人来说,恰似杯弓蛇影,谈虎色变,误以为要被打成"大毒草",要挨"棍子",抓"辫子",戴"帽子",在社会上激起轩然大波。李致听到有关情况介绍,亲躬剧场,调查研究,"花仙"们喜迎剧中陈秋林那样的"护花人"。李致首先给予充分肯定,同时提出自己的意见,并组织各方面的专家前往具体指导。经过再度加工提高,1983年5月,参加四川省第一届振兴川剧会演,荣获剧本整理奖和优秀演出奖。

1992年2月，成都市川剧院一、二联合团新排神话故事剧《九美狐仙》赴香港演出前夕，李致特别召开"挑漏眼儿"座谈会。这个戏自首演以来，一直是上座不衰，欲罢不能。四个演员共同承担女主角，联袂献艺，各尽其长，集中川剧传统表演绝技，在艺术表现上京川"两门抢"，精彩迭陈，美不胜收，虽有强烈的视听效果，但也明显地存在着某些裂痕。李致首先阐明会议主旨，正面意见可以说，但主要是批评意见，找出毛病，力求完美。当一个新戏初战告捷，再来一番反向思维，香茗一杯，会场气氛活跃融洽，使编导人员深受启迪，果然"更上一层楼"。李致在振兴川剧的领导工作中，十分注意川剧评论工作。他曾在唐思敏《川剧艺术管窥》序言中强调指出："川剧评论家是振兴川剧的一支不可缺少的队伍。十年来，他们对振兴川剧做出了自己的贡献。我为有这些朋友感到荣幸。"李致一贯主张川剧理论要联系帮助川剧舞台，希望川剧评论家满腔热情地帮助川剧界拿出"迷人"的戏来，促进川剧界真正振奋精神。1993年，我与黄光新、李远强、唐思敏相继出版了回顾振兴川剧十年的评论集，李致就像品尝一桌丰盛的"川剧套餐"，不胜欣喜，曾在不同场合多次表示祝贺，表示感谢，表示关心，表示支持，给予川剧评论家莫大的慰藉和鼓舞。在省委宣传部召开的一次会上，李致当众推荐我，说："今后川剧晋京演出，不论哪个院团，建议你们聘请国福同志，请他帮忙联络、宣传，代登广告。他在北京搞熟了，比你们去临时问路强多了。"最初，李致亲自出马，还有著名川剧艺术家席明真，联络首都各界人士，我也因此公关，以文广交，与北京戏曲界、新闻界建立起长期的合作关系，为宣传评论川剧在首都报刊争得一席之地。根据振兴川剧领导小组安排，我负责记录整理著名川剧丑角表演艺术家周企何舞台艺术。李致原在出版部门工作，为此亲自出面，与四川人民出版社落实选题，并批示拨出专项资金，周老与我都很感激"李部长"。

1989年10月,《周企何舞台艺术》一书由国务院原副总理王震题笺,正式出版发行。欣逢四川省振兴川剧领导小组在成都召开有全省各市、地宣传文化部门负责人出席的扩大会议,李致看到样书,十分高兴,赞许有加,当即在会议上广为散发。1987年10月,张爱萍同志又一次返回四川,在金牛宾馆小礼堂,与川剧界人士亲切见面。张将军曾为我撰写了《天府之花》与《川剧揽胜》两书题词和题笺,我向李致提出,向将军赠书;李致当即安排,并特别介绍。顿时,众多记者对准我摄像,照相机向我聚焦,记下一个川剧学者人生历程中难忘的一瞬间。

当历史的车轮进入20世纪90年代,随着改革开放涌入大量的西方文化和港台文化,特别是在与强大的影视艺术的竞争之中,传统戏曲一度跌入低谷,似乎濒临绝境。有一段时间,川剧界传闻甚多,不少人纷纷质疑:川剧还能"振兴"吗?川剧是否"振朽儿"了?

面对诸如此类的新现象、新问题,李致正视困难,知难而不畏难,通过多种途径,与各界人士会商,寻求切实可行的应变措施,诸如"出人、出戏、走正路"后来衍化为"出人、出戏、赢得双效益","振兴川剧会演"后来调整为"振兴川剧调演",明确指出"若要人迷戏,除非戏迷人"……一切遵循舞台艺术以观众为主体的美学原则,其中孕育着今天倡扬的"精品意识"或"拳头产品"。李致一再强调:振兴川剧不能"走过场",不能"模式化";魏明伦写戏讲究"一戏一招",我们也要拿出新的招数来。经过反复论证,李致科学地总结出:振兴川剧,成绩显著,大有希望;困难重重,举步维艰。并撰而为文:《坚持不懈地振兴川剧》。后来以宣传部名义,报经省委、省政府批示,作为正式文件下达。从中可以清楚地看出,李致善于预测振兴川剧的曲折发展过程及其光明前景。在他的脑海中充满了哲理的思辨,他把主观和客观的联系视作一个无尽的链条,如果只看到其中的一点而忽视另一点,势必带来主观、片面和盲动。对主观或客观的任何一种超越,都将是错误的，既不应超越主观力量，也决不能超越客观条件。因之，对主观条件和客观条件及其统一关系的科学认识，便成为李致领导艺术的历史闪光点，他让我们看到振兴川剧的曲折性和复杂性，充分估计到有利因素和不利因素，从而做好长期性和坚忍性的思想准备。1992年5月，在成都举行第六届振兴川剧调演。十年来，由于坚持不懈地振兴川剧，确实把振兴川剧推上了一个新台阶。我撰写了一篇带有总结性的理论文章《俗则兴，变则通，秀则美》，《中国戏剧》同年7月号及时刊发，充分肯定并向全国戏剧界介绍川剧十年振兴的可喜成果及成功经验。

几度风雨结戏缘

◎ 陈国福[①]

在中国当代戏曲史上,川剧界曾出现三位德高望重的好领导,老艺术家们习惯以"老板"尊称之:一位是已故的成都市原市长李宗林,另两位则系中共四川省委原宣传部副部长——已故的李亚群和健在的李致。三位"李老板"在历史风雨中前后衔接起来,可以说,便是当代川剧发展史的浓缩。

1978年春,我们敬爱的邓小平同志在成都亲切接见被"四人帮"迫害的川剧名老艺人,观看被"四人帮"禁锢多年的川剧优秀传统折子戏并作重要指示,从此揭开了中国戏曲乃至中国文化发展的新篇章。为贯彻执行邓小平同志有关指示,中共四川省委、四川省政府于1982年7月发出"振兴川剧"的号召,李致担负起历史的重任,十年间为具体落实"抢救、继承、改革、发展"的八字方针尽心竭力,在戏曲界广有口碑,至今犹令人敬佩不已。

---

① 陈国福:四川省川剧艺术研究院研究员。

峥嵘岁月老部长

"振兴川剧"的号召传遍巴山蜀水，各地、市、州、县的党、政、人大、政协迅速行动，排演出一个又一个新创剧目或重新整理的传统剧目。为筹备全省性的会演活动，李致与省委常委黄启璪、省文化厅副厅长郝超、振兴川剧领导小组艺术顾问席明真等带头看戏，还有宣传部文艺处严福昌、张仲炎，省文化厅艺术处、录像室有关同志，以及振兴川剧领导小组办公室于一、叶春凯、陈国福等，组成强大的审看小组前往各地。铁路沿线还算方便，最苦是川东与川北。比如一次由成都去蓬溪，继经营山去南江与通江，再转巴中与达县。碎石面黄泥巴铺就的乡村马路，落雨泥泞，晴天扬尘，旅途劳顿，不言而喻。常常是晚上看戏，戏毕酝酿至凌晨，次日上午座谈，下午赶路补瞌睡。李致与同志们同甘共苦，心心相印，由管川剧、看川剧、爱川剧进而懂川剧。那段时间，无论大小会或是与人闲话，李致言必川剧，屡谈不厌，也算入乡随俗。比如，每次观看演出，他都要提醒大家莫学《易胆大》中的"麻五爷"，众人都按时进剧场坐下了，你才姗姗来迟，剧团才敢演出。

20世纪70至80年代的中国，正值一个新旧交替的历史新时期，犹如大自然的季节变化，红梅报春，但坚冰待破。人们多年形成的一种习惯势力，往往导致艺术审美中杯弓蛇影，谈虎色变，由《红梅赠君家》引发的一场大争论，便是一个十分典型的例子。李致充分肯定这是一个优秀传统剧目，作为川剧高腔四大本之一，《红梅记》源自明代周朝俊的同名传奇，曾于50年代由熊丰整理为上、下两本，周裕祥导演，分别由张巧凤与刘又全，许倩云与曾荣华主演，受到普遍好评。进入历史新时期，著名川籍音乐家沙梅倾数十年的艺术积累，以李慧娘与裴禹的感情纠葛为主线，整理为一本，并为之重新谱曲并配器，力图在川剧音乐方面有所突破，由成都市川剧院刘芸与晓艇主演。尽管毁誉参半，褒贬不一，首先应当宽容、允许和支持,再也不能像过去那样,动辄"抓辫子""打棍子""戴帽子"。李致代表宣传部,支持四川电视台播放该剧舞台录像,以便引起更广泛的社会关注;出于同样的目的,后来还将自贡市川剧团排演魏明伦的荒诞戏《潘金莲》调到成都演出,这个戏的争论更大,有时甚至尖锐对立。这在今天看来,其实不算什么,但在二十年前,要这样善待一个剧团的改革与创新,那可是需要相当的胆识与魄力的!原新都县川剧团(即今成都市芙蓉花川剧团)重排优秀传统神话戏《芙蓉花仙》,引起了更大范围的激烈论争。国务委员兼国防部部长张爱萍同志获悉后,李致曾陪他前往东郊木材厂俱乐部观看,给予剧团以极大的支持。李致始终不渝地强调一点:"改革的任务既艰巨又重大,而改革却没有现成的良方(如果有了,也就无所谓改革了)。因此,改革的本身就意味着某种探索,就必须有所探索。改革、发展是一个长期过程,一个经验的积累与实践的检验过程。探索的方式与方法应多种多样,改革试验也应不拘一格。"李致一次至上海,曾登门拜访沙梅,希望老人家关注振兴川剧,继续帮助川剧进行音乐改革。

1986年10月,在竞华收徒仪式上,李致曾说:"竞华同志是川剧表演艺术家,无论唱腔和表演,有许多独到之处。有她这样的教师,还有陈书舫、袁玉堃、周企何等诸位名家,不仅可以培养出名角,还可以发展川剧艺术流派。"尊重老艺术家的另一方面,便是关心老艺术家。李致多次吁请有关部门特别照顾生病的老艺术家,曾一度得到落实,阳友鹤、周裕祥、竞华、张光茹等在重病期间,都住进了干部病房,得到精心护理和治疗。党和政府的亲切关怀,俨然巨大的精神支柱,促使他们为川剧事业奋斗到生命的最后一息。当历史的车轮进入21世纪,又一代老艺术家出现在各级文化主管部门面前,亟待我们采取相应的对策,戏以人传的民族戏曲,才能绵延不断,继往开来,新人辈出,欣欣向荣。与之同时,李致还十分关心投身戏曲事业的新一代知识分子,其中有剧作家、剧评家、戏画家。他曾为徐棻《探索集》、张鸿奎《戏剧人物画册》、李远强、黄光新《好一朵芙蓉花》、唐思敏《川剧艺术管窥》、邓运佳《中国川剧通史》、陈国福《一世戏缘》以及"川剧文化丛书"撰写序言，并强调指出："川剧评论家是振兴川剧的一支不可缺少的队伍。十年来，他们对振兴川剧做出了自己的贡献。廖友朋、王诚德、陈国福、刘双江、邓运佳、杜建华等许多同志，几十年如一日，显示了他们对川剧艺术的奉献精神。我为有这些朋友感到荣幸，因为他们的精神和成就代表着中国先进文化的前进方向，应当得到应有的承认和尊重。"

自20世纪80年代以来，李致曾多次率领川剧团进京或出国，为宣传川剧，扩大川剧的影响做出了自己应有的贡献。他曾在北京工作多年，与首都文艺界十分熟悉，特别是与曹禺的关系，因巴金尤其亲密，向以"万叔叔"呼之。1983年10月，四川省振兴川剧进京演出团在首都汇报演出，曹禺事前向李致表示："万分欢迎，我与（李）玉茹将多多学习，多观摩，一定要写篇学习心得，表示欢迎。"曹禺看了好几个戏，主持中国戏剧家协会召开的座谈会，听罢李致介绍振兴川剧情况，当即发表了热情洋溢的讲话，又撰文赞扬振兴川剧"有如空谷足音，预示着一个新的信息，一个新的行动即将来临。"事后还写信给李致："振兴川剧来京演出，大得成功。奋发首都戏剧界，确立信心，至可庆贺。"北京市文化局局长鲁刚根据市委宣传部部长徐惟诚的意见，约请李致向直属艺术表演团体有关人员介绍振兴川剧情况。1986年4月，四川与上海举行首届文化交流，李致与上海文化界过从甚密，由他出面请来陈沂、黄佐临、杜宣、黄裳、程十发、谢稚柳、沙梅、郑拾风等名流大家，首场《白蛇传》演出获得很大成功。

1985年6月7日，李致亲率四川省川剧演出团赴西柏林参加第三届国际"地平线艺术节"，在柏林自由人民剧院作揭幕演出，这是"振兴川剧"以来古老的天府之花首次登上世界舞台。据李致日记记载："戏一开始，场内极为安静，似乎连自己的心跳都能听见。为什么没有掌声?我开始感到不安——以后知道,观众不熟悉中国戏曲,不知该在什么时候鼓掌。但第二场刚结束,爆发雷鸣般的掌声,我才松一口气。以后一发不可收,全场共鼓掌欢呼二十多次,谢幕历时十四分钟,形成高潮。鼓掌,欢呼'阿博(好极了)'!"并以用脚踏地板的声音表示兴奋。面对狂热的德国观众,他们这样热爱川剧,我的眼睛润湿了。我体会到运动员获得世界冠军,眼见五星红旗在国歌声中升起的感情。"紧接着,演出团巡回联邦德国、荷兰、瑞士、意大利等国的十大城市,演出计二十二场,皆获得很大成功。1987年5月,李致又率团东渡扶桑,在日本的东京、大阪、福岗、京都、名古屋、横滨等十大城市巡回演出,总计二十四场,其中东京十天演出十八场,观众共约五万人次。1990年5月,李致率领成都市芙蓉花川剧团再次东渡扶桑,巡回山梨、东京、福冈、广岛、名古屋、高松、大阪、滋贺、京都、神户、奈川、昭和、横滨以及松户等十三个城市演出《芙蓉花仙》凡三十场,观众计六万多人次,两次均受到日本友人特别是青少年学生的喜爱和欢迎,"振兴川剧"的丰硕成果蜚声东西方。

激扬文字读李致

1992年,李致摆脱政务,重操旧业。为了抢回因从政耽误的写作时间,他居然赶上新潮时尚,每天端坐电脑桌前,频频敲击键盘,夜以继日地赶写回忆录。迄今为止,已先后出版《往事》(1995)、《回顾》(1997)以及《昔日》(2001)等散文集。其中大多数是回忆巴金的文章,同时还有若干有关振兴川剧的历史记录,为研究当代戏曲提供了极其宝贵的第一手资料。李致亲历川剧在浩劫之后的再度辉煌,并且有机会在世纪回眸之中重新解读川剧,深入揭示传统戏曲深蕴的美学价值。这些,都散见于他的散文集中。

"振兴川剧"是20世纪80年代中共四川省委、四川省政府的一项重大决策,在全国戏曲界引起很大的反响。1983年5月,张爱萍曾为第一届振兴川剧会演填词:"乡音喜闻乐见,古曲今开新面。群星汇蓉城,百花齐放艺湛。堪羡,堪羡,天府新秀千万。"当时四川省顾问委员会主任是谭启龙同志。李致在《谭启龙与振兴川剧》一文中记述道:"启龙同志曾多次指示:戏曲是我们国家的瑰宝,川剧是我们省的瑰宝。我们一定要振兴川剧,否则,既对不起前人,也对不起后人。要认真抓到底。1983年夏,启龙同志为振兴川剧题词:'振兴川剧,务求实效,千锤百炼,精益求精',这十六个字对我们的启发很大。务求实效,是说不图热闹,不搞表面上的轰轰烈烈,不要为会演而会演,而当时已出现类似的苗头。千锤百炼,精益求精,是讲戏的质量。没有质量无法竞争,无法赢得观众。这是关系到川剧生死存亡的大问题。启龙同志十分尊重老艺术家。根据他的意见,振兴川剧晋京演出,邀请了十三位老艺术家随行,担任艺术指导并在北京作观摩演出,产生了很好的影响。他陪同小平同志在人大会堂的小剧场,看了川剧折子戏片断演出,还陪同小平同志与演员、工作人员分别合影。"

　　省委常委、宣传部部长许川也很重视振兴川剧,李致在一篇《振兴川剧忘不了许川》的文章中写道:"许川同志是江苏人,长期从事新闻工作,到宣传部以前很少看川剧。从参与领导振兴川剧的工作,他开始看川剧,并动员他的夫人和子女去看。他说,'慢慢就看出了味道。'"李致还转引了许川在一次干部会上的重要讲话:"四川解放初期,邓小平和贺龙同志就要求我们的干部带头看川剧,并指出这是入川干部的群众路线和群众观点的问题,要认真对待,认为这才是党的干部应有的态度。粉碎'四人帮'后,小平同志来川视察,又专门审看了一批被'四人帮'禁锢的川剧折子戏,予以解放。因此,我们不得不思考这样的问题:作为各级党委的宣传部长,如果不看川剧,能不能算为合格的宣传部长?答案显然是否定的。我们恳切希望各级党委、政府的宣传和文化主管部门加强对振兴川剧的总体要求和具体措施,层层落实,解决剧团的实际问题。要提倡领导同志和川剧艺术工作者交朋友。作为党政和人民'喉舌'的各级报纸、电台、电视台,要进一步宣传振兴川剧的工作。"李致回首当年,还向我们讲述了另一位值得怀念的好领导——黄启璪。她曾先后担任重庆市京剧团党支部书记,重庆市文化局副局长,四川省文化局副局长等职。后任中共四川省委常委,四川省振兴川剧领导小组组长,分管文艺工作,她热爱川剧,在川剧界广交朋友。1982年7月,曾同有关人员前往自贡观看《巴山秀才》,宜宾的《日月葬》以及泸州的《轵侯剑》。她看戏认真,意见中肯,给人留下深刻印象。值此隆重纪念"振兴川剧"二十周年之际,当我们回顾改革开放以来,川剧在国内外取得的辉煌成就,怎能忘记省委领导同志为此付出的心血?他们的事迹将彪炳中国当代戏曲发展的史册,诚为宣传文化部门负责同志学习的榜样!

  川剧无疑是看的或听的,李致呈现给我们的却是读。当然,他让我们读的,不是剧本,也不是剧评,而是20世纪一代大家谈论川剧的片言只语,文字极简而用字极确,琐屑微末之处决不轻易放过,不足千言而尽道其详,实有回味不尽之妙。1983年10月,四川省振兴川剧进京演出团的老艺术家们为首都文艺界作专场演出,有陈书舫的《花田写扇》、周企何的《投庄遇美》、王世泽与田卉文的《放裴》等,曾任中共中央宣传部副部长的著名理论家周扬观看演出后曾说:"川剧在国内外,远远超过一个地方剧种的影响。"1986年4月,四川与上海举行首届文化交流,在李致引荐下,陈书舫、周企何等前往拜访巴金,并为巴老清唱几曲。老人家听了十分高兴,连声赞叹:"我爱家乡,爱听乡音,当然爱川剧。"1986年举行四川省川剧青少年演员比赛演出,沙汀获悉冉樵子曾据《聊斋·张鸿渐》改编为川剧《刀笔误》,当即指出,"我觉得此公的著作应出专集。"尽管只是一两句话,然而,深衷浅语而令名不衰,他们对民族戏曲体悟之深,为我们揭示出传统文化的精髓和底蕴。他告诫我们,向国际友人和青年观众宣传川剧,首先应该看到自身的艺术优势,如果仅仅局限于变脸、吐火之类的纯特技表演,势必产生严重的误导而损害自己,让人在灵犀交会之中同此一慨:"我赞成用特技为川剧吸引观众,但不能丢掉川剧许多更重要的好东西,只强调特技。否则川剧团就成了杂技团。正如不能把内容丰富的川菜,简单说成麻辣烫,又把麻辣烫集中于火锅一身,川剧不等于特技,更不只是变脸。"

李致为若干戏曲著作撰写的序言,体现出丰富的知识和深厚的学养,处处率真之心,不失儒者风范,多读几遍会使人忽地心华开发,器识远大,其中有一段至今犹令人深思:"川剧是我们民族优秀传统文化的瑰宝之一,它的影响已超越省界和国界。我们决不能眼看着这一朵绚丽的花朵枯萎或消失。否则我们既愧对祖先,又有负于子孙。不振奋精神,就不会有这种责任感。哀莫大于心死,不振奋精神行吗?对川剧现状的估计,有许多说法。比较一致的看法是:成绩显著,前途光明;困难重重,举步维艰。在戏曲面临着某种'危机'的时候,我们必须抢救、继承,把川剧艺术保留下来。"中华民族传统文化博大精深,但由于认识上的种种盲点和误区,许多优秀的文化传统(包括川剧)正在急速流失甚至濒临消亡;面对西方文化、港台文艺裹挟经济大潮的冲击,不少人已是"一片白云横谷口,几多归鸟尽迷巢",不知道珍惜自己身边的文化瑰宝,找不到"振兴川剧"的前进之路。读一读李致有关川剧方面的散文,进行深沉的历史反思并从反思中展望未来,那将是一番"最难风雨故人来"的喜悦,将会帮助我们采取措施捍卫民族的文化根脉,增强我们对弘扬优秀民族文化的信心和勇气。

李致与川剧

◎ 罗湘浦[1]

"十年浩劫"后,李致任四川人民出版社总编。我因工作和他有联系,听到他从容真挚的絮谈时,总感到他那颗金子般的心在跳动。谈到他四爸巴金的教导"人活着,为了对社会有贡献",他总是身体力行。他主持编辑工作,痛恨"四人帮"革文化之命,导致文坛一片荒芜,为给"文革"中受迫害的老作家恢复名誉,激发他们的创作热情,他和文艺编室一起,编辑出版了《郭沫若近作》《茅盾近作》《夏衍近作》《巴金近作》《丁玲近作》《沙汀近作》《艾芜近作》……

当恢复上演川剧传统剧目时,为缓解市、县剧团的剧本荒,李致主持出版了《传统川剧大戏丛书》《川剧传统折子戏丛书》《现代川剧丛书》,这批丛书的问世,比起兄弟省市同类图书的出版早了许多年,受到省内外演出团体的欢迎。这在普遍心存"文革"余悸的当时,是要担风险的,可见李致的胆识。

其时川剧演出剧目贫乏,观众中流传出一段顺口溜:"打不死的红娘(《拷红》),淹不死的柯宝珠(《御河桥》),写不完的

---

[1] 罗湘浦:曾在四川省作家协会工作。

扇（《花田写扇》），砂锅打不烂（《评雪辨踪》）。"这引起了省委、省政府的高度重视，及时发出"振兴川剧"的号召。省领导谭启龙题词龟勉，文曰："振兴川剧，务求实效，千锤百炼，精益求精。"并成立振兴川剧领导小组。1982年底，李致调省委宣传部任副部长，主管文艺工作。李致被指定担任第一副组长。李致受命后笑说："我与川剧前缘未了！"他决心以川剧事业奉献社会。

李致出生成都，儿时经常随舅妈看川剧，有了兴趣。50年代，川剧剧本的文学性和表演上的生活化引起了他的共鸣，从此与川剧结下了不解之缘。他对人说："我这个人真怪，读书时不会背书，被老师打过手板心；但一看川剧，多看几次就可以背诵出一些精彩唱段。"他看了几次康子林、周慕莲演的《情探》，焦桂英唱的那段"梨花落，杏花开，梦绕长安十二街。夜深和露立苍苔，到晓来，辗转纱窗外。纸儿、笔儿、墨儿、砚儿，件件般般都似郎君在，泪洒空斋"，他至今不忘！

"十年浩劫"中，看不到传统川剧，李致便悄悄读那些被抄家后幸存的川剧剧本。在"牛棚"里，为了移情，也要默诵两段川剧唱词。粉碎"四人帮"后，周企何首演《迎贤店》，这是李致百看不厌的一出戏，常看常新。这次演出散戏后，李致赶去后台向周企何祝贺，赞他宝刀不老，然后说："周老师演出中漏了两句台词……"周企何苦笑说："十年不演出，丢生了！"李致闻言一怔，如芒刺在背，心里说，川剧不振兴，何以保存祖国的优秀传统文化？何以面对做过奉献而使川剧历久不衰的前辈艺人？何以满足广大川剧迷的需求？四川不能没有川剧！

李致非"科班"出身。他立志于学，弄清川剧的源流，明白川剧的特质。于是他和艺人交朋友，但老艺人学艺是靠师傅口传心授，靠自己在艺术实践中长期摸索、创造、积累，说不出道道；中年演员多数认为演好唱好一出戏就成，缺少理论提升，何况在部长面前不好随便说。李致叹曰："学然后知不足，做然后知困。"为《周企何舞台艺术》一书的出版，李致去四川人民出版社落实选题，请文化厅拨出专款出书，经各方的支持，这类图书得以相继问世。

有人提出："若要人迷戏，除非戏迷人。"李致十分欣赏这句话，随时向圈内人讲要以质量征服观众。他以"讲恋爱"为喻，你人品不好，长得又难看，非要对方爱你，这办得到么？

李致主管文艺工作，看戏是他分内的事。他积极支持文化厅改"川剧会演"为"川剧调演"，下面有好的剧目才调到省里演出，他常和文化厅同志和剧评家一起到市、县剧团看戏，发现苗子，必反复看演出，反复听意见，反复作修改。他的指导思想是：继承是戏曲改革的基础，也是各戏曲剧种的艺术特质和艺术生活之所在。继承不仅仅是保存，只有在改革中继承，才会发展传统，才会使戏曲艺术不致停滞不前，因僵化而脱离时代，脱离群众。对于有争议的剧目，他采取特别谨慎的态度。魏明伦的《潘金莲》在自贡演出，有不同意见，李致主张调到成都来演，让更多的同志来评论。沙梅的《红梅赠君家》，意见分歧较大，李致主张心平气和地讨论，绝不把某种改革作样板。新都县川剧团根据传统川剧《花仙剑》改编的《芙蓉花仙》，剧本和演出有所创新，受到观众欢迎。为了探索，剧团编导借鉴敦煌壁画"飞天"的造型，让花仙们袒胸露臂，仙韵十足，引起了不同看法，弄得剧团和演员不知所措。李致及时对该剧的创新予以肯定，支持剧团这种创新探索精神。后来，《芙蓉花仙》获得了省里的"优秀演出奖"，老年观众喜欢看，还吸引了不少青年观众。出国演出，外国观众更是掌声不绝。1984年，《芙蓉花仙》还拍成电影。该剧的深受欢迎，给贯彻振兴川剧八字方针——"抢救、继承、改革、发展"带来一个有益的启示。为了鼓励新都川剧团的小演员提高文化素质，李致特意送去"小图书馆"丛书一套和其他书数百本，寄予厚望。

成都市川剧团的《九美狐仙》去香港演出前，李致专为此剧召开了一个"挑漏眼儿"座谈会。李致作主旨讲话："正面意见可以提，但主要是剧本和演出之不足，找出毛病，力求完美。"百家可以争鸣，他只卡一条：不能离开川剧的谱。

歌唱家李存琏用川剧传统乐器为主伴奏演唱《秋江》，李致积极支持，希望有更多的音乐工作者参与川剧音乐改革。

2000年秋

李致二三事

◎ 徐 棻[1]

李致同志在省上，我在市上；他是领导，我是平民。一般来说，我们之间距离不小。然而在我的感觉中，他却是一个可以说知心话的好兄长，一个可以永远信赖的老朋友。

我第一次和李致同志近距离接触，正是我的一个戏被责令停演的时候。那是1987年，成都市川剧院联合团演出了我与胡成德合作的川剧《大劈棺》。这戏在确定剧名时，我们犯忌了——用了新中国成立初期即被禁演的戏名《大劈棺》。用这个旧名当时只为招徕观众，果然也招徕了不少观众。我们自以为得计，简单地以为叫什么名字没关系，内容才是重要的。谁知演了没几天，一个上级有关部门便打来电话，说《大劈棺》是禁戏，责令我们立即停演。剧团傻眼了，不敢抗拒上级部门；市文化局沉默着，不好得罪上级部门。常言说"剧本是编剧的儿子"，我这个当"妈"的着急了。得知消息时，我先是震惊，后是委屈。在听说下达指令的人并没有看过戏时，我愤怒了，心想，官司打到北京，我也要为这个戏平反。我决定先去省委宣传部找李致同志。他看着我气鼓鼓的样子笑了起

---

[1] 徐棻：剧作家，作家。

来，连忙安慰我说，演一个戏很不容易，不能轻易停演，何况你们这个戏改得不错。待我心平气和后，他又说，你们为什么不主动请人家看戏呢？听我说送了票，他又开导我说，演出这种特殊题材的作品，如果事先能与有关方面沟通沟通，就不会产生误解了。这时我才若有所悟：自己满脑壳"编剧思维"，对别的事可谓一窍不通。最后他给我出主意，叫我请市文化局打个报告说明情况，他在上面批几个字才好办理；又叫我给戏另外取个戏名，以避免误会。回来后，我立刻照办。没过几天，改名为《田姐与庄周》的这个"禁戏"，便又重新开始公演。

1990年3月，由中国剧协《剧本》月刊社联合成都市文化局和四川省文化厅剧目室，在成都举行我的"剧作研讨会"。事前，中国剧协的同志告诉我，由中国戏剧出版社出版的《徐棻戏曲选》将在召开研讨会时发行，但这部书中选入的主要是"文革"以前的作品。他们建议我再出一部1980年以后的"作品选"，说这会有助于研究我的戏。我认为这建议很有道理，便说给李致同志听。他听后毫不犹豫地说："这件事我可以帮忙。"在他的运筹下，四川文艺出版社免费为我出版了《探索集》（收入五个大戏和十四篇文章），并承诺赶在3月之前出版，好把两部选集同时送到与会者的手中。我带着感激的心情，请李致同志为《探索集》写序。有趣的是，他在序的开头写下了"徐棻与魏明伦"如何如何，在序的末尾又写下了"魏明伦与徐棻"如何如何。我看了虽然觉得有点奇怪，但也没好意思问个所以然。倒是该书的责任编辑忍不住了。他建议李致同志把魏明伦的名字删去，因为这部戏里的东西与魏明伦丝毫无关。有一天，李致同志特别叫住我，对我说："你和魏明伦是我们省里最有影响的剧作家，你们在全国都很有名气。我在为你写序时故意提到他，是想表示我对你们两个都同样看重，也希望别人能这样对待你们两人，这有利于川剧事业。所以我不打算删改，请你不要介意。"这时我才明白了他的良苦用心：他是不愿意我们中间的任何一个人，在任何情况下，让其中的某一个感到受了冷落或受了伤害。一个领导人如此小心翼翼地呵护着两个编剧，希望他们永远在愉快的心境中发挥他们的创造性，这份对川剧事业细致入微的关怀，也真够让人感动的了。

　　1992年，法国文化商拉圭尔先生一行三人来四川选戏。他们在成都、重庆、新都看了五台戏后都不满意，说"一台也选不上"。由于我的一位法国朋友正好是他们的朋友，那朋友委托他们来看望我，所以他们在离蓉前便请我去锦江宾馆共进午餐。餐桌上谈起戏来，拉圭尔先生便数落了川剧很多缺点，逼得我针锋相对地进行了一番辩驳。我本来以为他会不高兴，谁知他竟坦率地承认我说服了他。回到法国后，他来信请我担任艺术指导，要求我为他修改加工《白蛇传》。正式的邀请函随即到来，邀请我所在的成都市川剧院三团携《白蛇传》赴法国演出。不料这件好事却被卡住了。先是卡在文化部。有人去文化部告我"私会外国人"，言下之意我有"里通外国"的嫌疑。待事情澄清后，文化部开了绿灯，但又卡在了省内，而且久久没有松动的迹象。无奈之下，我又去省委宣传部找到李致同志。向来以川剧整体利益为重的李部长，一如既往地立刻表示支持。他认为能向国外观众介绍川剧是件大好事，不论是省上的剧团，还是市里、县里的剧团，只要有机会出国演出，有关方面都应该给予帮助。为此，李部长不但口头斡旋，电话劝说，还用宣传部的名义发下正式函件，要求有关部门放行。加上拉圭尔先生是中国的好朋友，深得我国驻法大使馆的信任；又加上文化部的积极干预，终使市川剧院带上我修改加工后的《白蛇传》如期抵达巴黎，并巡回演出于法国十六个大城市，为川剧在法国和西欧的演出播下良种，赢得声誉。

　　2000年春节，文艺界人士的"健康保护神"李枝华医生请朋友们吃"团年饭"，李致同志恰巧和我同桌。闲聊中不知怎地聊到我写川剧的话题上了，我便顺口说："到明年，我当编剧就整整四十周年了。"李致同志道："编了四十年的剧，不容易。应该给你祝贺一下。"我又随口说："退休的人了，哪个管这些事哟。"他却十分认真："退休了你还在编剧嘛。市文化局会管，省文联也会管。有机会我跟你们市上的领导说说。"我怕引起什么误会，劝他不要说。他却反过来叫我不要过问了，说这也不是个人的事，庆祝一下对鼓舞后进有好处。谁知事情竟这么凑巧，我俩的话刚说完没一会儿，成都市委副书记黄忠莹同志来了，而且被主人安排在我们这一桌。李致同志对我一笑说："机会来了。"他扭过头去和黄书记寒暄几句后，就说了"四十年"的事。热情爽朗的黄书记一听，马上笑道："四十周年，好呀好呀。该祝贺，该祝贺。"这时，恰好成都市文化局的严晓琴局长来了，而且被主人安排在黄书记身边，打过招呼后黄书记就说："晓琴，明年徐棻同志编剧四十周年，我们好好给她办一下。"严局长听了也很高兴："正好，明年我们要出版上下两卷的《徐棻戏剧作品选》。在这部书的首发式上，我们开一个隆重的座谈会来祝贺徐棻同志的编剧四十周年。"2001年12月15日，"徐棻戏剧创作四十周年暨《徐棻戏剧作品选》出版大会"在成都川剧艺术中心隆重举行。当我看见李致同志以抱病之身拄着拐杖、被人搀扶着前来出席座谈会时，觉得有许多话涌上心头。我很想对他说些什么，但又不知向他说什么才好。

  我和李致同志在省振兴川剧领导小组中相处过；在省文联的工作中相处过；在四川省政协的工作中相处过。他还在省政协成立过"川剧工作室"，让我担任"常务副主任"。由于这些原因，我们接触不少，谈话也多，但直接和我有关的事，却只有前面说的那几件。那几件都是小事。不过，有的小事如果轻率地处理，也可能变成"大事"，至少会影响当事人的积极性和有关方面的团结。而李致同志在对待有关川剧的各种人和事时，总是耐心地化解着矛盾，努力地加强着团结，循循善诱地鼓励大家在平等的起跑线上去发挥自己的聪明才智。这是只有那些品质优秀的人才能做出的、一种隐形然而具体的贡献。现在，川剧还能以其质优量多、出人出戏居于中国戏曲之前列，不能不说与李致同志前些年扎扎实实的工作有关。所以，我认为他是继成都市李宗林市长、重庆市任白戈市长、四川省委宣传部李亚群副部长之后，把川剧认认真真放在心上的一位领导人。为此，我愿向他致敬，并愿向他说一声："为了川剧事业，谢谢您！"

2001年晚春

我心中的李致
——答黄光新问

◎ 魏明伦[1]

问：值省委、省政府提出振兴川剧二十周年之际，四川文艺出版社将出版李致同志的《我与川剧》。对此你有何评价？

答：文如其人，书名很平实。我虽未窥书稿全豹，但了解好人李致对振兴川剧所做的一系列好事。如果我早知道出书消息，我会着力写出比较精致的文章，描述"我与李致"。无奈我目前忙着赴岳麓书院讲学，回川写稿就赶不上出书时间。只好先作一番口头表述，请你整理转述。

问：你是否能从省振兴川剧领导小组负责人之一这个角度，谈谈对李致同志的看法。

答：他有长者之风，我称他为"老大哥"。对于振兴川剧，他堪称名副其实的好领导，也是我们川剧人的好朋友，更是一位好读者、好观众。作为领导，最难得的一条，就是有胆有识，敢于旗帜鲜明地支持和培育跨越雷池的探索与创新。李致老大哥在这一点上

---

[1] 魏明伦：剧作家，杂文家，辞赋家。

表现很突出，尤其对我而言，有深刻的切身感受。早在1983年，他出任省委宣传部副部长不久，就热心支持川剧《巴山秀才》。那次，他是陪同阳翰笙、陈白尘等几位贵宾去宜宾看《草莽英雄》，原计划看了戏就回成都。自贡这时正演《巴山秀才》，派人到宜宾请阳翰老一行看戏。李致改变计划，促成阳翰老一行到自贡观看《巴山秀才》。从此，他与"秀才"结缘，现在仍称我为"秀才"，称我妻子为"秀才娘子"。他对此剧的台词背得很熟，常常在讲话中引用，可见他与此剧感情之深。《巴山秀才》从自贡一直演到北京、上海、南京，李致老大哥关怀备至，犹如一位尽职尽责的"助产士"，为这出戏的"顺产"做了大量耐心细致的工作。如果说，李致支持《巴山秀才》是无可非议，他支持《潘金莲》就是招惹非议，敢冒风险了！

问： 对这桩"公案"我十分清楚，所以完全理解你的这种切身感受。1985年10月1日，戏称为"荒诞川剧"的《潘金莲》在自贡市首届艺术节上首次亮相，立即引起强烈反响。在受到广大观众和多数同行高度评价的同时，也受到一些尖锐抨击，顿时成了一个争议激烈的剧目。

答： 有探索，就会有争议，不足为怪。但上世纪80年代中期，"左"的阴影未除，有的当权者习惯宁"左"勿右，对有争议的作品避而远之，不愿卷入是非，承担风险。在当时的复杂背景中，以李致为代表的省振兴川剧领导小组多数成员，对探索性剧目《潘金莲》表现出可贵的宽容与扶持，于12月中旬，以省振兴川剧领导小组和省文化厅的名义，把《潘金莲》调到成都公演十二场。可是，一位权威人士竟粗暴地指责，刻薄地讽刺："调《潘金莲》到成都演出，这个做法本身就是荒诞的！"

问： 确有此事。李致同志当时面对指责与讽刺，他没有退缩，发表过一篇《要鼓励探索》。他在文章中说："对《潘金莲》的争论比较大，但省振兴川剧领导小组和省文化厅把它调到成都演出，其目的：一是支持自贡市川剧团的探索与试验精神；二是活跃川剧舞台。……有同志不赞成，还说'调《潘金莲》到成都演出，这种做法本身就是荒诞的！'有这么严重么？可能是开玩笑的。要允许人家探索和试验嘛！"

答：更有甚者，1987年初，有人借反"资产阶级自由化"之机，以《潘金莲》为"突破口"，想把我当作"自由化"的代表人物一棍子打死。恰好香港影视剧艺社在新华社香港分社的支持下，移植演出《潘金莲》，邀请我赴港观看首演。此事被人暗中干扰，以至过了首演日期还没有办好护照等手续。在省委和宣传部许川、李致的关怀下，终于成行，赶上了第二轮演出。有人对此心怀不满，背后以极左的口吻发泄："许川、李致一贯右倾！"现在看来，许川、李致一贯开明！

问：事过十几年，现在已经证明许川、李致对《潘金莲》的宽容与支持是正确的。这个戏的重大影响已经超越戏曲领域，进入文学层次与文史范畴。近几年出版的供大、中、小学生使用的《中国现当代文学作品教程》《中华当代文学新编》《中国当代文学作品选》《新时期文学作品选读》《中国当代文学史参考资料》等史料中，尽管戏剧作品选得很少，但是，哪怕只选一个戏曲剧本，必定是《潘金莲》。此剧生命力很长，已被海内外文学史家列为新时期探索的代表作之一，载进当代中国文学史。应该说，这也是振兴川剧的一个特殊成果。

答：李致另有一个特征：出身文学世家，受巴老影响，重视剧本，注重文学性。所以在我的剧作中，李致老大哥偏爱文学性很强的《夕照祁山》。恰恰这又是一出有所争议的剧本。他告诉我，初读《夕照祁山》夜不能寐，与老伴披衣传阅，吟诵起来，唤起他们年轻时候阅读曹禺诗剧的那种感觉。当然，这是偏爱而过誉了。不过，他虽然偏爱我，却并不偏废其他剧作者。许多作者都是他的好友。俗话说：众手浇花，李致是"手浇众花"。

问：对，我也有同感。1990年，我同李远强合作的《好一朵芙蓉花》，请李致写"序"。当时，他正在省医院住院，病中看稿，一丝不苟，热情扶持。

答：这同他长期从事编辑出版工作有关，养成了对作者认真负责的良好习惯。他还有一个藏书的爱好。在我的印象中，他是什么都不要，就是要书！他要书要到了"索取"的程度！贪财者索贿，爱书者索书！人各有志，禀性难移。我出版有二十几种不同版本的著作，被李致老大哥"索"去了十八种。最近，我出了两本新书：《魏明伦短文》和《图说名家格言·魏明伦卷》，他打了几次电话索取，又迫不及待，亲自爬上我家三楼，气喘吁吁，伸手要书。他爱书，我爱他！宝剑赠壮士，红粉赠佳人。酒对知己饮，诗向会人吟。我与李致老大哥是君子之交，平时淡如水，读书兴趣则浓如酒。我俩之间，不套用伯乐与千里马的比喻，更像高山流水抚琴与听琴的关系。

问：说到这里，我联想起"文革"前川剧的好老板李宗林！

答：啊，成都市市长李宗林！那是川剧界有口皆碑的好领导。

问：如果把李宗林与李致同志作一比较，你认为"二李"是否相似？

答：我认为"二李"有同有异。同在都是川剧的好园丁，异在分别处于反差很大的历史阶段。上世纪50年代是川剧的黄金时代，李宗林市长是锦上添花；80年代中期以后则是川剧的困难时期，非黄金时代，李致老大哥是雪中送炭，他受命于"危难"之际，难得他痴迷川剧，锲而不舍。二十年来，特别是他主管"振兴"工作的那一段时期，川剧所取得一些来之不易的成果，都程度不同地凝聚着他的心血。相对而言，锦上添花更易，雪中送炭太难。李宗林得天时、地利、人和三大条件，一帆风顺，捷报频传。此公的业绩显而易见，引人注目。但李致在逆境中烧冷灶，是川剧艺术的患难知己。他的业绩虽不及李宗林市长那样辉煌夺目，但他的苦衷却远远超过了李宗林。我们习惯于缅怀黄金时代的"富贵同人"，而忽视冷落时期的"送炭朋友"！

问：我记得，你在《中国公主杜兰朵》的阐述中写过一句话。大意是：距离太近的好人，我们视而不见。

答：是啊，最可贵的知音，往往就在身旁！

2002年4月30日

李致——我的好师长、好朋友

◎ 张宁佳[①]

光阴荏苒，转眼间"振兴川剧"在春的尾声中已走过二十个年头。二十年前的我，还是一个扎着一对"小鬏鬏"、对未来怀着美好憧憬的小姑娘。在我奏响事业序曲的第一个音符时，"振兴川剧"便沉沉地刻在了我的心底。我把它作为自己的事业和奋斗目标，在戏曲舞台上挥洒辛勤的汗水，心甘情愿地做一棵为"振兴川剧"奉献自己的一丝新绿的小草。就在那时，我认识了令我终生难忘的师长、好友——李致。

第一次看见李致是在振兴川剧刚刚开始的一次人才交流会上。我从未经历过那么大的场面，来了许多我叫不出名字的大领导。他们和我握手，我紧张得要命，只想逃避。这时，一个阿姨走过来看了我一眼便问："丫头，你是不是扮演《芙蓉花仙》的小张？"我点头称是。于是，她牵着我的手来到领导面前，首先把我介绍给了宣传部副部长、振兴川剧领导小组副组长李致。后来我才知道，那位阿姨是省委常委、振兴川剧领导小组组长黄启璪同志。

李致给我留下的第一印象就是：个子不高，却有一种高大的气

---

① 张宁佳：川剧表演艺术家，西安音乐学院教授。

质。看得出来他非常喜好川剧，对许多经典折子戏不仅清清楚楚，并且对演员的一招一式都能说出些门道，这一下就拉近了我和他的距离，我暗中猜想他看过我演的《芙蓉花仙》吗？他会不会喜欢我演的戏？管他的，没有看过更好，我会尽力去感染他。

第二次见到李致是在第一届川剧调演的舞台上。由我主演的《芙蓉花仙》是一出唱、念、做、打并重的戏，有许多翻腾技巧要在舞台上完成，因此，演这个戏对我来说是很累很累。演出结束时，领导上台接见演员，我又见到李致。他紧握着我的手，嘴里不停地说："不错，不错！"从他眼里我看见了信任与兴奋。当时，什么辛苦、什么劳累都消融在他的称赞和观众的一片掌声中。我获得了首届川剧调演的表演奖，并且是获奖演员中年龄最小的一个，那时只有二十岁。

第三次见到李致是在总结《芙蓉花仙》的研讨会上。他对《芙蓉花仙》这出戏给予了充分的肯定，他说这出戏为振兴川剧增添了春天般的气息，台上一群能歌善舞的年轻演员带给观众青春的活力，振兴川剧需要这样的活力。

第三次见面，我深深地感受到李致对振兴川剧倾注了他满腔的心血，特别是对我们年轻演员关怀备至。他曾经这样对我说："年轻虽然是演员的本钱，如果不注意提高自己的文化水平，本钱只能用短短几年。多看书、多学习能延长艺术生命。"虽然当时我不太明白这究竟有多重要，但我记住了。1984年1月，《芙蓉花仙》被中央新闻电影制片厂拍摄成戏曲故事片。在拍摄过程中我才知道知识对演员理解人物是何等重要。我决心拍完电影之后进学校深造。我急切地把这个想法告诉李致，立即得到了他的支持。记得当时在省委宣传部李致的办公室里，我向他倾诉我想读书，想学习民族声乐的愿望。李致问我："你刚刚二十二岁，正是做演员的好时光，退下舞台你会不会后悔？"我说，我会很痛很痛，但我不悔！我会用心去读书，用知识去填充、化解离开舞台的失落与惆怅。他拍了拍

李致与《芙蓉花仙》主演张宁佳在日本

我的肩膀,用肯定的目光认同了我的决定,并希望我今后能成为一名教师,通过学习声乐,在川剧声腔上有所作为。那一次谈话成了我事业的转折点。在李致和张仲炎(现文化厅厅长)的关怀下,我顺利地考进了四川省舞蹈学校歌剧班。在四年的学习中,我克服了种种困难,终于以优异的成绩留校任教。

我没有辜负李致对我的期望。1990年,"芙蓉花"剧团访问日本,剧团和李致共同商定由我担任该剧的主角,我用圆润的嗓音、成熟的唱腔、声情并茂的表演感染、陶醉着广大的日本观众。就在演出期间,发生了这样一件事:出国之前,剧团曾对我承诺,演出归国后将为我在北京举行一个专场演出,争取梅花奖,到了京都后我才知道剧团改变了承诺,取消了北京的演出。当时,我急了,不顾李致已午睡,敲门把他叫起来向他"求救"!我气愤地说:"剧团不讲诚信,我也可毁约。从现在起我就罢演!"李致严肃地告诉我："发脾气可以，罢演决不允许！"他理解我当时的心情，因为梅花奖在演员心中有着崇高的位置，他也非常希望我能摘取这朵令我向往的梅花。"可是剧团与你的协议是小协议，中国演出公司与日本文化财团的协议是大协议，尽管委屈了你，小局必须服从大局，你必须战胜自己，不能给中国人丢脸。"我很伤心，流出了眼泪。面对尊严、面对众多的日本观众，我战胜了自己。李致对我的教诲让我明白：得奖与做人相比，做人更重要。我虽然永远地失去了夺取这朵"梅花"的机会，但我感觉很值！我用这样的方式通过了李致对我进行的特殊考核。大阪演出时，日本观众长达二十多分钟的掌声中，他笑了，我热泪盈眶……

二十年前李致几乎没有白发，二十年后他几乎没有黑发。我曾用最朋友的语言问他："在你参与振兴川剧的过程中，累不累？"他说："累。"我又问他："你觉得值不值？"他说："值。"我真的被他感动了。我在心灵深处默默地为他祈祷、祝福，我的好师长、好朋友——李致。

2001年4月于成都

又一个李部长

◎ 左清飞

望着满头白发的李致，我感叹，川剧之幸！

李"员外"

2001年，我重返舞台，排演《都督夫人董竹君》，一直未见李致副部长。一打听，说患腿疾，行动困难。决定去看望。他住东城根中街省委宣传部宿舍。在邢孃（秀田）指引下，去到他家。部长果然行动不便。见此情形，我不知该怎样问好。李部长倒是先开了口："左清飞，稀客，快坐。"满脸的笑容使气氛一下轻松了。他想挪动脚步去端凳子，我赶快说："自己来。"他问了我这些年的情况。我说等他行动方便之后，请他去农庄做客。然后谈到川剧，他说："现在少出门，在家看录像。又看了《绣襦记》，遗憾当初没拍成电影。要是现在……"我看着他，等他说出下文。见他笑笑："现在我是'员外'了！"我一时未明白："员外？""我是头戴方巾的李'员外'了。"我恍然大悟，哈哈大笑起来。员外爷爷在川剧舞台上，常常是在地方上有一定地位名望，却不管实事也管不了实事的乡绅之类。李致已从宣传部领导岗位退下来，现任省文联主席，以员外自喻，风趣之中道出实际情况，有超脱之感，无失落之意。后来几次听他讲话，"吼班儿"之类的川剧行话信手拈来，俨然成一位川剧行家了。不由想起他新上任时的点滴往事。

1983年，省川剧院的《绣襦记》要进一步加工，参加首届川剧调演，中共四川省委宣传部、文化厅的领导亲自抓。在领导的队伍中，我见到一个新面孔，个子不很高，微胖，戴着一副宽边眼镜。有人告诉我，这是新来的省委宣传部副部长，叫李致。"又来一个李部长"，我不由笑了。与他同来的，还有一位女领导，比较年轻，是新上任的省委常委、振兴川剧领导小组组长黄启璪。她为人谦和，没有架子，对省里的老领导很尊重。一次联欢晚会上，来了不少老领导，其中有已不是常委的省人大常委会主任何郝炬，启璪同志热情招呼，安排老领导之后，跑过来叫我："清飞，你去请何主任跳个舞。"我的舞跳得不好，但知道何省长一直关心支持川剧，我还是走了过去。没想到何省长的舞跳得那样好，他的书法也很好。很奇怪，喜欢川剧的，怎么偏偏是些有修养有文化的人呢？黄启璪后调中央任全国妇联副主席，可惜英年早逝。又少一个关心川剧的好领导。

《绣襦记》参加了首届川剧调演，并作为"振兴川剧"的成果赴京汇报。金秋十月，我们坐上了北行的火车。兼任振兴川剧领导小组副组长的李致，以及领导小组成员一路同行。

"振兴川剧"赴京汇报演出引起了轰动，《绣襦记》获得普遍赞誉。李致副部长专程带我去中国剧协主席曹禺家听意见。曹禺大加鼓励，挥毫题字。他的夫人、著名京剧演员李玉茹后来发表了《"振兴川剧"使我兴奋——川剧〈绣襦记〉观后》的文章。

北京归来以后，峨眉电影制片厂的郝为光导演通知我，说《绣襦记》准备拍电影。是省委宣传部的意见。班子已经组建起来，先做案头工作。

郝导首先和我交流。他要把《绣襦记》精华的东西都加以保留，用电影的手段加以丰富和优化。他说《绣襦记》很感人，具有很高的艺术价值，一定要把它拍好。他多次和我谈结构、谈处理、谈分镜头。我把这个消息告诉了几位同事，大家都很激动，都在等待正式通知。

通知一直没有下来，我们有些奇怪。一天碰到郝导，问及此事。郝导很生气："怎么，你们都不知道？《绣襦记》什么都准备好了，你们剧院要拍《卧虎令》。我们不同意，你们剧院坚持。我们说，要拍《卧虎令》，那就不拍了。花我们那么多时间和精力，真气人。"

我在家里生闷气。华峰说，想开些，剧院领导也是人，是人难过名利关，你以为个个都是李亚群？

后来，李致不止一次地在会上说："我最遗憾的一件事，是当年没把《绣襦记》拍成电影。"

有一天，李部长忽然问我："左清飞，什么是'穿帮'？"我一愣，问这话是什么意思？但还是告诉他："舞台演出，不该让观众看到的，观众看到了，就叫'穿帮'。"此后，他听到川剧人讲行话，就一定要问清楚是什么意思。看来，这位部长不仅仅是不耻下问，是要"踩深水"了。他要干一行，懂一行。这使他很快成为内行。从热爱川剧到有些痴迷。在任上，履行"振兴川剧领导小组副组长"的职责；当了"员外"，痴心不改。也许正因如此，七八十岁的人反倒有了童心。一次接他电话："左清飞，你猜我现在在做什么？"我好奇地问："部长在做什么？""在看《绣襦记》。"我忍不住笑起来。也不知他看了多少遍了。将此话讲给杜建华听了，她也笑："看来老头子入迷了。"王诚德老师听了，微笑着点头："又多了个太子菩萨摸了脑壳的人。"

李致用自己热爱川剧的这颗心，极力去改变川剧不尽如人意的现状，不只是说，还尽力地做。与何郝炬、廖伯康等省里十二位老领导，给省委写信，发出进一步扶植川剧的倡议。支持在位的张仲炎厅长，挤出30万元拨到文化厅所属文艺音像出版社，赶快给步入老年的艺术家录像。防止走一个，带走几个好戏，剩下的传统戏越来越少的局面。钱拨下去了，用去还债了，"像"自然未录。他仍不死心，还在奔走呼号。

这个"员外"，到底是为了什么？

知情者，无不动容。

"要大度"

1983年，我在"讲习会"学习期间，文化部部长朱穆之到会讲话："文艺体制非改不可。文艺团体问题很多，比如大锅饭等等，不利于出人出戏。"他还就中央直属文艺团体承包试点引起的强烈反应，表明了观点。当时，认为改革是领导的事，好像与自己关系不大，没太在意。

1984年，关于文艺体制改革的风刮得更猛了。7月的一天，省川剧院召开大会，宣布改革方案，实行团长责任制。团部立即决定把人马拉往马尔康，去完成演出场次，引起大家强烈不满。在剧院球场坝，三五成群，纷纷议论："老是那几个戏，没得地方演了，就只有往马尔康跑！""今年底川剧调演，院部好像搞忘了！""我才不去，到时找块纱布把手包起，我肯信把我押起去！""不去又咋个办呢？"

我与墙方云开了句玩笑："你们不是想搞承包吗？"

"我算老几！除非你和张巧凤'双凤齐飞'出面领头还差不多。"墙方云认真地说。

他所说的"双凤齐飞"，是指1983年李致部长转来张爱萍将军给我和张巧凤分别题的字，被《戏剧报》发表，而广为流传。没想到我的玩笑竟被当了真。

1984年7月31日晚，在杨昌林家，经过充分讨论，最后决定：

由张巧凤、杨昌林、何伯杰和我共四人联合承包。8月1日，一份《关于组建承包试验演出队的请示报告》产生了，第二天分别递交到院部、省文化厅、中共四川省委宣传部。

演出队的人员初定为十五人至四十人，摸底后，愿参加的人数远远超出预想。就在等待院部批复的几天里，情形骤变。一些同事找到我们纷纷反映："那边说了：'参加承包队的人，三个月回来，我们不要。''学生去参加的，不转正。'"有的担心明年出国受影响，有的担心将来穿小鞋："你们四个人倒不怕，把你们没办法，我们就难说了。"还有人劝杨昌林："'二凤'有国防部长撑腰，何伯杰在拍电影，最后只有你挨起！"也有人担心四个人都是"侯爷王爷（主要演员）"，将来是否能团结？加上一团原定去马尔康现改去富顺，很多人因此动摇和退缩了。

华峰去找过任庭芳，说明四人不是针对院部，是想搞个试验，愿做改革的马前卒。任庭芳说院部现在有些被动，他们也有难处。听这样一说，我们的情绪也稍有缓和。经多次催促之后，院部终于在8月7日批准盖章。坚定参加承包队者当晚就签了字，一个十八人的承包试验演出队正式组建起来。

8月8日，李致副部长和文化厅副厅长郝超及几位处长，一起到剧院接见了承包人，听取详细汇报，表示坚决支持，寄予殷切期望。希望我们"主动争取院部支持，要大度。一场改革，出现各种思想是难免的，改革是势不可当的"。我们十分激动，我已是热泪盈眶。此刻，大家体会到党和上级领导的支持是何等重要和及时！汇报开始都有点语无伦次了。诸位领导最后叮咛我们："要主动找院领导汇报工作，磕头作揖都要找他们。"这天下来，我第一次睡了懒觉。杨昌林拿起久违的画笔，画起画来。

18日这天，李致部长和宣传部文艺处张仲炎再次到剧院，详细了解承包演出队组建情况和未来安排。希望随时向部里汇报在下面的演出情况。李部长语重心长地说："我担心你们逆境团结，以后顺境时还能不能团结？"我们几个人认真地记住了这句话。第二天，登上去简阳的火车，开始了我们的行程。

三个月里，我们只到过简阳、绵竹、宜宾（含附近的纳溪、江安）三个地方，都是和当地兄弟剧团联合演出。主要演员、鼓师、琴师由我方担任，其余演员、乐员、舞美人员及服装道具均由对方承担，演出收入对半分成。各地上座很好，尤以宜宾一带为最，场场爆满，常常是带去的戏、新排的戏都已演尽，仍不能满足要求。因此，合作双方都较为满意。承包人兑现了自己的承诺，完成了预定目标，也创造了一定的经济效益和社会效益。

尤其令人难忘的，是在简阳县委支持下，与简阳剧团联合排演了现代大幕戏《张玉良》（后改名《画魂》）。从9月11日双方第一次案头工作会算起，至9月24日止，完成了素排、合乐、响排、彩排的全过程，仅花了十四天时间。考虑到吃住费用，这当中还演了两个午场，四个夜场。这要放在省团，想都不敢想。

审查时间是预先定好了的。9月25日上午，李致、郝超、李累、文辛、邢秀田、严福昌、蔡文金等领导和专家驱车来到简阳。没有漂亮的布景、五彩的灯光、华丽的服装，只有演员认真的表演。约两个小时的演出落下了帷幕。在下午举行的座谈会上，李致部长说："看完戏后，觉得基础好，可以公演。继续加工，争取在年底内搞成一个好戏。"领导的表态对我们是个很大的鼓舞，也算是给《画魂》的"出笼"画上了一个肯定的句号。

我明白，"继续加工"对我们来说，谈何容易。没有物力财力，只是空想。除非院部安排，可能么？

李致部长对《画魂》倒是一直念念不忘。多次带信给我，不要放弃此戏。1986年我到上海演出时，他又再次提及此戏，"放弃太可惜"。但我知道，它的命运似乎早就注定。既已如此，何必再做无用之功，自寻烦恼。

有人问我："你们四个人三个月相处究竟如何？"

我回答："相处不错。"我们都记住了李致部长那句话，无论逆境、顺境，都很团结。当然也有意见分歧的时候，但能开诚布公，最后达到统一。

他懂演员

演员喜欢和李致交往。谈话时，忘了上下级，不把他当部长，只当是师友。

1985年，我随剧院去西欧四国演出。不像1983年在北京，演出重，只能待在住地休息，哪里都不敢去。演折子戏《秋江》，不是每天都演的，《白蛇传》只第一场的观音菩萨几分钟，下来就无事了，相对任务轻些。我喜欢新鲜事物，兴趣广泛，这又是第一次出国，总想多看看外面的世界。偏偏管得很严。出街要三五人一组，须按规定在二十分钟内返回。街对面是商店，咫尺天涯，只能隔街相望。离回国的时间越来越近，不免有点忍不住了。有人悄悄溜出去，转一圈又溜回来。几个女同胞相邀一同出去转转，她们说，叫我一齐出去，有一个挡箭牌，我确实也想出去逛，就只好冒点险了。谁知刚走出不到五分钟，就有人追出来把我们叫回去了，大家垂头丧气回至房间。有人立即通知："左清飞，李部长找你。"我知道有人"告密"，挨批是肯定的了。

刚走进门，未等部长开口，我抢先说话："李部长，我晓得有人反映了。说老实话，我是想出去看看。你们做领导的，出国机会多，外出也比较方便。我们出来一趟不容易，学表演的就想多了解生活，想看看国外各个方面，扩大视野，增加知识。我这个人求知欲强，对什么都感兴趣，天天把我们关起，发的钱想买点小东西都没有时间。有演出时，自己都不愿出去，我们知道不能影响演出，也晓得你们领导怕出事，怕有人跑。说心里话，跑出去干什么？语言又不通，请我跑我都不得跑！"我一口气把窝在心里的话倒出来。就是挨批评，也得把话说完，以免憋在心里难受。我等着部长发落，他看了看我一个字没说，把手挥了两下，示意叫我可以走了。我愣了一下，转身出来了。

这件事给我留下的印象很深。其实领导也有领导的难处，当时各类出国团体不时有人偷跑，特别是跑美国。团员跑了，团长是要"背书"的。1985年在欧洲演出的团体中，真还跑了一个。作为这次对外演出团团长的李致，身上的压力肯定不轻。他对我这次"违纪"的态度，我感受到"他懂演员"，他善解人意。事隔四年，剧院再次出访欧洲时，就像在国内，任何城市演出，都可以自由行动了。

若干年后，我偶问起他这件事："你当时为什么没有处罚我呢？"他回答："那是因为我了解你们。"他又说，"1985年那次去欧洲，有人还建议派人守门，我说：那又谁来看住守门的人呢？！"我不禁"啊"了一声。

"不在乎一城一地的得失"

1989年初，一张红纸喜报贴在剧院灰旧的围墙上。人们的议论，变成了现实。我不敢相信自己的眼睛。心里反复念着："不公平、不公平啊，真有这样黑暗呀！"我心里直想跺脚，恨不得把地跺裂、跺碎。在金钱面前，哪里还有"艺不昧良"？梅花奖评委们曾是我敬仰的专家学者，就在这一刻，心中一直高高矗立的那座崇高的丰碑，轰然倒塌。

剧院开了锅，川剧界哗然。许多人为此鸣不平。

李致部长和张仲炎、朱丹枫（后均任宣传部副部长）等来到家里看望。胸中的积怨，喷薄而出，我忍不住恸哭起来。反复述说着"不公平！不公平！他们只看钱！"李部长说："你的成就是有目共睹的。拿了奖不一定就是最好的。毛主席就说过，选上中央委员的不一定比没选上的水平高，没选上的不一定比选上的差。过去打仗，并不在乎一城一地的得失。川剧很多艺术家都没有拿过奖。把这些看淡些，观众承认才是最重要的。"

好像为印证李致部长"不在乎一城一地的得失"这句话，这年6月，中国唱片总公司在庆祝成立四十周年时，出了一本纪念刊。刊中收入了全国许多著名音乐家、歌唱家、戏曲和曲艺的表演艺术家及著名演员的照片，每个人都作了简介。因为"他们出版了唱片"，"做出了突出的贡献"。收入戏曲的，大多是"著名艺术家"，如梅兰芳、马连良、周信芳、常香玉、新凤霞、严凤英、王文娟等，也有"著名演员"梅葆玖、李世济、李维康、赵丽蓉等。京剧居多，地方戏较少，川剧只有三个：周企何、陈书舫和我。当我收到这本中英文和繁体字印刷的《中国唱片四十年》时，百感交集。

无独有偶，我收到一位日本观众的来信。信是北京"专场"演出三天后发出的。自"祝成功您在北京的公演"这封信开始，这位自称"日本左迷"的大学生，在两年多时间里，来了八封信，抒发他热爱川剧的情怀。还专程到成都，拜访剧院，与我相见。一个外国人对中国传统艺术竟然如此痴迷，我的心情真是用语言难以表述！

2007年一天晚上十点过，李致部长与我通电话说："我把你的电话弄丢了，四处找你，黄宗江老师到成都来了。我请他吃饭，他说想见你，他一直为你的梅花奖抱不平。可惜明天一早，他回北京，见不上了。"

事隔多年，未获梅花奖的真正原因才清楚了：当年一位有实权的评委，把别人的赞助费以自己的名义给了剧协，按照剧协当时的政策，合理合法地得到百分之三十的提成奖金，在当时，不是一笔小数。然后对其控制部门中的五六个评委下达指令："只能投某某的票，不能投左清飞的票。"几年之后，这位评委变本加厉，搞起了"流动票箱"，再次制造"冤案"。以刘厚生为首的十位评委，上书中国文联和中宣部要求严查。调查结果，撤销了这位评委剧协书记处书记、梅花奖评委等一切职务。这就是闹得沸沸扬扬的宋丹丹拒绝领奖的第十届梅花奖发生的事情。要不是这次事件的暴露，发生在1989年初我的梅花奖问题也许永远是个谜。善良的刘厚生们也许永远都会认为"因为早场有少数评委没看戏"这个"偶然因素"造成的结果。二十年了，这个谜终于解开。谜虽然解开，它却给失奖者、获奖者、评奖者都带来了伤害。

随着岁月的流逝，我对梅花奖已毫不在意，只当是和我开了个玩笑。然而李致部长那些话，却始终难以忘怀。

川剧之幸

我请李致到农庄看看，一直未能约定。一天接他电话，要请我和另几位演员吃饭。领导请百姓吃饭，实属少有，好在部长已经是"员外"，不算官请。

九如村附近一饭店，不算豪华，却干净。部长向来守时，客人陆续到齐，到的都是熟人，许倩云、杜建华、古小琴、张宁佳、杨楠桦等。这天谈论的话题还是川剧，谈得很愉快。我们都领会到了李部长的意图：无论在做什么，都不要忘了川剧。分别时，我们相互留下电话，各自上车，挥手告别。我手握方向盘，正欲向前驶去，回头看见李部长还站在那里，他那满头白发格外显眼。不禁叹息：为了川剧，他真是用心良苦！

李致部长说："目前，获梅花奖的人，除晓艇、刘芸等少数人例外，多数获奖者能演的戏很少，甚至就几个戏。演员断代，是一大危机。"

又隔了很久，再见到他时，他说，他现在什么都不是了，连文联主席也将改选。但接着说："只有振兴川剧领导小组的顾问，我不会主动辞掉！"

望着眼前的李致，想起了以前的李亚群。

又一个李部长，川剧之幸啊！

珍贵的馈赠

◎ 杜建华[1]

今天非常高兴，是值得铭记的日子。上午，在东城根街宣传部宿舍李致部长家中，他郑重其事地将一套珍藏数十年的完整的三十三卷本《川剧传统剧目汇编》赠送给我了。

昨天，李部长和我约定，今天到他家里，把这套书送给我。他说有十几二十本。我当然知道，这套书是60年代初四川人民出版社内部出版的，共三十三辑。我心想，几十年了，可能是不完整了。来到他家，这一套书放在他家靠门边书架的最高一层，取下来一数，竟然三十三本，一册不少！太难得了！这套书是上世纪50年代整理校勘的川剧经典剧目，文学价值极高。五十年过去了，收藏价值也不断增长，现存的这一套藏书，很少见到三十三辑的完整版本，至少四川省川剧艺术研究院没有。眼前见到的这套书保存完好，三十三本全部用牛皮纸包封，书籍上工工整整地写着书名。李部长说：这是我老伴丁老师亲手写的。言语中我感觉到一位八旬老人对已故妻子的赞美和眷恋，也体会到了这套书的分量。

---

[1] 杜建华：四川省川剧艺术研究院原院长，研究员。

李致赠书给杜建华

　　年逾八秩的李致部长人生经历丰富，我知道他40年代在重庆参加学生运动，新中国成立后在重庆、北京、成都工作过，曾经当过三届四川省文联主席。但是我认识他的时候，他是省委宣传部副部长，所以我一直就这么称呼他。他是巴金大哥的儿子，家学渊源深厚，酷爱藏书。我读过巴金与李致的数十封通信，叔侄俩几乎每一封信都说到了与书相关的事情，没有一封信不谈藏书。可知，他对这套藏书的珍爱与情感。他还说，我的儿女们大概不用这些川剧的书，还有一些书我留给他们。你是川剧专家，这套书送给你有用。

　　由于川剧，我认识了李部长；他送我这套书籍，我感觉到一份信任与嘱托。

　　谢谢李部长！

2012年8月29日

李致甘当川剧"吼班儿"

◎ 田海燕[1]

呕心沥血

早上六点半起床,早餐后下楼在小区院子里走三圈;上午,打开电脑浏览新闻和收邮件,或者有选择地参加一些必要的活动;午饭后必须午睡,下午会朋友喝茶聊天,或写作;晚饭后下楼散步三圈,上楼回家坐在电脑前写日记,然后将日记发给在国外的儿子和女儿及孙子;晚上十一点钟上床睡觉……

这就是李致离休后的晚年生活,非常有规律。国庆节前,我去看望他,他对我说,这是他的夏时制,如果是冬天,早起时间往后推半小时,晚睡提前一小时。

今年八十三岁的李致,学生时期就加入中国共产党,历任《红领巾》《辅导员》杂志总编辑,四川省出版局副局长兼四川人民出版社总编辑,中共四川省委宣传部副部长兼省出版总社社长,省政协秘书长、四川省文联主席等职,在众多的职务当中,让人津津乐道最多的是兼任四川省振兴川剧领导小组副组长时的"李老板。"

老板有多种解释,其中之一是"旧时对著名戏曲演员或组织戏

---

[1] 田海燕:《四川工人日报》主任记者。

班的戏曲演员的尊称"。李致和以前同样关心支持川剧的李亚群、李宗林，被戏称为川剧的三个"李老板"。

但李致对自己的评价则谦逊得多，他在刚刚出版的《李致与川剧》一书中说："我当年负责振兴川剧领导小组日常工作，离休后仍然爱川剧。我了解川剧的一些现状，经常听川剧人讲他们的心愿。为了使川剧这个瑰宝不至消失，我愿为之鼓与呼。我既非在职领导，又非专家学者，只能为振兴川剧当个'吼班儿'。我年过八十，四肢无力，但中气尚足。既如此，就这样吼下去吧。"

把自己比喻为打帮腔的"吼班儿"，自谦中透着对川剧的真情关爱和呕心沥血。实际上，他对振兴川剧的贡献和作用，远远超出了这本近三十万字的书。

在朱丹枫眼里，他是正确贯彻振兴川剧"八字方针"（抢救、继承、改革、发展）、鼓励大胆探索的积极引导人和执行者，是"愿为川剧奋斗到最后一息"的老领导。

在魏明伦眼里，他是有长者之风的"老大哥"，是川剧人的好朋友，更是一位好读者、好观众，"最难得的一条，就是有胆有识，敢于旗帜鲜明地支持和培育跨越雷池探索与创新。如果说李致支持《巴山秀才》无可非议，他支持《潘金莲》就是招惹非议，敢冒风险了。"

在徐棻眼里，他是"一个可以说知心话的好兄长，一个可以永远信赖的老朋友。"

在陈国福眼里，他是"'四卒千军'中走在最前面的'头旗'"，为振兴川剧、"出人、出戏"鸣锣开道。

在庄家汉眼里，他是为审戏看戏，不顾长途车程，冒雨赶路甚至因熄火推车的"川剧艺苑好园丁"。

453

潜移默化

那天，我们的谈话内容几乎没有离开过川剧。川剧，成了下午茶的主话题。

李致爱上川剧与家庭氛围有关。出生于成都的他，儿时经常随舅妈看川剧，逐渐有了兴趣。除了舅妈喜欢川剧，李家还有一个大人物——李致的四爸巴金也是一个川剧迷。李致记得上世纪60年代初，他成人后第一次在成都与巴老见面时，巴老就把地点约在了川剧剧场。那次巴老回成都写作，在成都住了四个多月，看川剧三十多场，平均每周不少于两场。巴老对川剧评价甚高，称赞川剧剧本的文学性很强，特别是折子戏，觉得它们都是很好的短篇小说，巴老"随便举个例子，川戏的《周仁耍路》就跟我写的那些短篇相似，却比我写得好。"巴老认为《周仁耍路》颇像西洋的优秀短篇作品。

巴老只要回乡，少不了的主菜就是看川剧。李致说，1987年秋，巴老回川，不但应张爱萍将军之邀看了三次川剧，还不辞辛苦专程去了一趟自贡。巴老在上海时就看过魏明伦的《易胆大》《巴山秀才》的录像，很喜欢。那次巴老在魏明伦的陪同下，看了《易胆大》《巴山秀才》《潘金莲》和《四姑娘》四个折子戏，痛快淋漓地过足了川剧瘾。

李致在参与振兴川剧工作期间，曾随川剧团赴上海演出，但巴老因身体欠佳，不能去剧场看演出，周企何、陈书舫、张巧凤、左清飞等演员便去看望巴老，每人为巴老清唱了一段。令巴老又高兴又感动。

1988年1月，巴老获悉周企何逝世，写信给李致："请代我在他的灵前献个花圈。生命虽短，艺术永在。他会活在观众的心中。"

巴老热爱川剧的点点滴滴，对李致振兴川剧的工作无疑起到了潜移默化的作用。巴老的谆谆家训："生命的意义在于奉献而不在于索取。"李致铭记于心,行于工作之中。

难舍难分

李致说:"我这个人很怪,上中学时不会背书,甚至被老师打过手心,但看戏,无论是话剧还是川剧,只要多看几遍,就可以大段大段地背出来。曹禺的戏,我能背出许多。"能对台词倒背如流的人,心中大都有一个演员梦,李致也不例外,他曾经的理想是当一名演员。李致长得帅气,特别是脸部轮廓很有型,这也是他想当演员的底气。有人说李致年轻时很帅,八十有三的他反问:"难道我现在不帅么?"好可爱的老人。

周企何的《迎贤店》,是李致百看不厌的一出戏。粉碎"四人帮"后,周企何首演《迎贤店》。戏毕,李致到后台祝贺,然后说:"周老师演出中漏了两句台词。"可见,李致背台词的背功有多么精准。

能背戏的李致还有另一"怪":如此热爱川剧的"李老板",如此观看过数百场川剧的"吼班儿",却不会唱一句川剧。他讲了一个故事:1985年,应西柏林第三届国际"地平线艺术节"邀请,李致任团长率四川省川剧院赴欧洲演出。他们先后在联邦德国、荷兰、瑞士、意大利四国十一座城市巡回演出了二十一场,场场成功。一个多月的时间,坐车穿梭往返于几个国家之间,行程近一万公里。为了打发旅途中的时间,李致向演员们学唱川剧。听说李团长想学唱,演员争先恐后地教他。当时是学会了,可第二天就不会唱了。如此反复多次,还是当天唱得来,第二天准忘。"至今都不会唱一句。"

我们不禁哈哈大笑,这真是太少见了。无论哪个剧种,大凡爱好者都能哼上几句,"李老板"确实是个例外。不过,不会唱并不妨碍李致不能演,他竟然与陈书舫合作演过《花田写扇》,终于过了一把演员瘾。那是1991年，张爱萍将军偕夫人李又兰回成都，与川剧界人士欢聚一堂。李致跟将军开玩笑说："我和书舫本来要给您表演《花田写扇》，但你们几年不来，我连台词都忘了。"哪知将军一听，非要他们演出不可。李致和陈书舫当即对了一下"马口"，就开演了。

《花田写扇》是大幕戏《花田错》的一折，是陈书舫的拿手戏。陈书舫扮小丫头春莺，李致扮卖字画的落魄书生边吉。不会唱的李致敢演，是因为戏里的边相公主要是表演和道白，没有唱腔。李致演得很认真，台词对答如流，演到一半陈书舫却笑了场，"但我已经进入角色，只得稳起不笑，等书舫接着演下去。"

虽说是一次聚会上的助兴演出，也算是过了一把演员瘾。二十一年后谈起往事，李致仍记忆犹新。他对川剧的殷殷深情，感动着在场的每一个人。

李致告诉我们，明天晚上自贡川剧团要在锦城艺术宫为庆祝振兴川剧三十年演出《夕照祁山》，要我们一定去看。第二天我们到剧场时，李致已早早地坐在那里。散戏后，他还不忘问我们看戏的感想。

李致与川剧，川剧与李致，分得开吗？难舍难分！

2002年版《我与川剧》编后赘语[1]

　　大约是在1995年，一天接到朱丹枫同志的电话说：李致同志准备把自己关于川剧的文章编成一本书，名叫《我与川剧》，想请你做编辑。我当时真以为是听错了！李致在我心目中是一位德高望重的领导，80年代初我被分配到省川剧艺术研究院工作时，他已是四川人民出版社总编辑（后任四川省委宣传部副部长，离休后当选为省文联主席）。以他的身份、地位、水平，我哪有资格给他的书做编辑？丹枫同志又说，这本书不是要送到出版社出版，只是打算用一个内部书号把书印出来。我稍微踏实了一点，老老实实地说，编辑不敢当，但如需要我做做校对、编务什么的，我当尽力。李老一贯对文章之事十分谨慎，他的文稿全部都打印得很清楚，几乎都是在各种报刊上发表过的，极少有错漏，我将所有文稿做了一个大致分类，调整了一些文章的标题，便送还他了。他说，想再作些补充。

　　今年适逢振兴川剧二十周年，约一个月前，我接到单位领导的通知，说省文化厅决定出版一套振兴川剧系列丛书，李致的《我与川剧》被选为其中之一册，让我担任此书的编辑工作。我欣然接受了任务。

---

[1] 此系2002年出版的《我与川剧》编后赘语，杜建华撰文。

《我与川剧》一书，共收入了李致近二十年中写下的与川剧有关的四十多篇文章，主要可以分为四个部分。

一是关于振兴川剧的方针、政策方面的论述。这部分内容包括他在领导干部工作会议或历次川剧演出活动中的讲话，回答报刊记者的采访提问，关于支持川剧艺术改革的一些署名文章。1982年底，李致任四川省委宣传部副部长，同时兼任四川省振兴川剧领导小组副组长，主持日常工作，直接参与了四川省委、省政府关于川剧工作方针政策的制定、决策，参加了他任职期间几乎所有关于川剧的重大事件、活动。在近十年的时间里，作为振兴川剧领导小组的负责人，他在不同时间、不同场合的发言中，结合川剧工作的实际情况，具体阐述了四川省委、省政府振兴川剧的方针政策及不同时期的工作要求，其中，像《开创川剧事业的新局面——振兴川剧首届调演开幕词》《振兴川剧工作的六点意见——在全省市、地、州委宣传部长会议上的发言》《提高质量　参与竞争——答〈四川戏剧〉记者杜建华问》《坚持不懈地振兴川剧》等文章，深入浅出地阐明了振兴川剧对建设社会主义精神文明、弘扬民族优秀文化的重要意义，体现了省委、省政府振兴川剧的精神。具有一定的历史文献价值，是今后研究川剧历史和党的文化工作政策的文献资料。

二是对川剧界的一些重大事件、活动的记叙、回忆。由于李致特殊的工作位置，他有机会接触到省委和中央的一些领导同志，加之他个人对川剧的喜爱和工作责任心，所以对这些领导同志参与川剧活动或观看川剧演出时的情景，以及他们对川剧发表的一些看法、评价都做了详细的记载。如《难忘小平对川剧的关怀》，记述1983年川剧赴京汇报演出时，邓小平观看川剧并与演职员合影、卓琳同志代表邓小平到驻地看望大家的动人往事；《张爱萍对川剧艺术的深厚感情》，记录了国务院副总理兼国防部部长张爱萍对川剧改革的见解、对演员的关爱，谆谆教诲，十分感人。李致曾多次率川剧团出访欧洲、日本等地，他在各地发表热情洋溢的讲话，把优美的川剧介绍给各国观众，并记下了详细的旅程日记。这部分以散文、随笔、日记文体写下的亲身经历和见闻，展示了振兴川剧历史的一个重要方面，具有珍贵的史料价值。

三是对川剧艺术的见解和对剧团管理工作的研究。他对川剧艺术的见解和主张，在《谈川剧音乐改革》等文章中谈得较多，其他则散见于他为若干川剧著述所写的序言中。作为一个文人，李致同志对笔耕于戏剧园地的剧作家、画家、理论工作者的辛苦有着切身的体验，因而每当有关于川剧的著述出版，他都乐意为之作序，以示鼓励，同时也谈出自己的艺术观点。如像在为徐棻《探索集》作序中，对川剧抢救、继承与改革、探索的辩证关系的阐述；再如，对张鸿奎先生川剧人物画的评价等多有独到见解。在共计十册二百余万字的川剧文化丛书出版时，他又撰文对这套涉及川剧史学、表演技法、音乐曲牌、评论及基础理论研究诸方面的丛书给予高度评介，强调文化积累、研究工作在川剧发展中的奠基性、导向性作用。李致同志还经常深入各地中、小剧团了解情况，总结他们的工作经验并予以推广介绍，如《向芙蓉花川剧团学习》以及多篇文章，对剧院团的管理和艺术生产问题提出了许多重要观点，对当前建设先进文化和剧团管理体制改革工作都具有启示意义。

四是记述作者与川剧老一辈表演艺术家之间的友谊。在新中国成立之初，周恩来总理《在中华全国文学艺术工作者代表大会上的政治报告》中明确指示：要尊重一切受群众爱好的旧艺人，团结他们一起来改造旧文化，建设社会主义的新文化。作为一名党的宣传部门的领导人，李致一直在身体力行执行党的文艺方针政策，时刻注意以自己的言行去团结带动一些在群众中有影响的表演艺术家，在这方面他做了大量深入细致的工作，也写过不少文章：从叙述与名丑周企何先生的个人交往、描写与陈书舫合演《花田写扇》片段、回忆竞华的艺术成就等篇章中，处处流露出作者对川剧工作和表演艺术家的一片真情，也表现出一个老共产党员高尚的道德情操和人格风范。

为了如实记录李致与振兴川剧工作的一些直接相关的事件，本书也将一些著名剧作家、川剧理论工作者撰写的相关文章作了适当的收录。

2002年4月25日

2012年版《李致与川剧》选编后记[①]

李致同志是川剧界敬重的老领导,曾任中共四川省委宣传部副部长,长期主持省振兴川剧领导小组的日常工作,离休后担任省振兴川剧领导小组顾问,仍继续参与振兴川剧的各种重大活动。他的许多关于川剧工作的讲话和文章,真实地反映了各个时期党和政府振兴川剧的指导方针和重大决策,生动地记载了振兴川剧的工作中具有历史见证意义的人和事,坦诚地表达了他对川剧文化价值、生存现状与发展前景的真知灼见,对于我们认识振兴川剧的深远意义,总结这一工作的历史经验,探讨新形势下保护和发展川剧的途径,提升弘扬民族文化的自觉性与自信心,具有极其重要的认知价值和启示意义。

在省委、省政府发出"振兴川剧"号召二十周年之际,曾将他此前的有关讲话和文章以《我与川剧》为书名结集出版;今年是省委、省政府号召"振兴川剧"三十周年,拟将他2002年后关于川剧的讲话和文章梳理出来,增补进前书中,出版这本《李致与川剧》。《我与川剧》及《李致与川剧》,都是作为振兴川剧的一个阶段性历史论证,由我省宣传文化主管部门策划出版的,足见其珍贵的价值。

[①] 此系四川文艺出版社2012年出版的《李致与川剧》编选后记,王定欧撰文。

我受承编单位委托，承接增订本的编选工作，作为川剧界的一名老兵，深感荣幸，更觉惶恐。李致同志是我敬重的老前辈，他忠诚党的事业，挚爱川剧艺术，善于团结艺人，热心提携后辈，实堪称党的文艺干部的楷模。他的关于川剧工作的讲话和文章，也如他做人、做事的风格一样，坦诚直率，言简意赅，深入浅出，智慧幽默，令人喜听、爱读，具有一种天然的亲和力和感召力。我有幸担任此书的编辑，自然是一份难得的荣幸。但想到我自身见识和能力的局限，能否不负重托，心里总不踏实，因而常有惴惴不安之感。好在李致同志平易近人，又是编辑行家，疑难之处尽可向他请教，也就勇敢地知难而上了。

尽管此书的编选工作难免有差强人意之处，但书中收入的讲话和文章却十分有价值，读后定有收获，这也正是我敢于承担这一任务的初衷。在本书即将付梓时，特向李致同志对编选工作的悉心指导、四川文艺出版社对本书出版的大力支持致以诚挚谢意！

2010年2月15日

·后记·

2017年春节刚过，四川人民出版社社长黄立新来到我家，希望出版我的文集。

我既感激，又惶恐。为什么惶恐？因为这几年，四川出版了李劼人、沙汀、艾芜、马识途和王火等著名作家的文集，不敢与他们"为伍"。为了有所区别，我想：如果要出，就叫"文存"吧。

有必要出"文存"吗？我征求了多位文友的意见。他们认为，我年近九十，写的一百多万字的往事随笔，无论是欢乐还是坎坷，都具有时代的某些折射或缩影。何况我与巴金老人之间特殊的亲情和相互的理解，以及改革开放之初于四川出版、振兴川剧的亲力亲为，都值得保存。我被说服，便有了《李致文存》。

四川人民出版社的编审谢雪，作为"文存"责任编辑之一，做了大量统筹工作。我们共同商定了"文存"的卷次、编排的体例和收编的原则。拟定"文存"共五卷六册：第一卷《我与巴金》，第二卷《我的人生》（上、下册），第三卷《我与出版》，第四卷《我与川剧》，第五卷《我的书信》，将我前后公开出版和编印的十种单行本，加上早年一些没有成集的、这四年新写的，一并收入。

早期写的文章,这次辑集时稍有补充,或加了附记;有的文章因发表时的侧重不同,辑集后某些细节有重复;还有极少数几篇文章,为适应不同的主题,也为方便分卷阅读,故重复收入,如巴金的《偏爱川剧》一文,在《我与巴金》和《我与川剧》两卷中都能找到。特此说明。

感谢四川人民出版社!

本书如有差误,恭请指正。

2018年12月9日